Virginia Woolf

KB049430

올랜도

올랜도

Orlando

버지니아 울프   권진아 옮김

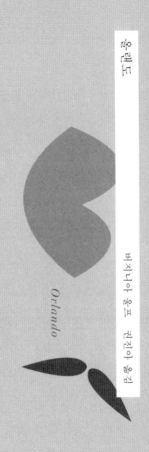

시공사

V. 색빌웨스트에게

일러두기

1 이 책은 1928년 영국 호가스 출판사에서 출간된 버지니아 울프의 《올랜도 Orlando》를 우리말로 옮긴 것이다.

2 번역은 펭귄북스 모던클래식 시리즈의 《올랜도Orlando》(Penguin Books, 2000)를 대본으로 삼았다.

3 지은이의 주와 옮긴이의 주는 본문 하단에 표시했으며, 말머리에 [원주]라고 밝힌 것은 지은이의 주이고, 그 밖의 것은 옮긴이의 주이다.

차례

이 책을 쓰는 데 많은 친구들의 도움을 받았다. 일부는 고인이고 너무 저명한 분들이라 감히 이름을 거론할 수도 없지만, 글을 읽고 쓰는 사람이라면—우선 머리에 떠오르는 대로 몇 명의 이름만 대도—디포와 토머스 브라운 경, 스턴, 월터 스콧 경, 매콜리 경, 에밀리 브론테, 드 퀸시, 월터 페이터에게 끝없이 신세 지지 않을 수 없다. 살아 있는 친구들도 있다. 이들도 나름 고인들 못지않게 유명할 수도 있겠지만 바로 그 이유로 그 정도까지 위력적이지는 않다. 특히 C. P. 생어 씨에게 큰 은혜를 입었다. 그분의 부동산법 지식이 없었다면 이 책은 절대 쓰지 못했을 것이다. 시드니터너 씨의 방대하면서도 특수한 지식 덕분에 통탄할 대실수들을 면했다. 아서 웨일리 씨의 중국어 지식—그게 얼마나 대단했는지 판단할 수 있는 사람은 나뿐이다—덕도 보았다. (J. M. 케인스 부인인) 마담 라포코바는 바로 옆에서 내 러시아어를 고쳐줬다. 내게 조금이라도 미술에 대한 이해력이 있다면 그것은 모두 로저 프라이 씨의 비할 데 없는 공감과 상상력 덕분이다. 또 다른 분야에 대해서는 조카인 줄리언 벨 씨의 가차 없지만 엄청나게 날카로운 비평에 도움을 받았다. M. K. 스노든 양은 끈질기게 해러게이트와 첼트넘의 기록보관소를 조사했다. 결국 보람은 없었지만 힘든 일을 해주었다. 다른 친구들도 일일이 열거하기 어려울 정도로 여러 가지 방법으로 도움을 주었지만, 여기서는 그 이름을 적는 것으로 그치겠다: 앵거스 데이비드슨 씨, 카트라이트 부인, 재닛 케이스 양, (엘리자베스 시대 음악에 대한 귀중한 지식을 알려주신) 버너스 공, 프랜시스 비렐 씨, 동생 에이드리언 스티븐 박사, F. L. 루커스 씨, 데즈먼드 매카시 부부, 최고로 영감을 주는 비평가이자 형부 클라이브 벨 씨, G. H. 라일랜스 씨, 레이디 콜팩스, 넬리 복설 양, J. M. 케인스 씨, 휴 월폴 씨, 바이올렛 디킨슨 양, 에드워드 색빌웨스트 남작 영식, 세인트 존 허친슨 부부, 덩컨 그랜트 씨, 스티븐 톰린 부부, 오톨라인 모렐 씨와 레이디 오톨라인 모렐, 시어머니 시드니 울프 부인, 오스버트 시트웰 씨, 마담 자크 라베라, 코리 벨 대령, 발레리 테일러 양, J. T. 셰퍼드 씨, T. S. 엘리엇 부부, 에셀 샌즈 양, 낸 허드슨 양, (소중한 오랜 공동창작자) 조카 퀜틴 벨 씨, 레이먼드 모티머 씨, 레이디 제럴드 웰슬리, 리턴 스트레이치 씨, 세실 자작부인, 호프 멀리스 양, E. M. 포스터 씨, 해럴드 니콜슨 남작 영식, 언니 버네사 벨······ 하지만 명단이 지나치게 길어질 조짐을 보이는 데다 이미 너무 출중하다. 이 명단이 내게는 더할 나위 없이 즐거운 추억을 상기시켜주지만, 독자들은 아무래도 큰 기대를 하게 될 테고 그 기대를 이 책이 실망시키고 말 것이다. 그러니 한결같이 정중한 영국박물관과 기록보관소 직원들, 누구도 줄 수 없는 도움을 준 조카 앤젤리카 벨 양, 그리고 늘 끈기 있게 내 조사를 도와준 남편에게 감사 인사를 하는 것으로 이 서문을 마치겠다. 이 책에 담긴 역사적 사실에 정확한 데가 있다면 그것은 모두 남편의 심오한 역사 지식 덕분이다. 마지막으로, 성함과 주소를 잃어버리는 바람에 여기서 말씀드리는데, 지금까지 내 작품들의 문장부호와 식물, 곤충, 지리, 연대에 대한 오류들을 관대하게도 아무 대가 없이 고쳐주신, 그리고 이번에도 수고를 아끼지 않고 도와주시리라 믿는 미국의 어느 신사분께 감사드리고 싶다.

삽화 목록

소년 시절의 올랜도

1

그는—그 시절 스타일이 성별을 좀 감추는 데가 있기는 하지만 그의 성별은 의심할 여지가 없으므로—서까래에 매달려 흔들거리는 무어인의 머리에 칼을 휘두르고 있었다. 그 머리는 낡은 축구공 색깔이었고, 홀쭉한 볼과 코코넛 털처럼 거칠고 메마른 머리카락 한두 가닥을 제외하면 생김새도 거의 그랬다. 그 머리는 올랜도의 아버지, 아니 어쩌면 할아버지가 달빛 아래 아프리카의 야만의 들판에서 튀어나온 거대한 이교도의 어깨에서 쳐서 떨어뜨렸고, 이제는 자신을 살해한 귀족의 거대한 저택 고미다락방들 사이로 쉼 없이 불어오는 미풍에 끊임없이 조용히 흔들리고 있었다.

올랜도의 선조들은 아스포델[1] 핀 들판, 돌투성이 들판, 낯선 강들이 흐르는 들판에서 말을 달리고 수많은 어깨에서 다양한 색깔의 머리들을 쳐내어 집에 가져와 서까래에 매달았다. 올랜도도 그렇게 하겠다고 맹세했다. 하지만 그는 나이가 겨우 열여섯밖에 안 되어 아프리카나 프랑스에서 함께 말을 달리기에는 너무 어렸기 때문에 어머니와 정원의 공작들의 눈을 피해 고미다락방에 가서 칼로 허공을 찌르고 쑤시고 가르곤 했다. 때로는 밧줄을 자르는 바람에 머리가 바닥에 쿵 떨어져 다시 매달아야 했는데, 기사의 용기를 발휘해 거의 손이 닿지도 않을 높이에 묶어놓는 바람에 그의 적은 쪼글쪼글한 검은 입술 사이로 의기양양한 미소를 짓곤 했다. 머리는 이리저리 흔들리고 있었다. 머리가 거주하는 곳은 저택의 꼭대기 층이고, 그 저택은 너무 거대해서 바람이 그 안에 갇혀 있기라도 한 것처럼 겨울이고 여름이고 이

---

1   백합과의 식물. 그리스 신화에서 낙원에 피는 꽃으로 등장한다.

리저리 불어댔기 때문이다. 사냥꾼들이 그려진 녹색 애러스천 벽걸이도 끊임없이 펄럭거렸다. 선조들은 처음부터 귀족이었다. 그들은 머리에 왕관을 쓴 채 북쪽 안개를 뚫고 왔다. 방 안의 창살 모양 그림자와 바닥을 바둑판 모양으로 물들인 노란 웅덩이들은 창문을 장식한 거대한 문장紋章 무늬 스테인드글라스를 통과해 떨어지는 햇빛이 만든 것 아닌가? 지금 올랜도는 문장 속 표범의 노란 몸뚱이 한가운데에 서 있었다. 그가 창문을 열기 위해 창턱에 손을 얹자, 그 손은 즉시 나비 날개처럼 빨강, 파랑, 노란색으로 물들었다. 그러니 상징을 좋아하고 상징 해독에 재능이 있는 사람이라면 그 맵시 있는 다리와 잘생긴 몸, 균형 잡힌 어깨는 모두 문장의 여러 가지 색으로 장식된 반면 창문을 연 올랜도의 얼굴에는 오로지 태양빛만 비치고 있다는 것을 알아차렸을 것이다. 그보다 더 솔직하고 부루퉁한 얼굴은 그 어디에서도 찾을 수 없을 것이다. 그런 사람을 낳은 어머니는 얼마나 행복하며, 그런 사람의 삶을 기록하는 전기작가는 얼마나 더 행복할까! 어머니는 애태울 필요가 없고,

전기작가는 소설가나 시인의 도움에 호소할 필요가 없다. 그는 공훈에서 공훈으로, 영광에서 영광으로, 관직에서 관직으로 착착 나아갈 테고, 작가는 그저 그 뒤를 따라가다 보면, 두 사람이 무엇을 바라든 간에 그 최고의 자리에 도달하게 되어 있다. 올랜도는 보기만 해도 딱 그런 성공 가도를 달리게 되어 있는 사람이었다. 발그레한 뺨에는 복숭아 솜털이 덮여 있고, 입술 위의 솜털은 뺨보다 아주 조금 더 짙었다. 입술 자체는 절묘하게 아름답고 아몬드처럼 하얀 치아 위로 살짝 당겨져 있었다. 짧은 콧날은 화살처럼 거침없이 팽팽하게 비상했다. 머리카락은 검고, 조그만 귀는 머리에 바싹 붙어 있었다. 하지만 아아, 이마와 두 눈에 대해 말하지 않고는 이 젊은 미모의 목록을 끝낼 수 없다. 그 셋 없이 태어나는 사람은 거의 없지만, 그게 무슨 소용인가. 창가에 선 올랜도를 보는 순간, 그 눈이 물에 젖은 제비꽃 같다고 인정하지 않을 수 없다. 그의 눈은 너무 커서 넘치도록 찰랑찰랑 차오른 물방울 때문에 더 확대된 것처럼 보였다. 그리고 이마는 아무것도 새기지 않은 메달 같은 두 관자놀이 사이를 펴고 솟아오른 대리석 원형 지붕 같았다. 그 눈과 이마를 보는 순간, 우리는 이렇게 광적으로 떠들게 된다. 그 눈과 이마를 보는 순간, 천 개의 거슬리는 점들을 인정하면서도 모든 훌륭한 전기작가의 목표가 그렇듯이 이를 무시하게 된다. 녹색 드레스 차림의 아름다운 어머니가 하녀 트위쳇을 거느리고 공작새들에게 먹이를 주러 나오는 것 같은 광경은 그의 명상을 방해했다. 새와 나무들, 저녁 하늘과 집으로 돌아가는 떼까마귀들처럼 감정을 고양시키는, 죽음을 염원하게 만드는 광경들도 있었다. 이런 온갖 광경들, 그리고 망치 두드리는 소리와 땔나무 패는 소리 같은 정원의 소리들이 그의—상당히 널찍한—두뇌 속으로 나선형 계단을 타고 올라와 그를 격정과 감정의 혼란스러운 소용돌이에 몰아넣었는데, 이런 감정은 훌륭한 전기작가들은 다 질색하는 일이다. 하지만 이야기를 계속하자. 올랜도는 천천히 머리를 다시 방 안으로 집어넣고 책상에 앉아 매일 같은 시간에 똑같은 일을 하는 사람 특유의 약간 멍한 태도로《에셀버트: 5막짜리 비극》이라고 적힌 공책을 꺼내 낡고 얼룩진 깃털펜을 잉크에 담갔다.

그는 곧 열 페이지 이상을 시로 채웠다. 거침없는 것은 분명하지만, 내용은 추상적이었다. 그의 극시의 등장 인물들은 '악덕', '범죄', '비참'이었다. 있을 수 없는 나라의 왕과 왕비가 등장했다. 그들은 끔찍한 음모에 좌절했다. 숭고한 감정이 넘쳐났다. 자신이 실제로 할 법한 말은 단 한마디도 없고 모든 것이 유려하고 달콤하기만 했는데, 이것은 아직 열일곱도 되지 않은 그의 나이와 16세기가 끝나려면 아직 몇 년은 더 남았다는 사실을 고려하면 충분히 대단한 일이었다. 하지만 마침내 그가 글쓰기를 멈췄다. 젊은 시인들의 영원한 주제인 자연을 묘사하고 있던 그는 녹색의 색조를 정확히 맞추기 위해 대상 그 자체를 바라보았다(이 점에서 그는 대다수의 젊은 시인보다 더 대담했다). 마침 창문 바로 밑에서 자라고 있던 월계수 덤불 말이다. 물론 그러고 나자 그는 더 이상 글을 쓸 수 없었다. 자연 속의 녹색과 문학 속의 녹색은 서로 다르다. 자연과 문학은 타고난 상극 같아서, 한데 붙여놓으면 서로를 갈기갈기 찢어버린다. 지금 올랜도가 본 녹색의 색조도 그의 운을 망치고 운율을 쪼개버렸다. 게다가 자연에는 자신만의 책략이 있다. 일단 창문 밖으로 꽃들 사이의 벌들, 하품하는 개, 지는 해를 바라보게 되면, 일단 '석양을 몇 번이나 더 보게 될까' 등등의 (너무 진부해서 글로 쓸 가치도 없는) 생각을 하게 되면, 펜을 내려놓고 외투를 집어 들고 방에서 성큼성큼 걸어 나가다가 채색한 궤짝에 발이 걸려 넘어지게 된다. 올랜도는 약간 동작이 서투른 사람이었기 때문이다.

그는 아무도 만나지 않으려고 조심했다. 정원사 스텁스가 오솔길을 따라 걸어오고 있었다. 그는 정원사가 지나갈 때까지 나무 뒤에 숨었다. 그러고는 정원 담에 난 조그만 문으로 빠져나왔다. 그는 마구간, 개집, 양조장, 목공소, 세탁소, 수지양초를 만들고 황소를 도살하고 편자를 만들고 가죽 조끼를 꿰매는 곳들을 피해가며(그 저택은 각종 기술에 종사하는 사람들로 에워싸인 마을 같은 곳이었다) 남의 눈에 띄지 않게 대정원을 가로질러 언덕으로 올라가는 양치식물 우거진 길로 나왔다. 자질들끼리도 닮은 것들이 서로를 끌어당기는데, 여기서 전

21

기작가는 이런 서투름이 종종 고독에 대한 사랑과 짝을 이룬다는 사실에 주목해야 한다. 궤짝에 걸려 넘어졌으니 올랜도는 당연히 외진 장소와 광막한 전망을 사랑했고 자신은 영원히, 영원히, 영원히 혼자라고 느끼기를 좋아했다.

그래서 마침내 오랜 침묵 끝에 그는 이 글에서 처음으로 입을 열고 "나는 혼자다"라고 속삭였다. 그는 사슴과 야생 새들을 깜짝 놀라게 하며 양치류와 산사 덤불 사이 경사진 길을 따라 떡갈나무 한 그루가 서 있는 언덕 꼭대기로 올라갔다. 그 언덕은 굉장히 높았다. 너무 높아서 언덕 아래로 영국의 열아홉 개 주州가 보였고, 맑은 날이면 서른 개, 날씨가 굉장히 좋은 날이면 어쩌면 마흔 개까지도 보였다. 때로는 파도가 밀려오고 또 밀려오는 영국 해협도 보였다. 강들과 그 위를 미끄러지듯 달리는 유람선들, 바다로 나가는 큰 범선들, 연기를 내뿜으며 쿵하는 둔탁한 대포 소리를 내는 함대, 해변의 요새들, 초원 위의 성들, 이쪽의 감시탑, 저쪽의 요새, 그리고 골짜기의 마을처럼 무리 지어 모여 성벽에 둘러싸인 올랜도 아버지의 저택처럼 거대한 저택도 보였다. 동쪽에는 런던의 탑들과 도시의 연기가 있었고, 바람 방향이 맞을 때면 스노든 산의 바위투성이 정상과 톱니 모양 능선들이 지평선 바로 위 구름 사이로 거대한 위용을 드러내기도 했다. 올랜도는 잠시 그 자리에 서서 세어보고 쳐다보고 확인했다. 저건 아버지 집이고, 저건 숙부님 댁이었다. 저쪽 나무들 사이에 있는 세 개의 커다란 탑은 숙모님 소유였다. 히스 무성한 들판과 숲은 꿩과 사슴, 여우, 오소리, 나비 들과 함께 그의 집안 소유였다.[2]

그는 깊은 한숨을 내쉬고 떡갈나무 아래 땅바닥에 몸을 내던졌다. 그 동작에는 이 말에 부합하는 열정이 있었다. 덧없이 사라지는 이 모든 여름날의 풍경 아래 자리한 대지의 척추를 자신의 몸으로 느끼는 게 좋았다. 떡갈나무의 단단한 뿌리를 대지의 척추라고 생각

---

2   작품 속 올랜도의 저택은, 올랜도의 모델인 비타 색빌웨스트 집안의 유명한 영지 '놀knole'을 토대로 했다. 16세기 엘리자베스 1세 여왕이 사촌인 토머스 색빌에게 하사한 곳으로, 영국에서 가장 큰 저택 중 하나이며 문화재로 관리되고 있다.

했기 때문이다. 이미지가 꼬리를 물고 이어지면서 그 뿌리는 그가 타고 있는 커다란 말 잔등이 되기도 하고 흔들리는 배의 갑판이 되기도 했다. 사실 단단하기만 하다면 무엇이든 될 수 있었다. 표류하는 그의 마음, 옆구리를 잡아당기고, 매일 저녁 이맘때 산책하러 나올 때마다 향기로운 사랑의 돌풍으로 가득 차는 것 같은 마음을 붙들어 맬 곳이 필요했기 때문이다. 떡갈나무에 마음을 묶어놓고 거기 누워 있으면 퍼덕이며 요동치던 마음과 주변이 서서히 진정되었다. 조그만 잎사귀들은 가만히 매달려 있고, 사슴은 걸음을 멈추고, 창백한 여름 구름은 그 자리에서 움직이지 않았다. 땅에 늘어뜨린 팔다리가 점점 무거워졌다. 그가 꼼짝도 하지 않고 누워 있자, 사슴들은 조금씩 가까이 다가왔고, 떼까마귀들은 주위를 선회했고, 제비들은 휙 내려와 원을 그리며 맴돌았고, 잠자리들은 휙 하고 그를 스치며 날아갔다. 마치 여름날 저녁의 온갖 풍요로움과 사랑 행위들이 그의 몸 주위에서 거미줄처럼 엮여 있는 것 같았다.

약 한 시간 후—태양은 빠른 속도로 지고 있고, 하얀

구름은 붉게, 언덕은 제비꽃 색깔로, 숲은 보랏빛으로, 골짜기는 검게 물들었을 때—트럼펫 소리가 울려 퍼졌다. 올랜도는 벌떡 일어났다. 그 날카로운 소리는 골짜기에서 들려왔다. 저 아래 캄캄한 곳에서 들려오는 소리였다. 상세하게 구획되어 빽빽하게 들어찬 곳, 미궁, 마을이지만 성벽으로 둘러싸인 곳, 바로 골짜기에 있는 아버지의 거대한 저택 심장부에서 들려오는 소리였다. 그가 지켜보고 있고 하나의 트럼펫 소리가 더 날카로운 다른 소리들과 뒤섞이며 배가되고 또 배가되는 사이, 조금 전까지만 해도 캄캄했던 골짜기에서 어둠이 사라지고 환한 불빛들이 등장했다. 어떤 불빛들은 부름을 받고 급히 복도를 달려가는 하인들처럼 조그맣고 급한 불빛이었고, 다른 불빛들은 아직 도착하지 않은 손님들을 맞이할 준비가 된 텅 빈 연회장에서 타고 있는 불빛처럼 쨍하고 환한 불빛이었다. 또 다른 불빛들은 마차에서 내리는 위대한 왕녀에게 기품 있게 허리를 굽히고 무릎을 꿇었다가 일어나 맞이한 다음 호위해 안으로 안내하는 한 무리의 시종들이 들고 있는 것처럼 휙 내려갔다가 흔들렸다가 가라앉았다가 올라갔다. 마차들이 안뜰에서 방향을 돌리며 선회했다. 말들이 깃털 장식을 쳐들었다. 여왕이 도착한 것이다.

올랜도는 더 이상 보고 있지 않았다. 그는 언덕 아래로 돌진했다. 쪽문으로 들어왔다. 나선형 계단을 질주해 올라갔다. 방에 도착했다. 스타킹은 방 한쪽에, 조끼는 반대쪽에 내동댕이쳤다. 머리를 물에 적셨다. 손을 문질러 씻었다. 손톱을 깎았다. 고작 6인치짜리 거울과 다 타가는 양초 두 개에만 의지해 마구간 시계로 10분도 안 되는 사이에 심홍색 반바지와 레이스 칼라, 호박단 조끼를 허둥지둥 입고 겹달리아만큼 큰 장미꽃 모양 술이 달린 구두를 신었다. 준비는 끝났다. 얼굴이 발갛게 상기됐다. 그는 흥분했다. 하지만 심각한 지각이었다.

하지만 이제 그는 익숙한 지름길을 통해 줄줄이 늘어선 방들과 계단들을 지나 5에이커 떨어진 저택 반대쪽에 자리한 연회장으로 갔다. 하지만 중간쯤 갔을 때 하인들이 살고 있는 뒤채에서 그는 걸음을 멈췄다. 스튜클리 부인의 거실 문이 열려 있었다. 열쇠를 몽땅 다 들고 마님의 시중을 들러 간 것이 틀림없었다. 하지만 거기 하인들의 저녁 식탁에 다소 뚱뚱하고 초라한 행색의 남자 하나가 옆에는 큰 맥주잔을, 앞에는 종이를 놓고 앉아 있었다. 그는 약간 꾀죄죄한 주름칼라가 달린 거친 갈색 나사천 옷을 입고 있었다. 손에 펜을 쥐고 있었지만 글을 쓰고 있지는 않았다. 생각이 마음에 드는 모양이 되거나 탄력이 붙을 때까지 머릿속에서 이리저리 굴려보고 있는 것 같았다. 질감이 특이한 녹색 돌처럼 동그란 눈은 멍하게 한자리에 고정되어 있었다.[3] 그는 올랜도를 보고 있지 않았다. 다급한 와중에도 올랜도는 걸음을 딱 멈추었다. 이 사람 시인인가? 시를 쓰고 있나? 그는 말하고 싶었다. "말해주십시오, 온 세상의 삼라만상에 대해." 그는 시인과 시에 대해 더없이 엉뚱하고 우스꽝스럽고 터무니없는 생각을 가지고 있었다. 하지만 자신을 보지 않는 사람에게 어떻게 말을 걸 수 있단 말인가? 그가 아니라 괴물이나 사티로스, 어쩌면 심해

3 셰익스피어를 염두에 둔 묘사.

를 바라보고 있는 사람에게? 그래서 올랜도는 서서 지켜보기만 했고, 그러는 동안 남자는 펜을 손가락으로 이리저리 돌리고 멍하니 앞을 바라보며 생각에 잠기더니 순식간에 여섯 줄 정도를 쓰고는 고개를 들었다. 그 순간 올랜도는 수줍음을 못 이기고 쏜살같이 달아나 연회장으로 내달렸고, 허둥지둥 머리를 조아리고 무릎을 꿇은 채 가까스로 위대한 여왕께 장미수 한 그릇을 바칠 수 있었다.

그는 너무 수줍어서 물속에 담긴 여왕의 반지 낀 손밖에 보지 못했지만, 그것만으로도 충분했다. 잊을 수 없는 손이었다. 보주實珠나 홀忽을 쥐고 있기라도 한 듯이 늘 동그랗게 말려 있는 기다란 손가락에 야윈 손, 신경질적이고 괴팍하고 핼쑥한 손, 그러면서도 명령하는 손, 치켜들기만 해도 사람 목을 날릴 수 있는 손이었다. 그는 생각했다, 이 손은 장뇌를 넣고 모피를 보관하는 벽장 같은 냄새를 풍기는 늙은 몸, 그럼에도 온갖 무늬직물과 보석으로 치장하고, 혹여 좌골신경통으로 괴로워하는 처지라도 한껏 꼿꼿한 자세를 취하고, 천 가지 두려움으로 긴장하고 있어도 결코 움찔하는 법이 없는 그런 몸에 붙어 있는 손이라고. 여왕의 눈은 연한 황색이었다. 그는 이 모든 것을 큼직한 반지들이 물속에서 번쩍거리는 사이에 느꼈고, 다음 순간 무엇인가가 그의 머리카락을 눌렀다. 그가 역사가에게 도움 될 만한 점을 아무것도 보지 못한 것은 아마도 그 때문일 것이다. 사실 그의 머릿속은 서로 상반되는 것들—밤과 타오르는 촛불들, 초라한 시인과 위대한 여왕, 고요한 들판과 시종들이 딸그락거리는 소리—로 온통 뒤범벅되어 있어서 아무것도 보이지 않았다. 오로지 그 손밖에는.

같은 식으로 여왕도 머리밖에 보지 못했을 것이다. 하지만 손을 보고 괴팍함, 용기, 연약함, 두려움 등 위대한 여왕의 모든 특징이 들어간 몸을 추론할 수 있다면, 귀부인이 왕좌에서 내려다본 머리도 분명 그 못지않게 풍부한 정보를 줄 수 있다. 웨스트민스터 사원의 밀랍 인형들이 믿을 만하다면, 여왕은 늘 눈을 크게 뜨고 있으니 말이다.[4] 긴 곱슬머리, 여왕 앞에서 그토록 공손하고 순진하게 조아리고 있는 검은 머리는 그 어떤 귀족 젊은이의 다리보다 근사한 두 다리와 제비꽃 색깔의 눈, 상냥한 마음, 충성심, 남자다운 매력을 암시하고 있었다. 모두 그 늙은 여인이 기대했다 실망할수록 더 사랑하는 자질들이었다. 여왕은 늙고 지쳐서 벌써부터 허리가 굽고 있었기 때문이다. 귓전에는 늘 대포 소리가 들렸다. 눈앞에는 늘 반짝이며 방울져 떨어지는 독극물과 기다란 단검이 보였다. 식탁에 앉아 귀를 기울이면 영국 해협의 총성이 들렸다. 여왕은 겁이 났다. 저건 저주인가, 속삭임인가? 그 뒤의 어두운 막후를 생각할수록 순진함과 단순함은 더욱 소중했다. 전해지는 말에 의하면, 바로 그날 밤 올랜도가 깊이 잠든 사이 여왕은 원래 대주교 소유였다가 왕의 재산이 된 거대한 수도원을 마침내 양피지 문서에 서명 날인해서 올랜도의 아버지에게 정식으로 하사했다고 한다.

올랜도는 아무것도 모르고 밤새 단잠을 잤다. 여왕

---

4   웨스트민스터 사원에 매장된 엘리자베스 여왕의 무덤을 장식한 밀랍 조상을 말한다. 왕들과 그 외 유명 인물들의 무덤 위에 실제 옷을 입힌 실물 크기의 밀랍 조상을 두는 것은 왕실의 오랜 관습이었다.

이 입을 맞춘 것도 알지 못했다. 여인의 마음이란 복잡해서, 여왕이 이 어린 사촌의(그들은 피를 나눈 친척이었다) 기억을 생생하게 간직하게 된 것은 아마도 그가 아무것도 몰랐고 여왕의 입술이 닿았을 때 움찔했기 때문인지도 몰랐다. 어쨌든 이 고요한 시골 생활이 채 2년도 지나기 전, 그리고 올랜도가 겨우 약 스무 편의 비극과 열두 편의 사극, 스무 편의 소네트밖에 쓰지 못했을 때, 화이트홀 궁전에서 여왕을 모시라는 전갈이 왔다.

"저기 오는구나." 올랜도가 긴 복도를 걸어 다가오는 것을 본 여왕이 말했다. "우리 순진한 신참!" (사실상 순진하다는 말이 더 이상 어울리지 않는 나이인데도 그에게는 늘 순진해 보이는 평온한 분위기가 있었다.)

"이리 오라!" 여왕은 벽난로 옆에 꼿꼿한 자세로 앉아 있었다. 그러고는 그를 한 발짝 떨어진 데 세워놓고 위아래로 훑어보았다. 지난밤의 추측을 지금 눈앞에 보이는 실물과 맞춰보고 있는 것일까? 추측이 맞았다고 확인했을까? 눈, 입, 코, 가슴, 엉덩이, 손…… 여왕은 죽 훑어보았다. 그를 살펴보는 여왕의 입술이 눈에 띄게 씰

룩거렸다. 하지만 눈길이 다리에 간 순간 여왕은 커다란 웃음을 터뜨렸다. 그는 귀족 청년의 표상과도 같았다. 하지만 내면은? 여왕은 그의 영혼을 꿰뚫기라도 할 것처럼 매 같은 노란 눈을 번득였다. 젊은이는 그에게 어울리는 다마스크 장밋빛 홍조만 살짝 띠며 그 시선을 견뎠다. 힘, 품위, 연애, 어리석음, 시, 젊음…… 여왕은 책을 읽듯이 그를 읽어나갔다. 그러더니 당장 자기 손가락(마디가 살짝 굵었다)에서 반지를 잡아 뽑아 그의 손에 끼워주면서 그를 재무담당 겸 집사로 임명했다. 그러고는 관직을 표상하는 사슬 목걸이를 목에 걸어주고 무릎을 꿇으라고 명하더니 그 가장 가느다란 부분에 보석으로 장식된 가터 훈장[5]을 묶어주었다. 그 후로 그는 거칠 것이 없었다. 여왕이 공식 행차를 할 때면 그는 마차 문 옆에서 말을 타고 갔다. 여왕은 슬픔에 빠진 여왕에게 조문단으로 그를 스코틀랜드로 보냈다. 폴란드 전쟁에 참전하려고 막 출항하려는 순간에는 그를 소환했다. 그 부드러운

---

5   영국 최고의 훈장.

살이 찢기고 그 곱슬머리가 흙바닥에 뒹군다는 것은 생각조차 할 수 없었다. 여왕은 그를 곁에 뒀다. 런던탑에서 쏘아대는 대포에 대기가 화약으로 가득 차 사람들이 재채기를 해대고 창 밑에서 만세 소리가 울려 퍼지는 승리의 정점에서[6] 여왕은 (너무 지치고 늙어서) 시종들이 괴어준 쿠션들 사이에 그를 잡아당겨 얼굴을 그 기함할 혼합물에—여왕은 한 달 동안 옷을 갈아입지 않았다—파묻게 했다. 어머니의 모피 옷들이 들어 있던 고향집의 오래된 옷장 냄새 같은 어린 시절 기억을 떠올리게 하는 냄새라고 그는 생각했다. 그는 거의 질식할 지경이 되어 포옹에서 빠져나왔다. 하늘로 솟구쳐 올라간 불꽃이 뺨을 진홍색으로 물들이고 있을 때 여왕이 속삭였다. "이것이 나의 승리야!"

늙은 여인은 그를 사랑하고 있었다. 평범한 방식으로는 아니라고 하지만 남자를 볼 줄 아는 여왕은 그를 위

---

6   1588년 영국은 스페인 무적함대의 격퇴를 자축하며 런던탑에서 축포를 쏘았다.

해 찬란한 출세 가도를 계획하고 있었다. 땅과 저택들을 하사했다. 그는 여왕의 노년의 아들, 병약한 몸의 수족, 쇠약해져가는 몸을 의지할 떡갈나무가 될 참이었다. 여왕은 아무리 땔나무를 산더미처럼 쌓아도 몸을 덥혀주지 못하는 벽난로 옆에 뻣뻣한 무늬직물 옷을 입고 꼿꼿한 자세로 앉아(그들은 이제 리치먼드 왕궁[7]에 있었다) 권위와 상냥함이 뒤섞인 묘한 어조로 이런 약속들을 꺽꺽대는 목소리로 내놓았다.

그러는 동안 긴 겨울날이 다가왔다. 정원의 모든 나무에 서리가 하얗게 내려앉았다. 강물은 느릿느릿 흘러갔다. 땅에는 눈이 덮여 있고 검은 벽널로 장식한 방들에는 그림자가 가득 드리웠고 사냥터에서는 수사슴들이 울고 있던 어느 날, 밀정을 경계해서 늘 지니고 있는 거울을 보던 여왕은 자객을 경계해 늘 열어두는 문틈으로 한 소년이―설마 올랜도일까?―어느 소녀와―이 뻔뻔스러운 계집은 도대체 누구인가?―키스하고 있는 것

---

7   엘리자베스 여왕은 이곳에서 1603년 사망했다.

을 보았다. 여왕은 금자루가 달린 칼을 와락 쥐고는 거울을 거세게 내리쳤다. 거울이 박살 났다. 사람들이 달려와 여왕을 안아 올려 다시 의자에 앉혔지만, 그 후 그녀는 슬픔에 잠겼고 죽음을 향해 다가가며 남자의 배신에 대해 한탄을 늘어놓았다.

어쩌면 그것은 올랜도의 잘못일 수도 있지만, 결국 우리가 올랜도를 비난할 수 있을까? 그때는 엘리자베스 시대였고, 당시의 도덕은 우리와 달랐다. 시인도, 풍토도, 채소마저 달랐다. 모든 것이 달랐다. 날씨 자체, 여름과 겨울의 더위와 추위도 완전히 다른 온도였을 수 있다. 찬란한 열정의 낮은 땅과 물처럼 밤과 완전히 구분되었다. 황혼은 더 붉고 더 강렬했고, 여명은 더 하얗고 더 장밋빛이었다. 우리의 새벽녘 어스름과 미적거리는 땅거미를 그들은 전혀 몰랐다. 비는 억수같이 내리거나 아예 오지 않았다. 태양은 불타거나 아예 캄캄했다. 시인들은 늘 하던 대로 이를 정신적 영역으로 환원해 장미가 시들고 꽃잎이 떨어지는 모습을 아름답게 노래했다. 그 순간은 짧다고, 그 순간이 지나면 끝없이 긴 밤잠을 자게 된다고 그들은 노래했다. 생기 넘치는 패랭이꽃과 장미꽃의 수명을 늘이고 보존하기 위해 온실 같은 장치를 쓰는 것은 그들의 방식이 아니었다. 더 점차적이고 회의적인 우리 시대의 애매모호함과 시들어버린 복잡함 같은 것을 그들은 몰랐다. 모든 것이 격렬했다. 꽃은 피고 졌다. 태양은 뜨고 졌다. 연인은 사랑하고 떠났다. 시인들은 운율 맞춰 노래하고, 젊은이들은 이를 실천으로 옮겼다. 아가씨들은 장미였고, 그들의 한창때도 꽃처럼 짧았다. 밤이 되기 전에 꺾여야 했다. 낮은 짧고 낮이 전부이니까. 그러니 땅에 눈이 쌓여 있고 여왕이 복도에서 감시하고 있다 해도, 올랜도가 당시의 풍토, 시인들, 시대 자체가 이끄는 대로 창가의 꽃을 꺾은 것이라면, 우린 결코 그를 비난할 수 없다. 그는 젊었다. 소년티도 가시지 않았다. 본능이 명하는 대로 했을 뿐이다. 그 소녀에 대해서는, 엘리자베스 여왕이 모르듯 우리도 이름조차 알지 못한다. 도리스였을 수도, 클로리스나 델리아, 다이애나였을 수도 있다. 그가 이들 모두에게 차례로 시를 써주었으니까. 궁정의 귀부인이나 하녀였을 가능성도 그

36

못지않다. 올랜도는 폭넓은 취향을 가지고 있었다. 그는 정원에 핀 꽃만 사랑하지 않았다. 야생화, 심지어 잡초에도 늘 매혹됐다.

사실 여기서 우리는 전기작가로서 그의 특이한 특성 하나를 무례하게 털어놓겠는데, 그러한 특성은 아마도 그의 조모 한 분이 작업복을 입고 우유통을 날랐다는 사실에 원인이 있을 것이다. 그가 노르망디에서 물려받은 맑고 순수한 피에는 켄트와 서섹스의 토양이 약간 섞여 있었다. 그는 갈색 흙과 귀족의 푸른 피가 섞이는 것이 좋은 일이라고 생각했다. 확실히 그는 마치 피가 서로 당기기라도 한 것처럼 하층민, 특히 분별이 있다 보니 종종 자신을 억누르고 살아가는 배운 사람들과 어울리는 것을 좋아했다. 머릿속에 시가 넘쳐나고 기발한 비유를 떠올리지 않고서는 잠드는 일이 없던 이 시기 그의 눈에는 여인숙 주인 딸의 뺨이 더 생기 있어 보이고 사냥꾼 조카딸의 재치가 궁정 귀부인들보다 더 뛰어나 보였다. 그래서 그는 밤이면 회색 망토를 둘러 목의 별 훈장과 무릎의 가터 훈장을 감추고 와핑 선착장 계단과 비어가든⁸을 자주 찾기 시작했다. 그 모래 덮인 골목길과 잔디 볼링장과 그런 곳에 있는 수수한 건물들 사이에서 그는 술잔을 앞에 놓고 뱃사람들이 스페인 본토에서 겪은 고생과 공포와 잔악함에 대한 이야기들, 즉 (말로 하는 이야기는 글로 쓴 것처럼 세련되거나 곱게 채색되지 않았으므로) 누가 어쩌다 발가락이 잘렸으며 누가 어쩌다 코가 잘렸는지에 대한 이야기를 들었다. 특히 그는 뱃사람들이 아조레스 제도 노래를 목청 높여 불러대고, 그 옆에서는 그들이 그 지역에서 가져온 앵무새들이 주인의 귀고리를 쪼고 단단하고 탐욕스러운 주둥이로 손가락에 낀 루비 반지를 두들겨대며 주인들 못지않게 상스러운 욕설을 해대는 것을 듣기 좋아했다. 여인네들도 새들에게 질세라 언변이 대담하고 행실이 자유분방했다. 그들은 진귀한 무엇인가가 올랜도의 나사천 망토 아래 있을 거라고 짐작하고는 그의 무릎에 앉아 양팔로 목을 휘감은 채 올랜도만큼이나 진실에 도달하려고 애썼다.

---

8   옥외에서 맥주 등을 파는 가게.

기회도 없지 않았다. 강은 거룻배와 나룻배, 그 외 각양각색의 배들로 아침이고 밤이고 부산했다. 날마다 근사한 배가 인도 제도를 향해 바다로 나갔다. 가끔은 정체 모를 털북숭이 사내들이 탄 시커멓고 추레한 배가 간신히 기어 들어와 정박했다. 해가 진 후 젊은 남녀가 배위에서 농탕치느라 없어져도 아무도 찾지 않았고, 그들이 꼭 껴안고 보물 자루 사이에서 곤히 잠든 것을 봤다는 소문이 나도 누구도 눈 하나 까딱하지 않았다. 실로 그런 모험이 올랜도와 수키, 컴벌랜드 백작에게 닥쳤다. 아주 더운 날이었다. 그들은 열렬히 사랑했고, 루비들 사이에서 잠이 들었다. 그날 밤 늦게, 재산이 스페인 투기사업에 완전히 묶여 있는 백작이 혼자 등을 들고 전리품을 확인하러 왔다. 그는 술통에 불빛을 비추었다가 깜짝 놀라 외마디 소리를 지르며 뒤로 물러났다. 천성적으로 미신을 잘 믿는 데다가 죄를 수두룩하게 지어 양심의 가책에 시달리던 백작은 그 한 쌍의 남녀가—그들은 붉은 망토에 둘러싸여 있었고, 수키의 가슴은 거의 올랜도의 시에 등장하는 영원한 눈처럼 하얬다—그를 질책하기 위해 무덤에서 나온 익사한 뱃사람들의 유령이라고 생각했다. 백작은 성호를 그었다. 회개하겠다고 맹세했다. 지금도 신Sheen 로드에 늘어서 있는 빈민구호소들이 그 순간의 공포가 남긴 가시적 산물이다. 그 교구의 가난한 여인 열두 명은 오늘도 낮에는 차를 마시고 밤에는 머리를 가릴 지붕을 주신 나리를 축복한다. 그러니 보물선에서의 금기의 사랑은…… 하지만 교훈은 생략하자.

그러나 이내 올랜도는 이런 생활의 불편함과 그 동네의 복잡한 거리들뿐만 아니라 사람들의 야만적인 행동에도 싫증이 났다. 엘리자베스 시대 사람들은 우리처럼 범죄와 가난에 매력을 느끼지 않았다는 것을 알아야 한다. 그들은 우리 현대인들처럼 책상물림 지식을 부끄러워하지 않았다. 우리처럼 푸줏간 주인 아들로 태어나는 것은 축복이고 글을 읽을 줄 모르는 것은 미덕이라고 믿지도 않았다. 우리가 '삶'과 '현실'이라고 부르는 것이 어쨌거나 무지와 야만과 연결되어 있다는 생각도 하지 않았다. 사실 그 두 단어에 상응하는 말조차 없었다. 올랜도가 그 사람들에게 가서 어울린 것은 '삶'을 추구해서

가 아니었고, 그들을 떠난 것도 '현실'을 탐구하기 위해서가 아니었다. 하지만 제이크스가 어떻게 코를 잃었으며 수키는 어떻게 정조를 잃었는지 스무 번 정도 듣고 나자(그들의 이야기 솜씨는 대단했다, 그건 인정해줘야 한다), 계속되는 되풀이가 살짝 지겨워지기 시작했다. 코는 딱 한 가지 방식으로만 잘려 나갈 수 있고 정조도 한 가지 방식(그가 보기에는 그 정도인 것 같았다)으로만 잃을 수 있는 반면, 예술과 과학에는 그의 호기심을 심오하게 자극하는 다양성이 있었다. 그래서 그는 그 사람들을 늘 행복한 기억으로 간직하며 비어가든과 잔디볼링장 출입을 끊고 회색 망토를 옷장에 걸어놓은 다음 목의 별 훈장과 무릎의 가터 훈장을 빛내며 제임스 왕의 궁전에 다시 한번 나타났다. 그는 젊고 부자이고 미남이었다. 아무도 그렇게 열렬한 환호로 환영받지는 못했을 것이다.

과연 확실히 수많은 귀부인들이 그에게 은혜를 베풀 자세가 되어 있었다. 적어도 세 사람의 이름이 결혼 문제에서 그의 이름과 거리낌 없이 결부되며 거론되었다. 클로린다, 파빌라, 유프로신, 모두 그가 자기 소네트에 쓴 이름들이다.

차례대로 소개하자면, 클로린다는 예의 바르고 얌전한 아가씨였다. 사실 올랜도는 6개월 반 동안 클로린다에게 홀딱 빠져 있었지만, 그녀는 속눈썹이 하얬고 절대 피를 보지 못했다. 토끼 구이 요리가 아버지의 식탁에 올라왔을 때는 실신했다. 사제들의 영향을 많이 받아서 가난한 사람들에게 주겠다고 속옷을 아껴 입었다. 클로린다가 죄 많은 올랜도를 개심시키려고 나서자 그는 진절머리가 나서 결혼에서 발을 뺐고, 그로부터 얼마 지나지 않아 그녀가 천연두로 죽었을 때도 별로 후회하지 않았다.

다음으로 등장한 파빌라는 완전히 다른 종류의 여자였다. 그녀는 서머싯셔의 가난한 젠트리[9] 집안의 딸로 순전히 근면함과 눈썰미를 이용해 궁전까지 올라왔고, 거기서 승마 실력과 맵시 있는 발등, 우아한 춤 솜씨로

9   영국에서 작위 귀족과 자영농 사이에 존재하는 지주층.

42

모두의 칭송을 받았다. 하지만 한번은 경솔하게도 자기 실크 스타킹을 찢어발겨놓은 스패니얼에게 올랜도의 창문 바로 밑에서 죽기 일보 직전까지 채찍질을 해버렸다 (공정을 기하기 위해 파빌라에게는 스타킹이 몇 개 없었고 그조차 대부분 거친 인도산 융단이었다는 사실은 꼭 말해야겠다). 열렬한 동물 애호가인 올랜도의 눈에는 이제 그녀의 비뚤어진 치아와 안쪽으로 굽은 앞니 두 개가 보였는데, 이는 그의 말에 따르면 여자의 성질이 심술궂고 잔인하다는 것을 보여주는 확실한 표시였다. 그래서 그는 바로 그날 밤 약혼을 영원히 파기했다.

세 번째 유프로신은 단연코 그가 가장 진지하게 사귄 여인이었다. 그녀는 아일랜드의 데즈먼드 가문 중 한 집안 출신이었고, 따라서 올랜도의 가문만큼이나 오래되고 뿌리 깊은 족보를 가지고 있었다. 그녀는 흰 피부에 발그레한 혈색, 약간 냉담한 기질을 가진 여자였다. 이탈리아어가 능통했고, 윗니는 완벽하게 가지런했지만 아랫니는 살짝 변색되어 있었다. 늘 경주견 휘핏이나 스패니얼을 데리고 다니면서 자기 접시에 놓인 흰 빵을 먹였고, 버지널 연주에 맞춰 감미롭게 노래했고, 몸단장에 엄청나게 공을 들여서 정오 이전에는 옷을 다 입은 적이 없었다. 간단히 말해서, 그녀는 올랜도 같은 귀족에게 완벽한 아내가 될 수도 있었을 여자였다. 그래서 양측 변호사들이 서약과 과부급여[10], 증여, 가옥, 보유 재산, 그 외 막대한 재산이 또 다른 막대한 재산과 결합할 수 있기 전에 필요한 갖가지 일들을 분주하게 처리하는 단계까지 일이 진행되었을 때, 당시 영국 기후의 특징 그대로 느닷없이, 그리고 모질게 대한파[11]가 들이닥쳤다.

역사가들에 의하면, 대한파는 이제껏 이 섬들에 닥친 추위 중 가장 모진 추위였다. 새들이 공중에서 얼어서 돌멩이처럼 땅에 떨어졌다. 노리치에서는 평소와 다름없이 건강한 시골 처녀 하나가 막 길을 건너려던 순간 사람들의 눈앞에서 가루로 변하더니 길모퉁이에서 불어온 얼음장 같은 돌풍에 맞아 한 줌 먼지가 되어 지

---

10   남편이 사망한 후 아내의 소유가 되는 토지 재산.
11   1608년 1월 영국과 유럽을 덮쳤던 한파.

붕 위로 휙 날아갔다. 양과 소의 사망률은 어마어마했
다. 시체들이 꽁꽁 얼어붙어 시트에서 떼어낼 수도 없었
다. 길에서 꼼짝 못 하고 얼어 죽은 돼지 떼와 마주치는
것은 흔한 일이었다. 들판에는 움직이던 도중 그대로 순
식간에 뻣뻣하게 얼어붙은 양치기들, 쟁기질하던 농부
들, 수레에 매인 말들, 새 쫓는 남자아이들이 수두룩했
다. 손으로 코를 만지는 사람이 있는가 하면, 또 다른 사
람은 병을 입술에 갖다 대고 있고, 세 번째는 1야드 떨어
진 산울타리 위에 박제한 것처럼 앉아 있는 까마귀를 향
해 돌멩이를 던지려고 팔을 치켜들고 있었다. 추위가 어
찌나 매서웠는지 때로는 일종의 화석화 작용이 일어났
다. 더비셔 일부 지역에서 돌들이 크게 증가한 것은 일
어나지도 않은 화산 폭발 때문이 아니라 서 있던 자리
에서 문자 그대로 돌로 변해 고체화된 운 없는 여행자들
때문이라고 흔히 추정된다. 교회는 이 사태에 속수무책
이었고, 몇몇 지주들은 유골에 신의 가호를 빌어주었지
만 대부분은 이 돌들을 경계석이나 양 발톱 긁개용으
로, 모양이 적당한 경우에는 소 물통으로 사용했고, 대

부분의 경우 지금까지도 그런 목적으로 아주 잘 이용되고 있다.

하지만 시골에서는 사람들이 극도의 궁핍에 시달리고 교역이 마비된 반면, 런던에서는 최고로 화려한 축제를 즐겼다. 궁전은 그리니치에 있었고, 새로운 왕은 즉위식을 기회로 시민들의 호감을 얻으려고 했다. 왕은 비용은 자신이 댈 테니 양쪽으로 6 내지 7마일 거리까지 20피트 이상 두께로 얼어붙은 강을 깨끗이 청소하고 장식해서 정자와 미로, 골목길, 술 판매대 등을 갖춘 공원이나 유원지와 똑같은 모습으로 만들라고 명령했다. 자신과 궁정 신하들을 위해서는 궁전 문들 바로 맞은편에 공간을 따로 마련해뒀고, 일반 국민들이 들어오지 못하도록 비단줄을 쳐서 막아둔 이 구역은 즉시 영국에서 가장 화려한 사교 중심지가 되었다. 수염을 기르고 주름 칼라를 두른 높은 정치가들은 '로열 파고다'의 심홍색 차양 아래에서 국사를 급히 처리했다. 군인들은 타조 깃털로 꼭대기를 장식한 줄무늬 정자에서 무어인을 정복하고 튀르크인들을 몰락시킬 계획을 짰다. 해군 장성들은 멀리 지평선을 바라보며 북서 수로[12]와 무적함대 이야기를 하면서 잔을 들고 좁은 통로를 왔다 갔다 활보했다. 연인들은 담비 모피를 깐 긴 의자 위에서 농탕쳤다. 여왕과 여왕을 수행하는 귀부인들이 나올 때면 얼어붙은 장미들이 비처럼 쏟아졌다. 공중에는 알록달록한 풍선들이 미동도 없이 떠 있었다. 여기저기에는 삼목과 떡갈나무로 거대한 모닥불들을 지펴놓았는데, 소금을 아낌없이 뿌려 불길이 녹색, 주황색, 보라색으로 타올랐다. 하지만 모닥불이 아무리 맹렬하게 타올라도 그 열기는, 이상할 정도로 투명하지만 쇳덩이처럼 단단한 얼음을 녹이기에는 역부족이었다. 사실 얼음이 어찌나 깨끗했던지 몇 피트 아래 얼어붙은 거북이나 넙치가 여기저기 보였다. 혼수상태로 꼼짝도 하지 않는 뱀장어 떼도 있었지만, 그 상태가 죽음인지 아니면 그저 생명 활동의 정지여서 날이 풀리면 다시 되살아날 것인지는 철학자

---

12   엘리자베스 여왕 시대 모험가들은 미 대륙 북쪽을 지나 극동 지역으로 갈 통로를 찾고 싶어 했다.

들의 의문점이었다. 런던브리지 근처에서 강은 약 20길 깊이까지 얼어붙어서 지난해 가을 가라앉은 배가 사과를 가득 실은 채 강바닥에 고대로 있는 모습이 선명히 보였다. 서리 쪽 강변 시장에 과일을 가져가던 행상선의 여인네는 격자무늬 어깨 덮개와 부풀린 스커트 차림으로 무릎에 사과를 잔뜩 놓은 채 마치 당장에라도 손님을 응대할 것처럼 앉아 있었지만, 푸르스름한 기가 도는 입술은 진실을 넌지시 말해주고 있었다. 제임스 왕은 이 광경을 특히 좋아해서 한 무리의 신하들을 데리고 가서 같이 보곤 했다. 간단히 말해서, 낮에 이보다 더 화려하고 즐거운 곳은 없었다. 하지만 축제의 흥겨움이 절정에 달하는 것은 밤이었다. 추위는 끝없이 계속됐고, 밤은 완벽하게 평온했으며, 달과 별들은 단단히 박아놓은 다이아몬드처럼 번쩍거렸고, 신하들은 플루트와 트럼펫 음악에 맞춰 춤을 추었다.

올랜도는 쿠랑트와 라볼타[13] 스텝을 가볍게 밟는 사

13　각각 프랑스와 이탈리아에서 유래한 화려한 춤.

람은 아니었다. 그는 동작이 서투르고 약간 멍했다. 이런 현란한 외국 가락보다는 어린 시절에 췄던 시골의 소박한 춤들이 훨씬 더 좋았다. 1월 7일 밤 6시경 카드리유인지 미뉴에트인지가 끝나면서 그가 두 발을 막 붙인 순간, 어떤 사람이 러시아 사절단 천막에서 나오는 것이 보였다. 러시아풍의 헐렁한 튜닉과 바지가 성별을 드러내지 않았기 때문에 남자인지 여자인지는 알 수 없지만, 그는 호기심이 있는 대로 동했다. 이름이나 성별이 뭐든간에, 그 사람은 중키 정도에 몸매가 굉장히 호리호리했고, 본 적 없는 녹색 모피로 장식한 굴 색깔의 벨벳 옷을 입고 있었다. 하지만 이런 것들은 그 사람에게서 풍겨 나오는 특별한 묘한 분위기에 가려 잘 보이지도 않았다. 가장 극단적이고 터무니없는 이미지, 은유들이 그의 머릿속에서 얽히고 휘감겼다. 그는 겨우 3초 사이에 그녀를 멜론, 파인애플, 올리브나무, 에메랄드, 눈 속의 여우라고 불렀다. 자신이 그녀의 목소리를 들었는지, 맛을 봤는지, 눈으로 봤는지, 아니면 그 세 가지를 다 했는지 알 수가 없었다. (이야기를 쉴 틈이 없지만, 이 점은 여기

서둘러 적어놓겠다. 이 당시 그가 상상한 모든 이미지들은 그의 감각에 걸맞게 극도로 단순했고, 대부분 어린 시절 좋아했던 맛에서 가져온 것들이었다. 하지만 그 감각들은 단순했을지는 몰라도 동시에 극도로 강렬했다. 그러니 그런 것들의 이유를 찾기란 불가능하다.) 멜론, 에메랄드, 눈 속의 여우…… 그렇게 그는 격찬을 늘어놓았고, 그렇게 그는 뚫어져라 쳐다보았다. 그 소년이―아아, 소년이 틀림없었다, 어떤 여자도 그런 속도와 기세로 스케이트를 탈 수는 없으니―거의 발끝으로 그의 옆을 휙 스쳐 지나갔을 때, 올랜도는 그 사람이 자기와 같은 성性이니 포옹은 절대 불가능하다는 생각으로 좌절한 나머지 머리를 쥐어뜯기 일보 직전이었다. 그런데 그 스케이터가 가까이 다가왔다. 다리, 손, 자세는 소년 같았지만, 어떤 소년도 저런 입은 가지지 않았다. 어떤 소년에게도 저런 가슴은 없다. 바다 밑바닥에서 낚아 올린 것 같은 눈을 가진 소년은 없다. 마침내 그 미지의 스케이터는, 수행하는 귀족의 팔에 기대어 비척거리며 지나가고 있던 왕 앞에 정지해 한없이 우아하게 무릎을 굽혀 인사하더니 완전히 멈춰 섰다. 그녀는 채 한 뼘도 떨어지지 않은 곳에 있었다. 여자였다. 올랜도는 쳐다봤다. 몸이 떨렸다. 몸이 달아올랐다가 차가워졌다. 여름 공기 속에 몸을 내던지고, 발로 도토리를 짓밟고, 너도밤나무와 떡갈나무와 함께 팔을 흔들어대고 싶었다. 하지만 실제로는 입술을 조그만 하얀 치아 위로 잡아당겼다가, 물어뜯기라도 할 듯이 반 인치 정도 열었다가, 물어뜯은 것처럼 꾹 다물었다. 레이디 유프로신이 그의 팔짱을 끼고 있었다.

알아보니, 그 낯선 이의 이름은 마루샤 스타닐롭스카 다그마르 나타샤 일리아나 로마노비치 왕녀였고, 삼촌인지 아버지인지 되는 러시아 대사의 일행으로 즉위식에 참석하러 온 것이었다. 러시아인들에 대해서는 거의 알려진 바가 없었다. 그들은 덥수룩한 수염과 털모자를 쓴 채 거의 아무 말 없이 앉아 모종의 검은 액체를 마시다가 가끔 얼음 위에 뱉었다. 영어를 하는 사람은 아무도 없었고, 그나마 몇 명이 할 줄 아는 프랑스어는 당시 영국 궁전에서는 거의 쓰이지 않았다.

올랜도와 왕녀는 다음 우연한 사건을 계기로 안면을 텄다. 그들은 귀빈들을 접대하기 위해 설치한 커다란 천막 아래 놓인 거대한 식탁에서 서로 마주 보고 앉게 되었다. 왕녀는 두 귀족 젊은이, 프랜시스 비어 경과 젊은 모레이 백작 사이에 앉았다. 그녀는 두 사람을 순식간에 곤경에 몰아넣었고, 그것은 참으로 우스꽝스러운 광경이었다. 두 사람 다 자기 나름으로는 근사한 청년들이었지만 프랑스어 지식은 태어나지 않은 아이만큼도 가지고 있지 않았다. 만찬 초반에 왕녀가 백작을 돌아보며 황홀하게 우아한 태도로 "작년 여름에 폴란드에서 그쪽 집안 분을 만난 것 같아요" 또 "영국 궁정의 귀부인들은 정말 눈부시게 아름다워요. 여왕님처럼 우아하신 분이나 여왕님이 하신 것처럼 근사한 머리장식은 이제껏 본적이 없답니다" 하고 프랑스어로 말하자, 프랜시스 경과 백작 모두 당황해서 어쩔 줄을 몰랐다. 프랜시스 경은 그녀에게 서양고추냉이 소스를 푸짐하게 덜어주었고, 백작은 휘파람으로 자기 개를 불러 뒷발로 서서 소뼈를 조르게 했다. 이를 본 왕녀는 더 이상 웃음을 참지 못했

고, 멧돼지 머리와 속을 채운 공작고기 요리들 너머로
왕녀와 눈이 마주친 올랜도도 웃음을 터뜨렸다. 웃기는
했지만, 웃고 있는 그의 입술은 놀라움에 굳어 있었다.
나는 지금까지 누구를 사랑했던 것일까, 무엇을 사랑했
던 것일까, 그는 널뛰는 심장을 부여잡고 자문했다. 뼈와
가죽밖에 없는 늙은 여인, 그는 대답했다. 일일이 거론할
수 없을 정도로 수많은 빨간 볼의 창부들. 훌쩍거리는
수녀. 산전수전 겪고 모진 말을 일삼는 신분상승주의
자. 레이스로 치장하고 격식을 차리며 머리를 끄덕이는
여자들 무더기. 그에게 사랑이란 톱밥과 타다 남은 재에
불과했다. 그가 경험한 사랑의 기쁨이란 완전히 김빠진
밍밍한 맛이었다. 하품도 하지 않고 어떻게 그런 것을 견
뎌왔는지 놀라울 뿐이었다. 그녀를 보고 있자니 끈적했
던 피가 녹아 흐르고 혈관 속 얼음이 와인으로 변하는
것 같았다. 물 흐르는 소리, 지저귀는 새소리가 들렸다.
엄동설한의 풍경 위로 봄기운이 터져 나왔다. 사내다움
이 잠에서 깨어났다. 그는 손으로 칼을 거머쥐었다. 폴
란드인이나 무어인보다 더 대담무쌍한 적을 향해 칼을

겨누었다. 깊은 물속으로 뛰어들었다. 갈라진 바위틈에 자라는 위험한 꽃이 보였다. 그는 손을 뻗었다. 사실 그는 자신이 쓴 가장 열정적인 소네트 한 편을 지껄여대는 중이었는데, 그 순간 왕녀가 그에게 말을 걸었다. "실례지만 소금 좀 건네주시겠어요?"

그의 얼굴이 벌겋게 달아올랐다.

"기꺼이요, 왕녀님." 그는 완벽한 어조의 프랑스어로 대답했다. 감사하게도 그는 그 언어를 모국어처럼 구사했다. 어머니의 하녀에게 배웠기 때문이다. 하지만 어쩌면 그 말을 배우지 않았더라면, 그 목소리에 대답하지 않았더라면, 그 눈동자의 빛을 따라가지 않았더라면 더 좋았을지도 모른다.

왕녀는 계속해서 말했다. 마구간 종자처럼 예법이라고는 모르는 옆자리의 저 시골뜨기들은 누구냐? 저 사람들이 자기 접시에 부은 저 구역질 나는 잡탕은 뭐냐? 영국에서는 개가 사람이랑 겸상을 하나? 5월제 기둥[14]처

---

14   5월제를 축하하기 위해 꽃과 리본 등으로 장식한 기둥.

54

럼 머리를 장식하고 식탁 끝에 앉은 저 우스꽝스러운 사람이 정말로 여왕인가? 왕은 늘 저렇게 침을 흘리나? 이 수다쟁이들 중 누가 조지 빌리어스[15]인가? 이 질문들은 처음에는 올랜도를 다소 당황스럽게 했지만, 왕녀의 말투가 어찌나 장난스럽고 익살맞은지 그도 웃지 않을 수 없었다. 그 자리에 앉은 사람들의 멍한 표정으로 보아 아무도 말을 알아듣지 못한다는 것을 확인하자, 그는 왕녀가 질문할 때처럼 거리낌 없이, 왕녀처럼 완벽한 프랑스어로 대답했다.

그리하여 두 사람은 가까워지기 시작했고, 이는 곧 궁정의 추문이 되었다.

사람들은 곧 올랜도가 그 러시아인에게 단지 예의 차원을 넘어선 관심을 보인다는 것을 알아차렸다. 그는 늘 왕녀 옆에 붙어 있다시피 했고, 그들의 대화를 다른 사람들이 알아듣지는 못하지만 두 사람이 어찌나 활기가 넘치고 얼굴이 빨개지며 웃음을 터뜨리는지 천하의

---

15   제임스 1세의 총아로 후에 제1대 버킹엄 공작이 되는 인물.

바보라도 무슨 이야기를 하는지 짐작할 수 있을 정도였다. 게다가 올랜도 자신이 엄청나게 변했다. 그렇게 활력 넘치는 모습의 올랜도는 이제껏 그 누구도 본 적 없었다. 그는 하룻밤 사이에 미숙한 소년 같은 서투름을 벗어던졌고, 여자들 내실에 들어갈 때마다 탁자 위 장신구들 반을 건드려 떨어뜨리는 뚱한 애송이에서 우아함과 남성다운 정중함이 넘치는 귀족 청년이 되었다. 그가 러시아인(왕녀는 이렇게 불렀다)이 썰매에 탈 때 부축해주거나, 그녀에게 춤을 청하며 손을 내밀거나, 그녀가 떨어뜨린 더러워진 손수건을 줍거나, 그 외 그 지고의 여인이 요구하고 연인이 서둘러 미리 행하는 수많은 의무들을 이행하는 모습을 보면, 노인들의 흐릿한 눈이 환하게 빛났고 젊은이들의 빠른 맥박은 더 빨리 뛰었다. 하지만 그 모든 것 위에는 구름이 드리워져 있었다. 노인들은 어깨를 으쓱했다. 젊은이들은 손으로 얼굴을 가리고 킥킥댔다. 모두들 올랜도가 다른 여자와 약혼한 몸이라는 것을 알고 있었다. 레이디 마거릿 오브라이언 오데어 오레일리 터코넬(이것이 소네트들 속 유프로신의 본명이었다)이 왼손 두 번째 손가락에 올랜도가 준 빛나는 사파이어 반지를 끼고 있었다. 그의 관심을 받을 최고의 권리를 가진 사람은 그녀였다. 하지만 그녀가 옷장에 (수없이 많이) 있는 손수건을 모두 빙판 위에 떨어뜨린다 해도 올랜도는 결코 허리를 굽혀 그것을 줍지 않았다. 올랜도의 부축을 받고 썰매에 타려고 20분을 기다려도 결국에는 흑인 하인의 부축을 받는 수밖에 없었다. 서툴게 스케이트를 타고 있어도 아무도 옆에 붙어 격려해주지 않았고, 심하게 넘어져도 아무도 일으켜 세워서 페티코트의 눈을 털어주지 않았다. 그녀는 타고난 기질이 차분해서 화를 잘 내지 않았고, 대부분의 사람들과는 달리 한낱 외국인이 자신을 내몰고 올랜도의 애정을 차지할 거라고 좀처럼 믿지 않았지만, 결국 이런 레이디 마거릿마저 자신의 평온한 마음에 파란을 일으키는 모종의 일이 벌어지고 있다는 의혹을 품게 됐다.

과연, 날이 갈수록 올랜도는 점점 자기 감정을 감추지도 않았다. 그는 이런저런 핑계를 대면서 저녁을 먹자마자 자리를 뜨거나 카드리유 대형을 만들고 있는 스케이터들 사이에서 몰래 빠져나가곤 했다. 다음 순간에는 그 러시아인 또한 자리를 비우기 일쑤였다. 하지만 궁정 사람들을 가장 분노하게 하고 그들의 가장 민감한 부분, 즉 허영심을 건드린 것은 강의 공공 구역과 왕실 구역을 구분해서 쳐놓은 비단줄 밑으로 슬쩍 넘어가 평민들 무리 사이로 사라지는 두 사람의 모습이 종종 목격되었다는 사실이다. 그것은 왕녀가 돌연 발을 구르며 "날 여기서 데려가줘요. 이 오합지졸 영국인들은 정말 지긋지긋해"라고 외치곤 했기 때문인데, 그녀가 말하는 오합지졸은 영국 궁정 그 자체였다. 그녀는 영국 궁정을 참지 못했다. 궁정은 사람 얼굴을 빤히 쳐다보고 남의 일에 꼬치꼬치 파고드는 늙은 여자들과 사람 발을 밟는 오만불손한 젊은이들이 가득한 곳이라고 말했다. 사람들 냄새가 역하다. 개들은 다리 사이로 뛰어다닌다. 마치 새장 안에 있는 것 같다. 러시아에는 폭이 10마일이나 되는 강들이 있어서 하루 종일 아무도 만나지 않고 여섯 필의 말을 나란히 해서 질주할 수 있다. 게다가 그녀는 런던탑과 런던탑 경비병, 템플바의 머리들[16], 도시의 보석상들을 보고 싶어 했다. 그래서 올랜도는 그녀를 시내로 데려와 경비병들과 반역자들의 머리를 보여주고 로열익 스체인지[17]에서 그녀가 좋아하는 것이라면 뭐든 사주었다. 하지만 그것으로는 충분하지 않았다. 호기심을 품거나 쳐다보는 사람 없는 곳에서 하루 종일 단둘이 있고 싶은 바람이 두 사람 모두 점점 더 커져갔다. 그래서 그들은 런던으로 가는 대신 반대쪽으로 방향을 틀었고 이내 사람들 무리를 벗어나 얼어붙은 템스강이 광활하게 펼쳐진 곳으로 나왔다. 양동이에 물을 길어보겠다고 속절없이 빙판을 자르고 있거나 땔감용으로 쓸 나뭇가지나 낙엽을 조금이라도 눈에 띄는 대로 줍고 있는 늙은 시골 아낙 몇 명과 바닷새들 외엔 살아 있는 것이라고는 찾아볼 수 없었다. 가난한 사람들은 오두막집 근처를 떠나지 않고, 형편이 나아 여유가 있는 사람들은 온기와

---

16   런던시티로 들어가는 성문 중 하나였던 템플바의 아치에는 반역자들 머리를 쇠꼬챙이에 꽂아 전시했다.

17   1564년 런던시티의 스레드니들 가(街) 코너에 세워진 금융시장.

즐거움을 찾아 도시로 몰려갔던 것이다.

　그러므로 올랜도와 사샤—올랜도는 그녀의 이름을 짧게 줄여 이렇게 불렀는데, 어린 시절 그가 키웠던 러시아 백여우의 이름이었기 때문이다. 녀석은 눈처럼 부드러웠지만 강철 같은 이빨을 가지고 있었고, 그 이빨로 그를 몹시 잔인하게 무는 바람에 그의 아버지에게 사살당했다—두 사람은 강을 독차지했다. 스케이트와 사랑으로 몸이 달아오른 그들은 강기슭을 따라 노란 고리버들이 늘어선 후미진 곳에 털썩 드러누웠을 테고, 올랜도는 커다란 모피 망토를 휘감은 채 그녀를 품에 안고 처음으로 사랑의 기쁨을 알았다고 중얼거렸을 것이다. 황홀한 순간이 지나고 함께 얼음 위에 몽롱하게 누워 진정하고 있을 때, 그는 과거의 연인들 이야기를 하면서 그녀와 비교하면 그 여자들은 나무토막, 부대 자루, 재 같았다고 말했을 것이다. 그녀는 그의 열정에 웃음을 터뜨리며 다시 한번 그의 품에 파고들어 다시 한번 포옹했을 것이다. 그러고 나서 두 사람은 자신들의 열기에 얼음이 녹아버리지 않은 것에 놀라며 얼음을 녹일 그런 자연스러운 방법이 없어서 차가운 쇠칼로 잘라야 하는 가엾은 늙은 여인을 동정했을 것이다. 그러고는 담비 모피를 두른 채 태양 아래 모든 것들에 대해, 풍경과 여행에 대해, 무어인과 이교도에 대해, 이 남자의 수염과 저 여자의 피부에 대해, 식사 때 그녀의 손에서 음식을 받아먹은 쥐에 대해, 고향집에서 늘 흔들거리고 있는 벽걸이 천에 대해, 얼굴에 대해, 깃털에 대해 이야기를 나누었을 것이다. 그런 대화를 할 때는 너무 시시해서 못 할 이야기도, 너무 대단해서 못 할 이야기도 절대 없었다.

그러다 갑자기 올랜도는 걸핏하면 그랬듯이 우울한 기분에 빠져들었을 것이다. 빙판 위를 절뚝거리며 걸어가는 늙은 여인의 모습 때문일 수도, 아무 이유 없는 우울함일 수도 있다. 그래서 빙판에 엎드린 채 얼어붙은 강물을 바라보며 죽음을 생각했을 것이다. 칼날보다 두꺼운 그 어떤 것도 행복과 우울을 갈라놓지 못한다고 한 그 철학자[18] 말이 옳다. 그 철학자는 행복과 우울은 쌍

18　《우울의 해부》를 저술한 영국의 목사이자 저자인 로버트 버튼.

둥이라는 견해를 가지고 이로부터 모든 극단적 감정은 광기와 동류라는 결론을 내렸고, 그러니 바다 위에서 파도에 시달리는 사람들의 유일한 피난처이자 항구, 정박지인 진정한 교회(그가 보기에는 재침례교회)에서 위안을 구하라고 했다.

"모든 것의 끝은 죽음이지." 올랜도는 우울에 휩싸인 표정으로 일어나 앉으며 말했을 것이다. (그게 지금 올랜도의 생각이 움직이는 방식이었다. 그의 생각은 삶과 죽음 사이 그 어느 곳에도 멈추지 않고 삶에서 죽음으로 격렬하게 널을 뛰어서, 전기작가도 양쪽 어디에도 멈추지 않고 최대한 빨리 날아서—부정할 수 없지만—이 시절 올랜도가 탐닉하던 경솔하고 열정적이고 멍청한 행동들과 갑작스럽고 터무니없는 말들과 보조를 맞추어야만 한다.)

"모든 것의 끝은 죽음이지." 올랜도는 빙판 위에 똑바로 앉으며 말했을 것이다. 하지만 어쨌거나 몸 안에 영국 피라고는 전혀 없고, 황혼은 더 길고 새벽은 덜 갑작스럽고 문장을 가장 잘 끝맺는 방법을 불신한 나머지 종종 마무리하지 않고 내버려두는 러시아에서 온 사샤는 그를 빤히 쳐다보며 아무 말도 하지 않았다. 어쩌면 조소일지도 몰랐다. 그녀의 눈에 그는 분명 아이처럼 보였을 테니까. 하지만 결국 아래의 빙판이 점점 더 차가워졌고, 그게 싫었던 그녀는 올랜도를 다시 일으켜 세우고 더없이 매혹적이고 재치 있고 현명하게 (하지만 유감스럽게도 언제나처럼 번역하면 그 독특한 풍미를 잃어버리는 것으로 악명 높은 프랑스어로) 이야기를 했고, 그러자 그는 얼어붙은 강물이건 다가오는 밤이건 늙은 여인네건 뭐건 다 잊어버리고는—그에게 영감을 줬던 여자들만큼이나 김빠진 천 개의 이미지들 사이로 뛰어들어 철벅거리며—그녀를 비유할 대상을 찾으려 애썼다. 눈, 크림, 대리석, 체리, 설화석고, 금줄? 그것들은 아니었다. 그녀는 여우, 아니 올리브나무 같았다. 높은 언덕에서 내려다본 바다의 파도 같았다. 에메랄드 같았다. 아직 구름에 싸여 있는 녹색 언덕 위에 뜬 태양 같았다. 아니 영국에서 이제껏 보고 알아온 그 어떤 것과도 비슷하지 않았다. 다른 풍경, 다른 언어가 필요했다. 영어는 사샤를 표현하기에는 너무 솔직했다. 너무 노골적이고 너무 달콤한 말이었다. 사샤가 아무리 개방적이고 육감적이라 해도 그녀가 한 모든 말 속에는 뭔가 숨겨진 의미가 있었다. 아무리 대담해도 그녀가 한 모든 행동 속에는 뭔가 감춰진 것이 있었다. 에메랄드 안에 녹색 불꽃이 숨겨져 있는 듯이 보이고, 태양이 언덕 안에 갇혀 있는 듯이 보이는 그런 식이었다. 명징한 것은 단지 겉뿐이었다. 그 안에는 종잡을 수 없는 불꽃이 있었다. 그것은 왔다가 갔고, 그녀는 결코 영국 여자처럼 한결같은 빛을 내뿜지 않았다. 하지만 이 시점에서 레이디 마거릿과 그녀의 페티코트가 생각난 올랜도는 황홀한 기쁨에 미친 듯이 흥분해서 왕녀 옆에서 빙판을 빨리, 더 빨리 지치며 불꽃을 쫓아가겠다, 보석을 찾아 물속에 뛰어들겠다는 등 맹세를 해댔다. 고통스럽게 쥐어짜다시피 시를 쓰는 시인의 열정이 담긴 말들을 헐떡이며 토해냈다.

하지만 사샤는 침묵을 지켰다. 올랜도는 사샤를 여우에, 올리브나무에, 녹색 언덕 꼭대기에 비유했고, 자기 가족사를 다 들려줬다. 자기 집은 영국에서 가장 오래된 집 중 하나이고, 자기 조상들은 로마에서 카이사르와 함께 왔는데 (로마의 주요 도로인) 코르소를 장식술 달린 차양을 쓰고 걸어 다닐 권리가 있었다며, 이는 황족에게만 허락된 특권이라고 말했다(그에게는 뭔가 교만하게 고지식한 분위기가 흘렀지만, 이는 그런대로 유쾌했다). 그러더니 말을 멈추고 사샤에게 물었다. 집은 어디인가? 아버지는 무엇을 하시나? 형제들은 있는가? 왜 숙부님하고만 이곳에 왔는가? 그녀가 기꺼이 대답하기는 했지만, 그러고 나자 두 사람 사이에는 어쩐지 어색한 분위기가 흘렀을 것이다. 그는 처음에는 그녀의 신분이 본인 성에 찰 만큼 높지 않거나, 자기 나라 사람들의 야만적 행동을 부끄러워하는 게 아닐까 의심했다. 러시아 여자들은 수염이 나고 남자들은 허리 아래에 온통 털이 수북하다거나, 추위를 막기 위해 남녀 모두 기름을 바르고, 손가락으로 고기를 찢어 먹고, 영국 귀족이라면 가축도 두지 않을 오두막에서 산다는 이야기들을 들었기 때문이다. 그래서 그는 더 이상 대답을 재촉하지 않았다. 하지만 곰곰이 생각해보니 사샤가 그런 이유로 침묵할 리가 없다는 결론이 나왔다. 사샤의 턱에는 수염이라고는 한 올도 찾아볼 수 없고, 벨벳과 진주로 차려입고 있으며, 그 태도는 절대 가축우리에서 자란 여자라고볼 수 없었기 때문이다.

그렇다면 그녀는 무엇을 숨기고 있는 것일까? 폭풍처럼 밀어닥치는 감정의 근저에 자리한 의혹은 기념비밑에서 갑자기 움직여 구조물 전체를 뒤흔드는 유사流沙와도 같았다. 그 고통이 갑자기 그를 덮쳤을 것이다. 그래서 그는 불같이 분노를 터뜨렸고, 그녀는 어떻게 달래야 할지 몰랐다. 어쩌면 달래고 싶지 않았을지도 모른다. 그가 분노하는 것이 좋아서 일부러 분노를 자극했을지도 모른다. 러시아인은 그렇게 기이하게 비뚤어진 기질을 가지고 있다.

이야기를 계속하자면, 그날 평소보다 더 멀리 스케이트를 타고 나갔던 두 사람은 배들이 정박했다가 강 한가운데에서 그대로 얼어붙어버린 지점까지 왔다. 그중에는 길이가 몇 야드나 되는 색색 고드름이 주렁주렁 달린 주돛대에 쌍두 검은수리가 그려진 깃발을 휘날리며 서 있는 러시아 사절단의 배도 있었다. 사샤가 배에 옷을 좀 두고 왔다고 해서 그들은 배가 비어 있을 거라고 생각하고 갑판에 올라가 옷을 찾으러 갔다. 과거 자신의 연애 행각들을 기억하는 올랜도로서는 몇몇 선량한 시민들이 자기들보다 먼저 이 은신처를 찾았다 하더라도 놀라지 않았을 테고, 실제로 그런 일이 벌어졌다. 그들이 배 안쪽까지 들어가기도 전에 멋진 젊은이 하나가 둘둘 말아놓은 밧줄 더미 뒤에서 무슨 일을 하고 있다가 벌떡 일어나더니, 자기는 선원인데 왕녀님이 물건 찾는 것을 도와주겠다고 했다. 러시아어로 말했기 때문에 그런 뜻인 것 같았다. 그러더니 젊은이는 초 덩어리에 불을 붙이고 그녀와 함께 배 아래쪽으로 사라졌다.

시간은 흘러갔고, 올랜도는 자신만의 몽상에 빠져들어 삶의 즐거움, 보석같이 소중한 사람, 그녀의 진귀함, 그녀를 돌이킬 수 없이 확고하게 자신의 것으로 만들 방법에 대해서만 생각했다. 거기에는 장애물들이, 극복해야 할 역경들이 있었다. 사샤는 얼어붙은 강들과 야생마들과 칼로 서로의 목을 따는 사람들이 있는 러시아에

어린 시절의 러시아 왕녀

서 살 작정이라고 했다. 소나무와 눈이 가득한 풍경, 육욕과 살육의 습성에 그의 마음이 끌리지 않았던 것은 사실이다. 운동과 나무 심기를 즐기는 전원의 기분 좋은 풍습을 버리고, 직책을 버리고, 경력을 망가뜨리고, 토끼 대신 순록을 쏘고, 카나리아 제도 와인 대신 보드카를 마시고, 뭔지도 모를 목적으로 소매 안에 칼을 넣고 다니고 싶지도 않았다. 그래도 그는 그녀를 위해 이 모든 것, 그리고 그 이상을 기꺼이 할 작정이었다. 레이디 마거릿과의 결혼이 앞으로 7일 뒤로 잡혀 있기는 하지만, 그건 명백히 말도 안 되는 일이어서 생각조차 하지 않았다. 친척들은 그런 굉장한 숙녀를 버린다고 비난할 테고, 친구들은 코사크 여자와 황량한 눈밭을 위해 세상 최고의 경력을 망친다고 조롱하겠지만, 그런 것들은 사샤와 비교해 저울질하면 지푸라기 하나 무게도 되지 않았다. 처음 오는 캄캄한 밤에 그들은 달아날 것이다. 함께 러시아행 배를 탈 것이다. 그는 그런 생각에 깊이 잠겨 있었다. 그런 계획을 짜면서 갑판 위를 서성거렸다.

그는 서쪽 방향으로 돌아섰다가 세인트폴 대성당의

십자가 위에 오렌지처럼 매달려 있는 태양을 보고 현실로 돌아왔다. 피처럼 붉은 태양이 급속도로 지고 있었다. 거의 저녁 시간이 다 된 게 틀림없었다. 사샤가 사라진 지 한 시간이 넘게 흘렀다. 순식간에 불길한 예감이 덮쳐오면서 그녀에 대한 굳건한 확신에마저 그림자를 드리우자, 그는 그들이 사라졌던 화물창 쪽으로 돌진했다. 어둠 속에서 궤짝과 통 무더기 사이에 걸려 넘어져가며 전진하던 그는 구석에서 나오는 희미한 빛을 보고 두 사람이 그쪽에 앉아 있다는 것을 알았다. 한순간 그들의 모습이 보였다. 그 선원 무릎에 앉아 있는 사샤, 남자 쪽으로 몸을 기울이는 사샤, 그리고 그들이 포옹하는 모습을. 다음 순간 분노가 붉은 구름처럼 시야를 가리면서 빛이 사라졌다. 불을 뿜듯 내지르는 그의 고통스러운 포효가 배 전체에 울려 퍼졌다. 사샤가 두 사람 사이에 몸을 던지지 않더라면 그 선원은 단도를 뽑기도 전에 목이 졸려 죽었을 것이다. 다음 순간 죽을 것 같은 구역질이 올랜도를 덮쳤고, 그들은 그를 바닥에 눕히고 브랜디를 먹여 정신을 차리게 해야만 했다. 잠시 후 그가 의식을 회복하자 그들은 그를 갑판 위 삼베 더미에 기대앉혔고, 사샤는 어찔어찔한 그의 눈앞에서 그를 물었던 여우처럼 사악하게 살금살금 주위를 맴돌며 감언이설과 비난을 번갈아 늘어놓았다. 그러자 그는 자기 눈으로 본 광경을 의심하게 되었다. 촛불이 거의 꺼지지 않았나, 그림자가 일렁이지 않았나? 상자가 무거웠다고, 그 남자는 상자 옮기는 것을 돕고 있었을 뿐이라고 사샤는 말했다. 올랜도는 한순간은 그 말을 믿었다가—분노 때문에 가장 보기 두려워하던 광경을 상상한 게 아니라고 어떻게 장담할 수 있겠나?—다음 순간에는 그녀의 기만에 더 화가 치밀어 올랐다. 그러자 사샤는 얼굴이 하얗게 질리더니 갑판을 발로 차대며 그날 밤 당장 가버리겠다고, 로마노비치 가문 사람인 자신이 평민 뱃사람 품에 안겼다면 죽여달라고 신들에게 외쳐댔다. 과연 (정말 내키지 않은 일이었지만) 그 두 사람을 함께 바라보자 올랜도는 그렇게 가녀린 사람이 그런 털북숭이 바다짐승의 품에 안긴 모습을 어떻게 그릴 수 있었는지 자신의 더러운 상상에 분노했다. 그 남자는 거대했다. 신발도 안 신은 키가 6피트 4인치였고, 귀에는 흔한 철사 귀고리를 끼고 있었다. 마치 굴뚝새나 울새가 날아가다가 짐마차 말 위에 내려앉은 것 같았다. 그래서 그는 굴복했다. 사샤의 말을 믿고 용서를 빌었다. 하지만 다시 함께 사이좋게 배의 측면을 내려가고 있을 때, 사샤가 사다리를 잡은 채 걸음을 멈추더니 이 누렇고 넙데데한 괴물에게 인사인지 농담인지 애정의 표현인지를 러시아어로 마구 쏟아부었다. 올랜도는 한마디도 알아들을 수 없는 말이었다. 하지만 그 어조에 담긴 무엇인가로 인해(어쩌면 러시아 자음 탓일지도 모른다) 며칠 전 밤 바다에서 주운 양초 꽁다리를 구석에서 몰래 갉작거리고 있던 그녀와 우연히 마주쳤던 일이 생각났다. 그렇다, 분홍색이고, 금박 장식이 되어 있고, 왕의 식탁에 있던 물건이기는 했다. 하지만 그래도 양초인데, 사샤는 그것을 갉작대고 있었던 것이다. 빙판 위에서 그녀를 인도해 가며 그는 생각했다. 사샤에게 어딘가 천하고 상스럽고 시골뜨기 출신 같은 면이 있지 않나? 그는 지금은 갈대처럼 호리호리하지만 감당할 수 없이 거대해진, 지금은 종달새처럼 쾌활하지만 무기력해진 마흔 살의 그녀를 상상해보았다. 하지만 다시 런던을 향해 스케이트를 타고 달려가고 있으려니 그런 의혹들은 가슴속에서 녹아 없어졌다. 마치 거대한 물고기에게 코를 꿰어 마지못해, 그러면서도 이의 없이 물살을 가르며 끌려가고 있는 느낌이었다.

놀랍도록 아름다운 밤이었다. 해가 지자, 런던의 모든 원형 지붕과 뾰족탑, 작은 탑, 첨탑 들이 붉게 타오르는 석양의 구름을 배경으로 까맣게 모습을 드러냈다. 이쪽에는 채링크로스의 세공 십자가가, 저기는 세인트폴 대성당의 원형 지붕이, 저편에는 런던탑의 육중한 사각형 건물들이 있었고, 저쪽으로는 템플바에 전시된 창에 꽂힌 머리들이 끝부분의 혹을 제외하고는 잎사귀가 다 떨어진 나무들로 이루어진 조그만 숲처럼 솟아 있었다. 그때 웨스트민스터 사원 창문들에 불이 켜지더니 (올랜도의 상상 속에서) 갖가지 색의 신성한 방패처럼 불타올랐다. 이번에는 서쪽 전체가 (또다시 올랜도의 상상 속에서는) 천국의 계단을 끊임없이 오르내리는 천사 군단들이 자리한 황금 창문처럼 보였다. 그러는 내내 그들은 깊이를 알 수 없는 허공에서 스케이트를 타고 가는 것 같았다. 얼음은 너무나 파랬고, 게다가 어찌나 유리처럼 매끄러운지 두 사람은 점점 더 빨리 런던을 향해 질주했고, 갈매기들도 그들이 스케이트로 얼음을 휙 가르고 달릴 때마다 날갯짓으로 똑같이 공중을 휙 가르며 그 주위를 선회하면서 함께 날아갔다.

사샤는 그를 안심시키려는 듯이 평소보다 더 상냥하고 훨씬 더 쾌활하게 굴었다. 과거 이야기를 좀처럼 하지 않으려는 그녀였지만, 지금은 러시아에서는 겨울이면 대초원에서 울부짖는 늑대 울음소리를 듣곤 했다며 시범으로 세 번이나 늑대처럼 짖어 보였다. 이에 그는 집에 눈이 왔을 때 본 수사슴들에 대해, 수사슴들이 어떻게 길을 잃고 헤매다 온기를 찾아 대저택 안까지 들어오곤 했는지, 그래서 영감에게 양동이에 담은 죽을 얻어먹곤 했는지 이야기해줬다. 그러자 그녀는 동물에 대한 그의 애정, 그의 용기, 그리고 그의 다리에 대해 칭찬을 늘어놓았다. 그 칭찬에 황홀해진 그는 그녀가 평민 뱃사람의 무릎에 앉은 모습이나 마흔이 되어 뚱뚱하고 무기력해진 모습을 상상하면서 깎아내린 데 대해 죄책감을 느끼면서 그녀는 어떤 말로도 칭찬할 수 없다고 말했다. 하지만 그는 이내 봄이나 녹색 잔디, 급류 같은 비유들을 떠올리고는 그녀를 있는 힘껏 붙들고 빙그르르 돌면서 강 중간까지 휙 미끄러져 갔다. 갈매기와 가마우지도 빙그르르 돌며 따라왔다. 마침내 숨을 헐떡이며 멈춰 선 그녀는 약간 숨찬 목소리로, 그는 (러시아에 있는) 노란 공들을 매달고 백만 개의 초를 켜서 거리 하나를 온통 밝힐 정도로 눈부신 크리스마스트리 같다고 말했다. (그도 그럴 것이) 그는 빨갛게 달아오른 뺨과 검은 곱슬머리를 하고 검은색과 심홍색 망토를 입고 있어서 몸속 등불에서 나오는 자체의 빛으로 불타고 있는 것처럼 보였다.

올랜도의 붉은 뺨을 제외한 모든 색채가 곧 희미하게 사라져갔다. 밤이 왔다. 태양의 주황색 빛이 사라지자 횃불과 모닥불, 쇠초롱, 그 외 기구들에서 나오는 놀랍도록 환한 빛이 그 뒤를 이어 강을 밝혔고, 그러자 기이하기 이를 데 없는 변화가 일어났다. 전면부에 흰 석재를 댄 각양각색의 교회와 귀족의 궁전들이 마치 공중에 떠 있는 것처럼 선으로, 파편으로 모습을 드러냈다. 특히 세인트폴 대성당은 금박 십자가 외에는 아무것도 보이지 않았다. 웨스트민스터 사원은 잎사귀의 회색 잎맥처럼 보였다. 모든 것이 여위고 변형되었다. 축제 장소 가까이 다가가자, 소리굽쇠를 때린 것 같은 깊은 저음이 들려오더니 소리가 점점 더 커지면서 시끌벅적한 소음으로 화했다. 간간이 커다란 함성 소리가 터져 나오면 곧이어 불꽃이 하늘로 치솟아 올라갔다. 커다란 무리에서 떨어져 나와 각다귀들처럼 강 표면 여기저기에서 빙빙 돌고 있는 조그마한 형상들도 점차 보였다. 이 화려한 원 주위와 위를 새까만 겨울밤 어둠이 사발처럼 내리덮었다. 이 어둠 속으로 불꽃들이 띄엄띄엄 올라가기 시작하자, 사람들은 기대감으로 계속 긴장한 채 입을 벌리고 지켜봤다. 불꽃들이 초승달, 뱀, 왕관 모양으로 피어났다. 한순간 숲과 먼 언덕들이 여름날처럼 녹색으로 보였다가, 다음 순간 모든 것이 다시 겨울과 어둠으로 되돌아갔다.

그때쯤 올랜도와 왕녀는 왕실 구역 근처까지 왔지만, 감히 비단줄 최대한 가까운 곳까지 빽빽하게 밀어닥친 평민들 무리에 가로막혀 더 이상 나아갈 수가 없었다. 둘만의 시간을 끝내기도 싫고 자신들을 지켜보는 날카로운 눈들과 마주치고 싶지도 않았던 두 사람은 어깨싸움을 하며 밀쳐대는 사람들 사이에 그대로 있었다. 도제들, 재봉사들, 어물전 아낙들, 말장수들, 협잡꾼들, 굶주린 학자들, 머리가리개 쓴 하녀들, 오렌지 파는 소녀들, 말구종들, 착실한 시민들, 음탕한 술집 점원들, 소리 지르고 사람들 다리 사이를 헤집고 다니며 늘 군중 주위를 얼쩡대는 행색 남루한 아이들…… 실로 런던 거리의 온갖 잡다한 인간들이 거기 모여 시시덕거리고, 서로 밀쳐대고, 여기서는 주사위 놀이를 하고, 저기서는 뚱하게 서 있었다. 입을 떡 벌리고 있는 사람들도, 지붕 위의 갈가마귀처럼 경건함이라고는 모르는 사람들도 있지만, 모두들 지갑이나 지위가 허용하는 최대한 온갖 치장을 하고 나왔다. 모피와 고급 나사천을 차려입은 사람이 있는가 하면, 고작 행주로 발을 동여매고 빙판에 나온 누더기 차림의 사람들도 있었다. 사람들이 가장 빽빽이 모여 있는 곳은 《펀치와 주디》[19] 공연 비슷한 간이무대였는데, 무대 위에서 연극 같은 것이 상연되고 있었다. 흑인하나가 팔을 흔들며 고함을 지르고 있었다. 흰옷을 입고침대에 누운 여자도 있었다. 무대는 조잡했고, 배우들은 계단을 두 개씩 뛰며 오르락내리락하다 때로는 넘어졌고, 관중은 발을 구르고 휘파람을 불어대고 지루하면 빙판에 오렌지 껍질 조각을 던져댔고, 그러면 개가 그걸먹으러 헐레벌떡 뛰어왔지만, 그럼에도 불구하고 그 굽이치는 놀라운 말들의 선율이 음악처럼 올랜도의 가슴을 뒤흔들었다. 와핑의 비어가든에서 노래하던 뱃사람들을 떠올리게 하는 무시무시하게 빠른 속도와 대담하게 민첩한 혀로 말하는 그 대사들은 심지어 의미가 없이도 와인처럼 느껴졌다. 하지만 이따금씩 대사 한마디가 빙판 너머로 들려오곤 했는데, 그것은 마치 그의 심

---

[19]   19세기 유행한 거리 인형극. 이 인형극에서 남편인 펀치는 아내인 주디를 구타하다가 죽인다.

장 저 깊은 곳을 찢어발기고 나온 말 같았다. 그 무어인의 분노는 자신의 분노 같았고, 무어인이 침대에서 여자의 목을 졸랐을 때는 자기 손으로 사샤를 죽인 느낌이었다.

마침내 연극이 끝났다. 모든 것이 캄캄해졌다. 그의 얼굴에서 눈물이 흘러내렸다. 하늘을 쳐다보자 거기에도 암흑밖에 없었다. 파멸과 죽음이 모든 것을 뒤덮는다, 그는 생각했다. 인간의 삶은 무덤에서 끝나지. 벌레들이 우리를 삼키고.

> 지금 벌어지고 있는 것은 태양과 달의
> 거대한 일식이 분명하다. 겁에 질린 지구가
> 입을 벌리고……[20]

이렇게 말하는 순간, 기억 속에서 파리한 별 하나가 떠올랐다. 밤은 어두웠다. 칠흑같이 어두웠다. 하지만 이

---

[20] 셰익스피어의 《오셀로》 5막 2장에 나오는 구절.

런 밤이 바로 그들이 기다려왔던 밤이었다. 바로 이런 밤에 그들은 달아나기로 계획했다. 그는 모든 것을 기억했다. 때가 왔다. 그는 격정에 휩싸여 사샤를 와락 잡아 당겨 그 귀에 "내 생애 최고의 날이오!" 하고 속삭였다. 그것이 신호였다. 그들은 자정에 블랙프라이어스 근처 선술집에서 만날 것이다. 말들이 거기서 기다렸다. 도주를 위한 모든 준비가 되어 있었다. 그래서 그들은 헤어졌다. 그녀는 자기 천막으로, 그는 그의 천막으로. 아직 한 시간이 남아 있었다.

자정은 멀었지만 올랜도는 벌써 기다리고 있었다. 밤이 어찌나 칠흑같이 어두운지 사람이 바로 코앞에 오지 않고는 보이지도 않을 정도였다. 그것은 좋은 일이었다. 하지만 또한 극도로 엄숙하게 고요해서 반 마일 밖의 말발굽 소리나 아기 울음소리도 다 들릴 정도였다. 올랜도는 조그만 안마당을 서성대면서 돌길에 부딪히는 규칙적인 말발굽 소리나 여인의 드레스 자락이 바스락대는 소리에 몇 번이나 가슴을 부여잡았다. 하지만 그 여행객은 그저 늦게 귀가하는 상인이나 순수하지 못한 볼일로 외출하는 동네 여인일 뿐이었다. 그들이 지나가자 거리는 전보다 더 조용해졌다. 그러고 나자 도시의 빈민들이 사는 작고 복잡한 구역의 아래층들에서 빛나던 불빛들이 침실로 올라갔고, 그러고는 하나씩 차례로 꺼졌다. 이 가난한 변두리 동네에는 가로등이 기껏해야 몇 개 되지도 않았고, 야경꾼의 태만으로 종종 새벽이 오기도 훨씬 전에 꺼져 있곤 했다. 이제 어둠이 전보다 훨씬 더 짙어졌다. 올랜도는 등 심지를 살펴보고 안장띠를 확인하고 권총들에 화약을 재고 총집들을 검사했다. 그러고도 더 이상 살펴야 할 일이 남지 않을 때까지 이 모든 과정을 열두 번은 더 되풀이했다. 아직 자정까지는 20분 정도가 남았지만 그는 차마 선술집 안으로는 들어가고 싶지 않았다. 안에서는 아직까지도 여주인이 뱃사람 몇 명에게 셰리 와인과 싸구려 카나리아 제도 와인을 팔고 있었고, 뱃사람들은 거기 앉아 돌림노래로 민요를 부르고 드레이크와 호킨스, 그렌빌[21] 이야기들을 늘어놓다가 비

---

21   모두 스페인과 싸운 영국 해군의 영웅들.

틀거리며 벤치에서 굴러떨어져 모래투성이 바닥에서 뒹굴며 잠들었다. 부풀어 올라 격렬하게 뛰고 있는 그의 심장에는 어둠이 더 자비로웠다. 그는 모든 발소리에 귀를 기울였고, 모든 소리를 놓고 갖가지 추측을 했다. 술취한 이의 고함 소리, 산고나 다른 어떤 고통을 겪고 있는 가엾은 이의 울부짖음 하나하나가 자신의 모험에 불길한 전조라도 알리는 것처럼 심장을 도려냈다. 그래도 그는 사샤에 대해서는 걱정하지 않았다. 용기 있는 그녀는 모험을 아무렇지도 않게 여겼다. 그녀는 남자처럼 망토와 바지 차림에 부츠를 신고 혼자서 올 것이다. 발소리가 너무 가벼워서 이렇게 고요한 곳에서도 거의 들리지 않을 것이다.

그래서 그는 어둠 속에서 기다렸다. 갑자기 부드럽지만 묵직한 무엇인가가 그의 뺨 옆을 때렸다. 기대감으로 팽팽하게 긴장하고 있던 그는 깜짝 놀라 손을 칼에 가져갔다. 타격은 이마와 뺨에 열두어 번 계속해서 되풀이되었다. 건조한 한파가 너무 오래 지속된 터라 그는 잠시후에야 그게 떨어지는 빗방울임을 깨달았다. 그를 때린 것은 휘날리는 빗방울이었다. 비는 처음에는 한 방울씩 천천히 유유히 내렸다. 하지만 곧 여섯 방울이 60방울이 되고 600방울이 되더니 하나로 이어진 물줄기가 되어 줄기차게 쏟아졌다. 단단하게 합체된 하늘이 하나의 커다란 분수가 되어 쏟아져 내리는 것 같았다. 5분 만에 올랜도는 물에 빠진 생쥐 꼴이 됐다.

그는 서둘러 말들에게 덮개를 덮어준 다음 여전히 안마당을 지켜볼 수 있는 문간의 지붕 아래로 몸을 피했다. 대기는 안개로 자욱했고, 억수같이 내리는 비에서 피어오른 물보라와 단조로운 소음 때문에 사람의 발소리건 짐승의 발소리건 들릴 수가 없었다. 커다란 웅덩이들이 파인 도로는 물에 잠길 테고 어쩌면 통행이 불가능해질 수도 있다. 하지만 그는 이것이 자신들의 도주에 어떤 영향을 미칠 거라고는 전혀 생각지 않았다. 그의 모든 감각은 사샤를 맞이하기 위해—랜턴 불빛에 희미하게 빛나고 있는—좁은 돌길을 바라보는 데 집중되어 있었다. 때로는 어둠 속에서 빗줄기에 휩싸인 그녀의 모습이 보인 것도 같았다. 하지만 그 환영은 사라졌다. 갑자기 세인트폴 대성당이 끔찍하고 불길한 목소리로, 고뇌하는 영혼의 머리카락을 모두 쭈뼛 서게 만드는 공포스럽고 경악스러운 목소리로 자정을 알리는 첫 번째 종을 울렸다. 종은 네 번 더 가차 없이 울렸다. 올랜도는 연인의 미신에 기대 여섯 번째 종이 울릴 때 사샤가 올 것이라는 설정을 했다. 하지만 여섯 번째 종소리가 희미하게 사라져가고, 일곱 번째, 여덟 번째 종소리까지 사라져가자, 불안한 그의 마음에 그 종소리는 처음에는 죽음과 재난을 예고하는, 다음에는 선언하는 소리처럼 들렸다. 열두 번째 종이 울리자 그는 운명이 결정되었다는 것을 알았다. 늦는 것일 수도 있다, 무슨 일이 생겨서 지체되었을 수도 있다, 길을 잃었을지도 모른다고 논리로 설득하려 해봤자 아무 소용이 없었다. 열렬한 감정이 들끓는 올랜도의 심장은 진실을 알고 있었다. 다른 시계들도 차례차례 시끄럽게 종을 울렸다. 온 세상에 사샤의 배신 소식이 울려 퍼지며 그를 조롱하는 것 같았다. 은밀하게 작동하던 과거의 의심이 은신처에서 공개적으로 뛰쳐나왔다. 우글대는 뱀들이 그를 물어댔고, 점점 더 센 독을 가진 놈들이 덮쳤다. 그는 억수같이 퍼붓는 빗속에서 꼼짝도 않고 문간에 서 있었다. 1분 1분이 지날수록 다리에서 조금씩 힘이 빠졌다. 폭우는 계속되었다. 지독한 빗속에서 거대한 대포의 포성 같은 소리가 들렸다. 떡갈나무를 동강 내고 쪼개는 것 같은 시끄러운 소리들도 들리는 것 같았다. 미친 듯한 비명 소리와 사람 소리 같지 않은 끔찍한 신음 소리도 들렸다. 하지만 올랜도는 그 자리에서 미동도 하지 않고 서 있었다. 마침내 세인트 폴의 시계가 2시를 알렸다. 그 순간 그는 이를 온통 드러낸 채 끔찍한 아이러니를 담아 "내 생애 최고의 날이구나!"라고 포효하며 랜턴을 땅바닥에 내동댕이치고는 말에 올라 어딘지도 모를 곳으로 내달렸다.

이성을 잃은 그는 뭔가 맹목적 본능에 이끌려 강 제방을 따라 바다 쪽으로 달려갔다. 여느 때와 달리 갑자기 동이 텄을 때, 그는 와핑 근교의 템스강 제방 위에 있었다. 하늘은 희미한 노란색으로 물들고 있었고, 비는 거의 그쳤다. 그의 눈앞에는 경악스러운 자연의 장관이 펼쳐져 있었다. 석 달이 넘도록 얼어붙어 돌처럼 영원할 것 같던 단단하고 두꺼운 빙판이 있던 자리, 화려한 도시 하나가 통째로 서 있던 그 빙판 도로 자리에 지금 누런 강물이 난폭하게 질주하고 있었다. 강이 밤사이 자유를 얻은 것이다. 아래의 화산 지대에서 유황 온천(많은 학자들이 이 의견에 동조했다)이 격렬한 기세로 얼음을 쪼개며 터져 나와 육중하고 거대한 파편들을 사방으로 사납게 휩쓸어 보내기라도 한 것 같았다. 강물을 쳐다보기만 해도 머리가 어찔해졌다. 사방이 요동치고 혼란스러웠다. 강은 온통 얼음 덩어리로 뒤덮여 있었다. 그중에는 잔디볼링장만큼 커다랗고 집채만큼 높은 것들도 있었고, 남자 모자 크기 정도밖에 안 되는 것들도 있었지만, 대부분 미친 듯이 빙빙 돌고 있었다. 얼음 덩어리들은 앞을 가로막는 것은 무엇이든 가라앉히면서 떼지어 흘러 내려왔다. 강물이 마치 고통에 몸부림치는 뱀처럼 소용돌이를 일으키며 얼음 덩어리들 사이로 돌진해 들어가 제방에서 제방으로 내동댕이치자, 얼음 덩어리들이 방파제와 기둥에 부딪쳐 박살 나는 소리들이 들렸다. 하지만 가장 끔찍하고 공포를 자아내는 것은 밤사이 얼음 덩어리 위에 갇혀 꼼짝달싹 못 하게 된 사람들이 빙빙 도는 불안한 섬들 위에서 괴로움에 몸부림치며 서성거리고 있는 광경이었다. 소용돌이치는 격류 속으로 뛰어들건 얼음 덩어리 위에 남아 있건 그들의 운명은 명백했다. 때로는 이런 가엾은 사람들이 떼거지로 함께 떠내려왔다. 무릎을 꿇고 있는 사람들도 있고, 아기에게 젖을 물리는 여인네들도 있었다. 한 노인은 소리 높여 성경책을 읽고 있는 것 같았다. 또 어떨 때는 가엾은 외톨이가 좁은 집에 홀로 걸터앉아 있기도 했는데, 그거야말로 아마 가장 무시무시한 운명일 것이다. 바다로 휩쓸려 가는 사람들이 속절없이 도와달라고 소리 지르고, 새사람이 되겠다는 무모한 약속을 남발하고, 죄를 고백하고, 하느님께서 기도를 들어주신다면 제단을 봉헌하고 재물을 바치겠다고 맹세하는 소리들이 들렸다. 공포로 혼이 나간 나머지 아무 말 없이 꼼짝도 않고 앞만 쳐다보며 앉아 있는 사람들도 있었다. 제복으로 보아 뱃사공이나 우편배달부인 듯한 한 무리의 젊은이들은 추잡하기 그지없는 술집 노래를 허세 부리듯이 목청이 터져라 불러대다 나무와 충돌해 불경스러운 소리를 입에 담은 채 물속으로 가라앉았다. 한 늙은 귀족은—모피 가운과 황금 사슬이 신분을 증명하고 있었다—올랜도가 서 있던 자리에서 멀지 않은 곳에서 마지막 순간까지 아일랜드 반역자들이 이런 극악무도한 짓을 꾸몄다고 소리소리 지르며 그들에게 복수를 다짐하다 빠져 죽었다. 많은 사람들이 은제 주전자나 그 밖의 보물을 가슴에 꼭 안은 채 죽었고, 적어도 스무 명 정도 되는 딱한 인간들은 황금잔이 떠내려가고 눈앞에서 모피 가운이 사라지는 꼴을 차마 보지 못하고 제방에서 격류 속으로 뛰어들었다가 탐욕으로 인해 죽었다. 가구며 귀중품이며 온갖 종류의 물건들이 얼음 덩어리 위에 놓인 채 떠내려가고 있었기 때문이다. 그 외에도 새끼에게 젖을 먹이는 고양이, 20인분 저녁 식사가 푸짐하게 차려진 식탁, 침대에 누운 한 쌍의 남녀, 놀라울 정도로 많은 조리 도구들이 떠내려오는 기이한 광경이 펼쳐졌다.

올랜도는 놀라서 혼이 나간 나머지 잠시 동안은 그의 앞을 지나 돌진하는 무시무시한 급류를 쳐다보기만

할 뿐 아무것도 할 수 없었다. 마침내 그는 약간 정신을 차린 듯이 말에 박차를 가하고 제방을 따라 바다 쪽으로 달려갔다. 그는 강굽이를 돌아 겨우 이틀 전만 해도 대사들의 배들이 꼼짝달싹 못 하고 얼어붙어 있던 곳 맞은편에 도착했다. 그는 다급하게 배들을 세어나갔다. 프랑스, 스페인, 오스트리아, 터키, 프랑스 배는 계류에서 풀려 있었고, 터키 배는 옆구리가 크게 부서져 시시각각 물이 차고 있었지만, 다들 아직 강에 떠 있었다. 하지만 러시아 배는 아무 데도 보이지 않았다. 한순간 올랜도는 배가 침몰한 게 틀림없다고 생각했지만, 등자를 밟고 일어서서 손차양으로 눈을 가리고 매처럼 날카로운 시력으로 바라보자, 수평선 위에 배의 형상이 하나 보였다. 검은수리 깃발이 주돛대에서 나부끼고 있었다. 러시아 사절단의 배가 바다로 나가고 있었다.

그는 말에서 뛰어내렸고, 분노한 나머지 강물을 헤치고 나가기라도 할 태세였다. 그는 강물에 무릎까지 들어가 선 채로 그 부정한 여인을 향해 여자에게 퍼부을 수 있는 온갖 욕을 다 퍼부어댔다. 지조 없고, 변덕스럽고,

바람난 여자라고 비난했다. 악마, 간부, 사기꾼. 소용돌이치는 물결이 그의 말을 집어삼키고 그의 발치에 깨진 주전자와 지푸라기 들을 내동댕이쳤다.

2

전기작가는 지금 한 가지 난관에 봉착했는데, 이는 얼버무리고 넘어가기보다 솔직하게 고백하는 게 낫겠다. 올랜도의 인생 이야기를 해오면서 지금까지는 개인적, 역사적 자료들의 도움을 받아 전기작가에게 가장 중요한 임무를 다할 수 있었다. 무덤 안으로 털썩 떨어져 우리 머리 위 비석에 "끝"이라고 쓰는 그 순간까지 전기작가의 임무는 오른쪽도 왼쪽도 돌아보지 않고, 꽃에 홀리지 않고, 그림자에도 아랑곳없이, 오로지 지울 수 없는 진실의 발자국만을 따라 질서 정연하게 앞으로, 앞으로 전진해 가는 것이다. 그런데 이제 한 일화가 우리가 갈 길을 딱 가로막고 있으니 이를 모른 체할 수가 없다. 하지만 알려져 있지 않고 불가사의하고 증거 자료도 없는 일화라 설명할 길도 없다. 해석하는 것만으로도 책들을 몇 권이나 쓸 수 있고, 그 의미를 토대로 새로운 종교 체계들을 수립할 수도 있을 일화이다. 우리의 소박한 임무는 그저 알려진 사실을 최대한 기록해서 독자들 나름대로의 이해에 맡기는 것뿐이다.

한파가 닥치고, 홍수가 밀려오고, 수천 명이 죽고, 올랜도의 희망이 철저히 무너졌던 그 처참한 겨울 이후, 그는 당대 최고의 권력을 휘두르던 귀족들의 비위를 거슬러 궁정에서 추방되었다. 아일랜드의 데즈먼드 가문은 당연히 분노했고, 안 그래도 아일랜드 일로 골치가 아플 대로 아팠던 왕은 더 이상의 문젯거리를 달가워하지 않았다. 그해 여름, 올랜도는 시골의 저택으로 물러나 완전히 고립된 생활을 했다. 6월 어느 아침—18일 토요일이었다—그는 평소 기상 시간에 일어나지 않았다. 깨워도 소용이 없었다. 그는 숨 쉬는 기색조차 없이 혼수상태에 빠지기라도 한 것처럼 누워 있었다. 창문 밑에서 개

들을 짖게 하고, 방 안에서 심벌즈, 북, 캐스터네츠를 쉴
새 없이 쳐대고, 가시금작화를 베개 밑에 넣어두고, 겨자
로 고약을 만들어 발에 발라봐도, 그는 꼬박 일주일 동
안 깨지도, 음식을 먹지도 않았고, 어떤 생명의 징후도
보이지 않았다. 이레째 되는 날 그는 평소 일어나던 시각
(정확히 7시 45분)에 잠에서 깨어나 야단법석을 떨고 있
던 아낙네와 마을 점쟁이 무리를 방에서 쫓아냈다. 그것
은 당연한 일이었다. 하지만 이상한 일은 그가 마치 하
룻밤 자고 일어난 사람처럼 그간의 혼수상태를 전혀 의
식하지 못한 채 옷을 입고 말을 대령하라고 시킨 것이
다. 하지만 그의 머릿속에서 틀림없이 어떤 변화가 있었
다는 것이 어렴풋이 느껴졌다. 그는 철저히 합리적이었
고 전보다 더 진지하고 침착해 보였지만, 과거 일은 잘
기억하지 못하는 것 같았다. 사람들이 대한파나 스케이
트나 축제 이야기를 하면 듣고는 있었지만 뭔가 우울한
기억을 지워버리려는 듯이 손으로 이마를 쓱 닦는 것 외
에는 그런 일들을 직접 본 티를 전혀 내지 않았다. 지난
여섯 달 동안의 일들이 거론될 때면, 그는 괴롭다기보다

어리둥절한 표정이었다. 마치 아주 오래전의 혼란스러운 기억들 때문에 당황했거나 다른 사람에게 들은 이야기들을 기억해내려고 애쓰는 것처럼 보였다. 러시아나 왕녀, 배 이야기가 나오면, 그는 불안하게 울적해하며 자리에서 일어나 창밖을 내다보거나, 개를 부르거나, 칼을 들고 삼목 조각을 깎곤 했다. 하지만 의사들은 그때도 지금과 별반 다를 바 없이 아는 것이 없었다. 그들은 통상적인 진정제와 자극제와 더불어 휴식과 운동, 금식과 영양, 사교와 고독을 처방으로 내리면서 하루 종일 누워 있고 점심 식사와 저녁 식사 사이에는 40마일씩 말을 타라고 하더니, 멋대로 머리에 떠오르는 대로 아침에 일어나면 도마뱀의 침으로 만든 우유술을 마시고 잠자리에 들 때는 공작 담즙 물약을 마시라는 지시로 다채로움을 가미하고는 그를 혼자 있도록 내버려뒀다. 그러고는 그가 일주일 동안 잠들어 있었다는 것을 자기들 소견이라며 내놓았다.

하지만 그것이 잠이라면, 이런 잠의 본질은 무엇인지 우리는 묻지 않을 수가 없다. 그 잠은 치료책, 즉 가장 쓰라린 기억들, 인생을 영원히 망가뜨릴 수도 있는 사건들의 가혹함을 문질러 지우고 심지어 그중 가장 추악하고 저열한 것들에마저 윤기와 빛을 입혀주는 어둠의 날개로 그 기억을 털어 없애주는 혼수상태일까? 삶의 폭풍이 우리를 찢어발기지 않도록 죽음의 손길을 가끔 내려줘야 하는 것일까? 우린 매일 소량의 죽음을 복용하지 않고는 계속 살아갈 수 없도록 만들어진 것일까? 그렇다면 우리 가장 내밀한 곳에 침투해 우리 의지와 상관없이 가장 소중한 소유물을 바꿔버리는 이것은 무슨 기이한 힘이란 말인가? 올랜도는 극한의 고통에 탈진한 나머지 일주일간 죽었다가 다시 살아난 것일까? 그렇다면 죽음의 본질은 무엇이며 삶의 본질은 무엇인가? 이런 질문들에 대한 대답을 찾기 위해 반 시간이 넘도록 기다렸지만 아무런 대답도 생각나지 않으니, 이야기를 계속하도록 하자.

이제 올랜도는 철저히 고독한 삶에 빠져들었다. 그 이유는 어느 정도는 궁정에서 겪은 치욕과 비통한 슬픔 때문이었지만, 그는 자신을 변호하려고 애쓰지도 않았고 (기꺼이 그를 찾아올 친구들도 많았지만) 사람을 초대하는 일도 거의 없었기 때문에 조상들의 거대한 저택에서 홀로 지내는 것이 기질에 맞는 것처럼 보였다. 고독이 그의 선택이었다. 그가 어떻게 시간을 보내는지 아는 사람은 거의 없었다. 그는 하인들을 고스란히 다 데리고 있었고, 할 일이라고는 빈방의 먼지를 털거나 아무도 자지 않는 침대 덮개를 정리하는 게 대부분인 그들은 캄캄한 밤 에일과 케이크를 먹으며 앉아 있다가 불빛이 회랑을 지나고 연회장을 가로질러 계단을 올라 침실에 들어가는 것을 보면 주인님이 혼자서 집 안을 배회하고 다닌다는 것을 알았다. 감히 그를 따라가는 하인은 아무도 없었다. 그 집에는 온갖 유령들이 출몰하는 데다가, 집이 너무 넓은 탓에 길을 잃고 어느 숨겨진 계단에서 굴러떨어지거나 어떤 문을 열었다가 바람이 불어닥치기라도 하면 닫힌 문 안에 영원히 갇혀버리기 십상이었기 때문이다. 엄청나게 고통스러운 자세를 한 사람과 동물 뼈들이 흔히 발견된다는 사실에서 분명히 알 수 있듯이 그런 일은 드물지 않게 일어났다. 그리고 나서 불빛이 완전히 사라지면, 하녀장 그림스디치 부인은 예배당 목사 두퍼 씨에게 나리께 무슨 나쁜 일이 없었기를 얼마나 빌었는지 모른다고 했고, 두퍼 씨는 백작님은 분명 남쪽으로 반 마일 떨어진 빌리어드테이블코트에 있는 예배당 안 가족 묘지에서 기도하고 있었을 거라는 의견을 내놓곤 했다. 두퍼 씨는 백작에게 양심에 걸리는 죄가 있다고 생각하고 있기 때문이다. 그러면 그림스디치 부인은 그렇다면 우리도 대부분 마찬가지라고 날카롭게 반박했고, 스튜클리 부인과 필드 부인, 늙은 카펜터 유모도 모두 목소리 높여 나리를 칭찬하곤 했다. 말구종들과 집사들은 그렇게 훌륭한 귀족이 여우 사냥을 하거나 사슴을 쫓아다녀야 할 시간에 침울하게 집 안이나 어슬렁거리고 다니는 것을 보면 너무나 안타깝다고 단언했다. 심지어 세탁과 설거지를 담당하는 어린 하녀들인 주디들과 페이스들도 술잔과 케이크를 나르고 있다가 나리의 친절함을 큰 소리로 증언했다. 나리보다 친절한 분, 리본 매듭이나 머리에 꽂을 꽃을 살 수 있는 조그만 은붙이들을 나리보다 더 후하게 주는 분은 없다는 것이다. 급기야는 하인들이 기독교인으로 만들어보려고 그레이스 로빈슨이라 부르는 흑인 하녀까지 다들 무슨 소리를 하는지 짐작하고는 자신이 할 수 있는 유일한 방법, 즉 모든 치아를 한꺼번에 드러내며 환한 미소를 지어 나리가 잘생기고 유쾌하고 용감한 신사라고 동조했다. 간단히 말해서, 모든 남녀 하인들이 그를 깊이 존경했고 그를 이 지경으로 만든 그 외국인 왕녀(이보다는 더 상스러운 말로 불렀지만)를 저주했다.

하지만 두퍼 씨는 아마도 겁이 많거나 뜨거운 에일을 마시고 싶었기 때문에 백작을 찾으러 나가지 않으려고 그가 무덤 사이에서 안전하게 있을 거라고 상상했을지 모르지만, 그 상상이 옳았을 수도 있다. 이제 올랜도는 죽음과 부패에 대한 생각을 기묘하게 즐기고 있었다. 그는 양초를 손에 들고 긴 회랑과 연회장을 서성거리며 찾을 수 없는 누군가와 닮은 사람을 찾는 것처럼 그림들을 하나하나 들여다본 다음, 예배당 가족석에 올라가 박쥐와 모기를 벗 삼아 흔들리는 깃발들과 일렁이는 달빛을 바라보며 몇 시간이고 앉아 있곤 했다. 심지어 이

걸로도 충분하지 않아서, 차곡차곡 쌓인 관 속에 열 세 대의 조상들이 함께 잠들어 있는 지하 납골당에도 기어 이 내려가야 했다. 그곳은 찾는 일이 거의 없어서 쥐들 이 납세공을 갉고 멋대로 들락거리는 바람에, 지나가는 데 망토에 허벅지 뼈가 걸리는가 하면 말리스 경인가 하 는 선조의 해골이 발밑으로 굴러오는 바람에 박살 내는 일도 있었다. 소름 끼치는 지하 무덤이었다. 정복왕 윌리 엄[22]과 함께 프랑스에서 건너온 제1대 조상은 마치 화려 한 모든 것들은 부패 위에 건설되고, 살 밑에는 뼈가 있 고, 땅 위에서 춤추고 노래하는 우리도 저 아래 누워야 하며, 심홍색 벨벳도 삭아서 먼지가 되고, 반지(이 시점 에서 올랜도는 랜턴을 아래로 내려 구석에 굴러가 있는 보석 빠진 금반지를 집어 올렸다)에서는 루비가 떨어져 나가고 반짝반짝 빛나던 눈도 빛을 잃는다는 것을 증명 하고 싶었던 것처럼 저택의 토대 밑을 깊숙이 파고 이 지 하 무덤을 만들어놓았다. "이 모든 군주들에게서 남은

22   1066년 영국을 정복한 노르망디의 왕.

것이 없구나." 올랜도는 관대히 봐줄 만한 그 계급 특유의 과장에 빠져 말하곤 했다. "손가락 하나밖에는." 그러고는 손뼈 하나를 들고 관절을 이리저리 굽혀보곤 했다. "이건 누구의 손이었을까?" 그는 질문했다. "오른손일까, 왼손일까? 남자 손일까, 여자 손일까? 젊은이일까, 노인일까? 군마를 몰았을까, 바늘에 실을 꿰었을까? 장미를 꺾었을까, 차가운 칼을 잡았을까? 아니면……" 하지만 여기서 더 이상 생각이 안 나서였는지, 아니면 그보다 오히려 손이 할 수 있는 일들이 너무 많이 생각나서였는지, 그는 늘 그랬던 것처럼 저술에서 가장 중요한 일, 즉 삭제할 일이 두려워 주춤했다. 그러고는 그런 주제에 관한 글로 자신을 사로잡은 의사이자 저술가인 노리치의 토머스 브라운[23]을 떠올리며 그 뼈를 다른 뼈들과 함께 놓아두었다.

그는 랜턴을 들고 뼈들이 가지런히 놓였는지 확인했다. 그는 낭만적이기는 해도 몹시 조직적인 사람이어서

---

23 《호장론壺葬論, 최근 노포크에서 발견된 뼈단지에 관하여》(1658)의 저자.

조상의 해골은 말할 것도 없고 바닥에 실뭉치가 떨어져 있는 것조차 참을 수 없었다. 그러고는 또다시 회랑으로 돌아가서 그림들 중에서 뭔가를 찾으며 기이하고 우울하게 어슬렁거리다가 마침내 무명의 화가가 그린 눈 덮인 네덜란드 풍경화를 보더니 그야말로 발작하듯 흐느낌을 토해내며 걸음을 멈췄다. 순간 더 이상 인생이 살아야 할 가치가 없는 것 같았다. 그는 조상들의 뼈고 무덤 위에 건설된 삶이고 다 잊고 그 자리에 선 채, 오로지 치켜 올라간 눈꼬리에 입을 삐죽 내밀고 진주 목걸이를 하고 러시아 바지를 입은 여자를 갈망하며 몸이 들썩거리도록 흐느껴 울었다. 그녀는 가버렸다. 그를 떠나버렸다. 다시는 보지 못할 것이다. 그래서 그는 흐느꼈다. 그러고는 그렇게 다시 자기 방으로 돌아왔다. 창문에 비친 불빛을 본 그림스디치 부인은 입에 대고 있던 커다란 술잔을 내려놓고 말했다. 하느님 감사합니다, 나리께서 무사히 다시 방에 돌아오셨군요. 부인은 내내 그가 끔찍하게 살해당했을 거라고 생각하고 있었기 때문이다.

　이제 올랜도는 의자를 탁자에 바싹 당겨 앉아 토머

스 브라운 경의 저작을 펼치고 그중 가장 길고 가장 놀랍도록 난해한 명상을 정교하고 명징하게 담은 글을 연구하기 시작했다.

이 문제는 전기작가가 길게 써서 좋을 일은 아니지만, 독자의 역할을 다해 여기저기 떨구어진 부족한 힌트에서 살아 있는 사람의 영역과 주변 전체를 구성해온 사람들에게는 명백히 보이고도 남는 일이다. 우리가 단지 조그맣게 속삭인 곳에서 살아 있는 목소리를 듣고, 종종 아무 말도 안 하는데도 그의 생김새를 정확하게 보고, 안내의 말 한마디 없이도 그의 생각을 정확히 아는 사람들(그런 독자들을 위해 우리는 글을 쓴다)에게는 올랜도에게 여러 가지 기질―우울, 나태, 열정, 사랑, 고독―이 기묘하게 혼합되어 있다는 것이 명백히 보이기 마련이다. 그가 죽은 흑인의 머리를 칼로 내리쳐 떨어뜨리고는 용감하게도 손 닿지 않는 곳에 다시 매달아 놓고는 다음 순간 책을 들고 창가 자리에 앉았던 이 이야기의 첫 장에서 암시되었듯이, 온갖 뒤틀어지고 예민한 기질도 있다는 것은 말할 것도 없다. 독서 취미는 어릴 때부터 있었다. 어린 시절 그는 때로 자정까지도 여전히 책을 읽고 있다 들키곤 했다. 양초를 치워버리자, 그럴 목적으로 개똥벌레를 키웠다. 개똥벌레도 없애버리자, 부싯깃을 쓰다가 집을 홀랑 다 태울 뻔했다. 구겨진 비단과 거기 함축된 온갖 암시들은 소설가에게 맡기도록 하고 한마디로 말하자면, 그는 문학 상사병에 걸린 귀족이었다. 그 시대의 많은 사람들, 그의 계급에서는 훨씬 더 많은 사람들이 이 전염병을 피했고, 따라서 마음껏 내키는 대로 달리거나 말을 타거나 사랑을 나눴다. 하지만 어떤 이들은 아스포델 꽃가루에서 자라나 그리스와 이탈리아에서 날아온다는 세균에 일찍이 감염되었는데, 그게 어찌나 치명적인 성질을 가지고 있는지 때리려고 치켜든 손을 떨리게 하고 먹이를 찾는 눈을 흐리게 하고 사랑을 공언하는 혀를 더듬거리게 만들곤 했다. 현실을 환영으로 치환하는 것이 이 병의 치명적인 속성이었다. 그래서 운명으로부터 온갖 선물—수많은 접시, 리넨, 집, 하인, 침대, 카펫—을 선사받은 올랜도지만 책을 펼치기만 하면 그 엄청난 재산이 몽땅 안개처럼 사라졌다.

9에이커나 되는 석조 저택이 사라졌다. 150명의 가내 하인들도 사라졌다. 80필의 승마용 말들도 보이지 않았다. 일일이 세려면 시간이 너무 많이 걸릴 카펫, 소파, 장식, 도자기, 접시, 양념통, 풍로 달린 냄비, 그 외 수많은 금박 가재도구들도 독기에 뒤덮인 바다안개처럼 증발됐다. 그런 식이었다. 그래서 올랜도는 아무것도 가지지 않은 벌거숭이 인간이 되어 홀로 독서를 하곤 했다.

고독한 생활 속에서 이 병은 급속히 기세를 더해갔다. 그는 종종 밤을 새우며 여섯 시간 동안 책을 읽곤 했고, 하인들이 가축 도살이나 밀 추수 문제로 지시를 받으러 오면 2절판 책을 옆으로 치우며 무슨 소리 하는지 모르겠다는 듯이 쳐다보았다. 이 암울한 상황에 매조련사 홀, 마부 자일스, 하녀장 그림스디치 부인, 목사 두퍼 씨는 가슴이 찢어졌다. 저런 멋진 신사에게는 책이 필요 없어, 그들은 말했다. 책 같은 건 못 움직이는 사람들이나 죽어가는 사람들한테 줘버려야 하는데, 그들은 말했다. 하지만 더한 일이 기다리고 있었다. 일단 독서병이 달라붙으면, 몸이 약해지면서 잉크병에서 살고 깃촉펜에서 곪는 또 다른 재앙의 손쉬운 희생양이 된다. 이 가없은 인간이 글쓰기에 빠지는 것이다. 이것은 재산이라고는 비 새는 지붕 아래 놓인 의자와 탁자밖에 없는 빈한한 자에게도—결국 그자에게는 별로 잃을 것이 없으니까—충분히 불행한 일이지만, 저택과 가축, 하인, 당나귀, 리넨을 가지고 있으면서도 책을 쓰는 부자가 겪는 곤경이란 말할 수 없이 딱하다. 그는 그 모든 것들의 풍미를 느끼지 못한다. 뜨거운 쇠꼬챙이에 찔리고, 해충에게 물어 뜯긴다. 조그만 책 한 권을 써서 유명해질 수만 있다면 전 재산을 기꺼이 주겠지만(그 세균의 힘은 이렇게나 악성이다), 페루의 금을 다 준다 해도 보석같이 절묘한 문장 하나 살 수 없을 것이다. 그래서 그는 폐병에 걸려 병고에 시달리다 권총으로 머리를 날리고 죽음을 맞이한다. 사람들에게 발견될 때 어떤 자세를 하고 있는지는 중요하지 않다. 그는 죽음의 문턱을 넘었고 지옥의 불길을 알게 되었을 테니까.

다행히도 올랜도는 체질이 건강해서 (곧 설명할 이유로 인해) 수많은 동료들을 무너뜨린 병에 결코 무너지지 않았다. 하지만 앞으로 보여주겠지만, 그도 이 병에 깊이 빠져들었다. 토머스 브라운 경의 글을 한 시간 남짓 읽고 있던 그는 수사슴 울음소리와 야경꾼의 고함 소리에 지금이 한밤중이며 모두들 곤히 자고 있다는 것을 알고는 방을 가로질러 가 주머니에서 은열쇠를 꺼내 구석에 놓인 커다란 상감장의 문을 열었다. 그 안에는 삼목 서랍 50개 정도가 있고, 그 하나하나에 올랜도의 필체로 정갈하게 쓴 종이가 붙어 있었다. 그는 어느 서랍을 열까 망설이듯이 잠시 동작을 멈추었다. 한 서랍에는《아이아스의 죽음》, 또 다른 서랍에는《피라무스의 탄생》, 또 하나에는《아울리스의 이피게니아》, 또 다른 서랍에는《히폴리투스의 죽음》, 그리고《멜레아그로스》,《오디세우스의 귀환》 등의 제목이 적혀 있었다. 사실 인생의 위기에 처한 신화 속 인물의 이름이 적혀 있지 않은 서랍은 거의 없었다. 각각의 서랍에는 모두 올랜도의 글씨가 빼곡하게 적힌 큼직한 원고가 들어 있었다. 사실 올랜도는 오랫동안 그 병으로 이렇게 고통 받아왔다. 올랜도가 종이를 바라듯이 사과를 바란, 그가 잉크를 바라듯이 사탕을 바란 소년은 없었다. 그는 이야기하고 게임하는 사람들 틈에서 몰래 빠져나와 한 손에는 뿔잉크통, 다른 손에는 펜을 들고 무릎에 종이를 놓은 채 커튼 뒤나 사제의 비밀 은신처[24], 바닥에 커다란 구멍이 있어서 찌르레기 똥냄새가 코를 찌르는 어머니 침실 뒤의 벽장에 숨었다. 그런 식으로 그는 스물다섯 살이 되기 전에 산문과 운문으로, 프랑스어와 이탈리아어로 47편의 희곡, 사극, 로맨스, 시를 썼다. 모두 낭만적인 내용이었고, 모두 장편이었다. 한 편은 칩사이드의 세인트폴스크로스 맞은편에 있는 인쇄소 '깃털과 왕관'의 존 볼에게 맡겨 인쇄도 했는데, 인쇄본을 보고 날 듯이 기쁘긴 했지만 심지어 어머니에게조차 감히 보여주지 못했다. 글을 쓴다는 것, 하물며 출간한다는 것은 귀족에게 용서 못 할 치욕이라는 것을 알고 있었기 때문이다.

하지만 지금은 한밤중이고 혼자 있으니 그는 이 창

---

24 가톨릭교가 박해받던 엘리자베스 1세 시대 가톨릭교도들이 신부를 숨겨주기 위해 벽난로 뒤나 마루 밑 등에 만들어놓은 비밀 장소.

고에서 《제노필리아: 비극》 비슷한 제목이 적힌 원고와 그냥 《떡갈나무》(이건 그 무더기에서 유일한 한 단어짜리 제목이었다)라고 불리는 얇은 원고를 선택했다. 그러고는 뿔잉크통에 다가가 깃촉펜을 손가락으로 훑고는 이 악덕에 중독된 사람들이 의식을 시작할 때 하는 그런 손동작들을 몇 개 더 했다. 하지만 그는 동작을 멈추었다.

이 일은 그의 역사에서 몹시 중요하기 때문에, 실로 사람들의 무릎을 꿇게 하고 강물을 온통 피로 물들이는 수많은 행위들보다 더 중요하기 때문에, 우리는 그가 왜 멈췄는지 그 이유를 물어보고 합당히 숙고한 후 다음과 같은 이유에서라고 대답할 의무가 있다. 이는 너무나 불평등하게 진흙과 다이아몬드, 무지개와 화강암으로 우리를 만들면서 수많은 기묘한 장난을 쳐놓고는 그 재료들을 종종 가장 어울리지 않는 용기에 채워 넣는 자연 때문이다. 그러니 시인이 푸주한의 얼굴을, 푸주한이 시인의 얼굴을 가지고 있는 것이다. 혼란과 수수께끼를 좋아하는 자연 때문이다. 그래서 심지어 현재(1927년

11월 1일)에도 우리는 왜 위층으로 올라가거나 아래층으로 다시 내려오는지 알지 못하고, 일상의 행동 대부분은 미지의 바다를 항해하는 배와 같아서, 주돛대의 선원들이 지평선을 망원경으로 가리키며 저기 육지가 있나, 아무것도 없나? 물으면 예언자라면 "있다", 진실하다면 "없다"라고 대답한다. 버거울 정도로 긴 이 문장 외에도 책임질 것들이 수두룩하게 많으면서도 자연은 우리 안에 완벽한 잡동사니 주머니—알렉산드라 여왕의 신부베일 바로 옆에 놓인 경찰복 바지—를 마련해놓았을 뿐만 아니라 그 여러 가지 모음 전체를 단 하나의 실로 살짝 꿰매 용케 연결시켜놓아서 자신의 임무는 더 복잡하게 만들고 우리에게는 더한 혼란을 줬기 때문이다. 기억은 침모, 게다가 변덕스러운 침모다. 기억은 바늘을 안팎으로, 위아래로, 여기저기로 움직인다. 우리는 다음에 무엇이 오는지, 뒤에 무엇이 따라오는지도 모른다. 그리하여 탁자에 앉아 잉크통을 끌어당기는 것 같은 세상에서 가장 평범한 행동이 천 개의 분리된 조각들을 온통 요동치게 만들어 강풍 속 빨랫줄에 널린 일가족 열네 명

의 속옷처럼 때로는 환하게, 때로는 칙칙하게 까닥거리
고 흔들리고 펄럭이며 매달려 있게 할 수도 있다. 우리
의 가장 평범한 행위들은 누구도 부끄러워할 필요 없는
단일한 솔직한 일이 되는 대신 퍼덕거리는 날갯짓과 명
멸하는 빛과 함께 시작된다. 그래서 펜을 잉크에 담그던
올랜도는 사라진 왕녀의 조롱하는 얼굴을 보았고, 그 즉
시 독 묻힌 화살 같은 백만 개의 질문들을 스스로에게
던졌다. 그녀는 어디 있을까? 왜 그를 떠났을까? 대사는
숙부일까, 애인일까? 둘이 음모를 짰나? 강요받은 걸까?
유부녀일까? 죽었을까? 이 모든 질문들이 가슴에 독을
불어넣은 나머지 그는 어딘가에 고통을 토해내기라도
하려는 듯이 깃촉펜을 뿔잉크통에 지나치게 깊숙이 찔
러 넣었고 그 바람에 잉크가 탁자 위에 뿜어져 나왔다.
그 행동을 어떻게 설명하든 간에(어쩌면 어떤 설명도 불
가능하다, 기억은 불가해하니까), 그 순간 굉장히 다른
종류의 얼굴 하나가 왕녀의 얼굴을 대체했다. 누구 얼
굴이지? 그는 자문했다. 랜턴의 슬라이드가 다음 슬라
이드 사이로 반쯤 보이듯이 전의 그림 위에 놓인 새 그

림을 바라보며 30분 정도 기다린 끝에 마침내 그는 말했다. "이건 아주 오래전 늙은 베스 여왕이 만찬을 하러 여기 왔을 때 트위쳇 부인 방에 앉아 있던 그 뚱뚱하고 초라한 남자의 얼굴이야." 올랜도는 그 색색의 조그만 편린들 중 또 하나를 잡으며 계속해서 말했다. "내가 아래 층으로 내려가다가 슬쩍 들여다보았더니 탁자에 앉아 있었는데 세상에서 제일 놀라운 눈을 가지고 있었지. 하지만 도대체 누구일까?" 올랜도는 물었다. 그 순간 기억이 이마와 눈에다가 먼저 조악하고 기름때 묻은 주름칼라를, 그러고는 갈색 상의를, 마지막으로 칩사이드 시민들이 신는 것 같은 두꺼운 부츠를 덧붙였다. "귀족은 아니야. 우리 같은 사람은 아냐." 올랜도는 말했다(그는 흠잡을 곳 없는 예의를 갖춘 신사여서 이 말을 커다란 소리로 하지는 않았겠지만, 이것은 고귀한 출생이 정신에 어떤 영향을 미치는지, 덧붙여 말하자면 귀족이 작가가 된다는 게 얼마나 어려운 일인지 보여준다). "아마 시인이겠지." 그의 마음을 휘저을 만큼 휘저어놓았으니 법적으로 따지자면 기억은 이제 그것들을 다 말끔히 지워버렸어야 했다. 아니면—예를 들어, 고양이를 쫓는 개라거나 붉은 면손수건에 코를 푸는 할머니처럼—너무나 멍청하고 뜬금없는 것들을 불러온 나머지, 올랜도는 그 변덕스러운 기억과 보조를 맞추는 것을 포기하고 진지하게 글쓰기를 시작했어야 했다. (우리는 마음만 굳게 먹으면 그 말괄량이 같은 기억의 여신과 그 오합지졸 무리들을 집에서 몰아낼 수 있기 때문이다.) 하지만 올랜도는 동작을 멈추었다. 기억은 여전히 그의 눈앞에 크고 반짝이는 눈을 가진 초라한 남자의 모습을 보여주고 있었다. 그는 여전히 그 모습을 봤고, 여전히 꼼짝도 하지 않았다. 우리가 파멸하는 것은 이렇게 멈추기 때문이다. 그러면 성채에 소란이 생기고 우리 군대가 반란을 일으킨다. 그는 예전에 한 번 멈췄고, 사랑이 솜[25]과 심벌즈, 피 묻은 머리카락을 늘어뜨린 잘린 머리들을 든 무서운 폭도와 함께 들이닥쳤다. 사랑 때문에 그는 지옥의 고문과도 같은 고통을 겪었다. 이제 또다시 그는 멈추

25   오보에의 전신인 중세시대의 관악기.

었고, 이렇게 해서 생긴 깨진 틈 사이로 심술궂은 노파 같은 야망과 마녀 같은 시詩, 매춘부 같은 명예욕이 펄쩍 뛰어 들어왔다. 모두 손을 맞잡고 그의 심장에서 춤을 춰댔다. 그는 방에서 홀로 똑바로 서서 자기가 이 가문 최초의 시인이 되어 그 이름에 불멸의 명예를 가져오겠다고 맹세했다. 그는 (조상들의 이름과 공훈을 열거하며) 말했다. 보리스 경은 이슬람교도들과, 거웨인 경은 튀르크인들과, 마일스 경은 폴란드인들과, 앤드류 경은 프랑크인들과, 리처드 경은 오스트리아인들과, 조던 경은 프랑스인들과, 허버트 경은 스페인인들과 싸우고 그들을 죽였다고. 하지만 그 모든 살육과 전쟁, 음주와 정사情事, 지출과 사냥과 승마와 식사에서 무엇이 남았단 말인가? 두개골, 손가락뼈다. 반면, 탁자 위에 펼쳐진 토머스 브라운 경의 책장을 보며 그는 말했다. 또다시 그는 멈추었다. 방의 모든 곳에서, 밤바람과 달빛에서 솟아오른 주문처럼 그 말들의 거룩한 선율이 굽이쳤다. 하지만 그 말들이 이 페이지를 무색하게 만들면 안 되니, 죽었다기보다 너무도 생생한 색과 향긋한 숨결 그대로 방부 처리되어 묻힌 자리에 그대로 두도록 하겠다. 그리고 올랜도는 조상들의 업적과 그 업적을 비교하며 조상들과 조상들의 공적은 먼지와 재가 되었지만 이 사람과 그의 말들은 영원히 죽지 않는다고 외쳤다.

하지만 곧 그는 마일스 경과 그 외 조상들이 왕국을 얻기 위해 무장한 기사들에 맞서 싸웠던 전투들은 지금 그가 불멸을 얻기 위해 영어와 맞서 치르고 있는 싸움의 절반도 힘들지 않았다는 것을 깨달았다. 글쓰기의 어려움을 어느 정도 아는 사람이라면 자세한 설명이 필요 없을 것이다. 이런 식이었다. 그는 글을 쓰고 글이 괜찮아 보인다. 읽어본다. 엉망이다. 수정하고 찢는다. 삭제하고 첨가한다. 기뻐 날뛴다. 절망한다. 밤에는 좋고 아침에는 괴롭다. 좋은 생각을 낚아챘다가 놓쳐버린다. 자기 책이 눈앞에 똑똑하게 보였다가 사라진다. 밥을 먹으면서 등장인물들 역할을 연기한다. 걸으면서 대사를 웅얼거린다. 울다 웃다 한다. 이런저런 문체 사이에서 망설인다. 영웅적이고 화려한 문체가 좋다가 다음 순간에는 수수하고 단순한 문체가 더 좋다. 올림포스산의 템피 계곡이 좋다가 다음 순간에는 켄트나 콘월의 들판으로 마음이 바뀐다. 자기가 비범한 천재인지 세상 최고의 바보인지 알 수가 없다.

여러 달 동안 저렇게 열띤 고생을 한 후, 그는 이 마지막 질문에 대한 해답을 찾기 위해 수년 동안의 고립 생활을 깨고 나와 바깥세상과 소통하기로 결심했다. 런던에 노포크 출신의 자일스 아이섬이라는 친구가 하나 있는데, 좋은 가문 태생임에도 작가들과 친분이 있는 친구라 분명 그 축복받은, 실로 성스러운 직종 협회의 회원과 그를 연결해줄 수 있을 것이다. 지금 이런 상태의 올랜도가 보기에는 책을 쓰고 출판한 사람에게는 혈통과 신분의 모든 영광을 무색하게 만드는 영광이 자리했다. 그의 상상 속에서는 그런 거룩한 생각이 가득한 사람들은 육체마저 신성하게 변형되어 있을 것만 같았다. 작가들에게는 분명 머리카락 대신 후광이, 숨결 대신 향이 있고, 그 입술 사이에서는 장미가 자랄 것이다. 올랜도자신이나 두퍼 씨 같은 사람은 절대 그렇지 않았다. 커튼 뒤에 앉아 그들이 말하는 것을 들을 수만 있다면 그보다 더한 행복은 없을 것 같았다. 그 대담하고 다양한 대화를 상상만 해도 궁정 친구들과 나누곤 했던 대화— 개, 말, 여자, 카드게임—의 기억이 야만의 극치처럼 느껴졌다. 그는 늘 학자라 불리고 고독과 책을 사랑한다고 조롱당했던 것을 자랑스럽게 떠올렸다. 그는 번지르르한 말을 하는 재능이라고는 없었다. 귀부인들 응접실에서는 꼼짝도 않고 서서 얼굴을 붉히다 척탄병처럼 성큼성큼 걷곤 했다. 완전히 망연자실하고 있다가 말에서 떨어진 적도 두 번 있다. 한번은 각운을 만들다가 레이디 윈칠시의 부채를 망가뜨린 적도 있다. 그가 사교계에 적합하지 않는 사람이라는 것을 보여주는 이런저런 일화들을 열심히 떠올리자, 그의 청춘의 온갖 격동, 부산함, 서투름, 수줍음, 긴 산책들, 시골에 대한 사랑이 자신은 귀족들보다는 그 성스러운 종족에 속한다는 것을, 귀족보다는 작가로 타고났다는 것을 보여준다는 이루 말할 수 없는 희망이 그를 사로잡았다. 대홍수의 밤 이후 처음으로 그는 행복을 느꼈다.

이제 그는 노포크의 아이섬 씨에게 다음 편지를 클

리퍼드 여관의 니콜라스 그린 씨에게 전해달라고 부탁했다. 자신이 그의 작품들(닉 그린은 당대 매우 유명한 작가였다)을 대단히 존경하고 있으며 뵙고 싶은 마음이 간절하지만 그 답례로 내놓을 것이 없어 감히 청할 수가 없다, 하지만 니콜라스 그린 씨가 감사하게도 이곳까지 와주신다면 그린 씨가 정하신 약속 시간에 페터레인 모퉁이에 사두마차를 대기시켜놓았다가 집으로 안전하게 모시겠다고 적은 편지였다. 그다음에는 누구나 짐작할 만한 뻔한 문구들이 이어졌다. 그러니 그린 씨가 귀족 양반의 초대를 수락하겠다는 뜻을 즉시 알리고는 마차를 타고 4월 21일 월요일 7시 정각에 본채 남쪽 현관 앞에 내렸을 때 올랜도의 기쁨이 어떠했을지는 누구나 짐작할 수 있을 것이다.

그 저택은 수많은 왕과 왕비, 대사를 맞아들인 곳이었다. 담비 모피를 입은 판사들이 서 있던 곳이었다. 나라에서 최고로 아름다운 귀부인들과 근엄한 무인들도 왔다. 그곳에는 플로든 전투와 아쟁쿠르 전투에 걸렸던 군기들이 걸려 있었다. 사자와 표범, 보관寶冠이 그려진 문장들이 진열되어 있었다. 금제 접시와 은제 접시가 놓인 긴 테이블과 이탈리아산 대리석을 세공한 거대한 벽난로도 있었는데, 백만 개의 잎사귀와 떼까마귀와 굴뚝새 둥지가 달린 떡갈나무가 거기서 밤마다 몽땅 재로 변했다. 이제 시인 니콜라스 그린이 축 늘어진 모자와 검정 상의를 입고 한 손에 조그만 가방을 든 채 그 자리에 섰다.

서둘러 시인을 맞이하던 올랜도가 살짝 실망한 것은 불가피한 일이었다. 시인은 중키를 넘지 않은 평균 체격에 깡마르고 약간 구부정했고, 들어오면서 마스티프 견에 걸려 넘어지는 바람에 녀석에게 물렸다. 게다가 인류에 대한 자신의 지식을 아무리 동원해도 올랜도는 그 시인을 어떻게 분류해야 할지 도무지 알 수가 없었다. 그에게는 하인, 향사, 귀족 그 어디에도 속하지 않는 분위기가 풍겼다. 두상은 둥그스름한 이마와 매부리코까지는 괜찮지만 턱이 뒤로 들어갔다. 눈은 훌륭하지만 입술은 헤벌어져 침으로 얼룩져 있었다. 하지만 어딘지 불안한 것은 그 얼굴 전반의 표정이었다. 거기에는 귀족의 얼굴을 보기 좋게 만드는 당당한 침착함도, 잘 훈련된 하인의 얼굴에서 보이는 기품 있는 순종적 태도도 없었다. 주름지고 오그라들고 찡그린 얼굴이었다. 그는 시인이기는 하지만, 듣기 좋은 말보다는 꾸지람에, 달콤한 말보다는 말싸움에, 승마보다는 기어 다니기에, 휴식보다는 고투에, 사랑보다는 증오에 더 익숙해 보였다. 그것은 그의 잽싼 동작과 뭔가 불같고 의심 많은 눈길에서도 드러났다. 올랜도는 약간 놀랐다. 하지만 그들은 만찬장으로 갔다.

평소 많은 하인들과 화려한 식탁 같은 것들을 당연하게 생각했던 올랜도는 이때 평생 처음으로 그런 것들이 뭐라 설명할 수 없이 부끄러웠다. 더 이상한 것은 소젖을 짠 증조할머니 몰이 자랑스럽게 생각되었다는 것이다. 그건 대체로 기분 좋은 생각이 아니었다. 그가 어찌어찌 이 비천한 여인과 우유 양동이 이야기를 넌지시 꺼내려는 순간, 시인이 그를 앞질러서 그린이라는 이름이 굉장히 평범한 것을 생각하면 이상한 일이지만 자기 집안은 정복왕 윌리엄과 함께 건너왔으며 프랑스 최고의 귀족이라고 말했다. 불행히도 그들은 몰락해서 그리니치 왕립자치구에 이름을 남겨주는 정도밖에는 한 일이 없다는 것. 잃어버린 성들과 문장들, 북쪽에 있는 준남작 사촌들, 서쪽에서 귀족 가문과 결혼한 친척들, 이름 뒤에 'e'를 쓰는 사람들과 안 쓰는 사람들 같은 비슷한 이야기가 사슴고기 요리가 나올 때까지 계속 이어졌다. 그때 올랜도는 겨우 몰 증조할머니와 증조할머니의 소들 이야기를 했고, 새고기 요리가 앞에 놓였을 즈음에는 마음의 짐을 약간 덜어낼 수 있었다. 하지만 달콤한 맘지 와인이 넉넉히 오갈 때가 되어서야 올랜도는 용기를 내어 그린 집안이나 소들보다 더 중요한 문제에 대한 생각을 뇌리에서 떨칠 수 없다는 말을 꺼냈다. 즉, 시라는 성스러운 주제 말이다. 그 단어가 언급되기 무섭게 시인의 눈이 번쩍하고 빛났다. 그는 쓰고 있던 점잖은 신사의 탈을 벗고 식탁에 잔을 탁 내려놓더니, 버림받은 여자의 입에서 나온 것을 제외하면 올랜도가 한 번도 들어본 적 없는 가장 길고 복잡하고 격렬하고 쓰디쓴 이야기를 시작했다. 자신의 희곡과 또 다른 시인, 어느 비평가에 관한 이야기였다. 시의 본질 자체에 대해 올랜도가 들은 이야기라고는 시는 산문보다 팔기 힘들며 행들은 더 짧지만 쓰는 데는 더 오래 걸린다는 것뿐이었다. 그런 식으로 이야기는 가지를 치며 끝도 없이 계속되었고, 마침내 올랜도가 용기를 내어 자신 역시 무모하게도 글을 쓴다는 말을 하려는 순간, 시인이 의자에서 펄쩍 뛰어올랐다. 쥐 한 마리가 징두리 벽널 안에서 찍찍거렸다는 것이다. 사실 자기는 신경이 너무 예민해서 쥐가 찍찍거리는 소리를 들으면 두 주는 충격에서 못 벗어난다고 그는 설명했다. 분명 저택에 쥐가 가득하기야 하겠지만, 올랜도는 한 번도 그 소리를 들은 적이 없었다. 그러더니 시인은 올랜도에게 지난 10여 년 동안 자신의 건강 상태를 낱낱이 늘어놓았다. 몸이 너무 안 좋아서, 자기가 살아 있다는 데 다들 놀랄 것이다. 그는 중풍, 통풍, 학질, 부종, 그리고 연달아 세 종류의 열병에 걸렸다. 그뿐만 아니라 심장은 비대하고 비장은 커다랗고 간도 병들었다. 하지만 무엇보다 척추에 뭐라 형언할 수 없는 느낌이 있다고 그는 올랜도에게 말했다. 위에서 세 번째 정도 되는 마디는 불처럼 타오르고, 밑에서 두 번째 정도 되는 마디는 얼음처럼 차갑다. 때로는 머리가 납처럼 무거워서 잠에서 깨어나고, 때로는 자기 속에 천 개의 양초가 불타고 사람들이 불꽃을 터뜨리는 것 같다. 매트리스 아래 장미꽃잎 하나만 있어도 느껴질 정도고, 돌바닥 밟는 느낌만으로 런던 거의 모든 곳을 알 수 있다. 요컨대 그는 너무나 섬세하게 만들어지고 너무나 기묘하게 조립된 기계와도 같아서(여기서 그는 마치 무의식적인 양 손을 들어 올렸는데, 과연 그 손은 상상할 수 없을 정도로 섬세한 모양이었다) 자기 시가 500부밖에 팔리지 않았다는 것을 생각하면 어이가 없다고, 하지만 그건 물론 대부분 그를 음해하려는 음모 때문이라고 했다. 그는 식탁을 주먹으로 쾅쾅 내리치며 자기가 말할 수 있는 것은 영국에서 시 예술은 죽었다는 것뿐이라고 결론 내렸다.

올랜도는 즉시 자기가 제일 좋아하는 영웅들의 이름을 줄줄 늘어놓으며 믿을 수 없다고 했다. 셰익스피어와 크리스토퍼 말로, 벤 존슨, 토머스 브라운, 존 던, 이 모든 사람들이 지금 글을 쓰며 활동하고 있거나 방금 전에 활동했는데 어떻게 그럴 수가 있단 말인가.

그린은 냉소적 웃음을 터뜨렸다. 셰익스피어는 몇 장면은 꽤 잘 썼다고 그도 인정했지만, 그건 대개 말로를 본뜬 것이다. 말로는 유망한 젊은이였지만, 서른도 되기 전에 죽은 청년에 대해 무슨 말을 할 수 있겠는가? 브라운은 시를 산문으로 쓰려고 했고, 사람들은 그런 기발함에 곧 싫증 낸다. 던은 강렬한 표현으로 없는 의미를 포장하는 사기꾼이다. 숙맥들은 속아 넘어가지만, 그런 양식은 앞으로 12개월만 지나면 유행이 끝날 것이다. 벤 존슨은 자기 친구이고, 그는 절대 친구 욕은 하지 않는다.

그렇다, 그는 결론 내렸다. 위대한 문학의 시대는 끝났다. 위대한 문학의 시대는 그리스 시대였다. 엘리자베스 시대는 모든 면에서 그리스에 미치지 못한다. 그런 시대에는 사람들이 '라 글루아'[26](그가 '글라우'라고 발음하는 바람에 올랜도는 처음에 무슨 뜻인지 알아듣지 못

---

26   '영광'이라는 의미의 프랑스어 'La Gloire'.

했다)라 부를 만한 신성한 야망을 품었다. 이제 젊은 작가들은 모두 서적상에 고용되어서 팔릴 만하다면 어떤 쓰레기라도 쏟아낸다. 이 점에서 셰익스피어의 죄가 가장 크고, 셰익스피어는 벌써 그 죗값을 치르고 있다. 우리 시대의 특징은 기발하기 짝이 없는 착상과 무모한 실험인데, 이 둘 다 그리스인들이라면 한순간도 용납하지 않았을 것들이다. (그는 문학을 목숨처럼 사랑하기 때문에) 이런 말을 하자니 정말 마음 아프지만, 현재는 엉망진창이고 미래에는 희망이 없다고 말했다. 그러고는 자기 잔에 와인을 한 잔 더 따랐다.

올랜도는 이런 신조에 충격받았지만, 비평가 자신부터가 낙심한 기색이 전혀 없다는 것을 눈치채지 않을 수 없었다. 도리어 자기 시대를 비난하면 할수록 그는 더 만족스러워 보였다. 그는 플리트 가街의 콕 태번에 갔던 어느 날 밤이 생각난다며 이야기를 꺼냈다. 그때 거기에 키트 말로[27]와 다른 몇몇 사람들도 있었다. 키트는 아주

27   크리스토퍼 말로의 애칭.

기분이 좋았다, 아니, 취해 있었다. 그는 잘 취했고, 헛소리를 늘어놓을 분위기였다. 지금도 그 모습이 눈에 선하다. 키트는 일행들을 향해 잔을 쳐들고 딸꾹질을 하며 외쳤다. "젠장, 빌." (셰익스피어에게 하는 말이다.) "커다란 파도가 몰려오고 있는데, 자네가 그 꼭대기에 있을 거야." 그건 그들이 동터오는 영문학의 위대한 시대 앞에서 전율하고 있으며 셰익스피어가 중요한 시인이 된다는 뜻이라고 그가 설명했다. 다행히도 키트는 이틀 뒤 술 먹고 싸움에 휘말려 죽임을 당하는 바람에 이 예언이 어떻게 되는지는 보지 못했다. "그런 말을 하다니 가없은 인간." 그런이 말했다. "위대한 시대라니, 참 나. 엘리자베스 시대가 위대한 시대라고!"

"그러니 친애하는 백작님." 그는 편안한 자세를 취하고 앉아 손가락 사이에 와인잔을 끼우고 만지작거리며 계속해서 말했다. "우린 최선을 다해야만 해요. 과거를 소중히 여기고, 옛 사람들을 모델로 삼아 글을 쓰는 그런 작가들을—아직 그런 사람들이 몇 명은 남아 있어요—존중해야 하는 겁니다. 돈을 위해서가 아니라 글라우를 위해 글을 쓰는 작가들요." (올랜도는 그가 좀 더 제대로 된 악센트를 썼으면 싶었다.) "글라우가 고귀한 정신의 박차죠. 제가 연간 연금 300파운드를 사분기에 나눠서 받는다면, 전 글라우를 위해서만 살 겁니다. 매일 아침 침대에 누워 키케로를 읽을 거예요. 그 문체를 흉내 내서 글을 쓸 겁니다. 백작님께서 우리를 구분하지 못하실 정도로요. 그게 바로 훌륭한 글이라는 겁니다." 그린이 말했다. "그게 바로 제가 말하는 글라우예요. 하지만 그러려면 연금이 필요합니다."

이쯤 되었을 때, 올랜도는 자신의 작품에 대해 시인과 토론해보려는 희망을 이미 모두 버린 상태였다. 하지만 이제 대화가 셰익스피어와 벤 존슨, 그 밖의 작가들의 삶과 성격 이야기로 접어들자, 그런 것은 그다지 중요하지 않았다. 그린은 그 사람들과 다 잘 알았고 흥미진진한 일화들을 무궁무진하게 알고 있었다. 올랜도는 평생 그렇게 많이 웃어본 적이 없었다. 이 작가들이, 그러니까, 그의 신들이었다! 그중 반은 주정뱅이였고 모두 호색한이었다. 대부분 아내와 불화를 겪고 있었고, 거짓말이나 지질하기 이를 데 없는 술책을 쓰지 않는 사람은 하나도 없었다. 그들의 시는 길거리 문 앞에서 인쇄소 심부름꾼 머리 위에 세탁소 영수증을 놓고 그 뒷면에 쓴 것이었다. 그렇게 햄릿이, 그렇게 리어가, 그렇게 오셀로가 인쇄소로 갔다. 이 극들에 그 사람들이 저지르는 허물들이 등장하는 것도 놀랄 일은 아니죠, 그린이 말했다. 나머지 시간은 술집과 비어가든에서 술판을 벌이고 흥청망청하며 보냈는데, 거기서는 도저히 믿을 수 없는 이야기들이 오가고 궁정 최고의 놀이도 상대가 안 될 재미있는 일들이 벌어졌다. 이 모든 이야기들을 그린이 어찌나 신나게 들려주는지 올랜도는 기분이 최고로 좋아졌다. 그린은 죽은 것에 생명을 불어넣는 탁월한 모방 재능이 있었고, 300년 전에 쓰인 책이기만 하다면 최고의 찬사를 늘어놓았다.

그렇게 시간이 흘러갔다. 올랜도는 이 손님에게 호감과 경멸, 경탄과 동정이 뒤섞인 기묘한 감정뿐만 아니라 어떤 단어로도 표현할 수는 없지만 두려움과 매혹이 공존하는 모호한 감정을 느꼈다. 그는 쉬지 않고 자기 이야기를 늘어놓았지만, 같이 있으면 어찌나 재미있는지 그가 학질에 걸린 이야기를 끝도 없이 들을 수 있었다. 그는 재치가 대단했다. 불경했다. 신과 여자들에 대해 막말을 서슴지 않았다. 진기한 기술을 수두룩하게 알고 있었고 머리에는 요상한 지식이 가득했다. 300가지의 다양한 샐러드를 만들 줄 알았고, 와인을 섞는 방법에 대해서는 모르는 것이 없었다. 여섯 가지 악기를 연주했고, 그 거대한 이탈리아산 벽난로에서 치즈를 구워 먹은 최초의 사람이자, 아마도 마지막 사람이었다. 그는 제라늄과 카네이션을, 떡갈나무와 자작나무를, 마스티프와 그레이하운드를, 두 살짜리 새끼 암양과 새끼 숫양을, 밀과 보리를, 경작지와 휴경지를 구분하지 못했다. 윤작이 뭔지도 몰랐고, 오렌지가 땅속에서, 순무가 나무에서 자란다고 생각했으며, 자연 풍경보다는 무조건 도시 풍경을 선호했다. 이 모든 것, 그리고 더 많은 것들에 올랜도는 깜짝 놀랐다. 이런 부류의 사람은 한 번도 만나본 적이 없었다. 그를 경멸하는 하녀들도 그의 농담에 소리 죽여 킥킥대며 웃었고, 그를 질색하는 하인들도 그의 이야기를 들으려고 주위를 얼쩡거렸다. 실로 그 저택이 그가 와 있는 지금처럼 활기찬 적은 한 번도 없었다. 이 모든 것들이 올랜도에게 많은 생각거리를 주었고, 과거와 지금의 생활을 비교해보게 했다. 스페인 왕의 뇌졸중이나 암컷의 짝짓기에 대해 하곤 했던 이야기들을 떠올려보았다. 마구간과 옷장 사이에서 흘러가는 하루를, 와인을 마시면서 코를 골며 잠들고 잠을 깨우면 화를 내던 귀족들 생각을 했다. 육체는 너무나 활동적이고 용감하면서 마음은 너무나 게으르고 소심한 그들에 대해 생각했다. 이런 생각들로 아무리 근심해봐도 적당한 균형을 찾을 수 없자, 그는 자신을 다시는 곤히 잠들지 못하게 할 지독한 불안의 화신을 스스로 집 안에 들였다는 결론에 도달했다.

같은 시각, 닉 그린은 정반대의 결론에 도달했다. 어느 날 아침 그는 비단같이 매끄러운 시트들 사이에서 세상에서 가장 부드러운 베개를 베고 누워 퇴창 밖으로 지난 3세기 동안 민들레나 소루쟁이 같은 풀은 난 적도 없는 잔디밭을 보고 있다가 어떻게든 여기서 빠져나가지 않으면 산 채로 질식해버릴 것 같다는 생각을 했다. 비둘기 소리를 들으며 자리에서 일어나 분수 소리를 들으며 옷을 입고 있자니, 플리트 거리 돌바닥 위를 요란하게 굴러가는 짐마차 소리를 듣지 못하면 다시는 한 줄의 글도 못 쓸 것 같았다. 이런 식으로 옆방에서 하인이 난롯불을 살리고 식탁에 은식기들을 놓는 소리를 들으며 계속 살다가는 쓰러져 잠들었다가(여기서 그는 입이 찢어져라 하품을 했다) 잠든 채 죽어버릴 거라는 생각이 들었다.

그래서 그는 올랜도의 방으로 찾아가서 너무 고요해서 밤새 한숨도 자지 못했다고 설명했다. (사실 그 저택은 경계가 15마일이나 되는 대정원과 10피트 높이의 담으로 둘러싸여 있었다.) 고요는 그 무엇보다 그의 신경을 옥죄는 요소라고 그는 말했다. 그리고 올랜도가 허락한다면 그날 아침으로 체류를 끝내고 싶다고 했다. 그 말에 올랜도는 약간 안도하면서도 차마 그를 보내고 싶지 않은 마음이 들었다. 그가 없으면 이 집이 몹시 따분해질 거라는 생각이 들었다. (지금까지는 그 문제를 전혀 언급하고 싶지 않았던) 그는 작별의 순간 무모하게도 자신의 희곡 《헤라클레스의 죽음》을 시인에게 주며 평을 해달라고 했다. 시인은 희곡을 받아 들고 글라우와 키케로에 대해 뭐라고 웅얼거렸고, 올랜도는 사분기로 나눠 연금을 주겠다는 약속으로 그 말을 잘랐다. 그러자 그린은 거듭 애정을 표명하며 마차에 뛰어올라 사라졌다.

마차가 멀리 사라져가자, 그 커다란 현관이 이렇게 크고 화려하고 텅 비어 보일 수가 없었다. 올랜도는 자기는 절대 이탈리아산 벽난로에서 치즈를 구워 먹는 용기를 낼 수 없으리라는 것을 알고 있었다. 이탈리아 그림들에 대해 농담을 지껄일 재치도, 펀치를 제대로 섞는 기술도 절대 가지지 못한다. 수많은 명언과 별난 생각도 다시는 듣지 못할 것이다. 하지만 저 투덜대는 목소리가 사라지고 나니 얼마나 편안한가, 다시 혼자가 되니 얼마나 호사스러운가. 시인을 보기만 하면 물려고 덤벼대는 통에 지난 6주 동안 묶여 있던 마스티프를 풀어주고 있으니 그런 생각이 절로 들었다.

그날 오후 닉 그린은 페터레인 모퉁이에 다다라 마차에서 내렸고 모든 것이 떠날 때와 다름없이 돌아가고 있다는 것을 알았다. 즉, 그린 부인은 한 방에서 아이를 낳고 있었고, 톰 플레처는 다른 방에서 진을 마시고 있었다. 책들이 온통 바닥에서 뒹굴고 있었고, 아이들이 흙으로 파이를 만들며 놀던 보조탁자 위에는—대단할 것 없는—저녁 식사가 차려져 있었다. 하지만 그린은 느꼈다. 이거야말로 글을 쓸 수 있는 분위기라고, 여기서는 글을 쓸 수 있다고. 그리고 그는 글을 썼다. 주제는 이미 결정되어 있었다. 집에 있는 귀족. 시의 제목은《어느 시골 귀족 탐방》그 비슷한 것이 될 것이다. 그린은 어린 아들이 고양이 귀를 간질이고 있던 펜을 빼앗아 잉크통으로 쓰는 삶은 계란 받침대에 찍은 다음, 바로 그 자리에서 활력 넘치는 풍자시를 써내려갔다. 어찌나 딱 맞게 표현되었는지, 조롱당한 젊은 귀족이 올랜도라는 것을 누구도 의심할 수 없었다. 올랜도의 가장 사적인 말과 행동, 그의 열의와 어리석음에서부터 머리 색깔과 'r'을 이국적으로 굴리는 습관에 이르기까지 모든 것이 실제 그

대로 생생하게 묘사되어 있었다. 그러고는 조금이라도 못 믿는 사람이 있을 경우를 위해 그린은 그 귀족적 비극 《헤라클레스의 죽음》의 구절들을 조금의 위장도 없이 그대로 실어 확실하게 못을 박았다.

그 소책자는 순식간에 몇 판까지 나와서 그린 부인의 열 번째 분만 비용을 해결했고, 곧 그런 문제를 담당하는 친구들에 의해 올랜도에게까지 전달되었다. 올랜도는 그 책자를 처음부터 끝까지 지독히 냉정한 자세로 읽은 다음 시종을 불러 집게 끝으로 책자를 집어 넘겨주며 영지에서 가장 더러운 퇴비 무더기의 맨 안쪽에 버리라고 시켰다. 그러고는 시종이 나가려고 몸을 돌리는 순간 불러 세우고 말했다. "마구간에서 제일 빠른 말을 타고 죽을힘을 다해 하리치까지 달려가라. 거기서 노르웨이로 가는 배를 찾아 타고 가서 왕의 개집에서 왕실 품종 중 가장 좋은 엘크하운드를 암놈 수놈 다 사 와. 지체 없이 데려오도록. 이제," 그는 책으로 눈길을 돌리면서 들릴까 말까 하게 중얼거렸다. "인간이라면 진절머리가 나니까."

맡은 임무에 완벽하게 훈련된 시종은 고개 숙여 절하고 사라졌다. 그는 과업을 어찌나 민완하게 수행했던지 딱 3주 후에 최고로 근사한 엘크하운드들의 목줄을 잡고 돌아왔고, 그중 암컷 한 마리는 바로 그날 밤 저녁 식탁 밑에서 귀여운 새끼 여덟 마리를 낳았다. 올랜도는 그 강아지들을 자기 침실로 데려갔다.

"이제," 그는 말했다. "인간이라면 진절머리가 난다."

그럼에도 불구하고 그는 사분기마다 연금을 보냈다.

그리하여 서른, 아니 대략 그 정도 나이에 이 젊은 귀족은 인생에서 할 수 있는 모든 경험을 다 했을 뿐만 아니라 그 모든 게 쓰잘머리 없음을 알았다. 사랑도 야망도, 여자도 시인도 다 하나같이 부질없었다. 문학은 어릿광대극이었다. 그린의 《어느 시골 귀족 탐방》을 읽고 난밤, 그는 어린 시절의 꿈이자 매우 짧은 작품인 《떡갈나무》 하나만 남기고 57편의 시작들을 커다란 불속에 모두 불태웠다. 이제 그가 조금이라도 신뢰하는 것은 단두 가지, 개들과 자연, 엘크하운드와 장미 덤불뿐이었다. 온갖 다양한 것들을 품은 세상이, 온갖 복잡다단한 일들로 가득한 삶이 오그라들어 그렇게 조그마해졌다. 개들과 덤불이 전부였다. 그래서 그는 거대한 환상의 산에서 해방된, 그리하여 벌거벗은 듯이 홀가분한 기분으로 개들을 불러 대정원을 가로질러 성큼성큼 걸어갔다.

너무 오랫동안 책을 읽고 글을 쓰며 은둔 생활을 하느라 그는 자연의 쾌적함을, 6월의 자연이 얼마나 아름다운지를 거의 잊고 있었다. 맑은 날이면 영국의 절반과 웨일스 일부, 덤으로 스코틀랜드까지 보이는 높은 언덕 위에 다다르자, 그는 가장 좋아하는 떡갈나무 아래 벌렁 드러누웠다. 일평생 다른 남자나 여자와 말하지 않아도 된다면, 개들에게 말하는 능력이 생기지 않는다면, 시인이나 왕녀를 다시는 만나지 않는다면, 남은 날들을 꽤 만족하면서 살 수 있을 것 같았다.

그는 날이 가고, 주가 가고, 달이 가고, 해가 가도록 늘 이곳을 찾았다. 너도밤나무가 황금색으로 변하고 어린 양치식물의 줄기가 펴지는 것을 지켜보았다. 달이 이울고 차는 것을 지켜보았다. 그리고…… 하지만 아마 독자들은 이 뒤에 어떤 구절과 묘사가 이어질지 짐작할 수 있을 것이다. 근처의 모든 나무와 식물이 먼저 녹색으로 변하다 황금색으로 바뀌고, 달이 뜨고 해가 지고, 겨울이 지나면 봄이 오고, 여름이 지나면 가을이 오고, 낮이 가면 밤이 오고 다시 그 뒤를 이어 낮이 오고, 폭풍이 불어왔다 날이 맑게 개고, 늙은 여인 하나가 30분 만에 쓸어버릴 수 있는 약간의 먼지와 거미줄 외에는 200년 혹은 300년의 세월 동안 별다른 변화라고는 없는 풍경을. '시간이 흘렀고'(여기서 괄호 안에 정확한 수치를 적어줄 수도 있겠다), 아무 일도 일어나지 않았다는 간단한 말로 더 빨리 결론을 지을 수도 있겠다는 생각이 당연히 들 것이다.

하지만 시간은 동물과 식물은 놀랍도록 정확하게 피고 지게 하지만, 불행히도 사람의 마음에는 그런 단순한 영향을 미치지 않는다. 게다가 사람의 마음도 시간에 그 못지않게 기이한 방식으로 작용한다. 한 시간이 일단 인간의 정신이라는 기이한 환경 안에 들어오면 시계상의 길이보다 50배, 100배까지 늘어날 수도 있다. 반면, 한 시간을 마음의 시계로 1초까지도 정확하게 상상할 수 있다. 시계 위 시간과 마음속 시간 사이의 이 놀라운 차이는 안타깝게도 잘 알려져 있지 않으며 더 충분한 연구가 이루어져야 마땅하다. 하지만 지금까지 말했듯이 관심의 대상이 매우 제한된 전기작가이다 보니 간단히 한마디만 하겠다. 지금의 올랜도처럼 사람이 나이를 서른 살 먹으면, 생각에 잠겨 있을 때의 시간은 엄청나게 길어지고 행동할 때의 시간은 엄청나게 짧아진다. 그래서 올랜도는 지시를 내리고 그 넓은 영지의 업무를 눈 깜짝할 사이에 처리했지만, 언덕 위 떡갈나무 아래 홀로 있기만 하면 1초 1초가 절대로 줄어들지 않을 것처럼 주위를 충만하게 둘러싸기 시작했다. 게다가 그 시간은 가장 기이하게 다양한 물건들로 가득 찼다. 그는 세상 최고의 현자들도 풀지 못한 수수께끼들, 예컨대 사랑이 무엇인가? 우정은? 진실은? 같은 문제들과 맞닥뜨렸을 뿐만 아니라, 그런 문제에 대해 생각하기만 하면 끝도 없이 길고 변화무쌍한 것 같은 자신의 과거가 흘러가는 시간 안으로 온통 돌진해 들어와 시간을 원래 크기의 12배로 크

게 부풀리고 천 가지 색으로 물들이고 우주의 온갖 잡
동사니들로 가득 채웠다.

그런 생각(혹은 다른 무슨 말로 부르건 간에 거기)
에 빠진 채, 그는 세월을 보냈다. 아침 식사를 하고 나갈
때는 서른 살의 청년인데 저녁 식사 때 돌아올 때는 적
어도 쉰다섯은 되어 보였다고 해도, 이는 전혀 과장이
아닐 것이다. 몇 주 만에 나이에 한 세기가 더해지는가
하면, 또 몇 주가 기껏해야 몇 초밖에 되지 않을 때도 있
었다. 요컨대, 인생의 길이를 산정하는 일은 우리의 능력
을 넘어선 일이다(동물에 대해서는 감히 이야기하지 않
겠다). 몇 세기 동안이라고 말하는 순간, 그 시간이 장미
꽃잎이 바닥에 떨어지는 시간보다 더 짧다는 것을 깨닫
기 때문이다. 가엾은 우리 바보들을 번갈아서, 또 더욱
혼란스럽게도 동시에 지배하는 두 가지 힘—순간과 영
원—중에서 올랜도는 때로는 코끼리 발을 한 신에게, 다
음 순간에는 각다귀 날개를 가진 파리에게 지배당했다.
인생이 어마어마하게 길게 느껴졌다. 하지만 그러면서도
삶은 순식간에 흘러갔다. 그러나 인생이 끝없이 늘어나

고 순간들이 한없이 부풀어 올라 커지고 광대한 영원의 사막에서 홀로 방황하는 듯한 순간에조차, 사람들 사이에서 보낸 30년의 세월 동안 빽빽하게 기록해서 가슴과 머릿속에 꽁꽁 말아놓은 양피지 문서를 펴서 해독할 시간은 없었다. 사랑에 대한 사색이 끝나기도 전에(그동안 떡갈나무는 열두 번 잎사귀를 틔웠다 땅에 떨어뜨렸다) 야망이 사랑을 무대에서 밀어제쳤고, 그러고는 우정이나 문학에게 다시 자리를 내주었다. 게다가 첫 번째 질문―사랑은 무엇인가?―도 아직 해결되지 않았기 때문에, 그것은 아주 조그만 자극만 있어도, 아니 아무런 일이 없어도 다시 돌아와 책이니, 은유니, 사람은 무엇으로 사는가 같은 질문들을 가장자리로 밀어냈고, 그러면 그들은 다시 무대로 달려 나올 기회를 엿보며 거기서 대기하곤 했다. 이 과정이 훨씬 더 길어지게 된 것은 장미색 무늬직물 드레스 차림으로 손에는 상아로 만든 코담뱃갑을 들고 옆구리에는 금 손잡이 검을 찬 채 태피스트리 비단 소파에 가로누운 엘리자베스 여왕의 초상화 같은 그림들뿐만 아니라 향기(여왕이 지독하게 뿌려댄 향수)와 소리(그 겨울날 리치먼드 공원에서 들리던 수사슴들의 울음소리)에 이르기까지 예증例證이 넘쳐났기 때문이다. 그래서 사랑에 대한 사색은 눈과 겨울, 벽난로에서 타오르는 불, 러시아 여자들, 황금 검들, 수사슴 울음소리, 침 흘리는 늙은 제임스 왕, 불꽃, 엘리자베스 시대 범선들의 창고에 있던 보물 자루들로 온통 호박색으로 물들곤 했다. 그것들이 마음속에서 차지하고 있던 자리를 옮기려 들면, 모든 기억 하나하나가 마치 바다 밑 바닥에서 1년 동안 가라앉아 있어서 뼈와 잠자리, 동전, 물에 빠져 죽은 여인들의 머리타래에 뒤덮인 유리 덩어리처럼 그렇게 다른 문제와 얽혀 거치적거렸다.

"저런, 또 은유잖아!" 그는 이렇게 외치곤 했다. (이는 그의 마음이 얼마나 무질서하고 우회적인 방식으로 움직이는지, 또 그가 사랑에 대한 결론에 도달하기 전에 떡갈나무 잎이 왜 그렇게 자주 나고 졌는지 설명해줄 것이다.) "요점이 뭐지?" 그는 자문했다. "왜 간단하게 몇 마디로 말하지 않는 거야?" 그러고는 30분—아니 2년 반이던가?—동안 사랑이 무엇인지 간단하게 몇 마디로 말할 방법을 생각하려고 애쓰곤 했다. "그런 비유는 분명 진실성이 없어." 그는 논의를 펼쳐나갔다. "아주 별난 상황이 아니고서야 잠자리가 바다 밑바닥에 살 리가 없지. 게다가 문학이 진실의 신부이자 부인이 아니라면 도대체 무엇이란 말인가? 젠장." 그가 소리 질렀다. "신부라고 이미 말해놓고 부인은 왜 붙이는 거야? 그냥 간단하게 무슨 뜻인지 말하고 끝내지 않는 거냐고?"

그래서 그는 잔디는 초록색이고 하늘은 푸르다고 말해보며, 준엄한 시의 정령의 비위를 맞추려고 애썼다. 아주 멀리 있기는 해도 그는 시를 숭배하는 마음을 여전히 버리지 못했다. "하늘은 푸르다." 그는 말했다. "잔디는 초록색이다." 고개를 들어보니, 도리어 하늘은 천 명의 성모 마리아가 머리에서 떨어뜨린 베일 같았고, 풀은 마법의 숲에서 털북숭이 사티로스들의 포옹을 피해 달아나는 소녀들처럼 음울하고 어두워지고 있었다. "맹세코," 그가 말했다(그는 크게 소리 내어 말하는 나쁜 버릇이 생겼다). "이게 저것보다 뭐가 더 진실한지 모르겠군. 둘 다 완전히 가짜야." 그러고는 시는 무엇이며 진실은 무엇인가 하는 질문에 해답을 찾지 못한 데 절망하여 깊은 우울에 빠져들었다.

여기서 그가 독백을 멈춘 틈을 타서 어느 6월의 날 올랜도가 팔꿈치를 괸 채 거기 누워 있는 모습을 보는 게 얼마나 이상한 일인지, 온갖 능력과 건강한 신체를 (저 뺨과 팔다리를 보라) 갖춘 이 근사한 청년(공격에 앞장서거나 결투를 하는 문제라면 한순간도 주저하지 않은 사람)이 그렇게 무기력한 생각에 지배당하고 휘둘린 나머지 시 문제, 혹은 자신의 시작 능력 문제가 대두되자 어머니의 오두막 문 뒤에 숨은 어린 소녀처럼 수줍어하는 것에 대해 생각해봐도 좋을 것 같다. 그의 비극을 조롱한 그린이 그의 사랑을 조롱한 왕녀만큼이나 그에게 큰 상처를 입혔다고 우리는 확신한다. 하지만 다시 이야기로 돌아가자.

올랜도는 계속해서 생각에 잠겼다. 그는 풀과 하늘을 계속 쳐다보며 런던에서 시를 출판한 진짜 시인이라면 이에 대해서 뭐라고 말할지 생각해보려고 고심했다. 그러는 사이 (어떤 습관을 가지고 있는지 이미 묘사한 바 있는) 기억은 그 냉소적인 수다쟁이, 스스로 증명했듯이 배신자인 니콜라스 그린이 뮤즈 그 자체이기라도 한 것처럼, 그래서 올랜도가 그에게 경의를 표해야만 하는 것처럼 눈앞에 그 얼굴을 끊임없이 들이댔다. 그렇게 올랜도는 그 여름날 아침 그에게 꾸밈없는 것들과 비유적인 것들을 망라한 여러 가지 문구들을 내놓았고, 닉 그린은 계속 고개를 흔들고 비웃으며 글라우와 키케로와 우리 시대 시의 죽음에 대해 뭐라고 중얼댔다. 마침내 올랜도는 자리에서 박차고 일어나며(이제는 겨울이고 날이 매우 추웠다) 평생 가장 놀라운 맹세를 내뱉었다. 그 무엇보다 엄정하게 그를 구속하는 맹세였다. 그는 말했다. "내가 닉 그린이나 뮤즈의 환심을 사겠다고 한 글자만 더 쓰면, 아니 쓰려고 하기만 해도 천벌을 받을 거다. 좋건 나쁘건 평범하건 오늘부터는 내 즐거움을 위해 글을 쓸 테다." 여기서 그는 마치 종이 꾸러미를 열십자로 찢어서 그 수다쟁이의 비웃는 얼굴에 내던지는 시늉을 했다. 그러자 기억은 돌멩이를 던지려고 몸을 숙이자 획 피하는 똥개처럼 닉 그린의 초상을 눈앞에서 쓱

치웠다. 그리고 그 대신 아무것도 내놓지 않았다.

하지만 올랜도는 그럼에도 불구하고 계속해서 생각에 잠겼다. 실로 그에게는 생각할 거리가 많았다. 양피지를 열십자로 찢을 때, 스스로에게 수여하려고 방에서 홀로 만든, 문장으로 장식하고 고리를 단 두루마리도 한 번에 찢어버렸기 때문이다. 왕이 대사들을 임명하듯이 자신을 가문 최초의 시인, 이 시대 최고의 작가로 임명하며, 자신의 영혼에는 영원한 불멸을, 육신에는 월계수[28]에 둘러싸인 무덤과 국민의 존경이라는 보이지 않는 기旗를 영구히 수여하는 두루마리였다. 아주 웅변적인 글이었지만, 이제 그는 모두 찢어 쓰레기통에 던져 넣었다. "명성은 마치," 그는 말했다(이제 자신을 막을 닉 그린이 없으니 그는 거침없이 비유를 즐겼고, 우리는 그중 가장 얌전한 것으로 한두 개만 고르도록 하겠다). "사지를 구속하는 꼬인 코트, 심장을 억압하는 은제 상의, 허수아비를 가리는 채색 방패 같구나" 등등. 이 문구들의 요점은

---

28   월계수는 승리와 영예를 상징한다.

명성은 거추장스럽고 부담스럽지만 무명은 사람을 안개처럼 감싼다는 것이다. 무명은 어둡고 넉넉하고 자유롭다. 무명은 마음이 거침없이 제 갈 길을 택하게 한다. 이름 없는 사람의 머리 위로는 자애로운 어둠이 넘치게 쏟아진다. 그가 어디로 가는지 오는지 아무도 모른다. 그는 진실을 찾아서 말해도 된다. 그만이 자유롭다. 그만이 진실하다. 그만이 평화롭다. 그래서 그는 떡갈나무 아래서 마음이 평온해졌다. 땅 위로 튀어나온 딱딱한 나무뿌리도 편안하게 느껴졌다.

그는 무명의 가치와 아무 이름 없이 깊은 바다로 돌아가는 파도처럼 사는 즐거움에 대해 오랜 시간 깊은 생각에 빠졌다. 무명이 어떻게 마음속에서 질투와 분노 같은 짜증을 없애주는지, 혈관 속에 포용과 아량을 넉넉히 흐르게 해주는지, 감사 인사나 칭찬을 할 필요 없이 주고받게 해주는지 생각했다. (그의 그리스어 지식은 이를 증명하기에는 충분하지 않았지만) 그것이 분명 모든 위대한 시인들의 방식이었을 것이라는 생각이 들었다. 그가 보기에는 셰익스피어도 분명 그렇게 글을 썼고 교회 건설자들도 분명 그렇게, 아무 이름 없이 어떤 감사나 명성도 필요 없이 낮에는 일하고 밤에는 아마 에일이나 좀 마시면서 교회를 지었을 것이다. '얼마나 멋진 삶인가.' 그는 떡갈나무 밑에 누워 기지개를 켜며 생각했다. '왜 지금 이 순간을 즐기지 못한단 말인가?' 그 생각이 총알처럼 그를 때렸다. 야심이 추처럼 툭 떨어졌다. 버림받은 사랑, 억압된 허영심이 남긴 질투는 사라졌고, 명성을 향한 야심으로 불타던 시절 인생의 가시밭길에서 쏘이고 찔린 상처들은 이제 영광에 아랑곳하지 않는 사람을 더 이상 괴롭히지 못했다. 그는 눈을 떴다. 늘 크게 뜨고 있었지만 오로지 관념만 쳐다봤던 그 눈으로 이제 그는 저 아래 움푹한 계곡에 자리한 자신의 저택을 보았다.

그 저택은 봄날 이른 아침의 햇살을 받으며 서 있었다. 집이라기보다 하나의 마을 같았지만, 이 사람 저 사람이 바라는 대로 여기저기 지어진 마을이 아니라 하나의 구상을 가진 한 명의 건축가에 의해 신중하게 지어진 마을이었다. 회색, 붉은색, 자색의 안뜰과 건물들이 질서 정연하게 대칭을 이루며 자리 잡고 있었다. 어떤 안뜰은 직사각형, 어떤 안뜰은 정사각형이고, 어떤 곳에는 분수가, 어떤 곳에는 조각상이 놓여 있었다. 어떤 건물들은 낮고 어떤 건물들은 뾰족했고, 이쪽에는 예배당이, 저쪽에는 종탑이 서 있었고, 그 사이사이에는 푸르디푸른 잔디밭과 히말라야 삼목들, 화사한 꽃들이 핀 화단이 자리하고 있었다. 모든 것이 빽빽하게 얽혀 있었지만 어찌나 질서 정연하게 배치되어 있는지 길게 이어진 육중한 벽에 의해 각 부분에 적절하게 여유 있는 공간이 주어졌고, 수없이 많은 굴뚝에서는 연기가 끊임없이 하늘로 피어올랐다. 1천 명의 사람들과 2천 필 정도의 말들을 수용할 수 있는 이 거대하면서도 질서 잡힌 건물을 지은 사람들은 이름이 알려지지 않은 일꾼이었다, 올랜도는 생각했다. 이곳에서 세상에 알려지지 않은 우리 집안사람들이 내가 셀 수 없을 정도로 오랜 세월 동안 대를 이어 무명으로 살아왔다. 이 리처드와 존, 앤, 엘리자베스들 중에서 자신만의 징표를 남긴 사람은 아무도 없지만, 다들 삽과 바늘을 들고 일하고 사랑하고 아이를 낳아 이곳을 남겼다.

그 집이 이렇게 고귀하고 자비롭게 보인 적은 없었다.

그렇다면 그는 왜 이들보다 더 높아지려고 했던 것일
까? 저 익명의 창조물, 저 사라진 손들의 노고를 이겨보
겠다고 애쓰는 것이 말할 수 없이 공허하고 오만해 보였
다. 세간에 알려지지 않고 살다가 아치나 육묘장, 복숭
아가 익어가는 벽을 남기는 것이 유성처럼 타오르다 아
무 재도 남기지 않는 것보다 나았다. 그는 저 아래 잔디
밭 위에 자리한 거대한 저택을 바라보며 홍분해서 말했
다. 결국 저기 사는 무명의 귀족들은 뒤에 올 사람들을
위해, 비가 샐 지붕을 위해, 쓰러질 나무들을 위해 잊지
않고 늘 뭔가를 챙겨두지 않았나. 부엌에는 늘 늙은 양
치기가 쉴 따뜻한 구석이, 허기진 사람들이 먹을 음식이
준비되어 있지 않았나. 자신은 아파 누워 있을지라도 술
잔에는 늘 반짝반짝 윤이 났고, 자신은 죽어가고 있더
라도 창문에는 불이 밝혀져 있지 않았나. 그들은 귀족이
면서도 두더지잡이나 석공들과 함께 기꺼이 무명의 삶
을 살았다. 무명의 귀족들이여, 잊힌 건설자들이여. 그

렇게 그는 열정적으로, 그에게 차갑고 무심하고 게으르다고(사실, 특징은 종종 우리가 그것을 찾아 헤매고 있는 벽 바로 건너편에 있다) 하는 사람들의 비판을 완전히 부정하는 열정을 담아 그들을 호명했다. 그렇게 그는 가장 감동적인 수사의 말들로 자신의 저택과 가문을 호명했지만, 결론 부분에 이르자—결론이 없다면 웅변이 무엇이란 말인가?—더듬댔다. 조상들을 본받아 자신도 이 건물에 돌 하나를 더 보태겠다는 취지의 화려한 문구로 연설을 마무리했다면 그도 기뻤을 것이다. 하지만 건물은 이미 면적이 9에이커나 됐고, 이제는 돌 하나조차 보탤 필요가 없어 보였다. 결론에서 가구 이야기를 해도 될까? 침대 옆에 놓을 의자와 탁자, 매트 이야기를 해도 될까? 결론에서 무엇이 필요하건, 이 집이 필요로 하는 것은 바로 그것 같았다. 그는 당분간 연설은 미완성 상태로 두고 앞으로는 저택에 가구를 채우는 일에 전념하겠다고 결심하면서 또다시 언덕을 성큼성큼 내려갔다. 그 소식—즉시 그를 수행하라는 소식—에 이제는 제법 나이가 든 선량한 그림스디치 부인의 눈에 눈물이 고였

149

다. 그들은 함께 저택을 답사했다.

왕의 침실("여긴 제이미 왕의 침실이었습니다, 나리." 부인은 왕이 이 저택에 와서 잠을 잔 것이 오래전의 일이었음을 암시하며 말했다. 하지만 끔찍한 의회의 시대는 끝났고 이제 영국에는 다시 왕이 있다[29])의 수건걸이에는 다리가 떨어져 나가고 없었다. 공작부인 시동의 대기실로 이어지는 조그만 찬장의 물병들에는 받침대가 없었다. 그린 씨는 지저분하게 담배를 피워대 카펫에 얼룩을 만들어놓았고, 그것들은 그림스디치 부인과 주디가 아무리 닦아도 지워지지 않았다. 실로 그 저택에 있는 365개의 침실 하나하나에 자단 의자와 삼나무 장, 은제 세면기, 도자기 사발, 페르시아 카펫 들을 넣는 문제를 계산해보자, 올랜도는 그것이 결코 간단한 일이 아니라는 것을 깨달았다. 재산이 몇천 파운드 정도 남아 있다 해도, 그것으로는 회랑 몇 개에 태피스트리를 걸고 연회장에 근사한 장식이 조각된 의자들을 넣고 왕족 침

29   청교도 혁명과 공화정치의 시작, 이후 찰스 2세의 복위를 말한다.

실들에 순은 거울과 (그가 엄청난 애정을 가지고 있는) 동일 금속 소재의 의자들을 두는 정도밖에 하지 못할 것이다.

이제 그는 진지하게 작업에 착수했고, 이는 그의 장부를 보면 분명히 증명할 수 있다. 이때 그가 사들인 것들의 목록을 한번 보자. 가장자리에 합계한 비용이 쓰여 있었지만, 그것은 생략했다.

스페인산 담요 50쌍, 심홍색과 흰색 호박단 커튼 50쌍, 위쪽 장식 커튼용으로 쓸 심홍색과 흰색 명주실로 자수를 놓은 흰색 공단……

노란 공단 의자 70개, 발판의자 60개, 이와 일습을 이루는 버크럼 덮개들……

호두나무 탁자 67개……

베니스 유리잔 5다스들이 상자 17다스……

각 30야드 길이 매트 102개……

은실 파치먼트 레이스로 장식한 심홍색 능직 쿠션 97개, 얇은 명주천 발판과 짝을 이룬 의자들……

12개씩 초가 놓이는 가지 모양 촛대 50개……

벌써 우리는 하품을 하기 시작한다(그것이 목록이 우리에게 미치는 효과이다). 하지만 여기서 멈춘다면, 그것은 카탈로그가 지루해서이지 끝나서가 아니다. 아직도 99페이지가 더 있고, 지금 총액은 수천—지금 돈으로는 수백만—에 달했다. 낮을 이런 식으로 보냈다면, 올랜도 경은 또 밤에는 일꾼들에게 시간당 10펜스를 줄 경우 두더지들이 파헤친 흙더미 백만 개를 고르는 데 비용이 얼마나 들지, 또한 경계가 15마일인 대정원 울타리를 수리하는 데는 질[30]당 5펜스 반 페니짜리 못이 몇백 파운드나 필요할지 등등의 문제들을 계산했다.

다시 말하지만, 이런 이야기는 지루하다. 이 찬장이나 저 찬장이나 거의 비슷하고, 흙더미 하나는 다른 백만 개와 별반 다르지 않았기 때문이다. 그 일을 하느라

---

30   야드파운드법에 의한 부피 단위. 1질_gill은 영국에서는 142밀리리터, 미국에서는 118밀리리터에 해당.

그는 즐거운 여행들도 했고 근사한 모험들도 했다. 예를 들어, 브뤼헤 근교 맹인 여자들을 무더기로 고용해 은제 캐노피 침대에 드리울 천을 꿰매게 했던 일이라거나 베니스의 무어인에게 옻칠장을 (칼끝으로 협박당한 채) 샀던 모험담은 다른 사람 손에 들어갔다면 좋은 이야깃거리가 되었을 것이다. 다양함도 모자라지 않았다. 서섹스에서 수레에 실려 온 아름드리나무들을 톱질해 회랑 바닥재로 깔게 했는가 하면, 페르시아에서 털실과 톱밥을 가득 채워 가져온 궤짝에서 마침내 겨우 접시 하나, 토파즈 반지 하나를 꺼낸 적도 있었다.

하지만 마침내 회랑들에는 더 이상 탁자를 놓을 자리가, 탁자들에는 더 이상 보관장을 올려놓을 자리가, 보관장 안에는 꽃꽂이 접시를 넣을 공간이, 접시에는 포푸리 한 줌을 더 담을 여유가 없어졌다. 어디에도 뭐든 둘 자리가 없었다. 간단히 말해서, 그 저택은 가구가 완비되었다. 정원에는 갈란투스, 크로커스, 히아신스, 목련, 장미, 백합, 과꽃와 온갖 종류의 달리아, 배나무와 사과나무와 벚나무와 뽕나무, 어마어마한 양의 진기한 꽃나무, 상록수와 다년생 나무 들이 서로 뿌리가 얽힐 지 경으로 자라고 있어서 꽃이 보이지 않는 땅, 그늘이 드 리우지 않은 잔디밭은 조금도 없었다. 게다가 화려한 깃 털을 뽐내는 야생조와 말레이시아 곰 두 마리도 수입해 왔다. 그 곰들의 퉁명스러운 태도에는 충실한 마음이 감 춰져 있다고 그는 확신하고 있었다.

이제 모든 것이 준비되었다. 밤이 되어 셀 수 없이 수 많은 촛대에 불이 켜지고 회랑 주위에서 영원히 맴도는 산들바람에 푸른색, 녹색 벽걸이천이 살랑거려 사냥꾼 들이 말을 달리고 다프네가 도망가는 듯이 보일 때, 은 이 반짝이고 옷에 빛이 나고 나무가 불타오를 때, 조각 된 의자들이 팔을 내밀고 벽에서는 돌고래들이 인어들 을 태우고 헤엄칠 때, 이 모든 것들과 그보다 더한 것들 이 그의 마음에 들도록 완성되었을 때, 올랜도는 엘크하 운드들을 거느리고 흡족하게 집 안을 거닐었다. 이제는 결론을 채울 내용이 있다는 생각이 들었다. 어쩌면 연설 을 처음부터 다시 시작하는 게 좋을 것이다. 그런데 회 랑에서 열병식을 하다 보니 아직도 뭔가 모자란다는 느낌이 들었다. 호화롭게 금박을 입히고 조각으로 장식된 의자들과 식탁들, 사자의 발과 구부러진 백조의 목이 떠받치고 있는 소파들, 최고로 부드러운 백조 솜털을 넣은 침대들이었지만, 그것만으로는 충분하지 않았다. 거기 사람들이 앉고 거기 사람들이 누워야 놀랍게 개선된다. 따라서 올랜도는 이제 이웃의 귀족과 젠트리에게 화려한 연회를 잇달아 베풀기 시작했다. 365개의 침실이 한 번에 한 달씩 가득 찼다. 52개의 계단에서 손님들이 서로 부딪치며 지나갔다. 300명의 하인들이 식료품실 주위를 부산스럽게 움직였다. 거의 매일 밤 향연이 벌어졌다. 그리하여 겨우 몇 년 만에 올랜도는 벨벳 옷이 다 닳아 빠지고 재산의 반을 탕진했다. 하지만 그는 이웃들에게 좋은 평판을 얻었고, 주州에서 스무 개의 직책을 차지했으며, 감사해하는 시인들이 나리께 바치는 아첨 떠는 말들이 가득한 책들을 열두어 권씩 매년 받았다. 그 시절 그는 작가들과는 어울리지 않으려고 조심했고 외국 혈통의 귀족 여인들과는 늘 거리를 뒀지만, 그래도 여인들과 시인들에게는 지나치게 후했고, 그래서 둘 다 그를 숭배했기 때문이다.

하지만 잔치가 절정에 달하고 손님들이 흥청망청 즐기고 있을 때면 그는 그 자리를 떠나 홀로 자기 방으로 가곤 했다. 방문을 닫고 혼자임을 확인하고 나면 그는 어머니의 재봉 상자에서 훔친 비단으로 철하고 동글동글한 학생 글씨로《떡갈나무: 시》라고 제목을 써 붙인 오래된 습작 공책을 꺼내, 이 공책에 자정 종이 울리고도 한참이 더 지날 때까지 글을 쓰곤 했다. 하지만 그는 쓴 것만큼이나 많은 줄을 지웠기 때문에 한 해가 끝나고 보면 글의 총량은 종종 처음보다 줄어 있어서 마치 글을 쓰는 과정에서 시가 점점 짧아져 완전히 없어져버릴 것만 같았다. 문학사학자들은 그의 문체가 놀랍게 바뀌었다는 것을 알아차렸다. 화려함이 누그러지고 풍부함이 억제되었고, 산문의 시대가 그 따뜻한 흐름을 동결시키고 있었다. 바깥 풍경 자체에도 꽃이 줄어들었고 가시덤불도 가시가 적어지고 예전처럼 얼키설키 엉키지 않았다. 어쩌면 감각이 약간 무뎌져서 꿀과 크림이 전보다 입에 덜 당겼을 수도 있다. 또한 거리의 배수 시설이 더 좋아지고 집의 등불이 더 환해진 것도 틀림없이 문체에 영향을 미쳤을 것이다.

어느 날 그가 심혈을 기울여가며 《떡갈나무: 시》에 한두 줄을 보태고 있는데, 그림자 하나가 지나가는 게 곁눈으로 슬쩍 보였다. 이내 올랜도는 그것이 그림자가 아니라 그의 방에서 내다보이는 안뜰을 가로질러 가고 있는, 승마용 두건과 망토 차림의 껑충한 귀부인이라는 것을 알았다. 그곳은 가장 안쪽에 있는 그의 전용 안뜰인 데다 안면이 없는 귀부인이라 올랜도는 그녀가 어떻게 이곳까지 들어왔을까 이상하게 여겼다. 사흘 뒤 같은 형상이 또다시 출현했고, 수요일 정오에도 다시 한번 나타났다. 이번에 올랜도는 뒤를 따라가 보기로 결심했는데, 그 여인은 눈에 띈 것을 전혀 두려워하지 않는 기색이었다. 올랜도가 다가가자 걸음을 늦추고 그를 똑바로 마주 봤기 때문이다. 귀족의 사유지에서 그렇게 들켰을 경우 다른 여자들이라면 다 두려워했을 것이다. 그런 얼굴과 머리장식, 용모를 한 여자라면 망토를 어깨 위로 둘러 모습을 가리려고 했을 것이다. 이 귀부인은 딱 산토끼처럼 생겼기 때문이다. 깜짝 놀랐지만 고집 세게 버티고 있는 산토끼, 어리석고 어마어마한 대담함으로 겁을 잊어버린 산토끼, 똑바로 앉아 떨리는 귀를 쫑긋 세운 채 뾰족한 코를 실룩거리며 툭 튀어나온 커다란 눈으로 추적자를 노려보는 산토끼 같았다. 게다가 이 산토끼는 키가 6피트나 되는데 거기다 고풍스러운 머리장식까지 얹고 있어서 훨씬 더 커 보였다. 그렇게 그와 정면으로 마주친 그녀는 두려움과 대담함이 묘하게 뒤섞인 시선으로 올랜도를 빤히 응시했다.

먼저 그녀가 공손하면서도 약간 어색하게 무릎을 까딱하고 인사하며 멋대로 들어온 데 대해 용서를 구했다. 그러고는 똑바로 서서 6피트 2인치는 족히 될 것 같은 키를 드러내며—하지만 어찌나 히히히 호호호 하며 불안하게 웃어대는지 올랜도는 정신병원에서 도망친 여자가 틀림없다고 생각했다—자기는 루마니아 영토의 핀스터아르혼과 스캔돕붐에서 온 해리엇 그리젤다 대공비라고 소개했다. 그녀는 말했다. 올랜도를 몹시 만나보고 싶었고, 자기는 파크게이트의 빵 가게 위층에 머물고 있으

해리엇 대공비

며, 그의 초상화를 봤는데 오래전에 죽은—여기서 그녀는 실없이 웃음을 터뜨렸다—자기 언니의 얼굴과 닮았다고. 지금은 영국 왕실을 방문 중으로, 자기는 여왕과 사촌 간이며, 왕은 좋은 사람이지만 술에 취하지 않고는 잠자리에 드는 법이 없다고 말하면서 이 대목에서 다시 한번 히히히 호호호 웃어댔다. 간단히 말해서, 올랜도로서는 그녀에게 들어오라고 청해서 와인을 한 잔 대접하지 않을 도리가 없었다.

집 안에 들어오자 그녀는 루마니아 대공비에 어울리는 오만한 태도를 되찾았다. 그녀가 여인에게서는 보기 드문 해박한 와인 지식을 보여주고 자기 나라의 무기와 사냥꾼들의 관습에 대한 꽤 현명한 의견들을 늘어놓지 않았다면, 그들의 대화는 상당히 어색했을 것이다. 마침내 그녀가 벌떡 일어나더니 다음 날 찾아오겠다고 고지하면서 한 번 더 거창하게 절을 하고 떠났다. 다음 날 올랜도는 말을 타고 멀리 나갔다. 그다음 날에는 등을 돌리고 앉아 있었다. 사흘째에는 커튼을 쳤다. 나흘째는 비가 내렸다. 그는 숙녀를 빗속에 세워둘 수도 없고 옆에 사람이 있는 게 딱히 싫지도 않고 해서 대공비를 들어오게 한 다음 조상에게 물려받은 갑옷 한 벌을 보여주며 그게 자코비가 만든 것인지 톱이 만든 것인지 소견을 물었다. 그는 톱이라고 생각했는데, 그녀는 의견이 달랐다. 그것은 어느 쪽이건 상관없다. 하지만 우리 이야기에서 중요한 것은, 해리엇 대공비가 이음 부분 연결 방법에 대한 자신의 주장을 예시로 보여주기 위해 황금 각반을 집어 들고는 올랜도의 다리에 채웠다는 사실이다.

올랜도가 세상 그 어떤 남자 귀족보다 맵시 있는 다리를 가지고 있다는 것은 이미 말한 바 있다.

발목 버클을 죌 때 그녀의 어떤 동작, 그 굽힌 자세, 올랜도의 오랜 은둔 생활, 남녀 간의 자연스러운 교감, 와인, 벽난로의 불, 이 중 뭐라도 이 사달의 원인이었을 수 있다. 올랜도처럼 자란 귀족이 귀부인을, 그것도 자기보다 몇 살이나 나이가 많고 얼굴은 1야드는 될 것처럼 길쭉하고 사람을 빤히 보는 눈을 가진, 따뜻한 날씨에 맞지 않게 외투와 승마용 망토를 우스팡스럽게 차려입은 귀부인을 접대할 때는 분명 둘 중 한쪽에는 잘못이 있는 법이다. 그런 귀족이 갑자기 알 수 없는 격렬한 격정에 휘말린 나머지 방에서 뛰쳐나가야만 했을 때는 뭔가가 잘못된 법이다.

하지만 그건 도대체 어떤 종류의 격정이었을까? 그 대답은 사랑 그 자체처럼 양면을 가지고 있다. 왜냐하면 사랑은…… 하지만 사랑은 잠시 제쳐두고 실제로 어떤 일이 벌어졌는지 살펴보자.

해리엇 그리젤다 대공비가 버클을 죄려고 몸을 굽혔을 때, 설명할 수 없지만 갑자기 올랜도에게 저 멀리서 사랑의 날갯짓 소리가 들려왔다. 멀리서 들려오는 부드러운 깃털 소리에 소용돌이치던 급류, 눈밭에서의 즐거웠던 한때, 홍수 때의 배신 같은 수천 가지 기억들이 그의 마음속에서 되살아났다. 소리가 가까워질수록 그는 얼굴을 붉히며 몸을 떨었다. 다시는 움직이지 않을 거라 생각했던 마음이 움직였다. 그가 손을 들어 그 아름다운 새를 어깨에 내려앉게 하려는 순간—이런 끔찍한 일이 있나!—나무 위에 우르르 내려앉는 까마귀 떼의 울음소리처럼 꺽꺽대는 소리가 사방에 울려 퍼졌다. 불길한 목소리들이 꺽꺽댔다. 지푸라기, 나뭇가지, 깃털 조각들이 떨어졌다. 그러더니 그의 어깨에 더할 나위 없이 무겁고 지저분한 새가 내려앉았다. 독수리였다. 그래서 그는 방에서 뛰쳐나와 해리엇 대공비를 마차까지 모셔다 드리라고 하인을 들여보냈다.

이제 다시 사랑 이야기로 돌아가보자. 사랑에는 두 개의 얼굴이 있다. 하나는 희고, 하나는 검다. 몸도 두 개다. 하나는 매끈하고 하나는 털투성이다. 손도 두 개, 발도 두 개, 꼬리도 두 개, 사실 모든 게 두 개씩 있고, 다들 정확히 짝을 이루고 있다. 하지만 그 둘은 너무나 엄정하게 결합되어 있어서 떼어낼 수가 없다. 이번 경우 올랜도의 사랑은 하얀 얼굴과 매끈하고 아름다운 몸을 바깥쪽으로 드러내고 그를 향해 날갯짓을 시작했다. 순수한 기쁨의 공기를 날려 보내며 점점 더 가까이 다가왔다. 그러다가 (아마도 대공비의 모습을 보더니) 갑자기 빙그르르 반대쪽으로 돌아 검은 털투성이 야수 같은 이면을 드러내 보였다. 그것은 사랑의 극락조가 아니라 정욕의 독수리였고, 그 새가 역겹고 지저분하게 퍼드덕거리며 그

163

의 어깨에 털썩 내려앉았던 것이다. 그래서 그는 달아났다. 그래서 하인을 불러왔다.

하지만 그 하피[31]는 그렇게 쉽사리 쫓겨나지 않았다. 대공비는 여전히 빵 가게에 머물렀고 올랜도는 매일 낮이고 밤이고 말할 수 없이 더러운 환영에 시달렸다. 똥칠을 한 날짐승이 시도 때도 없이 그의 책상에 앉을 수 있는 마당이니 집에 은장식 가구를 들이고 벽에 애러스천 벽걸이를 걸어놓은 게 아무 소용 없는 짓 같았다. 저기 그놈이 의자들 사이에서 퍼드덕거린다. 놈이 꼴사납게 어기적거리며 회랑을 가로질러 가는 모습이 보인다. 지금은 난로 앞 철망 위에 묵직하게 앉아 있다. 쫓아내도 다시 돌아와서는 잔이 깨질 때까지 쪼아댔다.

그리하여 그는 더 이상 집에서 살 수가 없으며 즉시 이 문제를 해결할 조치를 취해야 한다는 것을 깨달았고, 이런 상황에 처한 청년이라면 누구나 취할 방법을 택했다. 그는 찰스 왕에게 자신을 특명전권대사로 콘스탄티

---

31   얼굴과 상반신은 추녀, 하반신은 새의 모습을 한 그리스 신화 속의 생물.

노플에 보내달라고 부탁했다. 왕은 화이트홀에서 산책 중이었고, 넬 권[32]이 왕의 팔에 매달려 왕에게 개암을 던져대고 있었다. 저런 멋진 다리가 이 나라를 떠나다니 너무나 애석한 일이네, 그 요염한 여인은 탄식했다.

하지만 운명은 가혹했다. 그녀가 할 수 있는 일이라고는 올랜도가 떠나기 전 어깨 너머로 한 번의 키스를 날리는 것뿐이었다.

32   당시 여배우이자 찰스 왕의 정부.

3

올랜도의 경력에 있어 그가 나라에서 공적으로 가장 중
요한 역할을 수행한 이 단계에 우리가 의지할 자료가 가
장 적다는 것은 실로 참으로 유감스럽고도 안타까운 일
이 아닐 수 없다. 그가 의무를 훌륭히 수행했다는 것은
알고 있다. 바스 훈작사와 공작 작위를 보라. 찰스 왕이
튀르크인들과 했던 협상들 중 가장 힘들었던 몇몇 협상
들에 그가 공헌했다는 것은 알고 있다. 기록보관소 보관
실에 있는 조약 문서들이 그 증거다. 하지만 그가 공직
에 있을 때 발생한 혁명과 뒤이어 일어난 화재로 인해 믿
을 만한 기록을 얻을 수 있는 문서들이 모두 소실되고

손상되는 바람에 우리가 줄 수 있는 정보는 안타까울 정도로 불완전하다. 가장 중요한 문장 한가운데가 시커멓게 타버린 문서들이 한둘이 아니다. 역사가들이 100년 동안 풀려고 애쓰던 비밀을 설명할 수 있으리라 생각한 순간, 손가락이 들어갈 정도로 커다란 구멍을 문서에서 발견하게 된다. 남아 있는 그을린 종잇조각들로부터 조각조각 정보를 모아 불충분하게나마 요약을 하기는 했지만, 우리는 종종 추측과 짐작, 심지어 상상을 동원해야 했다.

올랜도의 하루 일과는 대개 이런 식이었던 듯하다. 그는 7시경에 일어나 튀르크풍의 긴 가운을 입은 다음 여송연에 불을 붙이고 난간에 팔꿈치를 기댄 채 서 있곤 했다. 그렇게 서서 저 아래 펼쳐진 도시를 홀린 듯이 바라보았다. 이 시각에는 안개가 너무 자욱해서 성 소피아 성당의 원형 지붕과 나머지 부분들이 둥둥 떠 있는 것 같았고, 서서히 안개가 걷히면 단단히 붙어 있는 작은 원형 지붕들이 보이곤 했다. 저쪽에 강과 갈라타 다리가 보이고, 초록색 터번을 둘러 눈이나 코가 보이지 않는 순례자들이 구걸하는 모습, 쓰레기를 뒤지는 떠돌이 개들, 숄을 두른 여인들, 수많은 당나귀들, 말을 타고 기다란 장대를 옮기는 남자들이 보인다. 이내 온 도시가 채찍질 소리, 징 울리는 소리, 기도하는 외침, 노새 후려치는 소리, 놋쇠테 두른 바퀴가 덜컥덜컥 굴러가는 소리로 떠들썩해지고, 그러는 동안 발효되는 빵에서 나오는 시큼한 냄새와 향불, 향신료 냄새가 페라[33]까지 올라온다. 거슬리지만 다채롭고 미개한 주민들의 활기 그 자체 같은 냄새다.

이제 햇빛 속에서 반짝이고 있는 풍경을 바라보며 그는 세상 어떤 곳도 여기보다 서리나 켄트 주, 런던이나 턴브리지웰스와 딴판인 곳은 없을 거라고 생각했다. 오른쪽과 왼쪽으로는 산적 두목 한두 명의 메마른 성채가 있을 법한 황폐한 아시아 산들의 민둥민둥한 바위투성이 봉우리들이 솟구쳐 있지만, 거기에는 목사관도, 영주의 저택도, 오두막도, 떡갈나무나 느릅나무도, 바이올렛

---

33   이스탄불 내 주로 유럽인이 거주하는 구역.

이나 아이비, 들장미도 없었다. 양치류가 자랄 만한 산울타리도, 양들이 풀을 뜯을 들판도 없었다. 집들은 계란 껍질처럼 하얗고 꾸밈이 없었다. 뼛속까지 영국인인 그가 이 황량한 풍경에 진심으로 가슴이 뛰고, 저 고갯길과 멀리 산꼭대기를 바라보고 또 바라보며 염소와 양치기만이 다녔던 길을 홀로 걸어 여행할 계획을 짜고, 제철 아닌 계절에 피는 환한 꽃들에 열정적인 애정을 느끼고, 지저분한 떠돌이 개들이 집에 두고 온 엘크하운드보다 사랑스럽게 느껴지고, 거리에서 풍기는 알싸한 냄새를 콧구멍 속으로 한껏 들이마신다는 게 놀라웠다. 십자군 전쟁 때 조상 중 누군가가 코카서스 산맥의 체르케스 시골 여인과 어울렸던 게 아닐까 하는 생각이 들었다. 가능성 있는 일 같았다. 그의 얼굴색에 약간 가무잡잡한 데가 있는 것도 같았다. 그는 다시 방 안으로 들어가 욕실로 사라졌다.

한 시간 후 그는 제대로 향수를 뿌리고 머리를 말고 기름을 바른 모습으로 비서들과 고위 관료들의 방문을 받았다. 그들은 그의 황금열쇠로만 열리는 붉은 상자를 차례차례 들고 왔는데, 그 안에 들어 있던 극도로 중요한 문서들 중 지금 남아 있는 것이라고는 장식체 글자, 불타버린 비단 조각에 단단히 붙어 있는 봉인 같은 부스러기들뿐이다. 그러니 그 내용에 대해서는 말할 수 없지만, 밀랍으로 봉인을 찍고, 다양한 방법으로 색색의 리본들을 붙이고, 직함을 정서하고, 대문자 주위를 장식하느라 그가 점심—서른 가지 정도의 요리가 나오는 성대한 식사—시간이 될 때까지 바빴다는 것은 증언할 수 있다.

점심 식사를 마치고 나면 하인들이 육두마차를 문 앞에 대기시켜놓았다고 알렸고, 그는 커다란 타조깃 부채를 머리 위로 흔들며 달리는 자줏빛 제복 차림의 튀르크 병사들을 앞세우고 다른 대사들이나 정부 고관들을 방문하러 행차했다. 의식은 늘 똑같았다. 안뜰에 도착해서 병사들이 부채로 정문을 두드리면 즉시 문이 열리면서 호화롭게 장식된 커다란 방이 나타난다. 방에는 대개 남녀로 구성된 두 사람이 앉아 있다. 양측은 깊이 머리를 숙이고 무릎을 굽히며 인사를 나눈다. 첫 번째 방에서 언급할 수 있는 것은 날씨뿐이다. 날씨가 좋다느니 비가 온다느니 덥다느니 춥다느니 하는 이야기들을 하고 나면 대사는 다음 방으로 들어가고, 거기서 또다시 두 사람이 그를 맞이한다. 여기서 허락되는 주제는 콘스탄티노플과 런던의 생활을 비교하는 것이다. 대사가 콘스탄티노플이 더 좋다는 지당한 소리를 하면, 주인들은 비록 런던에 가본 적은 없지만 자기들은 런던이 더 좋다는 지당한 대답을 한다. 다음 방에서는 찰스 왕과 술탄의 건강에 대해 어느 정도 긴 대화를 나누어야 한다. 다음 방에서는 대사의 건강과 안주인의 건강에 대해, 하지만 약간 더 짧게 이야기를 나눈다. 다음 방에서 대사는 주인의 가구에 대해 찬사를 늘어놓고 주인은 대사의 옷차림에 찬사를 보낸다. 다음 방에서는 과자가 나오는데, 주인은 변변치 못하다며 개탄하고 대사는 훌륭하다고 격찬한다. 마침내 의식은 물담배를 피우며 커피를 마시는 것으로 끝나지만, 담배를 피우고 커피를 마시는 동작은 그저 격식일 뿐, 담뱃대 안에는 담배가 없고 잔 안에도 커피가 없다. 진짜로 피우거나 마신다면 과다

한 섭취로 몸이 남아나지 않을 것이다. 대사는 그런 방문 하나를 후딱 해치우는 즉시 다음 방문을 시작해야 하기 때문이다. 다른 고위 관료들의 집에서 똑같은 의식을 정확히 똑같은 순서로 예닐곱 번 반복하는 관계로 대사는 종종 밤늦게야 집에 돌아왔다. 올랜도는 이 임무를 훌륭하게 수행했고 이런 일들이 어쩌면 외교관의 가장 중요한 임무라는 것을 절대 부인하지 않았지만, 확실히 피로에 지쳤고 종종 너무나 우울한 기분에 빠져든 나머지 개들만 데리고 혼자 저녁 먹기를 더 좋아했다. 사실 자기 나라 말로 개들에게 이야기하는 소리가 들리기도 했다. 때로는 보초들이 알아볼 수 없도록 변장을 한 채 밤늦게 자기 집을 빠져나가고는 했다는 말도 있다. 그러고는 갈라타 다리에 가서 사람들과 어울리거나 시장을 거닐거나 신발을 벗고 모스크의 참배자들 사이에 들어가곤 했다는 것이다. 한번은 그가 열병으로 아프다고 알려져 있었을 때, 염소를 시장에 몰고 가던 양치기들이 산꼭대기에서 한 영국 귀족을 만났고 그 신사가 자기 신에게 기도드리는 소리를 들었다는 말을 한 적 있다. 그

대사 시절의 올랜도

사람은 올랜도로 추정되고, 그 기도라는 것은 분명 그가 큰 소리로 읽는 시였을 것이다. 그가 아직도 외투 안에 수없이 지웠다 쓴 원고를 가지고 다닌다는 것을 다들 알고 있었고, 대사가 혼자 있을 때면 노래하는 것 같은 이상한 목소리로 뭔가를 영창하는 소리를 하인들이 문 뒤에서 들었기 때문이다.

우리는 이런 조각 정보들만 가지고 이 시기 올랜도의 생활과 성격을 최선을 다해 그려볼 수밖에 없다. 올랜도의 콘스탄티노플 생활에 대해서는 확인되지 않은 떠도는 소문과 전설, 일화들이(우리가 인용한 것은 그중 몇 가지에 불과하다) 아직까지도 남아 있는데, 이러한 이야기들은 인생의 전성기에 달한 올랜도에게 사람들의 환상을 휘젓고 시선을 못 박게 만드는 힘이 있었음을 증명한다. 더 항구적인 속성들이 전성기를 보존하기 위해 할 수 있는 모든 일들이 망각되고 오랜 시간이 흐른 뒤에도 그 기억을 생생하게 유지시켜주는 그런 힘 말이다. 그 힘은 아름다움과 혈통, 어떤 진귀한 재능이 복합된 신비한 힘으로, 우리는 이를 매력이라는 한마디로 부를 수 있겠다. 사샤가 말했던 것처럼 그의 안에서는 단 하나도 직접 켜지 않았는데도 "백만 개의 촛불"이 타오르고 있었다. 그는 자기 다리를 의식하지 않고서도 수사슴처럼 움직였다. 평상시 목소리로 이야기해도 은으로 만든 징소리처럼 울려 퍼졌다. 그리하여 그의 주위에는 소문이 무성했다. 그는 수많은 여성들과 몇몇 남자들의 우상이 되었다. 그들은 그와 이야기를 할 필요도, 심지어 그를 볼 필요도 없었다. 특히 풍경이 낭만적이거나 해가 지고 있을 때면 그들은 실크 스타킹을 신은 고귀한 신사의 모습을 마법처럼 눈앞에 불러냈다. 그는 가난하고 교육받지 못한 사람들에게도 부유한 사람들과 똑같은 힘을 발휘했다. 양치기와 집시, 당나귀몰이꾼 들은 아직까지도 "우물에 에메랄드를 떨어뜨린" 영국 귀족에 대한 노래를 부르는데, 이는 올랜도를 가리키는 노래가 틀림없다. 그가 한번은 순간적으로 격정과 흥분에 휩쓸린 나머지 보석들을 잡아 뜯어 샘물에 던졌고 그의 시동이 거기서 건져낸 일이 있었던 듯하다. 하지만 이런 낭만적 힘은 잘 알려져 있다시피 종종 극도로 내성적인 성격과 결합된다. 올랜도는 친구를 전혀 사귀지 않았던 것 같다. 알려진 한, 그는 누구에게도 애정을 가지지 않았다. 어느 지체 높은 여인이 그의 곁에 있겠다고 먼 길을 마다 않고 영국에서 와서 애정을 졸라댔지만, 그는 어찌나 끈기 있게 자신의 임무만 수행해나갔는지 골든혼의 대사가 된 지 채 2년 반도 되지 않아 찰스 왕은 그를 귀족 최고 계급으로 올리겠다는 뜻을 표명했다. 시기하는 사람들은, 그것은 넬 귄이 다리의 기억에 바치는 선물이라고 떠들어댔다. 하지만 그녀가 그를 본 적은 단 한 번밖에 없고 그때도 왕에게 개암 껍질을 던지느라 바빴기 때문에, 올랜도가 공작 작위를 얻은 것은 그의 종아리 덕분이 아니라 공적 때문일 것이다.

이제 그의 경력에 있어서 대단히 중요한 순간에 도달했으니 여기서 그 이야기는 잠시 멈추어야겠다. 그의 공작 작위 수여식은 아주 유명하며 사실 크게 논란이 되었던 사건이라 불타버린 문서들과 끈 조각들을 뒤져 최대한 잘 묘사해야만 한다. 라마단 금식이 끝났을 때 에이드리언 스크롭 경이 지휘하는 프리깃함 편에 바스 훈장과 작위 증서가 도착했다. 올랜도는 이를 기회 삼아 콘스탄티노플에서는 전무후무할 화려한 연회를 열기로 했다. 그날 밤은 날씨가 좋았고, 헤아릴 수 없이 많은 사람들이 몰려왔고, 대사관 창들에는 휘황찬란하게 불이 밝혀졌다. 이 일 역시 자세한 정보는 부족하다. 화마가 그런 기록들을 모두 삼키고 알 듯 말 듯 단편적인 정보들만 남겨놓아 가장 중요한 일들을 희미하게 만들어버렸기 때문이다. 하지만 손님 중 하나였던 영국 해군 장교 존 페너 브리그의 일기에서 우리는 온갖 나라의 사람들이 안뜰에 "통 안의 청어처럼 빽빽하게 모여 있었다"는 것을 알아냈다. 사람들이 불쾌할 정도로 바짝 붙어 있는 바람에 브리그는 연회를 더 잘 구경하기 위해 곧 박태기나무에 올라갔다. 일종의 기적이 벌어질 것이라는 소문이 현지인들 사이에서 돌았다(이것은 올랜도가 사람들의 상상력에 신비한 영향력을 행사했다는 또 다른 증거이다). "그래서," 브리그는 일기에 썼다(하지만 그의 원고는 불에 탄 자국과 구멍투성이여서 일부 문장들은 거의 판독이 불가능했다). "불꽃들이 하늘로 치솟아 올라가기 시작하자, 우리들 사이에는 현지인들이 ……에 사로잡혀…… 모두에게 안 좋은 결과가 따르는 ……를 우려해 상당히 불안한 분위기가 흘렀다. ……고백하건대, 영국 숙녀들을 대동하고 있었던 나는 손으로 단검을 잡고 있었다. 다행히," 그는 계속해서 장광설조로 늘어놓았다. "이것은 지금으로서는 근거 없는 두려움인 듯했다. 현지인들의 태도를 보고…… 나는 우리의 불꽃 제조 기술을 보여준 것이 유용한 일이었다는 결론에 도달했다…… 영국의 우월성을…… 그들에게 각인시켰다는 것만 해도…… 사실 그 광경은 형언할 수 없이 장엄했다. 나는 나도 모르게…… 허락해주신 경을 찬미하다가…… 가엾은, 사랑하는 우리 어머니가…… 바랐다. 대사가 명령하자, 비록 여러모로 무지한 면도 있지만 동양 건축에서 굉장히 인상적인 특징을 이루는 기다란 창문들이…… 활짝 열렸고, 그 안에서는 영국 숙녀와 신사들이 ……라는 사람의 작품인 가면극을 공연하고 있었다…… 대사는 들리지 않았지만 더할 나위 없이 우아하고 기품 있는 옷차림을 한 수많은 고국의 신사 숙녀들이…… 할 수는 없지만 절대 부끄러워하지는 않을 감동을 안겨주었다…… 나는 같은 여성들과 자신의 고국에 치욕을 초래할 행실로 만인의 시선을 집중시키고 있던 레이디의 놀라운 행동을 보느라 정신이 없었는데, 그 순간," 안타깝게도 박태기나무 가지가 부러져서 브리그 대위는 땅바닥에 떨어졌고, 일기 나머지 부분은 신의 섭리에 대한 감사와 자신이 입은 부상에 대한 자세한 설명으로 채워져 있었다.

다행히도 하톱 장군의 딸 페넬로페 하톱 양이 집 안에서 그 광경을 보고 그 이야기를 편지로 전달했고, 편지는 많이 손상되기는 했지만 마침내 턴브리지웰스의 여자 친구에게 도달했다. 페넬로페 양도 그 용감한 장교 못지않게 열광적이었다. 그녀는 한 페이지에서 열 번이나 "황홀"하다는 말을 외쳐댔다. "불가사의한…… 말로는 절대 형용할 수 없는…… 금접시…… 가지 모양 촛대들…… 벨벳 반바지 차림의 흑인들…… 얼음 피라미드…… 니거스 술이 흐르는 분수…… 영국 군함 모양 젤리들…… 수련처럼 보이도록 배치된 백조들…… 황금새

장 속의 새들…… 트윔이 들어간 진홍색 벨벳 옷을 입은
신사들…… 높이가 '적어도' 6피트는 되는 머리장식을
한 귀부인들…… 음악상자들…… 페레그린 씨가 나보
고 굉장히 예쁘다고 했어. 이 말을 너한테 하는 이유는
단지 내가 알기로…… 오! 너희들을 얼마나 보고 싶은
지 몰라! ……우리가 팬타일에서 본 어떤 것보다 더 굉
장한…… 마실 것이 바다처럼 넘치고 ……에 압도된 몇
몇 신사들은…… 레이디 베티는 황홀해서…… 가엾은
레이디 보넘은 의자도 없는데 그 자리에 앉는 실수를 저
질렀지 뭐야…… 신사들은 모두 친절하고…… 너와 사
랑하는 벳시가 같이 있기를 얼마나 바랐는지…… 그 무
엇보다 대단한 광경, 모든 사람들의 찬미의 대상은……
이건 다들 인정한 바야, 그 사실을 부정할 정도로 비열
한 사람은 아무도 없을 테니까, 대사님 그 자체였어. 그
멋진 다리! 그 멋진 표정! 그 기품 있는 태도!!! 방에 들
어오는 대사님의 모습이라니! 다시 나가는 모습은 어떻
고! 그 표정에는 어딘가 '흥미로운' 데가 있는데, 정말이
지 이유는 알 수 없지만 왠지 그분이 '시련을 겪었다'는

느낌을 받게 돼! 사람들 말로는 어떤 여자 때문이라고 하더라. 비정한 괴물 같으니!!! '다정하기로 유명한 우리 여자들' 중 누가 그런 파렴치한 짓을 저지를 수 있었던 걸까!!! 대사님은 미혼인데, 그곳에 있던 여자들 중 반은 그분 사랑을 얻고 싶어서 제정신이 아니야…… 톰과 게리, 피터, 그리고 너무너무 사랑하는 뮤[아마도 그녀의 고양이인 듯하다]에게 수천 번의 키스를 보내며."

다음은 우리가 당시 《가젯》지에서 찾아낸 내용이다. "시계가 12시를 알리자 대사가 진귀한 융단이 걸려 있는 중앙 발코니에 나타났다. 다들 키가 6피트가 넘는 제국 근위병 6명이 그의 오른쪽과 왼쪽에서 횃불을 들고 있었다. 그가 나타나자 불꽃이 하늘로 치솟았고 커다란 환호 소리가 군중 사이에서 터져 나왔다. 대사는 이에 대한 답례로 깊이 고개 숙여 인사하고 튀르크어로 몇 마디 감사의 말을 했다. 그 언어를 유창하게 하는 것은 그의 공적 중 하나였다. 다음으로 영국 제독 제복을 정식으로 갖춰 입은 에이드리언 스크롭 경이 앞으로 나왔다. 대사가 한쪽 무릎을 꿇고 앉자, 제독이 최고로 고귀한 바스 훈장 경식장을 그의 목에 걸어준 다음 가슴에 별을 달아줬다. 그러고 나자 외교사절단에서 또 다른 신사 하나가 품위 있게 걸어 나와 그의 어깨에 공작 망토를 걸쳐주고 진홍색 쿠션 위에 놓인 공작의 보관을 건넸다.

마침내 올랜도가 특별한 위엄과 품위가 넘치는 몸짓으로 먼저 깊이 고개 숙여 인사하더니 자세를 다시 꼿꼿이 한 다음 그 장면을 본 사람은 절대 잊지 못할 손짓으로 딸기 잎사귀 모양 황금 관을 이마에 올려놓았다. 첫 번째 소동이 벌어진 것은 바로 그때였다. 사람들이 일어나지도 않은 기적—하늘에서 황금비가 내릴 거라는 예언이 있었다는 사람들도 있었다—을 기대하고 있었거나, 그 순간이 공격 개시용으로 선택된 신호였다. 내막이야 알 수 없지만, 올랜도가 이마에 관을 올려놓기 무섭게 굉장한 소동이 일어났다. 종이 울리기 시작했다. 예언자들의 거친 외침이 군중의 고함 소리를 뚫고 들려왔다. 수많은 튀르크인들이 이마를 땅에 박은 채 납작 엎드렸다. 문이 활짝 열렸다. 토착민들이 연회장으로 몰려들어왔다. 여자들은 날카롭게 비명을 질러댔다. 올랜도를 죽도록 사랑한다는 어떤 여자는 가지 모양 촛대를 집어 들어 땅바닥에 내동댕이쳤다. 에이드리언 스크롭 경과 영국 수병들이 그 자리에 없었다면 어떤 일이 벌어졌을지 아무도 모른다. 하지만 제독의 명령에 나팔 소리가 울려 퍼지자 100명의 수병들이 즉시 차렷자세를 취했다. 혼란은 진압되었고 그곳에는 고요가 내려앉았다. 적어도 당분간은.

지금까지는 얼마 안 되기는 해도 확인된 진실에 굳건히 근거를 두고 이야기했다. 그러나 그날 밤 늦게 무슨 일이 있었는지는 아무도 정확히 모른다. 그래도 보초들과 그 외 사람들의 증언을 들어보면 평소처럼 새벽 2시까지는 사람들이 다 나가고 대사관 문이 닫혔던 게 확실하다. 대사가 작위 훈장을 여전히 매단 채 자기 방으로 가서 문을 닫는 모습도 목격되었다. 어떤 사람들은 그가 평소 습관과는 달리 문을 잠갔다고 말했다. 어떤 사람들은 그날 밤 늦게 대사의 창 아래 안뜰에서 양치기들이 연주하는 것 같은 시골풍 음악이 들렸다고 주장했다. 치통 때문에 잠을 이루지 못하고 있던 세탁부 하나는 망토인지 가운인지를 입은 남자의 형상이 발코니로 나오는 것을 봤다고 했다. 그러고는 남자가 밧줄을 내려 보내 꽁꽁 싸매기는 했지만 분명 농부 계급으로 보이는 여자를 발코니로 끌어올렸다고 했다. 두 사람은 거기서 "연인처럼" 열렬하게 포옹을 나눴고 함께 방으로 들어가더니 커튼을 쳐서 더 이상 아무것도 볼 수 없었다고 세탁부는 말했다.

다음 날 아침 비서들은 마구 흐트러진 침구들 사이에서 깊이 잠든 공작—이제는 올랜도를 이렇게 불러야 한다—을 발견했다. 방은 어수선했다. 관은 바닥에서 구르고 있었고, 망토와 양말 대님은 의자 위에 아무렇게나 던져져 있었다. 탁자 위에는 문서들이 흐트러져 있었다. 지난밤의 피로가 대단했으니 비서들은 처음에는 아무런 의심도 하지 않았다. 하지만 오후가 되어도 그가 계속 잠에서 깨지 않자 의사를 불렀다. 의사는 고약이니 쐐기풀이니 구토제 등 지난번에 썼던 치료제들을 다 써 봤지만 아무런 소용이 없었다. 올랜도는 계속 자기만 했다. 그러자 비서들은 탁자 위의 문서들을 살펴보는 것이

자기들의 임무라고 생각했다. 많은 종이에는 시들이 갈겨 쓰여 있었고, 떡갈나무라는 단어가 거듭 등장했다. 여러 가지 공문서들과 영국의 재산 관리에 대한 개인 서류들도 있었다. 하지만 마침내 그들은 훨씬 더 중요한 문서를 찾아냈다. 실로 그것은 다름 아닌 가터 훈작사 외기타 등등인 올랜도 경과 로지나 페피타라는 무희의 혼인증서였다. 아버지는 알려지지 않았지만 집시라는 소문이, 어머니도 알려지지 않았지만 갈라타 다리 건너 시장의 고철 장사꾼이라는 소문이 있는 무희였다. 비서들은 경악해서 서로 얼굴을 쳐다봤다. 그래도 올랜도는 계속 잠만 잤다. 그들은 아침저녁으로 그를 지켜봤지만, 호흡이 고르고 뺨에 여전히 평소처럼 짙은 장밋빛 홍조가 돈다는 점만 제외하면 그는 전혀 살아 있는 사람 같지가 않았다. 그들은 그를 깨우기 위해 할 수 있는 온갖 과학적이고 기발한 방법을 다 써봤다. 그래도 그는 여전히 깨어나지 않았다.

혼수상태에 빠진 지 이레째 되는 날(5월 10일 목요일), 브리그 대위가 처음으로 징후를 감지했던 그 끔찍한 유혈 폭동의 첫 번째 총성이 울렸다. 튀르크족이 술탄에 맞서 일어나 도시에 불을 질렀고 외국인은 보는 족족 칼로 베거나 매질을 했다. 몇몇 영국인들은 간신히 도망쳤지만, 짐작할 수 있듯이 영국대사관의 신사들은 목숨을 걸고 붉은 상자를 지키기를 택했고, 최후의 경우에는 이교도들의 손에 열쇠 꾸러미를 넘기느니 자기들이 삼켜버릴 태세였다. 폭도들은 올랜도의 방에도 쳐들어왔지만, 어느 모로 봐도 죽어 자빠져 있는 듯한 그의 모습을 보더니 건드리지도 않고 관과 가터 훈장 망토들만 훔쳐 갔다.

이제 또다시 어스레한 모호함이 내려앉는다. 정말이지 그 어둠이 더 짙으면 좋으련만! 어둠이 너무 짙어서 그 불투명한 어둠 속에서 아무것도 보이지 않으면 좋겠다고 거의 소리라도 지르고 싶은 심정이다! 여기서 펜을 들고 이 글에 끝이라고 쓸 수 있으면 좋으련만! 독자들이 앞으로 벌어질 일을 읽는 수고를 덜어주고 그냥 올랜도는 죽어서 땅에 묻혔다, 라고만 말할 수 있다면 좋으련만. 하지만 아아, 전기작가의 잉크병 옆에서 지켜보고 있는 준엄한 신들인 진실, 공정, 정직이 이 시점에 외친다, 안 돼! 그들이 은 트럼펫을 입술에 대고 힘차게 불며 요구한다, 진실! 다시 한번 그들은 외친다, 진실! 다 함께 외치는 소리가 세 번째로 울려 퍼진다, 진실, 오로지 진실만을!

그 순간—신을 찬미하라! 우리에게 숨 돌릴 틈을 주셨으니—마치 더할 나위 없이 부드럽고 신성한 산들바람이 살짝 밀기라도 한 것처럼 문들이 부드럽게 열리더니 세 인물이 들어온다. 첫 번째로 '순수의 여신'이 들어온다. 이마에는 순백의 새끼 양털로 만든 머리띠를 두르고, 머리카락은 눈사태처럼 풍성하게 쏟아져 내리고, 손에는 순백의 거위 깃펜을 들고 있다. 그 뒤를 따라 '정숙의 여신'이 더욱 당당한 걸음걸이로 들어온다. 그 이마에는 꺼지지 않고 타오르는 불의 탑 같은 얼음 왕관을 쓰고 있고, 눈은 깨끗한 별과 같고, 그 손가락에 닿는 것은 뼛속까지 얼어붙는다. 그 뒤에 바싹 붙어서, 사실 당당한 두 여신들의 그림자 뒤에 숨어서 셋 중 가장 연약하고 아름다운 '수줍음의 여신'이 구름 뒤에 반쯤 숨은 가느다란 낫 모양 초승달처럼 얼굴을 가린 채 들어온다. 그들은 올랜도가 여전히 잠들어 있는 방 한가운데로 하나씩 걸어온다. 먼저 '순수의 여신'이 매력적이면서도 위풍당당한 손짓과 함께 입을 연다.

"나는 잠자는 어린 양의 보호자다. 내게 소중한 것은 눈밭과 떠오르는 달, 은빛 바다. 나는 망토로 얼룩닭의 달걀과 얼룩덜룩한 조개를 덮는다. 악과 가난을 덮는다. 약하고 어둡고 의심스러운 모든 것 위에 나의 베일이 내려진다. 그러니 말하지 말라, 드러내지 말라. 삼가시오, 오, 삼가시오!"

여기서 트럼펫 소리가 울려 퍼진다.

"순수는 물러가라! 꺼져라, 순수!"

그러자 '정숙의 여신'이 말한다.

"내 손길이 닿는 것은 얼음이 되고 시선이 닿는 것은 돌로 변한다. 나는 춤추는 별과 떨어지는 파도를 정지시킨다. 알프스 최고봉이 나의 거처. 내가 걸어가면 머리카락에서는 번개가 번쩍이고 내 시선이 떨어지는 곳에서는 생명이 정지된다. 올랜도가 깨어나게 하느니 차라리 뼛속까지 얼려버리겠다. 삼가시오, 오, 삼가시오!"

여기서 트럼펫 소리가 울려 퍼진다.

"정숙은 물러가라! 꺼져라, 정숙!"

다음으로 '수줍음의 여신'이 너무 작아서 잘 들리지도 않는 목소리로 말한다.

"사람들은 나를 수줍음이라고 부른다. 나는 처녀이고 앞으로도 영원히 그럴 것이다. 풍요로운 들판과 비옥한 포도밭은 내 몫이 아니다. 증식은 불쾌한 것. 사과가 싹트고 짐승들이 새끼를 낳으면 나는 달아난다, 달아난다. 나는 망토를 떨어뜨린다. 머리가 눈을 가려 앞이 보이지 않는다. 삼가시오, 오, 삼가시오!"

또다시 트럼펫 소리가 울려 퍼진다.

"수줍음은 물러가라! 꺼져라, 수줍음!"

이제 세 자매는 슬프고 안타까운 몸짓으로 서로 손을 잡은 채 베일을 흔들고 노래를 부르며 천천히 춤을 췄다.

"진실이여, 그 끔찍한 동굴에서 나오지 말라. 더 깊이 숨어라, 두려운 진실이여. 그대는 묻어두는 게, 하지 않는 게 나을 일들을 태양의 잔인한 시선 앞에 자랑스레 휘날리지 않는가. 수치를 덮은 베일을 벗기고 어둠을 환하게 만들지 않는가. 숨어라! 숨어라! 숨어라!"

여기서 그들은 자신들의 베일로 올랜도를 덮으려는 듯한 동작을 취한다. 그러는 동안에도 트럼펫은 여전히 요란하게 외쳐댄다.

"진실, 오로지 진실만을."

그 말에 자매들은 소리를 줄여보려고 트럼펫 주둥이에 베일을 덮어보지만 소용이 없다. 이제는 모든 트럼펫들이 다 함께 외친다.

"지긋지긋한 자매들아, 꺼져라!"

자매들은 여전히 원을 그리고 베일을 위아래로 흔들면서 괴로움에 일제히 울부짖었다.

"예전에는 이렇지 않았건만! 하지만 사내들은 우리를 원하지 않고, 여인들은 우리를 혐오하는구나. 가노라. 우리는 가노라. 나는(순수가 말한다) 닭장으로. 나는(정숙이 말한다) 아직 순결한 서리의 봉우리들로. 나는(수줍음이 말한다) 담쟁이덩굴과 풍성한 커튼이 있는 아늑

한 구석이라면 어디라도."

"여기가 아니라(모두가 손을 잡고 올랜도가 잠들어 누워 있는 침대를 향해 절망적인 작별의 몸짓을 하며 함께 말한다), 저기에는 우리를 사랑하는 사람들이 여전히 보금자리에서, 내실에서, 사무실에서, 법정에서 살고 있으니. 우리를 존중하는 처녀와 도시 사람들, 변호사와 의사들, 금지하는 사람들, 부인하는 사람들, 이유도 모르며 존경하는 사람들, 이해도 못 하면서 칭찬하는 사람들, 보지 않으려 하고 알기를 바라지 않으며 어둠을 사랑하는, 아직도 수없이 많은(신께 찬미를!) 존경할 만한 사람들, 여전히 우리를 합당한 이유로 숭배하는 사람들. 우리가 그들에게 부와 번영과 안락과 편안함을 줬지 않은가. 우리는 당신을 두고 그들에게 가노라. 오라, 자매들이여, 오라! 이곳은 우리가 있을 곳이 아니다."

그들은 감히 쳐다볼 수조차 없는 것을 가리려는 것처럼 머리 위로 베일을 흔들며 황급히 물러난다. 그리고 문이 닫힌다.

그리하여 이제 방에는 우리와 잠든 올랜도, 트럼펫

주자들만이 남겨졌다. 트럼펫 주자들이 질서 정연하게 나란히 정렬하더니 폭발적인 소리를 내뿜었다.

"진실!"

그 소리에 올랜도가 잠에서 깨어났다.

그가 기지개를 켰다. 자리에서 일어났다. 그는 완전히 벌거벗은 모습으로 우리 앞에 똑바로 섰고, 트럼펫은 여전히 외쳐댔다. 진실! 진실! 진실! 이제는 고백하지 않을 수가 없다. 그는 여자였다.

트럼펫 소리는 희미하게 사라져갔고, 올랜도는 완전히 벌거벗은 채 서 있었다. 세상이 시작된 이래 이보다 더 황홀한 모습을 한 인간은 없었다. 그 형상에는 남자의 힘과 여자의 우아함이 하나로 결합되어 있었다. 그가 거기 서 있는 동안, 은빛 트럼펫은 자기들이 불러낸 이 아름다운 모습을 차마 떠나고 싶지 않은 것처럼 길게 음을 늘였다. 정숙과 순수, 수줍음도 분명 호기심에 고무되어 문틈으로 엿보고 있다가 벌거벗은 형상에게 수건 같은 옷을 던져주었지만, 안타깝게도 몇 인치 모자라는 곳에 떨어졌다. 올랜도는 아무런 동요 없이 기다란 거울에 비친 자신의 모습을 위아래로 살펴보더니 목욕을 하러 가는지 욕실로 사라졌다.

　이야기가 중단된 틈을 이용해서 확실하게 말하겠다. 올랜도는 여자가 되었다. 그건 부정할 수가 없다. 하지만 다른 모든 면에서 올랜도는 예전과 달라진 것이 조금도 없었다. 성별의 변화는 그들의 미래를 바꾸긴 했지만 그들의 정체성에는 아무런 변화도 가져오지 않았다. 초상화들이 증명하듯이, 그들의 얼굴도 사실상 거의 똑같았다. 그의 기억—하지만 앞으로는 편의상 '그' 대신 '그녀'라고 말해야만 한다—그러니 그녀의 기억도 어떤 장애물도 만나지 않고 과거의 모든 사건들 사이를 다시 활보했다. 기억이라는 맑은 웅덩이에 시커먼 물방울 몇 개가 떨어진 것처럼 약간 흐릿한 부분도 있을 수는 있다. 어떤 기억들은 약간 흐릿해졌다. 하지만 그게 다였다. 변화는 고통 없고 완전한 그런 방식으로 이루어진 것 같아서 올랜도 자신도 전혀 놀라지 않았다. 이 점을 염두에 두면서, 그런 성별 변화는 자연을 거스르는 일이라고 주장하는 많은 사람들은 (1) 올랜도는 늘 여자였다, (2) 지금 이 순간 올랜도는 남자다, 라는 사실을 증명하려고 엄청나게 애써왔다. 이 결정은 생물학자들과 심리학자들에게 맡겨두자. 우리로서는 간단한 사실을 말하는 것으로 충분하다. 올랜도는 서른 살까지는 남자였고, 이때 여자가 되어 이후 계속해서 여자로 살아왔다.

하지만 성과 성적인 문제를 논하는 것은 다른 사람들에게 맡기고, 우리는 그런 불쾌한 주제에 대한 이야기는 최대한 빨리 그만두겠다. 이제 목욕을 마치고 남녀 공히 입을 수 있는 튀르크풍의 상의와 바지를 입고 나자, 올랜도는 자신의 입장을 생각하지 않을 수 없게 됐다. 지금까지 그녀의 이야기를 공감하며 읽어온 독자들은 가장 먼저 이 상황이 극도로 불안정하고 당혹스러울 것이라는 생각부터 할 것이다. 젊고 지체 높고 아름다운 여인이 잠에서 깨어나 귀족 아가씨에게 닥치리라고는 누구도 상상조차 할 수 없는 난감한 입장에 처한 자신을 발견했으니 말이다. 그녀가 벨을 누르거나 비명을 지르거나 기절했다 하더라도 우리는 비난하지 않았을 것이다. 하지만 올랜도는 전혀 동요하는 기색이 없었고, 실로 미리 계획했다고 생각해도 무방할 모습을 보였다. 우선 그녀는 탁자 위의 문서들을 자세히 살펴본 다음 시가 쓰인 것 같은 종이들을 집어서 품 안에 숨겼다. 다음으로는 굶어 죽을 지경임에도 불구하고 올랜도가 잠들어 있는 동안 한 번도 곁을 떠나지 않았던 살루키하운드를 불러 먹이를 주고 털을 빗질해주었다. 그러고는 허리띠에 권총 두 개를 차고, 마지막으로 대사 차림을 할 때 걸쳤던 동양 최고급의 에메랄드와 진주 목걸이를 몸에 둘렀다. 준비를 마치자 그녀는 창밖으로 몸을 내밀고 낮게 휘파람을 한 번 분 다음, 휴지통, 조약 문서, 급보, 봉인, 봉인용 밀랍 등등이 어수선하게 흩어져 있는 부서지고 피 묻은 계단을 내려와 안뜰로 나왔다. 거기 거대한 무화과나무 그늘 밑에서 한 늙은 집시가 당나귀를 타고 기다리고 있었다. 그는 또 한 마리의 고삐를 잡고 있었다. 올랜도가 다리를 획 들어 당나귀에 올라탔다. 술탄 왕실의 대영제국 대사는 그렇게 당나귀를 탄 채 홀쭉한 개 한 마리를 데리고 집시와 함께 콘스탄티노플을 떠났다.

그들은 며칠 밤낮을 여행하며 여러 가지 모험과 마주쳤다. 사람들 때문에 생긴 일도, 자연현상으로 인해 벌어진 일도 있었지만, 올랜도는 늘 용감하게 행동했다. 일주일 뒤 그들은 브루사 외곽의 고지대에 도착했다. 당시 그곳은 올랜도가 동맹을 맺었던 집시족들의 야영 본거지였다. 그녀는 종종 대사관 발코니에서 그 산들을 바라보곤 했고, 그곳에 가길 갈망했었다. 늘 가고 싶었던 곳에 가 있게 되면 사색적인 사람에게는 생각할 거리가 생기는 법이지만, 그녀는 그 변화가 너무 기쁜 나머지 당분간은 사색으로 그 기쁨을 깨고 싶지 않았다. 봉인하거나 서명할 서류도 없고, 장식체를 쓸 일도 없고, 방문 일정이 없다는 것만으로도 충분했다. 집시들은 풀을 따라다녔다. 가축들이 풀을 다 뜯어먹고 나면 다시 움직였다. 그녀는 몸을 씻고 싶으면 개울에서 씻었다. 빨간색이건 파란색이건 초록색이건 어떤 상자도 받지 않았다. 야영지 전체에 황금열쇠는 고사하고 열쇠라곤 하나도 없었다. '방문'이라는 것은 단어조차 생소했다. 그녀는 염소젖을 짰다. 나뭇가지들을 모았다. 가끔은 달걀도 훔쳤지만, 그 대신 늘 동전 하나나 진주 한 알을 두고 왔다. 가축을 몰고, 포도나무 껍질을 벗기고, 포도를 밟고, 염소 가죽에 채워 마셨다. 이 시간이면 빈 커피잔으로 커피를 마시고 담배도 들어 있지 않은 담뱃대를 피우는 시늉을 하고 있었으리라는 것을 떠올리곤 크게 웃음을 터뜨렸다. 그러고는 빵을 한 덩어리 더 자르고는 루스텀이 피우고 있던, 쇠똥만 채운 담뱃대를 한 모금 빨게 해달라고 부탁했다.

혁명 이전부터 올랜도와 비밀리에 연락을 취하고 있었던 게 분명한 집시들은 그녀를 자기들 일원으로 생각해온 것 같았다(이것은 언제나 한 민족이 줄 수 있는 최고의 찬사이다). 그 검은 머리와 가무잡잡한 안색은 그녀가 집시로 태어났지만 아기 때 어느 영국 공작이 개암나무에서 유괴하여 그 야만의 땅, 사람들이 너무 약하고 병들어 야외 생활을 견디지 못하기 때문에 집 안에서 사는 야만의 땅으로 데려갔다는 믿음을 증명하고 있었다. 그래서 그들은 그녀가 자기들에 비해 여러모로 모자라는 사람이기는 하지만 자기들처럼 될 수 있도록 기꺼이 도왔다. 치즈를 만들고 바구니를 짜는 기술, 물건을 훔치고 올가미로 새를 잡는 과학을 가르쳤고, 심지어 자기네 집시와의 결혼도 허락할 준비가 되어 있었다.

하지만 올랜도는 영국에서 (그게 뭐든 간에) 몇몇 나쁜 관습과 병에 물들었고, 그건 몰아낼 수 없는 일 같다. 어느 날 저녁 모두들 모닥불 주위에 둘러앉아 있고 석양이 테살리아 산 위에서 타오르고 있을 때, 올랜도가 외쳤다.

"얼마나 먹음직스러운가!" (집시에게는 '아름답다'에 해당하는 말이 없다. 이게 가장 가깝게 표현한 말이다.)

모든 젊은 남녀들이 요란하게 웃음을 터뜨렸다. 먹음직스러운 하늘이라, 그렇고말고! 하지만 이방인을 더 많이 경험한 노인들은 미심쩍은 생각이 들었다. 그들은 올랜도가 몇 시간이고 아무것도 하지 않은 채 여기 그리고 저기를 보기만 하면서 앉아 있다는 것을 알고 있었다. 언덕 꼭대기에서 염소들이 풀을 뜯건 길을 잃건 상관도 않고 저 앞만 물끄러미 바라보고 있는 모습을 종종 마주치기도 했다. 그들은 그녀가 자신들과 다른 믿음을 가지고 있다는 의심을 품기 시작했고, 더 나이 많은 노인들은 어쩌면 올랜도가 모든 신들 중 가장 사악하고 잔인한 신, 즉 자연의 손아귀에 사로잡힌 것일지도 모른다고 생각했다. 그들은 틀리지 않았다. 그녀는 영국의 병, 즉 자연을 사랑하는 마음을 가지고 태어났고, 자연이 영국보다 훨씬 장대하고 막강한 이곳에서 과거 그 어느 때보다 자연에 깊이 빠져들었다. 그 병은 너무 널리 알려져 있고 너무 자주 묘사되었기 때문에 새로 묘사할 필요가 없으니 아주 짧게만 말하겠다. 그곳에는 산들이 있었다. 골짜기들도, 시냇물들도 있었다. 그녀는 산을 오르고 골짜기를 배회하고 시냇가에 앉았다. 그녀는 산을 성벽에, 비둘기의 가슴에, 암소 옆구리에 비유했다. 꽃들을 법랑에, 잔디를 닳아 얇아진 터키 카펫에 비유했다. 나무는 시들어빠진 노파, 양은 회색 돌덩어리였다. 사실 모든 것이 다른 무엇이었다. 산꼭대기에서 작은 호수를 발견했을 때는 그 안에 숨어 있을 것 같은 지혜를 찾기 위해 거의 호수에 몸을 던지다시피 했다. 산꼭대기에서 저 멀리 마르마라해 너머 그리스의 평야를 바라보다, 파르테

논 신전이 분명한 흰 줄 한두 개가 자리한 아크로폴리스를 발견했을 때(그녀의 시력은 굉장했다), 그녀의 영혼은 눈동자와 더불어 크게 확대되었다. 그러고는 그런 신도들이 모두 기도하듯이 산의 위엄을 함께 나누고 평원의 고요를 알게 해달라는 등등의 기도를 했다. 시선을 내리면 붉은 히야신스와 자주색 아이리스에 담긴 자연의 선함과 아름다움에 황홀한 탄성을 질렀고, 다시 시선을 위로 향하면 하늘로 솟구치는 독수리를 보고 그 환희를 상상하며 자기 것으로 만들었다. 집으로 돌아오는 길에는 모든 별과 봉우리, 모닥불이 자기에게만 신호를 보내고 있기라도 한 것처럼 그것들에 인사를 했다. 마침내 집시의 텐트에 돌아와 매트에 홀렁 드러누울 때도 또다시 탄성을 내지르지 않을 수가 없었다. 너무나 먹음직스러워! 너무나 먹음직스러워! (인간이 굉장히 불완전한 소통 수단을 가지고 있기는 하지만, '아름답다'는 뜻을 '먹음직스럽다'라는 말로밖에 전달하지 못한다는 것과 그 반대로 무슨 경험이든 혼자서 간직하기보다는 차라리 비웃음과 오해를 견딘다는 것은 참으로 기묘한 일이

다.) 젊은 집시들은 모두 웃음을 터뜨렸다. 하지만 올랜
도를 자기 당나귀에 태워 콘스탄티노플에서 데리고 나
온 노인 루스텀 엘 사디는 아무 말 없이 앉아 있었다. 노
인의 코는 언월도偃月刀 모양이었고, 뺨은 오랜 세월 강철
같은 우박에 맞기라도 한 것처럼 주름투성이였다. 피부
는 갈색이었고 눈매가 날카로웠다. 그는 물담뱃대를 잡
아당기며 올랜도를 주의 깊게 관찰했다. 올랜도의 신이
자연이라는 의심을 강하게 품고 있던 터였다. 하루는 노
인이 울고 있는 올랜도를 발견했다. 그는 이를 올랜도의
신이 벌을 내린 것으로 해석하고 자기는 놀랍지 않다고
말했다. 그는 동상에 걸려 죽어버린 자기의 왼손 손가락
들을 보여줬다. 바위가 떨어져서 뭉개진 오른발도 보여
줬다. 이것이 그녀의 신이 인간들에게 하는 일이라고 그
는 말했다. 그녀가 "하지만 너무 아름다워요" 하고 영어
로 말하자 그는 고개를 저었고, 한 번 더 말하자 화를 냈
다. 그는 올랜도가 자신이 믿는 것을 믿지 않는다는 것
을 알았다. 그는 오랜 세월을 살아온 현명한 노인이었지
만, 그것만으로도 그를 화나게 만들기는 충분했다.

이 의견 차이는 지금까지 완벽하게 행복했던 올랜도에게 혼란을 안겨줬다. 그녀는 자연이 아름다운지 아니면 잔혹한지 생각하기 시작했다. 그러고는 이 아름다움이란 무엇이며, 그것이 사물 자체에 존재하는 것인지 자신의 마음속에만 존재하는 것인지 자문했다. 그래서 그녀는 실재의 본질에 대해 생각했고, 그 생각은 진실에 대한 생각으로, 다음으로는 (고향의 높은 언덕에 있던 시절처럼) 사랑, 우정, 시에 대한 생각으로 꼬리에 꼬리를 물고 이어졌다. 이런 말들을 전달할 수가 없으니 과거 그 어느 때보다 펜과 잉크 생각이 간절했다.

"아! 글을 쓸 수만 있다면!" 그녀는 외쳤다(왜냐하면 글로 써놓은 말은 서로 통한다는 글 쓰는 사람 특유의 이상한 생각을 가지고 있었기 때문이다). 잉크는 없었고 종이는 아주 조금뿐이었다. 그래도 그녀는 베리와 와인으로 잉크를 만들고 《떡갈나무》 원고에서 몇 안 되는 가장자리와 여백을 찾아 일종의 속기로 그 풍경을 긴 무운시로 묘사했고, 계속해서 이 아름다움과 진실에 대해 자기 자신과 나눈 대화를 간결하게 적었다. 몇 시간 동안 계속해서 글을 쓰면서 그녀는 더할 나위 없이 행복했다. 하지만 집시들은 의심하기 시작했다. 우선, 그들은 그녀가 염소젖을 짜고 치즈 만드는 일을 전처럼 잘하지 못한다는 것을 눈치챘다. 다음으로, 그녀는 대답하기 전에 머뭇거렸다. 한번은 한 집시 소년이 잠을 자다가 자신을 바라보는 그녀의 시선을 느끼고 혼비백산해서 깬 적도 있었다. 때로는 수십 명의 성인 남녀로 이루어진 부족 전체가 이런 거북함을 느꼈다. 자기들이 무엇을 하고 있건 그것이 손에서 재처럼 허무하게 사라지는 그런 느낌을 받았다(그리고 그들의 감은 굉장히 날카롭고 자기들의 어휘보다 훨씬 더 뛰어났다). 바구니 짜는 노파, 양털 깎는 소년이 일을 하면서 계속 노래를 부르거나 흥얼거리고 있는데, 올랜도가 야영지에 들어와 불 옆에 털썩 앉아 불길을 응시한다고 하자. 그녀가 그들을 쳐다볼 필요조차 없이 그들은 느꼈다. 여기 의혹을 품은 자가 있다(우리가 집시 언어를 즉석에서 대충 번역한 것이다), 여기 일 자체를 위해 일하지 않는 자가 있다, 보기 위해 보지 않는 자가 있다. 여기 양털도 바구니도 믿지 않는 자가, 다른 것(여기서 그들은 텐트 주위를 근심스럽게 둘러봤다)을 보는 자가 있다. 그러면 소년과 노파 안에서 막연하지만 한없이 불쾌한 감정이 솟아나기 시작할 것이다. 그들은 버드나무 가지를 부러뜨렸다. 손가락을 베었다. 거대한 분노가 솟구쳤다. 올랜도가 텐트에서 나가 다시는 자기들 가까이 돌아오지 않기를 바랐다. 그래도 성격이 쾌활하고 적극적인 것은 인정했다. 그리고 그녀가 가진 진주 한 알만으로도 부르사에서 가장 품질 좋은 양 떼를 살 수 있었다.

그녀는 자신과 집시들 사이에 뭔가 다른 점이 있다는 것을 느끼기 시작했고, 그 때문에 때로는 결혼해서 그들 사이에 영원히 정착하는 것이 망설여졌다. 처음에는 그 느낌이 자기는 오랜 역사를 가진 문명화된 종족 출신인 반면 이들은 야만인보다 별반 나을 것 없는 무지한 민족이기 때문일 것이라고 생각했다. 어느 날 밤 그들이 올랜도에게 영국에 대해 질문했을 때, 그녀는 자기가 태어난 집에는 침실이 365개나 있고 400년 혹은 500년 동안 자기 가문의 소유였다며 자랑스럽게 묘사했다.

조상들은 백작이었고 심지어 공작이 있었다는 것도 덧붙였다. 그 말에 집시들이 거북해하는 것을 그녀는 다시 눈치챘다. 하지만 전에 그녀가 자연의 아름다움에 찬사를 표했을 때처럼 화를 내지는 않았다. 지금 그들은 정중했지만, 그것은 낯선 사람이 천한 집안 출신이라거나 가난을 드러냈을 때 교양 있는 사람들이 보여주는 염려스러운 태도였다. 루스텀 혼자 그녀를 따라 텐트 밖으로 나오더니, 아버지가 공작이고 아까 말한 온갖 침실과 가구를 가지고 있었다고 해도 신경 쓸 필요 없다고 말했다. 그들 중 어느 누구도 그런 것 때문에 그녀를 나쁘게 보지 않을 거라는 것이다. 그러자 전에는 한 번도 느껴보지 못한 수치심이 그녀를 휩쌌다. 루스텀과 다른 집시들은 몇백 년 정도 되는 가계는 극히 하잘것없는 것으로 생각하는 게 분명했다. 그들의 집안은 적어도 2천 년, 3천 년은 거슬러 올라가는 역사를 가지고 있었다. 예수가 태어나기 전 피라미드를 건설했던 조상을 둔 집시들에게는 하워드가와 플랜태저넷가[34]의 계보가 스미스와 존스 집안의 계보보다 나을 것도, 못할 것도 없었다. 다들 하찮기로는 마찬가지였다. 게다가 양치기 소년이 그렇게 오래된 계보를 가지고 있는 곳에서 유서 깊은 가문 출신이라는 건 특별히 인상적이거나 부러워할 만한 일이 아니었다. 그런 건 방랑자와 거지에게도 다 있었다. 또, 예의상 대놓고 말하지는 않았지만 그 집시는 온 세상이 우리 것인 마당에(그들은 언덕 꼭대기에 서서 이야기하고 있었다―밤이었고 그들 주위를 산들이 둘러싸고 있었다) 침실 수백 개를 소유하겠다는 것보다 천박한 야심은 없다고 생각하는 게 분명했다. 집시의 시각에서 봤을 때 공작이란 땅과 돈에 별 가치를 두지 않는 사람들에게서 그것들을 강탈해 고작 365개의 침실을 만드는 일 정도밖에 생각하지 못하는 모리배나 날강도에 불과하다는 것을 올랜도는 깨달았다. 침실이란 하나면 충분하고, 하나도 없으면 더 좋은데도 말이다. 자신의 조상들이 평야와 집과 명예를 모으고 또 모아왔으면서도 그중 성인이나 영웅, 인류에게 대단한 은혜를 베푼 사람은

34   영국 중세의 왕가들.

아무도 없다는 것을 부정할 수가 없었다. 그녀의 조상들이 몇백 년 전 한 짓들을 지금 누가 저지른다면 천박하게 벼락출세한 인간, 투기꾼, 졸부라고—그녀의 가문 사람들에게 가장 크게—비난받을 것이라는 주장에도 반박할 수 없었다.

그녀는 집시 생활 자체에서 조야하고 야만적인 측면을 찾는 에두르지만 익숙한 방법으로 그 주장에 답하려고 했다. 그래서 잠깐 사이에 그들 사이에는 증오심이 크게 자라났다. 사실 그런 의견 차이면 유혈 사태와 폭동도 충분히 야기될 수 있다. 그보다 덜한 일로도 도시들이 강탈당했고, 여기서 논점이 되는 문제들에 조금이라도 굴복하느니 장대 끝에서 순교한 사람들이 수백만은 된다. 자기가 가치를 두는 일을 다른 사람이 무시한다는 느낌보다 분노를 불러일으키고 행복의 근원을 파헤치는 일은 없다. 휘그당과 토리당, 자유당과 노동당, 이들이 싸우는 이유는 다름 아닌 자기들의 명성을 지키기 위해서가 아닌가? 진실을 사랑해서가 아니라 자기들이 세력을 얻기 위해 지역끼리 싸움을 붙이고 한 교구가 다른 교구의 몰락을 바라게 만드는 것이다. 다들 진실의 승리와 미덕의 고양보다는 마음의 평화와 굴종을 찾을 뿐이다. 하지만 이런 도덕론은 역사가의 소관이니 그들에게 맡겨야 한다. 도덕론이란 도랑물처럼 지루하니까.

"476개의 침실도 저들에게는 아무것도 아니구나." 올랜도는 탄식했다.

"저 여자는 염소 떼보다 저녁노을을 더 좋아해." 집시들은 말했다.

올랜도는 무엇을 해야 할지 알 수가 없었다. 집시들을 떠나 다시 한번 대사가 된다는 것은 견딜 수 없을 것 같았다. 하지만 잉크도, 종이도 없고, 텔벗 가문을 존경하지도 않고, 수많은 침실을 중시하지도 않는 곳에 영원히 머문다는 것도 불가능하기는 마찬가지였다. 그래서 어느 화창한 아침 그녀는 아토스 산비탈에서 염소 떼를 돌보며 생각에 잠겨 있었다. 그런데 그 순간 그녀가 믿고 있는 자연이 재주를 부렸거나 기적을 일으켰다. 이 일 또한 이견이 너무 분분해서 어느 쪽이라고 말할 수가 없다. 올랜도는 눈앞의 가파른 비탈을 울적한 기분으로 바라보고 있었다. 때는 이제 한여름이었고, 이 경치는 굳이 다른 것과 비교하자면 바싹 마른 뼈, 양의 뼈대, 수많은 독수리들이 쪼아 하얗게 드러난 거대한 해골 같았다. 열기가 찌는 듯했고, 누워 있는 올랜도 옆에 선 조그만 무화과나무는 그녀가 입은 가벼운 아라비아 망토 위에 무화과 잎사귀 그림자를 던지는 정도 이상의 도움은 주지 못했다.

갑자기 그림자를 드리울 것이라고는 하나도 없는 맞은편 민둥산 비탈에 그림자 하나가 나타났다. 그림자는 빠르게 짙어졌고 황량한 바위만 있던 곳에 곧 푸르른 분지가 나타났다. 그 분지가 그녀의 눈앞에서 점점 깊어지고 커지더니 산비탈에 커다란 정원 같은 공간이 생겨났다. 그 안에 굽이치는 잔디밭이 보였다. 여기저기 우뚝 선 떡갈나무들도 보였다. 나뭇가지들 사이에서 폴짝폴짝 뛰어다니는 개똥지빠귀들도 보였다. 그늘과 그늘 사이를 우아하게 오가는 사슴도 보였고, 심지어 영국 여름날의 벌레 소리, 바람이 부드럽게 살랑거리고 펄럭이는 소리도 들렸다. 황홀경에 빠져 한참을 보고 있자니 눈이 내리기 시작했다. 이내 주위 풍경이 온통 눈에 뒤덮였고, 노란 햇살 대신 보랏빛 그림자가 나타났다. 이제 무거운 목재들을 실은 짐마차가 길을 따라오고 있었다. 땔감용으로 자르기 위해 가져가고 있다는 것을 그녀는 알고 있었다. 다음에는 자기 집의 지붕과 종탑, 탑, 안뜰이 나타났다. 눈은 하염없이 내리고 있었고, 눈이 지붕에서 주르르 미끄러져 철썩하고 땅바닥에 떨어지는 소리가 들렸다. 천 개의 굴뚝에서 연기가 피어올랐다. 모든 게 너무나 선명하고 상세해서 눈 속에서 벌레를 쪼고 있는 갈가마귀까지 보였다. 그러더니 보랏빛 그림자가 점점 짙어지면서 짐마차와 잔디밭과 대저택 전체를 뒤덮었다. 모든 것이 그림자에 삼켜졌다. 이제 푸르른 분지는 온데간데없이 사라졌고, 녹색 잔디밭 대신 수많은 독수리들에게 쪼여 민둥산이 된 것 같은 불타는 산비탈만 남았다. 그러자 그녀는 왈칵 울음을 터뜨렸고, 집시들의 야영지로 성큼성큼 걸어 돌아가 다음 날 영국으로 돌아가겠다고 말했다.

그것은 그녀로서는 다행한 일이었다. 젊은이들이 벌

써 그녀를 죽일 계획을 세워놓았기 때문이다. 그들은 올 랜도가 자기들과 같은 생각을 하지 않으니 명예를 위해 그래야만 한다고 말했다. 하지만 올랜도의 목을 딴다면 자기들도 마음이 좋지 않았을 것이기 때문에 그녀가 떠 난다는 소식에 다들 기뻐했다. 때마침 영국 상선 하나가 본국으로 돌아가기 위해 근처 항구에서 벌써 돛을 올리 고 있었다. 올랜도는 목걸이에서 떼어낸 진주 한 알로 뱃 삯을 지불하고도 지갑에 약간의 돈이 남았다. 그 돈을 집시들에게 선물하고 싶었지만, 그녀는 그들이 부를 경 멸한다는 것을 알고 있었다. 그래서 포옹으로 만족하는 수밖에 없었고, 그 포옹은 그녀 쪽에서는 진심이었다.

4

목걸이에서 떼어낸 열 번째 진주를 팔고 남은 약간의 돈
으로 올랜도는 당시 여인들이 입는 옷 한 벌을 샀고, 이
제는 그 영국 귀족 아가씨 드레스 차림으로 '사랑에 빠
진 숙녀'호의 갑판 위에 앉아 있었다. 이상한 일이지만
사실 지금 이 순간까지 그녀는 자신의 성별에 대해 거의
생각해보지 않았다. 아마 지금까지 입었던 튀르크풍 바
지 덕분에 그런 생각을 하지 않았을 수도 있다. 그리고
집시 여인들이란 한두 가지 중요한 항목을 제외하고는
집시 사내들과 거의 다른 점이 없다. 어쨌거나 치맛자락
이 다리에 휘감기고 선장이 갑판 위의 그녀를 위해 차양

을 펴주겠다고 극도로 정중하게 건네는 말을 듣고서야 그녀는 자신의 입장에 딸린 제약과 특권을 화들짝 깨달았다. 하지만 그 놀라움은 사람들이 기대할 법한 종류는 아니었다.

그 놀라움은 말하자면, 오로지 자신의 순결과 어떻게 그 순결을 지킬 수 있을 것인가, 라는 생각 때문에 촉발된 것이 아니었다. 보통 상황에서 홀로 있는 아름다운 젊은 여성이라면 그 생각밖에 하지 않을 것이다. 여성 정치의 전당은 순결이라는 초석에 토대를 두고 있다. 순결은 여성의 보석이자 중심이고, 그들은 이를 미친 듯이 지키고 빼앗기면 죽는다. 하지만 30여 년을 남자로 살아온 데다 대사직을 수행했고, 품에 여왕을 안았으며, 소문이 사실이라면 그만큼 지체 높지는 않은 다른 여자들도 한두 명 안았고, 로지나 페피타와 결혼을 하는 등의 경험이 있는 사람이라면 아마 그런 문제로는 그렇게 화들짝 놀라지 않을 것이다. 올랜도의 놀라움은 아주 복잡한 종류여서 순식간에 요약될 수 있는 것이 아니었다. 사실 그 누구도 그녀가 단숨에 상황을 파악하는 날카로운 지혜를 가지고 있다는 혐의를 제기한 적은 없었다. 올랜도가 그 놀라움의 의미를 도덕적으로 고찰하는 데는 항해 기간 전체가 다 걸렸다. 그러니 우리도 그 속도에 맞춰 따라가도록 하겠다.

'세상에.' 놀라움이 가라앉고 나자 그녀는 차양 아래서 길게 기지개를 켜며 생각했다. '이건 분명 즐겁고 나태한 생활 방식이야. 하지만,' 그녀는 한 번 발길질을 하며 생각했다. '이 치마 때문에 발 주위가 성가셔 죽겠구나. 그래도 소재(꽃무늬 비단)는 세상에서 제일 예뻐. 내 피부(여기서 그녀는 무릎에 손을 올렸다)가 지금처럼 이렇게 멋지게 보인 적도 없었고. 하지만 이런 옷을 입고 물에 뛰어들어 헤엄칠 수 있을까? 절대! 그러니 수병의 보호에 의탁하는 수밖에 없겠구나. 그게 불만스럽나? 글쎄, 그런가?' 매끄럽게 풀려가던 생각의 실타래에서 첫번째 매듭과 마주친 그녀가 의아해했다.

그 매듭을 풀기 전에 저녁 식사 시간이 되었고, 그것을 대신 풀어준 것은 다름 아닌 선장—소금에 절인 쇠고기 한 조각을 덜어주고 있던 출중한 외모의 니콜라스 베네딕트 바톨러스 선장—이었다.

"기름 부위를 좀 드릴까요, 부인?" 그가 물었다. "부인 손톱만큼만 아주 작게 잘라 드리겠습니다." 그 말을 듣자 온몸에 전율이 흘렀다. 새들이 지저귀고, 급류가 흘러갔다. 수백 년 전 사샤를 봤을 때 느꼈던 형언할 수 없는 기쁨이 다시 떠올랐다. 그때는 쫓아갔지만, 지금은 달아났다. 어느 쪽이 더 황홀할까? 남자 쪽 아니면 여자 쪽? 어쩌면 똑같지 않을까? 아니, (고맙지만 됐다고 사양하면서) 거부했을 때 저 사람 얼굴이 일그러지는 것을 보는 게 가장 달콤해, 그녀는 생각했다. 음, 선장이 원한다면 세상에서 제일 작고 얇은 조각 하나 정도는 먹어줄 수도 있다. 들어줘서 그가 미소 짓는 것을 보는 게 무엇보다 가장 달콤했다. 그녀는 다시 갑판의 긴 의자로 돌아가 앉으며 생각했다. '거부하다가 들어주고, 들어주다가 거부하는 것보다 더 멋진 일은 없으니까. 확실히 그것만큼 황홀한 느낌을 주는 일은 아무것도 없어.' 그리고 계속해서 생각했다. '그러니 그저 수병에게 구조받고 싶어서 물에 뛰어들지 않겠다는 장담은 못 하겠네.'

(여기서 기억해야 할 것은 그녀는 놀이터나 소꿉놀이 찬장을 갖게 된 어린아이와 같다는 사실이다. 그녀의 주장은 평생 그렇게 살아온 성숙한 여인들에게는 먹히지 않을 것이다.)

'하지만 마리로즈호의 조종실에 있던 우리 청년들이 수병에게 구조받고 싶어서 물에 뛰어든 여자를 보고 뭐라고 했더라? 그걸 지칭하는 말이 있었는데. 아! 생각났다……' (하지만 그 말은 생략해야겠다. 극히 무례한 데다 숙녀의 입에서 나오기에는 이상한 말이기 때문이다.) "세상에! 이럴 수가!" 그 생각이 다다른 결론에 그녀는 다시 한번 소리를 질렀다. "그렇다면 내가 남성의 의견을 존중하기 시작해야 한단 말인가? 그게 아무리 터무니없다 싶어도? 치마를 입고, 헤엄을 치지 못하고, 수병에게 구조당해야 한다면, 세상에!" 그녀가 외쳤다. "그래야 할 수밖에 없잖아!" 그러자 우울해졌다. 천성이 솔직해서 온갖 애매한 소리를 싫어하는 그녀로서는 거짓말하는 것이 지루했다. 그것은 에두른 방법으로 일에 착수하는 것 같았다. 그래도 꽃무늬 비단옷, 수병에게 구조되

영국으로 돌아오는 올랜도

는 기쁨, 이런 것들이 에두른 방법으로밖에 얻을 수 없는 것이라면 그렇게 하는 수밖에 없다고 그녀는 생각했다. 청년 시절 자기가 여자들은 순종적이고 정숙하고 향기롭고 세련되게 차려입어야 한다고 주장했던 것이 떠올랐다. '이제 그런 바람의 대가를 내가 몸소 치러야 하겠구나.' 그녀는 생각했다. '(여자로 살아본 내 짧은 경험으로 볼 때) 여자들이 날 때부터 순종적이고 정숙하고 향기롭고 세련되게 차려입는 게 아니니까. 이런 우아함 없이는 인생의 즐거움을 하나도 못 누릴 수도 있으니 아주 끈덕진 훈련을 통해서 얻을 수밖에.' 그녀는 생각했다. '머리 손질 하나만 해도 아침마다 한 시간이나 걸려. 거울 보는 데 또 한 시간. 기다리고 레이스를 묶고, 목욕하고 분을 바르고, 명주옷에서 레이스옷으로, 레이스옷에서 다시 비단옷으로 갈아입어야 하지. 날이 가고 달이 가도 정숙하게 살아야 하고⋯⋯' 여기서 그녀가 못 견디겠다는 듯이 발길질을 하는 바람에 종아리가 1, 2인치 정도 살짝 드러났다. 하필 그 순간 돛대 위에 있던 선원이 아래를 내려다봤다가 대경실색한 나머지 발을 헛디며 하마터면 목숨을 잃을 뻔했다. '분명 부양할 아내와 가족이 있을 정직한 친구가 내 발목을 보고 죽는다면, 자비로운 마음으로 발목을 가려야만 하겠구나.' 올랜도는 생각했다. 하지만 다리는 그녀에게서 가장 아름다운 부분이었다. 그래서 그녀는 선원이 돛대에서 떨어지지 않도록 하기 위해 모든 여성들의 아름다움을 가려야 한다니 얼마나 이상한 상황인가, 라는 생각에 빠져들었다. "빌어먹을!" 상황이 달랐다면 어릴 때 배웠을 가르침, 즉 여성의 신성한 책임을 처음으로 깨닫고 그녀는 소리 질렀다.

'일단 영국 땅에 발을 디디고 나면 다시는 욕설도 하지 못하겠지.' 그녀는 생각했다. '남자 머리통을 깨지도, 남자에게 새빨간 거짓말을 한다고 말하지도, 칼을 뽑아 찌르지도, 귀족 동료들 사이에 앉지도, 관을 쓰지도, 행진을 하지도, 사형선고를 내리지도, 군대를 이끌지도, 군마를 타고 화이트홀 궁전 앞을 껑충껑충 달리지도, 가슴에 일흔두 개의 훈장을 달지도 못하겠지. 일단 영국 땅에 발을 디디고 나면 내가 할 수 있는 것이라고는 차를 따르고 신사분들에게 차를 어떻게 드시겠냐고 묻는 것뿐이겠지. 설탕 넣으시겠어요, 크림 넣으시겠어요?' 한 껏 점잔을 빼며 이렇게 말하던 그녀는 한때 긍지 어린 소속감을 느꼈던 남성, 남성다움을 자신이 얼마나 낮게 평가하고 있는지 깨닫고 경악했다. '여자 발목을 본다고 돛대에서 떨어지고, 여자들에게 찬사를 받으려고 가이 포크스[35] 차림으로 거리를 활보하고, 여자가 비웃지 못 하도록 배움을 막고, 페티코트 입은 연약하기 짝이 없는 여자의 노예가 되면서도 온 세상의 주인인 것처럼 활개 를 치다니, 맙소사! 남자들은 도대체 우릴 어떤 바보로 만든 거야. 우린 어쩌면 이렇게나 바보인 거지!' 몇몇 애 매모호한 용어로 인해 그녀가 마치 자신은 어느 쪽에도 속하지 않은 것처럼 양성 모두를 똑같이 비난하는 듯이 보일 것이다. 사실 그녀는 잠정적으로는 왔다 갔다 하고 있는 것 같았다. 그녀는 남자였고 여자였다. 양쪽의 비밀

---

35 가톨릭 탄압에 대항해 1605년 영국 국회의사당을 폭파시키려는 '화약 음모 사건'을 주도한 인물. 가이포크스데이 때 모형 인형을 만들고 우 스꽝스러운 옷을 입혀 불에 태운다.

을 다 알고 있었고, 양쪽의 약점을 다 가지고 있었다. 참으로 당황스럽고 어지러운 마음 상태였다. 무지라는 안락은 그녀에게는 영원히 거부된 것 같았다. 그녀는 강풍에 날리는 깃발이었다. 그러니 그녀가 양성을 서로 맞붙여놓고 이쪽이고 저쪽이고 개탄스럽기 짝이 없는 결점 투성이임을 보며 자신이 어디에 속하는지 알 수 없어 한 것도 놀랄 일이 아니다. 터키로 돌아가 다시 집시가 되고 싶다고 소리 지르기 일보 직전이었다는 것도 놀랄 일이 아니었다. 하지만 바로 그 순간 닻이 풍덩하고 커다랗게 물보라를 튀기며 바다로 떨어졌고 돛들이 갑판 위로 떨어져 내렸다. 그제야 (생각에 너무 깊게 잠겨 있느라 며칠 동안 아무것도 보지 못했던) 그녀는 배가 이탈리아 해안에 정박했다는 것을 알아차렸다. 선장이 즉시 사람을 보내어 대형 보트로 육지까지 모셔다드리는 영예를 허락해달라는 전언을 보냈다.

그녀는 다음 날 아침 돌아와서 차양 아래 긴 의자에 길게 누워 발목 주위의 치마 주름을 아주 단정하게 정리했다.

'남성과 비교했을 때 우리가 무지하고 부족하기는 하지만,' 그녀는 전날 끝맺지 않고 남겨둔 문장을 계속 이으며 생각했다. '또 그들은 우리가 알파벳 배우는 것조차 금하며 온갖 무기로 무장하고 있기는 하지만,' (서두를 여는 이 말들에서부터 그녀를 여성 쪽으로 기울게 한 어떤 일이 밤사이에 있었음을 분명히 알 수 있다. 이제 그녀는 남자라기보다는 여자로서 말하고 있지만 결국은 약간 만족스러운 기색이었다.) '그래도…… 그들은 돛대에서 떨어지지.' 여기서 그녀는 크게 하품을 하더니 잠에 빠져들었다. 잠에서 깨어보니, 배가 순풍을 받으며 해안에 어찌나 바싹 붙어 항해하고 있는지 절벽 가장자리에 보이는 마을들이 거대한 바위들이나 늙은 올리브나무의 뒤엉킨 뿌리 덕분에 바다로 미끄러져 떨어지지 않고 버티는 것처럼 보였다. 과실이 주렁주렁 열린 수많은 나무에서 바람에 실려 온 오렌지 향이 갑판 위의 그녀에게까지 닿았다. 수십 마리의 푸른 돌고래 떼가 꼬리를 흔들며 펄쩍 뛰어올라 공중으로 날아올랐다. 그녀는 팔을 쭉 뻗으며(팔은 다리처럼 치명적인 영향을 미치지 않는다는 것을 그녀는 이미 깨우쳤다) 자신이 군마를 타고 화이트홀 궁전 앞을 껑충거리며 달리거나 하물며 사람에게 사형선고를 내리는 짓을 하고 있지 않다는 데 하늘에 감사했다. 그녀는 생각했다. '여성들에게 주어진 음울한 옷인 가난과 무지의 옷을 입는 게 나아. 세상의 규칙과 규율은 다른 사람들에게 맡기는 게 나아. 군사적 야심, 권력욕, 그 외 모든 남자다운 욕망은 버리는 게 나아. 그렇게 해서 인간의 영혼에 알려진 가장 고귀한 환희를 만끽할 수만 있다면. 바로,' 그녀는 깊이 감동할 때면 으레 그러듯이 크게 소리 내어 말했다. "명상과 고독과 사랑을."

"내가 여자라서 너무 다행이야!" 그녀는 이렇게 외쳤다. 그러고는 자신의 성별을 자랑스럽게 여기는 극도의 어리석음에—여자건 남자건 어리석음보다 더 괴로운 일은 없다—빠져들 뻔했지만, 그 순간 한 단어에서 멈췄다. 우리가 제자리에 두려고 했음에도 불구하고 마지막 문장의 끝에 살금살금 기어 들어온 단어, 사랑이다. "사랑." 올랜도는 말했다. 순식간에—사랑은 그 정도로 맹렬하다―사랑은 인간의 모습을 갖췄다―사랑은 그 정도로 오만하다. 다른 생각들은 얼마든지 추상적으로 존재하는 반면, 이것은 피와 살, 작은 망토, 페티코트, 스타킹, 조끼를 입지 않고는 절대 만족하지 않는다. 이제껏 올랜도의 연인들은 모두 여자들이었기 때문에, 관습에 적응하는 데 괘씸하게 나태한 인간 습성으로 인해 그녀는 본인이 여자임에도 불구하고 여전히 여자를 사랑했다. 성별이 같다는 의식이 조금이라도 미친 영향이 있다면, 그것은 남자일 때 가졌던 감정을 더 자극하고 깊어지게 하는 것이었다. 그때는 알 수 없었던 수많은 암시와 불가사의들이 이제는 명백해졌다. 양성을 나누고 무수한 불순함을 어둠 속에 남겨놓는 애매모호함은 이제 사라졌고, 이 애정은 거짓을 잃은 만큼 아름다움을 얻었다. 시인이 진실과 아름다움에 대해 한 말에 의미가 있다면 말이다. 마침내 그녀는 사샤를 있는 그대로 이해한다고 외쳤다. 이 깨달음의 열정에 휩싸여 이제 알게 된 그 엄청난 사실들을 좇느라 마법에 걸린 것처럼 몰두해 있던 그녀에게 "실례합니다, 부인" 하고 말하는 어떤 남자의 목소리가 마치 귓전에서 대포라도 터진 것처럼 크게 들려왔다. 남자의 손이 그녀를 잡아 일으켰고, 중지에 돛 세 개짜리 범선 문신이 있는 남자의 손가락이 수평선을 가리켰다.

"영국 절벽입니다, 부인." 선장이 말하며 하늘을 가리키던 손을 올려 경례를 했다. 이제 올랜도는 두 번째로 화들짝 놀랐다. 처음보다 훨씬 더 큰 놀라움이었다.

"이럴 수가!" 그녀가 외쳤다.

다행히 너무 오랜만에 고국 땅을 보니 놀라서 소리지른 것이라고 변명할 수 있었다. 그렇지 않았다면 지금 안에서 들끓고 있는 흥분과 혼란을 바톨러스 선장에게 설명하느라 곤란한 지경에 처했을 것이다. 지금 그의 팔에 기대 떨고 있는 여자가 공작이자 대사였다고 어떻게 말할 수 있겠는가? 겹겹의 비단옷을 백합처럼 차려입고 있는 여자가 사람 목을 베고 와핑 선착장 근처에 튤립들이 만개하고 꿀벌들이 윙윙대는 여름날 밤 해적선 선창의 보물 자루들 사이에서 헤픈 여자들과 뒹굴었던 사람이라고 어떻게 설명할 수 있겠는가? 선장의 단호한 오른손이 영국 제도의 절벽을 가리키고 있는 동안, 그녀는 그 엄청난 놀라움을 스스로에게조차 설명할 수 없었다.

그녀는 중얼거렸다. "거부하다 들어주는 것은 얼마나 즐거운 일인가. 쫓아가 정복하는 것은 얼마나 당당한 일인가. 깨닫고 추론하는 것은 얼마나 숭고한 일인가." 이렇게 짝을 이룬 단어들 중 그 어느 것도 틀린 것 같지 않았다. 그럼에도 불구하고 하얀 절벽이 점점 더 가까이 보일수록 뭔가 죄의식이 느껴졌다. 명예롭지 못하고 정숙하지 않은 기분이 들었다. 그런 것들에 대해 한 번도 생각해보지 않은 사람에게 그것은 참으로 이상한 일이었다. 점점 더 가까이 다가가자 마침내 절벽 중간쯤에 매달려 샘파이어[36]를 뜯고 있는 사람들이 육안으로 똑똑히 보였다. 그 사람들을 보고 있던 그녀의 마음속에서 사라져버린 사샤, 추억 속의 사샤, 그 실체를 조금 전에야 너무나 놀랍게 깨닫게 된 사샤가 당장에라도 그녀의 치마를 들추고 의기양양하게 사라져버릴 장난꾸러

---

36   유럽의 해안 바위들 사이에서 자라는 미나릿과 식물.

기 유령처럼 위아래로 날쌔게 휘젓고 다니는 게 느껴졌다. 사샤가 절벽과 샘파이어를 뜯고 있는 사람들을 향해 얼굴을 찌푸리며 온갖 무례한 손짓을 하고 있는 게 느껴졌다. 그때 선원들이 노래하기 시작했다. "자, 안녕히 가시오, 스페인의 여인들이여." 그 말들이 슬픈 가슴속에 울려 퍼지자, 올랜도는 이곳에 상륙함으로써 얼마나 대단한 안락과 풍요, 영향력, 지위를 갖게 된다 할지라도 (그녀가 어느 고귀한 군주를 만나 그의 배우자로서 요크셔의 절반을 통치하게 되리라는 것은 자명했다), 그것이 인습과 굴종과 기만을, 자신의 사랑을 부인하고 사지를 구속하고 입술을 오므리고 혀를 억제하는 것을 의미한다면 배와 함께 방향을 돌려 다시 한번 집시들이 있는 곳으로 항해하겠다는 생각이 들었다.

하지만 이런 생각들을 분주히 하고 있는 와중에, 사실인지 환상인지 알 수 없지만 그녀의 열띤 상상력을 너무나 강력하게 사로잡는 무엇인가가 매끄러운 흰 대리석 원형 지붕처럼 솟아올라, 그녀의 생각은 어린 식물을 보호하기 위해 씌워놓은 종 모양 유리 뚜껑 위에 만족스

럽게 내려앉은 활기찬 잠자리 떼를 봤을 때처럼 그곳에
고정됐다. 종잡을 수 없는 상상이 만들어낸 그 형상이
가장 끈덕지게 남아 있는 원초적 기억을 불러냈다. 트위
쳇의 거실에 앉아 있던 이마 넓은 남자, 거기 앉아서 글
을 쓰고 있던, 아니 무엇인가를 보고 있던 남자 말이다.
하지만 분명 그녀를 보고 있던 것은 아니었다. 그녀는 분
명 부정할 수 없이 아름다운 미소년이었지만 그는 거기
서 있는 아름다운 옷차림의 미소년에게는 눈길도 주지
않는 것 같았다. 그 사람을 떠올릴 때마다, 그 생각은 거
친 물살 위에 떠오른 달처럼 주위에 은빛 고요를 퍼뜨렸
다. 이제 그녀는 한 손을 가슴에 갖다 댔다(다른 한 손
은 여전히 선장이 잡고 있었다). 거기에는 그녀의 시 원
고가 안전하게 숨겨져 있었다. 그것은 그녀가 일종의 부
적으로 거기 간직한 것일 수도 있다. 자신의 성별은 무
엇인가, 그 의미는 무엇인가 같은 성별에 대한 심란한 생
각들이 잠잠해졌다. 이제 머릿속에는 오로지 시의 영광
에 대한 생각밖에 없었다. 마치 마음이라는 대성당 종탑
속 황금종을 황금추가 때리고 있기라도 한 듯이 말로와

셰익스피어, 벤 존슨, 밀턴의 위대한 시구들이 커다랗게 울려 퍼지기 시작했다. 사실, 처음에 그녀의 눈에 희미하게 들어와 시인의 이마를 연상하게 하고 일련의 엉뚱한 생각들을 촉발시킨 그 대리석 원형 지붕의 모습은 상상이 아니라 현실이었다. 배가 순풍을 받으며 템스강을 따라 내려갈수록 그 모습과 그것이 불러일으킨 모든 연상들은 사실에 자리를 내어줬고, 결국 그것이 더도 덜도 아닌, 오려낸 듯한 하얀 첨탑들 사이로 솟아오른 대성당 원형 지붕이라는 것이 드러났다.

"세인트폴 대성당입니다." 옆에 서 있던 바톨러스 선장이 말했다. "저건 런던탑이고요." 그가 계속했다. "메리 여왕을 추모하며 남편인 고 윌리엄 4세가 설립한 그리니치 병원입니다. 저건 웨스트민스터 사원. 국회의사당." 그의 말에 맞춰 이 유명한 건물들이 하나하나 모습을 드러냈다. 화창한 9월 아침이었다. 무수히 많은 조그만 배들이 제방과 제방 사이를 바쁘게 오가고 있었다. 돌아온 여행자의 눈에 이보다 더 즐겁고 흥미진진한 광경은 거의 없었다. 올랜도는 정신없이 감탄하며 뱃머리에 기대서 있었다. 그녀의 눈은 너무 오랫동안 야만인들과 자연만 봐와서 이런 화려한 도시 풍경에 빠져들지 않을 수 없었다. 그렇다면 저것이 그녀가 없는 동안 렌 씨가 지은 세인트폴의 원형 지붕이었다. 그 근처의 어느 기둥에서는 헝클어진 금발 머리카락 같은 것이 뿜어져 나왔다. 바톨러스 선장이 옆에서 그건 기념비라고 알려주었다. 그녀가 없는 사이에 전염병이 돌고 화재가 났었다는 것이다.[37] 참으려고 무진장 애썼지만 눈에는 눈물이 차올랐고, 마침내 우는 것이 여자에게는 어울리는 일이라는 것을 떠올린 그녀는 눈물이 흐르도록 그냥 내버려두었다. 여기서 그 화려한 축제가 벌어졌었지, 그녀는 생각했다. 파도가 기운차게 철썩이는 바로 이곳에 왕실 천막이 서 있었고. 여기서 사샤를 처음으로 만났어. 이쯤에서(그녀는 반짝거리는 물살을 내려다보았다) 무릎에 사과를 올려놓은 채 얼어 죽은 행상선 여인을 보곤 했

---

37 1666년 런던 대화재와 그 후 크리스토퍼 렌이 만든 대화재 기념탑에 대해 이야기하고 있다.

지. 그 모든 휘황찬란함과 타락이 사라졌다. 그 깜깜한 밤도, 무시무시하게 내리던 폭우도, 격렬하게 몰려오던 홍수도 사라졌다. 누런 얼음 덩어리들이 공포에 질린 사람들을 실은 채 소용돌이치며 떠내려가던 이곳에 지금은 백조들이 아름다운 자태를 뽐내며 물살 가는 대로 오르락내리락 떠다니고 있었다. 런던 자체가 그녀가 마지막으로 본 이후로 완전히 달라져 있었다. 그녀의 기억 속에 있는 그 당시 런던은 시커멓고 뚱한 조그만 집들이 뒤죽박죽 뒤엉켜 있는 곳이었다. 반역자들의 머리가 템플바의 창끝에서 히죽 웃고 있었고, 자갈 포장길에는 쓰레기와 오물의 악취가 풍겼다. 이제 와핑을 지나치고 있는 배에서는 넓고 질서 정연한 대로가 보였다. 늘어선 집들의 문 앞에는 잘 먹인 말들이 끄는 위풍당당한 마차들이 서 있었고, 그 집들의 내닫이창과 판유리, 광 낸 현관문 쇠고리는 그 안에 사는 사람들의 재력과 점잖은 품위를 증명하고 있었다. 꽃무늬 비단옷 차림의 귀부인들이(그녀는 선장의 망원경을 눈에 갖다 댔다) 도로보다 높게 만든 보도 위를 걷고 있었다. 수놓은 외투를 입은 시민들이 길모퉁이 가로등 아래에서 코담배를 피우고 있었다. 다양한 채색 간판들이 미풍에 흔들리고 있는 모습이 보였는데, 간판에 그려진 그림으로 가게에서 팔고 있는 담배며 모직, 견직, 금, 은식기, 장갑, 향수, 그 외 수많은 품목들을 즉시 파악할 수 있었다. 배가 런던 브리지 옆 정박지로 가고 있었기 때문에 카페 창문들을 흘깃 보는 것 이상의 일은 할 수가 없었다. 날씨가 좋았기 때문에 창문 발코니에는 수많은 점잖은 시민들이 앞에는 도자기 찻잔을, 옆에는 사기 담뱃대를 놓은 채 편안하게 앉아 있었는데, 그중 신문을 읽고 있던 한 사람은 다른 사람들이 웃고 견해를 늘어놓는 바람에 읽다 멈추기를 거듭했다. 저기는 선술집들인가요? 저 사람들은 학자들인가요? 저 사람들은 시인인가요? 그녀가 바톨러스 선장에게 묻자, 그는 지금 당장 그녀가 고개를 왼쪽으로 조금만 돌려서 그의 엄지손가락을 따라 그쪽 방향을 쳐다보면—"그렇게요"—그들이 '코코아트리'[38] 앞

38   당시 정치가와 문인들이 자주 모이던 카페.

을 지나치고 있으니—"그렇지, 저기 있군요"—애디슨 씨
가 커피를 마시는 모습을 볼 수도 있다고 친절하게 알려
줬다. 다른 두 신사—"저깁니다, 부인, 가로등에서 조금
오른쪽이요. 한 사람은 등이 굽었고 다른 한 사람은 부
인이나 저랑 비슷한 사람이요"—는 드라이든 씨와 포프
씨였다.[39] "딱한 인간들." 선장이 말했다. 그들이 가톨릭
동조자라는 의미다. "그래도 다재다능한 사람들이긴 하
죠." 그는 이렇게 덧붙이고는 상륙 준비를 감독하기 위
해 서둘러 고물 쪽으로 갔다.

"애디슨, 드라이든, 포프." 올랜도는 그 말들을 마치
주문처럼 되풀이했다. 한순간 브루사를 굽어보며 솟아
있는 높은 산들이 보였지만, 다음 순간 그녀는 본국의
강기슭에 발을 내디뎠다.

39　[원주] 어떤 문학 교과서를 참조해봐도 알 수 있듯이, 이는 분명 선장
　　이 잘못 생각한 것이다. 하지만 이것은 상냥한 실수이니 그대로 두겠
　　다. (17세기에 활동한 존 드라이든과 18세기에 활동한 알렉산더 포프
　　가 함께 앉아 차를 마시는 일은 없었다는 의미—옮긴이)

하지만 이제 올랜도를 기다리고 있는 것은, 폭풍처럼 두근대는 흥분도 법의 냉혹한 얼굴 앞에서는 거의 무용지물이라는 깨달음이었다. 법이란 런던브리지의 돌보다 더 단단하고, 대포의 화구보다 더 가혹한 법이다. 블랙프라이어스의 집으로 돌아오자마자 연거푸 방문한 경찰들과 법정의 사자들을 통해 그녀는 자기가 떠나 있는 동안 자신을 상대로 제기된 세 개의 주요 소송뿐만 아니라 일부는 그 소송들에서 발생했고, 일부는 그 소송들에 달려 있는 수많은 사소한 소송에 휘말려 있다는 사실을 알게 되었다. 주요 고소 사항들은 (1) 그녀는 사망했고, 따라서 어떤 재산도 소유할 수 없다, (2) 그녀는 여자이고, 그 결과는 마찬가지이다, (3) 그녀는 무희인 로지나 페피타라는 사람과 결혼한 영국 공작으로 아들을 셋 두었는데, 이 아들들이 지금 아버지가 사망했다고 발표하고 모든 재산이 자기들에게 상속되어야 한다고 주장하고 있다는 것이었다. 물론 이와 같은 중대한 소송이 처리되는 데는 시간과 돈이 들 것이다. 그녀의 전 재산은 대법관청에 위탁되었고, 소송이 진행되는 동안 직위들은 정지되었다. 그리하여 그녀는 자신이 살았는지 죽었는지, 남자인지 여자인지, 공작인지 평민인지도 알지 못하는 몹시 모호한 상태에서 법적 판결은 미결로 남겨둔 채 성별 판명 여부에 따라 익명의 남자 혹은 여자 자격으로 거주할 수 있는 법적 허가를 받아 시골 저택으로 급히 내려갔다.

그녀가 도착한 날은 상쾌한 12월의 저녁이었다. 눈이 내리고 있어서, 브루사 산꼭대기에서 봤던 풍경처럼 커다란 보랏빛 그림자가 비스듬히 드리워져 있었다. 커다란 저택은 눈 속에서 갈색과 파란색, 장미색과 자주색을 드러낸 채 마치 자기만의 생명이 있는 것처럼 모든 굴뚝에서 분주히 연기를 내뿜고 있었다. 집이라기보다 하나의 마을 같은 모습이었다. 초원 위에 고요하고 육중하게 자리하고 있는 저택을 보자 그녀는 울음을 참을 수가 없었다. 노란 마차가 대정원으로 들어서서 나무들 사이 도로를 따라 매끄럽게 달려가자, 붉은 사슴들이 마치 기다렸다는 듯이 고개를 들더니 타고난 소심한 모습 대신 마차를 따라와 마차가 멈춘 안마당 주위에 멈춰 섰다. 몇

몇 사슴들은 뿔을 뒤로 젖혔고, 또 몇몇 사슴들은 발판이 내려지고 올랜도가 마차에서 내리자 앞발로 땅바닥을 긁었다. 사슴 한 마리가 실제로 눈 속에서 올랜도 앞에 무릎을 꿇고 앉았다는 말이 있다. 그녀가 정문의 손잡이에 손을 갖다 대기도 전에 거대한 문이 양쪽 다 활짝 열렸고, 그림스디치 부인과 두퍼 씨 외 모든 하인들이 그녀를 맞이하기 위해 촛불과 횃불을 머리 위로 치켜들고 서 있었다. 하지만 이 질서 정연한 행렬은 먼저 성급한 엘크하운드 크누트에 의해, 다음으로는 흥분한 그림스디치 부인에 의해 흐트러졌다. 크누트는 올랜도를 거의 바닥에 쓰러뜨릴 지경으로 정신없이 주인에게 달려들었고, 그림스디치 부인은 무릎을 굽혀 인사를 하는가 싶더니 감정이 복받쳐 헐떡거리며 나리! 아씨! 나리! 아씨!라는 말만 연거푸 해대는 통에 올랜도가 양쪽 뺨에 다정하게 키스해서 달래주어야 했다. 그러고 나서 두퍼 씨가 양피지 문서를 읽기 시작했지만, 개들은 짖어대고 사냥꾼들은 뿔피리를 불어대고 어수선한 틈을 타서 안뜰에 들어온 수사슴들이 달을 보고 울어대는 바람에 더 이상의 진행은 거의 불가능했다. 사람들은 여주인을 둘러싸고 모여들어 그녀가 돌아와서 너무 기쁘다는 것을 온갖 방법으로 표현한 다음 집 안으로 흩어졌다.

누구도 올랜도가 그들이 알던 올랜도가 아니라는 의혹을 한순간도 드러내지 않았다. 사람들의 마음에 조금이라도 의혹이 있었다 해도 사슴과 개들의 행동으로 그런 의혹은 충분히 사라졌을 것이다. 잘 알려져 있다시피 말 못 하는 짐승들이 우리보다 정체와 성격을 훨씬 더 잘 판단하기 때문이다. 게다가 그림스디치 부인은 그날 밤 중국차를 앞에 놓고 두퍼 씨에게 말했다. 나리가 지금은 아씨라 해도 그렇게 아름다운 분은 한 번도 본 적이 없고 두 분 사이에 우열을 가릴 수도 없다. 두 분 다 똑같이 좋다. 두 분은 한 가지에 달린 복숭아 두 개 같다. 그림스디치 부인은 은밀한 어조로 자기는 늘 그런 의심을 품고 있었고(여기서 그녀는 굉장히 수수께끼처럼 고개를 끄덕였다), 그래서 전혀 놀랍지 않으며(여기서 그녀는 몹시 의미심장하게 고개를 끄덕였다), 자기로서는 아주 마음이 편하다고 했다. 수건들도 수선해야 하고 예배당 응접실 커튼들의 술 장식에도 좀이 슬어가고 있으니 여주인이 있어야 할 때가 되었다는 것이다.

"그리고 그 뒤를 이어 작은 도련님들과 아가씨들도 올 테고요." 성직을 수행하는 덕분에 이런 민감한 문제에 대한 의견을 말할 특권이 주어진 두퍼 씨가 덧붙였다.

이렇게 나이 든 하인들이 하인 식당에서 수군거리는 동안, 올랜도는 은촛대를 손에 들고 다시 한번 복도와 회랑, 안뜰, 침실을 돌아다니며 국새상서를 지내고 대법관을 지낸 조상들의 얼굴이 어둠 속에서 희미하게 나타나 자신을 내려다보는 모습을 보고, 귀빈 의자에 앉아도 보고, 기분 좋은 캐노피 침대에 누워도 보고, 애러스 벽걸이가 흔들리는 모습을 바라보며 말을 타는 사냥꾼과 달아나는 다프네를 보고, 어릴 때 즐겨 했던 것처럼 창문의 표범 문장을 통해 들어오는 달빛에 생긴 노란빛의 웅덩이에 손도 담가보고, 회랑에 깔린 판자의 매끄러운 면 쪽을 따라 미끄럼질을 치고, 이 비단, 저 공단을 만져보고, 조각된 돌고래가 헤엄치는 모습을 상상하고, 제임스 왕이 쓰던 은제 솔빗으로 머리를 빗고, 수백 년 전 정복왕이 가르쳐준 방법 그대로 똑같은 장미로 만든 포푸리에 얼굴을 묻고, 정원을 보며 잠들어 있는 크로커스와 동면 중인 달리아를 상상하고, 눈 속에서 한순간 하얀빛을 발하는 님프들과 집만큼 두꺼운 집 뒤쪽의 주목 울타리를 보고, 오렌지나무 숲과 커다란 모과나무들을 봤다. 이 모든 것들을 봤다. 비록 우리가 대충 써놓긴 했지만, 그 풍경과 소리 하나하나가 가슴속에 불어넣은 엄청난 열망과 환희로 인해 그녀는 마침내 기진맥진해서 예배당 안으로 들어가 조상들이 예배를 드릴 때 앉았던 오래된 빨간 안락의자에 털썩 앉았다. 거기서 (동양에서 가져온 습관인) 여송연에 불을 붙인 다음 기도서를 펼쳤다.

그 기도서는 스코틀랜드의 메리 여왕이 교수대에서 가지고 있던, 벨벳으로 장정하고 금실로 꿰맨 소책자였는데, 믿음의 눈으로 보면 왕족의 핏방울로 인해 생겼다는 갈색 얼룩도 보일 것이다. 하지만 모든 영적 교섭들 중 신과의 교섭이 가장 불가사의하다는 것을 생각하면, 그 책이 올랜도의 마음속에 어떤 경건한 생각들을 불러

일으키고 어떤 사악한 열정들을 달래어 잠재웠는지 누가 감히 말할 수 있을까? 소설가, 시인, 역사가 모두 그 문 바로 앞에서 더듬거리고, 신자 또한 이를 알려주지 않는다. 신자라고 다른 사람들보다 죽을 자세가 되어 있거나 자기 재산을 기꺼이 나누고 싶어 할까? 신자도 다른 사람들만큼 많은 하녀와 마차 끄는 말들을 가지고 있지 않나? 그러면서도 자기 입으로 재산은 헛되고 죽음이 바람직하다고 말하는 믿음을 가지고 있지 않나? 여왕의 기도서 안에는 핏자국과 함께 머리카락 한 타래와 과자 부스러기도 들어 있었다. 이제 올랜도는 이 유품들에 담뱃재를 보탰고, 그래서 담배를 피우며 기도서를 읽고 있다 보니 이 모든 인간적 잡동사니—머리카락, 과자, 핏자국, 담뱃재—에 가슴이 뭉클해져 그 상황에 어울리는 경건한 분위기를 만들어주는 사색적 기분이 되었다. 비록 통상적인 신과 교섭한 것은 아니라고는 하지만 말이다. 신은 오직 하나뿐이고 종교는 화자의 종교밖에 없다고 가정하는 것만큼 오만한 일이 없지만, 그만큼 흔한 일도 없다. 올랜도에게는 자신만의 믿음이 있는 것 같았다. 지금 그녀는 자신의 정신 상태에 살금살금 기어 들어와 있는 죄악과 결점들을 온 세상의 종교적 열성을 다해 곰곰이 고찰해보고 있었다. 문자 S가 시인의 에덴에 있는 뱀이라는 생각이 들었다. 온갖 노력을 다 해봤지만 《떡갈나무》1연에는 여전히 이 죄 많은 파충류가 너무 득실거렸다. 하지만 그녀가 보기에 'ing'로 끝나는 구절들에 비하면 'S'는 아무것도 아니었다. (악마를 믿는 장소에 있는 마당이니) 현재분사가 악마 그 자체라는 생각도 들었다. 그런 유혹들을 피하는 것이 시인의 첫 번째 임무라고 그녀는 결론 내렸다. 귀는 영혼으로 가는 대기실이니, 시가 육욕이나 화약보다 더 확실하게 영혼을 타락시키고 파괴할 수 있기 때문이다. 그렇다면 시인의 임무야말로 가장 고귀한 직무라고 그녀는 계속해서 생각했다. 시인의 말은 다른 사람들의 말이 닿지 못하는 곳까지 도달한다. 셰익스피어가 쓴 우스운 노래 하나가 온 세상의 목사와 박애주의자들보다 빈자들과 악당들에게 더 큰 영향을 주었다. 그러니 우리 전언의 매체를 덜 왜곡되게 하기 위해서는 무수한 시간과 노력을 쏟아부어야 한다. 우리의 말들이 생각을 덮는 가장 얇은 외피가 될 때까지 다듬어나가야 한다. 생각은 신성한 것이다, 등등. 이렇게 그녀는 떠나 있던 시간 동안 더 강해진 자신의 종교의 영역 안으로 돌아왔고, 급속히 편협한 믿음을 얻어가고 있는 게 분명했다.

'나는 성장하고 있어.' 그녀가 마침내 초를 잡으며 생각했다. '환상에서 좀 벗어나고 있어.' 그러고는 메리 여왕의 기도서를 덮으며 말했다. "어쩌면 다른 환상을 얻기 위해서겠지." 그러고는 조상들의 유골이 놓여 있는 무덤들 사이로 내려갔다.

하지만 아시아 산에서 루스텀 엘 사디가 손을 흔들었던 그날 밤 이후로 마일스 경, 저베이스 경 등 조상들의 유골마저 뭔가 신성함이 퇴색됐다. 이 해골들이 겨우 300년, 400년 전만 해도 현대의 벼락부자들과 마찬가지로 출세하려 애쓰던 사람들이었고 다른 벼락부자들과 마찬가지로 집과 관직, 훈장과 띠를 획득해서 성공했던 반면, 시인들, 그리고 아마도 위대한 사상과 혈통을 가진 사람들은 시골의 고요를 더 좋아했고 그 선택의 대가로

극심한 가난에 시달린 나머지 지금은 스트랜드에서 소리 지르며 신문을 팔고 다니거나 들판에서 양 떼를 치고 있다는 사실을 생각하자 그녀는 깊은 양심의 가책을 느꼈다. 그녀는 지하 납골당에 서서 이집트의 피라미드들에 대해, 그 아래에는 어떤 유골들이 누워 있을지에 대해 생각했다. 한순간, 마르마라해 위로 솟아 있는 거대한 민둥산들이 침대마다 누비이불이 덮여 있고 은 접시마다 은 뚜껑이 달려 있으며 수많은 방들이 있는 이 대저택보다 더 살기 좋은 곳 같았다.

'난 성장하고 있어.' 그녀는 초를 잡으며 생각했다. '환상에서 벗어나고 있어. 아마도 새로운 환상을 얻기 위해서겠지.' 그러고는 긴 회랑을 지나 침실로 돌아갔다. 불쾌하고 귀찮은 과정이었다. 그래도 놀랍도록 재미있었어, 그녀는 (선원이 한 사람도 없으니까) 장작불 가까이로 다리를 뻗으며 생각했고, 과거에서부터 자신의 발달 과정을 마치 거대한 건물들이 늘어선 대로를 걷듯이 되짚어보았다.

그녀는 소년 시절 소리를 몹시 사랑했고, 입술에서

퍼부어져 나오는 떠들썩한 음절들을 가장 아름다운 시로 생각했다. 그러다가—아마도 그것은 사샤와 그녀가 준 환멸의 영향이었을 것이다—이 고조된 흥분 속에 검은 물방울이 떨어져 그녀의 광시곡을 부진하게 만들었다. 서서히 그녀 안에서 많은 방들로 나눠진 복잡한 무엇인가가 열렸다. 횃불을 들고, 시가 아닌 산문으로 탐색해야만 하는 것이었다. 노리치의 그 의사, 브라운의 글을 열정적으로 공부하던 시절이 생각났다. 그 책은 아직도 바로 옆에 있다. 그린과의 사건 이후에는 여기서 홀로 저항 정신을 길렀다, 아니 기르려고 노력했다. 이런 성장은 오랜 시간에 걸쳐 이루어진다는 것을 하늘은 알고 있다. "내가 쓰고 싶은 글을 쓸 것이다." 그때 그녀는 말했고, 스물여섯 권의 책을 휘갈겨 썼다. 하지만 그 모든 여행과 모험과 심오한 생각과 이런저런 시도에도 불구하고 그녀는 그저 여전히 만들어지는 과정 중에 있었다. 미래에 무슨 일이 생길지는 하늘만이 알 뿐이다. 변화는 끊임없이 벌어지고, 아마도 절대 멈추지 않을 것이다. 높다란 흉벽 같던 생각, 돌처럼 단단해 보였던 습관들이 다른 생각이 닿자 그림자처럼 무너져 내렸고, 벌거숭이 하늘과 그 안에서 반짝이는 선명한 별들만 남았다. 이 시점에 그녀는 창문으로 다가가 추위도 아랑곳하지 않고 걸쇠를 벗겼다. 그러고는 축축한 밤공기 속으로 몸을 내밀었다. 숲속에서 여우가 우는 소리, 꿩이 가지들 사이로 꼬리를 질질 끌고 가는 소리가 들렸다. 눈이 지붕에서 주르르 미끄러져 땅바닥으로 철썩 떨어지는 소리도 들렸다. 그녀는 크게 소리쳤다. "맹세코 여기가 터키보다 천 배는 더 낫다." 마치 그 집시와 논쟁이라도 하듯이 외쳤다(마음속에서 논쟁을 하다 그 뒤를 이어 그 자리에 없는 사람에게 반박하는 이 새로운 능력을 통해 그녀는 다시 영혼의 발전을 보여줬다). "루스텀, 당신이 틀렸어. 여기가 터키보다 더 나아. 머리카락, 과자, 담배. 우린 이렇게 자질구레한 것들로 이루어져 있으니까." 그녀는 (메리 여왕의 기도서를 생각하며) 말했다. "마음이란 얼마나 주마등 같으며 이질적인 것들의 집합소인가! 한순간은 태생과 신분을 개탄하며 고귀한 금욕의 삶을 열망하지만, 다음 순간은 오래된 정원 오솔길의 향기에 압도

되고 개똥지빠귀의 노래를 들으며 눈물을 흘리지 않나." 그러고는 자기 의미에 대한 암시는 일절 주지 않은 채 설명을 요구하며 전언을 각인시키려는 무수한 것들에 여느 때처럼 머리가 어지러워져, 여송연을 창밖으로 던지고 침대로 갔다.

다음 날 아침, 그녀는 이 생각을 계속 이어나가기 위해 펜과 종이를 꺼내고 《떡갈나무》를 새로 쓰기 시작했다. 베리와 종이의 여백으로 임시변통하며 지내다가 잉크와 종이를 넉넉하게 가진다는 것은 상상할 수 없는 기쁨이다. 그래서 절망의 구렁텅이에서 썼던 구절을 지우고 환희의 정점에서 새로운 구절을 써넣고 있는데, 시커먼 그림자가 종이를 뒤덮었다. 그녀는 황급히 원고를 숨겼다.

그녀의 방 창문은 가장 중앙에 있는 안뜰을 향해 나 있고, 아무도 만나지 않겠다고 명령을 내려둔 데다가, 아는 사람도 없고 법적으로도 무명인인 터라, 그림자를 본 순간 처음에는 깜짝 놀랐고 다음에는 울컥 화가 났지만 (고개를 들고 그림자의 원인을 알게 되자) 무척 유

쾌한 기분이 됐다. 그것은 익숙한 그림자, 기괴한 그림자,
다름 아닌 루마니아의 핀스터아르혼과 스캔돕봄의 해
리엇 그리젤다 대공비의 그림자였기 때문이다. 그녀는
전과 다름없이 낡은 검정 승마복과 망토 차림으로 안뜰
을 가로질러 성큼성큼 걷고 있었다. 머리카락 하나 변함
없이 똑같았다. 이 사람이 바로 그녀를 영국에서 쫓아낸
여자였다! 이 사람이 바로 그 음란한 독수리의 둥지, 이
사람이 바로 그 치명적인 새였다! (지금은 매력이라고
는 조금도 없는) 이 여자의 유혹을 피해 멀리 터키까지
도망갔다는 생각을 하자 올랜도는 크게 웃음을 터뜨렸
다. 그 모습에는 뭐라 형언할 수 없이 우스꽝스러운 데가
있었다. 전에도 생각했듯이 그녀는 거대한 산토끼와 똑
같이 생겼다. 그 동물과 마찬가지로 빤히 쳐다보는 눈과
홀쭉한 뺨, 높은 머리장식을 하고 있었다. 그녀는 쳐다보
는 사람이 없다고 생각하고 옥수수밭에 똑바로 앉은 산
토끼처럼 걸음을 멈추더니 올랜도를 빤히 쳐다보았고,
올랜도도 창문에서 그녀를 마주 쳐다보았다. 한동안 이
렇게 서로를 응시하고 나자, 올랜도로서는 그녀에게 들

어오라고 청할 수밖에 없었다. 곧 두 여인은 인사를 주고받았고, 그사이 대공비는 망토의 눈을 털어냈다.

"염병할 여자들 같으니." 올랜도는 포도주 한 잔을 가지러 찬장으로 가면서 혼자 중얼거렸다. "도대체 사람을 잠시도 가만히 두는 법이 없어. 이렇게 안달복달하고 꼬치꼬치 캐대고 참견하기 좋아하는 사람들은 없을 거야. 이 멀대한테서 도망가려고 영국을 떠났는데, 지금⋯⋯" 그러고는 돌아서서 대공비에게 쟁반을 내밀었다. 그리고 쳐다봤다. 대공비 대신 검은 옷을 입은 키 큰 신사가 서 있었다. 벽난로 울타리 옆에 한 무더기의 옷들이 놓여 있었다. 그녀는 웬 남자와 단둘이 있었다.

그러자 완전히 잊고 있던 자신의 성별이 불현듯 의식되었고, 똑같이 당황스럽도록 멀기만 한 그의 성별도 의식됐다. 갑자기 기절할 것 같은 기분이 됐다.

"악!" 그녀가 한 손으로 옆구리를 짚으며 외쳤다. "깜짝 놀랐잖아요!"

"귀하신 분." 대공비가 한쪽 무릎을 꿇는 것과 동시에 올랜도의 입술에 강심제를 갖다 대며 외쳤다. "그대를 속인 것을 용서해주십시오!"

올랜도는 와인을 조금 마셨고, 대공은 무릎을 꿇고 그녀의 손에 입을 맞췄다.

간단히 말해, 그들은 10분 정도 남자와 여자의 역할을 열정적으로 연기했고 그런 다음에야 자연스러운 대화로 접어들었다. 대공비(하지만 이제는 대공으로 알려져야 한다)가 자기 이야기를 털어놓았다. 자신은 남자이며 늘 남자였다고, 올랜도의 초상화를 보고 속절없이 사랑에 빠져버렸다고, 자신의 목적을 이루기 위해 여장을 하고 빵 가게에 투숙했다고, 올랜도가 터키로 도망가버리는 바람에 쓸쓸했다고, 그녀의 변화 이야기를 듣고 그녀를 섬기기 위해 서둘러 온 것이라고 말했다(여기서 그는 참을 수 없이 낄낄대며 웃었다). 자신에게 그녀는 영원히 최고이며 진주 같고 완벽한 여자라고 말했다. 말하는 사이사이 기괴하기 짝이 없게 낄낄대지만 않았어도 이 세 마디는 훨씬 더 가슴에 와닿았을 것이다. "이게 사랑이라면," 올랜도는 벽난로 울타리 맞은편에 있는 대공을 쳐다보며, 이번에는 여성의 시각에서 중얼거렸다. "굉장히 우스꽝스러운 거구나."

해리 대공은 무릎을 꿇고 열렬하게 구혼했다. 자기의 성 금고 안에는 2천만 금화가 있다고 말했다. 영국의 어떤 귀족보다 넓은 영지를 가지고 있다고 했다. 기가 막힌 사냥터가 있어서 영국이나 스코틀랜드의 어떤 황무지에서도 볼 수 없을 뇌조와 들꿩이 뒤섞인 사냥감을 보장할 수 있다고 했다. 그렇다, 그가 없는 동안 꿩들은 부리가 헤벌어지는 병에 걸렸고 암사슴은 새끼를 유산했지만, 그것들은 바로잡을 수 있으며 그들이 루마니아에서 함께 살면서 그녀가 도와준다면 그렇게 될 것이다.

말을 하는 동안 그의 퉁방울 같은 눈에 커다란 눈물방울이 맺히더니 길고 홀쭉하고 거친 뺨을 타고 떨어져 내렸다.

남자도 여자만큼 자주, 그리고 불합리하게 운다는 것을 올랜도는 남자로 살아봐서 알고 있었다. 하지만 남자들이 면전에서 감정을 드러내면 여자들은 깜짝 놀라야 한다는 것을 깨닫기 시작하고 있었다. 그래서 그녀도 깜짝 놀랐다.

대공은 사과했다. 그는 감정을 추스르더니 지금은 그냥 가지만 다음 날 대답을 들으러 다시 오겠다고 말했다.

그날이 화요일이었다. 그는 수요일에도 왔고, 목요일에도 왔고, 금요일에도 왔고, 토요일에도 왔다. 그의 방문은 매번 사랑의 공표로 시작되었고, 사랑의 공표가 계속되었고, 사랑의 공표로 끝났지만, 그 사이사이 긴 침묵이 흘렀다. 그들은 벽난로 양쪽에 앉았고, 이따금 대공이 부지깽이를 쓰러뜨리면 올랜도가 다시 세워놓았다. 그러고 나서 대공이 스웨덴에서 사슴 사냥을 했던 기억을 떠올리면, 올랜도는 굉장히 큰 사슴이었냐고 물었고 대공은 노르웨이에서 쏘았던 순록만큼 크지는 않았다고 대답했다. 올랜도가 호랑이도 쏘아본 적 있냐고 물으면 대공은 신천옹은 쏴본 적 있다고 대답했고, 그래서 올랜도가 (하품을 반쯤 가리면서) 신천옹이 코끼리만큼 크냐고 물으면 대공이 대답을 했다. 분명 뭔가 분별 있는 대답이었지만, 올랜도는 듣고 있지 않았다. 그녀는 책상과 창밖, 문을 보고 있었다. 그러면 대공은 "당신을 흠모하고 있습니다"라고 말했고, 그와 동시에 올랜도가 "봐요, 비가 내리기 시작하네요" 하고 말했다. 그러면 두 사람 다 머쓱해 얼굴이 벌게졌고 무슨 말을 해야 할지 몰랐다. 사실 올랜도는 할 말이 없어서 몹시 난처했다. 기운을 거의 쓰지 않고도 큰돈을 잃을 수 있는 '플라이 루'[40]라는 게임을 생각해내지 않았다면, 아마 대공과 결혼해야만 했을지도 모른다. 그 외에는 대공을 쫓아낼 방법을 알 수 없었기 때문이다. 그것은 각설탕 세 개와 파리만 넉넉히 있으면 되는 단순한 게임이었다. 하지만 이 방법으로 어색한 대화 문제가 극복되었고 결혼의 필요성도 회피할 수 있었다. 이제 대공은 시험 게임에서 파리가 저쪽 각설탕이 아니라 이쪽에 내려앉을 거라며 500파운드를 걸고 있었기 때문이다. 그래서 그들은 오전 내내 (이 계절에는 자연히 동작이 굼뜨기 마련이고 종종 한 시간씩 천장을 빙빙 돌곤 하는) 파리들을 지켜보며 시간을 보내곤 했고, 그러고 있다 보면 마침내 근사

---

40 '루'는 벌금을 판돈에 합치는 게임으로, 여기에 '플라이(파리)'를 합친 작명이다.

한 금파리 한 놈의 선택으로 승부가 결정되었다. 이 게임으로 그들 사이에서 수백 파운드가 오갔고, 타고난 도박꾼인 대공은 이 게임이 경마만큼 멋지다고 단언하며 끝도 없이 할 수 있을 것 같다고 맹세했다. 하지만 올랜도는 곧 지겨워지기 시작했다.

"아침마다 대공이랑 금파리나 쳐다보고 있어야 한다면 인생 절정기의 아름다운 젊은 여자라는 게 다 무슨 소용이란 말인가?" 그녀는 물었다.

설탕이 꼴도 보기 싫어지기 시작했다. 파리를 보면 머리가 어지러웠다. 이 곤경에서 빠져나갈 방법이 분명 있을 거라는 생각이 들었지만, 여성의 술책을 쓰는 데는 여전히 서툴렀다. 이제는 더 이상 남자의 머리통을 주먹으로 칠 수도, 칼로 찌를 수도 없으니, 이것이 생각할 수 있는 최선의 방법이었다. 그녀는 금파리 한 마리를 잡아 살며시 눌러 죽인 다음(파리는 이미 반쯤은 죽은 상태였다. 그렇지 않았다면 말 못 하는 생물에게 애정을 가진 그녀로서는 그런 짓은 하지 않았을 것이다) 아라비아고무 한 방울로 각설탕에 붙였다. 그러고는 대공이 천장을 보고 있는 사이 자기가 돈을 걸었던 각설탕과 재빨리 바꿔치기한 다음 "루루!" 하고 외쳐서 자기가 이겼다고 선언했다. 그녀는 대공이 운동과 경마에 대한 박학다식한 지식으로 그 속임수를 알아챌 것이며, 루에서 상대방을 속이는 것은 가장 가증스러운 범죄여서 그런 짓을 저지른 남자들은 인간 사회에서 열대 원숭이들의 사회로 영원히 추방되어왔기 때문에 대공이 더 이상 자기와 상종하지 않겠다는 남자다운 결정을 내릴 것이라고 계산했다. 하지만 그것은 이 우호적인 귀족의 단순함을 잘못 판단한 것이었다. 그의 파리 감식력은 정밀하지 않았다. 그의 눈에는 죽은 파리나 산 파리나 마찬가지였다. 그녀는 그에게 이 수법을 스무 번 써먹었고, 그는 17,250파운드(지금 돈으로는 40,885파운드 6실링 8펜스 정도 된다)가 넘는 돈을 그녀에게 지불했다. 올랜도가 너무나 조잡한 속임수를 써서 대공조차 더 이상은 속아 넘어가지 않을 때까지 이 일은 계속되었다. 마침내 그가 진실을 깨닫자 고통스러운 장면이 이어졌다. 대공은 벌떡 일어났다. 얼굴이 새빨개졌다. 눈물이 뺨을 타고 한 방울

한 방울 흘러내렸다. 그녀가 그에게서 한 재산을 얻어냈다는 것은 아무것도 아니었다. 그런 일은 얼마든지 해도 좋았다. 문제는 그녀가 그를 속였다는 것이었다. 그녀가 그런 짓을 저지를 수 있는 사람이라는 생각을 하면 가슴이 아팠지만, 루에서 속임수를 썼다는 것이 핵심이었다. 게임에서 속임수를 쓴 여자를 사랑하는 것은 불가능하다고 그는 말했다. 여기서 그는 완전히 무너졌다. 약간 정신을 차린 다음 그는 본 사람이 없어서 다행이라고 했다. 결국 그녀는 일개 여자에 불과하니 말이다. 간단히 말해서 그는 기사도 정신을 발휘해 그녀를 용서하겠다고 하면서 난폭한 말을 한 자신을 용서해달라며 고개를 숙였고, 그 순간 그녀가 상황을 간단히 처리했다. 그가 거만한 고개를 숙이고 있는데, 그의 셔츠와 몸 사이에 조그만 두꺼비를 떨어뜨린 것이다.

올랜도에게 공평을 기해 말하자면, 그녀로서는 칼을 쓰는 쪽을 무한히 더 선호했을 것이다. 두꺼비는 아침 내내 몸속에 감추고 있기에는 너무 끈적끈적하다. 하지만 칼이 금지되어 있다면 두꺼비라도 쓰는 수밖에 없다.

게다가 두꺼비와 두 사람 사이의 웃음은 때로는 강철이
할 수 없는 일을 하기도 하는 법이다. 그녀는 웃었다. 대
공은 얼굴을 붉혔다. 그녀는 웃었다. 대공은 악담을 퍼
부었다. 그녀는 웃었다. 대공은 문을 쾅 닫았다.

"이런 감사할 데가!" 올랜도는 여전히 웃으며 말했다.
저 아래 안마당에서 맹렬한 속도로 달려가는 마차 바퀴
소리가 들렸다. 바퀴가 길을 따라 덜그럭거리며 달려가
는 소리가 들렸다. 소리는 점점 더 희미해졌다. 그러고는
완전히 사라져버렸다.

"난 혼자야." 이제는 아무도 들을 사람이 없으니 올
랜도는 큰 소리로 말했다.

시끄러운 후의 고요가 더 깊게 느껴지는 것인지는
아직 과학의 증명이 필요한 문제다. 하지만 계속 구애하
던 사람이 없어진 직후 외로움이 더 분명해진다는 것은
많은 여자들이 증언할 것이다. 대공이 탄 마차 바퀴 소
리가 사라져가자, 대공(그건 상관없었다)과 재산(그건
상관없었다), 지위(그건 상관없었다), 결혼생활이라는
안전함과 환경(그건 상관없었다)이 자신으로부터 점점

더 멀어져가는 것이 느껴졌다. 하지만 삶도 그녀에게서 떠나가고 있었다. 그리고 연인도. "삶과 연인이라." 그녀는 이렇게 중얼거리고는 책상으로 가서 펜을 잉크에 적신 다음 썼다.

"삶과 연인." 이 행은 그 앞의 행들—양들이 피부병에 걸리지 않도록 살충 약물에 적시는 적절한 방법에 관한 내용—과 운율도 안 맞고 뜻도 통하지 않았다. 그녀는 그 구절을 읽으며 얼굴을 붉히더니 다시 되풀이해 읽었다.

"삶과 연인." 그러고는 펜을 옆에 놓고 침실로 가서 거울 앞에 서서 목에 진주 목걸이를 둘렀다. 그러더니 잔가지 무늬가 있는 아침용 면 가운 차림에는 진주가 돋보이지 않으니 비둘기색 호박단으로 갈아입었다가, 거기서 다시 복숭아색 옷으로, 거기서 다시 와인색 직물무늬 옷으로 갈아입었다. 아마도 분을 좀 발라야 할 것 같았고, 머리를—그렇게—이마 주위로 늘어뜨리면 어울릴 것 같았다. 그러고는 뾰족한 슬리퍼를 신고 손가락에 에메랄드 반지를 꼈다. "됐다." 모든 준비를 마치고 거울 양쪽 은촛대에 불을 붙인 다음 그녀가 말했다. 그때 올랜도가 봤던, 눈 속에서 불타오르고 있던 것을 보기 위해서라면 어떤 여자인들 불을 켜지 않았겠는가. 거울 주위는 온통 눈 덮인 잔디밭이었고, 그녀는 불꽃, 불타오르는 덤불 같았으며, 머리 주위에서 타오르는 촛불은 은빛 잎사귀들 같았다. 그런가 하면 다음 순간 거울은 녹색 바다가 되고 그녀는 진주를 걸친 인어, 노래를 불러 뱃사공들로 하여금 그녀를 안아보겠다고 배에서 뛰어내리게 만드는 동굴 속의 세이렌이었다. 그녀는 너무도 어두우면서도 환하고 단단하면서도 부드러웠다. 어찌나 깜짝 놀랄 정도로 유혹적인지 그냥 단도직입적으로 "젠장, 육신이 있는 사람들 중 부인이 최고로 아름답소"라고 말해줄 사람이 거기 아무도 없다는 것이 안타까울 뿐이었다. 그것은 사실이었다. (자만심이라고는 조금도 없는) 올랜도마저 이를 알고 있었다. 여자들이 자신의 미모에 취해 자기도 모르게 짓는 미소를 짓고 있었기 때문이다. 자신의 미모가 자기 것 같지 않고 떨어지는 빗방울이나 솟구쳐 오르는 분수처럼 생겨나 갑자기 거울 속에서 자신을 마주 볼 때 짓는 그런 미소 말이다. 그녀는 그런 미소를 짓고 있다가 다음 순간 잠시 귀를 기울였지만 들리는 소리라고는 바람에 흔들리는 잎사귀 소리와 참새가 지저귀는 소리뿐이었다. 그러자 그녀는 탄식하며 말했다. "삶, 연인." 그러고는 쏜살같이 뒤로 돌아서서 목에서 진주 목걸이를 휙 풀고 비단옷을 벗은 다음 보통 귀족 남자들이 입는 단정한 검정 비단 반바지를 입고 똑바로 서서 종을 울렸다. 하인이 오자 그녀는 즉시 육두마차를 준비하라고 명령했다. 급한 일로 런던으로 소환된 것이다. 대공이 떠난 지 한 시간도 안 되어 그녀는 마차를 타고 떠났다.

올랜도가 마차를 타고 가는 동안 보이는 풍경은 별 달리 묘사할 필요 없는 수수한 영국의 풍경인 관계로, 우리는 이 기회를 빌려 이제껏 이야기를 해오던 중 그때 그때 하지 못하고 여기저기서 빠뜨린 한두 가지 소견들을 독자에게 더 자세히 말해볼까 한다. 예를 들어, 독자들은 올랜도가 방해받았을 때 원고를 숨기는 모습을 보앞을 것이다. 또, 그녀가 오랫동안 빤히 거울을 보고 있는 모습도 보았을 것이다. 그리고 이제 런던으로 달려가는 중 말들이 지나치게 빨리 달리면 깜짝 놀라면서 소리 지르지 않으려고 참는 것도 눈치챘을 것이다. 자신의 글에 대한 겸손함, 용모에 대한 허영심, 안전에 대한 두려움, 이 모두가 조금 전 남자인 올랜도와 여자인 올랜도 사이에는 어떤 변화도 없다고 했던 말이 완전히 사실은 아님을 암시하는 것 같다. 그녀는 여자들이 그렇듯이 지력 면에서 조금 더 겸손해지고 있었고, 여자들이 그렇듯이 용모 면에서 조금 더 허영심이 강해지고 있었다. 어떤 감수성들은 강해지고, 다른 감수성들은 약해지고 있었다. 일부 철학자들은 옷의 변화가 이와 밀접하게 연관되어 있다고 주장할 것이다. 하찮고 별것 아닌 것처럼 보일지 모르지만, 옷은 그저 몸을 따뜻하게 해주는 것 이상의 중요한 역할을 한다고 그들은 말한다. 옷은 우리가 세상을 바라보는 시각과 세상이 우리를 바라보는 시각을 변화시킨다. 예를 들어, 올랜도의 치마를 본 바톨러스 선장은 즉시 그녀를 위해 차양을 펼쳐줬고, 고기를 한 조각 더 먹으라고 강력히 권했고, 큰 보트로 함께 해안에 가자고 청했다. 그녀가 멋지게 늘어진 치마 대신 다리에 딱 맞게 재단된 반바지를 입고 있었다면 절대 그런 대접은 받지 못했을 것이다. 그런 대접을 받았을 때는 답례를 할 필요가 있다. 올랜도는 무릎을 굽혀 인사했다. 동의했다. 선장이 입은 단정한 반바지가 여자 치마였다면, 그의 편직 외투가 여자의 비단 조끼였다면 하지 않았을 방식으로 그의 유머를 치켜세워줬다. 그러니 옷이 우리를 입지, 우리가 옷을 입는 게 아니라는 견해는 상당히 일리 있는 말이다. 우리는 옷을 팔이나 가슴 모양에 맞게 만들지만, 옷은 우리의 감정과 생각, 언어를 자기 마음대로 모양 짓는다. 그래서 이제 상당 기간 동안 치마를 입어온 올랜도에게는 눈에 띄는 변화가 생겼는데, 이는 독자들이 217쪽의 삽화를 보면 알 수 있고 심지어 얼굴에서도 그 변화를 찾아볼 수 있다. 남자 올랜도와 여자 올랜도의 초상화를 비교해보면, 의심할 여지없이 두 사람이 동일한 한 사람이기는 하지만 어떤 변화가 있다는 것을 알 수 있을 것이다. 남자는 자유로운 손으로 칼을 잡고 있는 반면, 여자는 비단옷이 어깨에서 흘러내리는 것을 막는 데 손을 써야 한다. 남자는 세상이 자기의 용도와 기호에 맞춰 만들어진 것처럼 세상을 정면으로 마주 보고 있다. 여자는 몹시 미묘하고 심지어 의혹이 가득한 표정으로 세상을 곁눈질하고 있다. 그들이 똑같은 옷을 입었더라면 그들의 시각도 같았을지 모른다.

그것이 몇몇 철학자들과 현자들의 견해이지만, 우리는 대체로 다른 의견 쪽으로 기울어져 있다. 성별 간의 차이는 다행히도 아주 심원한 것이다. 옷은 그 아래 깊은 곳에 감춰진 무엇인가의 상징에 불과하다. 올랜도에게 여자 옷과 여성의 성을 선택하도록 지시한 것은 올랜도 본인의 변화였다. 어쩌면 올랜도는 대부분의 사람들에게는 그렇게 명백하게 표현되지 않고 일어나는 일을 보통보다 더 솔직하게—사실 솔직함은 올랜도의 천성이었다—표현했을 뿐인지도 모른다. 여기서 우리는 또다시 난관에 봉착한다. 성별들은 서로 다르기는 해도 서로 뒤섞여 있다. 모든 인간의 내면에는 한 성에서 다른 성으로 흔들리는 동요가 벌어지며, 남자나 여자의 겉모습을 유지시키는 것은 종종 옷에 불과하다. 그 아래 숨겨진 성은 겉보기와는 완전히 반대인 경우에도 말이다. 그 결과 발생하는 복잡함과 혼란은 누구나 겪어본 일이다. 하지만 일반적 문제는 여기서 그만하기로 하고, 성별이 올랜도 자신의 특정 경우에 미치는 기묘한 효과에만 주목하겠다.

서로 뒤섞여 엎치락뒤치락 우위를 다투는 남성과 여성을 모두 품고 있는 올랜도는 그로 인해 종종 예상치 못한 방식으로 행동했다. 그녀의 성별을 궁금해하는 사람들은, 예컨대, 만약 올랜도가 여자라면 어떻게 늘 10분도 안 걸려 옷을 입을 수 있느냐고 주장할 것이다. 또 옷을 아무렇게나 골라 입고 때로는 좀 추레한 차림새를 하지 않는가? 그래 놓고는 그래도 올랜도는 남자처럼 격식을 차리거나 권력을 탐하지 않는다고 말하곤 했다. 그녀는 극도로 인정이 많았다. 당나귀가 매를 맞거나 새끼 고양이가 물에 빠지는 꼴은 절대 보지 못했다. 하지만 또 한편으로는 집안일을 싫어하고 여름이면 새벽에 일어나 해가 뜨기도 전에 들판에 나간다고 사람들은 말했다. 그녀는 어떤 농부보다 곡식에 대해 잘 알았다. 술로는 당할 사람이 없었고 주사위게임을 좋아했다. 말을 잘 탔고 육두마차를 몰고 전속력으로 런던브리지를 건넜다. 그 반면, 남자처럼 대담하고 활동적이면서도 다른 사람이 위험에 처한 모습을 보면 천생 여자처럼 바들바들 떨었다. 조그만 도발에도 왈칵 울음을 터뜨리곤 했다. 지리에 밝지 못했고, 수학은 견뎌내질 못했으며, 남자들보다는 여자들에게서 더 흔히 보이는 종잡을 수 없는 생각, 예를 들자면, 남쪽으로 여행하려면 언덕을 내려가야 한다는 식의 생각을 하곤 했다. 그러니 올랜도가 남자에 더 가까운지 여자에 더 가까운지는 말하기 어려운 문제이고 지금 결정할 수 있는 일도 아니다. 왜냐하면 지금 그녀의 마차는 자갈 포장길 위에서 덜거덕거리며 달리고 있었기 때문이다. 시내의 저택에 도착한 것이다. 마차의 발판이 내려지고 철문이 열리고 있었다. 그녀는 블랙프라이어스에 있는 아버지 저택으로 들어가고 있었다. 그 지역은 급속히 유행에서 밀려나고 있는 곳이긴 하지만, 강까지 펼쳐져 있는 정원과 산책하기 좋은 개암나무 숲이 있는 저택은 여전히 쾌적하고 넓었다.

그녀는 여기에 거처를 정하고 자신이 찾으러 온 것, 즉 삶과 연인을 찾아 즉시 주위를 둘러보기 시작했다. 첫 번째는 약간 회의적일 것 같았다. 두 번째는 도착한 지 이틀 만에 아주 손쉽게 발견했다. 그녀가 시내에 온 것은 화요일이었다. 목요일에 그녀는 당시 상류층 사람들의 습관대로 세인트제임스 공원으로 산책하러 갔다. 대로에서 한두 번 방향을 틀기도 전에 그녀는 높으신 양반들을 구경하러 온 한 무리의 서민들 눈에 띄었다. 그 사람들 앞을 지나가는데, 아이를 품에 안고 있던 평민 아낙네 하나가 앞으로 나서 올랜도의 얼굴을 자세히 쳐다보더니 외쳤다. "여기 좀 봐. 레이디 올랜도잖아!" 여자의 일행이 우르르 몰려들었고, 올랜도는 순식간에 자신을 구경하는 시민과 장사꾼의 아낙네 무리에게 둘러싸였다. 다들 그 유명한 송사의 주인공을 구경하겠다고 난리였다. 그 사건이 평민들에게 불러일으킨 관심은 그 정

265

도로 굉장했다. 실로 그녀가 몰려드는 군중 때문에 상당히 난감한 처지에 빠질 뻔한 순간(숙녀들은 공공장소에서 혼자 걸어 다녀서는 안 된다는 것을 깜박한 것이다), 어느 키 큰 신사가 즉시 앞으로 나서더니 자기에게 의지하라고 팔을 내밀었다. 대공이었다. 그 광경에 올랜도는 극심한 피로감을 느꼈지만 동시에 약간 흥미롭기도 했다. 이 관대한 귀족은 그녀를 용서했을 뿐만 아니라 그녀가 두꺼비로 친 경박한 장난도 개의치 않는다는 것을 보여주기 위해 그 파충류 모양으로 만든 보석을 구해서 가지고 있었다. 그러고는 그녀를 마차로 데려다주는 길에 그 보석을 억지로 선사하며 또다시 구애했다.

군중과 대공과 보석으로 인해 그녀는 상상할 수 없을 정도로 불쾌한 기분으로 집으로 돌아왔다. 그렇다면 사람들에게 밀려 반쯤 질식당하지 않고서는, 에메랄드 두꺼비 세트를 선물받지 않고서는, 대공에게 청혼받지 않고서는 산책도 할 수 없단 말인가? 다음 날 그녀는 아침 식탁 위에서 그 나라 최상류층 귀부인들—레이디 서퍽, 레이디 솔즈버리, 레이디 체스터필드, 레이디 태비스톡 등―이 보내온 몇 장의 편지들을 발견하고 상황을 조금 긍정적으로 보게 되었다. 자신들의 가문과 올랜도 가문 사이의 오랜 친교를 극도로 정중하게 상기시키면서 친분을 나눌 영광을 청하는 편지들이었다. 다음 날인 토요일, 이 중 많은 귀부인들이 직접 그녀를 방문했다. 화요일 정오경에는 그들의 하인들이 여러 가지 사교 모임, 정찬, 근간 열릴 회합에 초대하는 초청장을 가지고 왔다. 그래서 올랜도는 지체 없이 런던 사교계라는 바다에 물거품을 일으키며 첨벙 뛰어들었다.

그 당시, 아니 어느 시대건 런던 사교계를 진실하게 기술한다는 것은 전기작가나 역사가의 능력을 벗어나는 일이다. 이 일은 진실이 거의 필요치 않고 진실을 전혀 존중하지 않는 사람들―시인과 소설가―에게만 맡길 수 있는 일이다. 이것은 진실이 존재하지 않는 일들 중 하나이기 때문이다. 아무것도 존재하지 않는다. 그 전체가 그냥 독기毒氣, 신기루이다. 이게 무슨 뜻인지 분명히 설명해보겠다. 올랜도는 새벽 서너 시쯤 크리스마스트리 같은 뺨과 별처럼 반짝이는 눈을 한 채 이런 사교

모임에서 귀가하곤 했다. 레이스 하나를 풀고 방 안을 수십 번 서성거리다가 레이스를 하나 더 풀고 걸음을 멈췄다가 또다시 방 안을 서성거렸다. 해는 종종 그녀가 겨우 마음을 잡고 잠자리에 들기도 전에 사우스워크 굴뚝들 위에서 이글거리고 있었고, 그녀는 침대에 누운 채 한 시간은 더 웃다 한숨짓다 하며 뒤척이다 겨우 잠이 들곤 했다. 이 야단법석이 다 무엇 때문인가? 사교계다. 사교계가 무엇을 하고 뭐라고 했기에 분별 있는 숙녀가 이렇게 흥분한단 말인가? 단도직입적으로 말해서 아무것도 없었다. 올랜도가 아무리 기억을 쥐어짜 봐도 다음 날이면 뭐라고 이름 붙일 만한 거리는 단 한마디도 기억나지 않았다. O경은 여성들에게 친절했다. A경은 공손했다. C자작은 매력적이었다. M씨는 재미있었다. 하지만 그 사람들의 친절, 예의, 매력, 재치가 어떤 것이었는지 떠올리려고 하면 자신의 기억에 문제가 있다고 생각하지 않을 수가 없었다. 단 하나도 말할 수 없었기 때문이다. 늘 그런 식이었다. 다음 날이면 아무 기억도 남지 않았지만 그 순간의 흥분은 대단했다. 그래서 우리는 사교계란 솜씨 좋은 가정부가 크리스마스 즈음에 내놓는 뜨거운 음료 같다고 결론 내리지 않을 수 없다. 그 음료의 풍미는 열두 가지 재료를 제대로 섞고 휘젓는 데서 나오는 것이라, 그중 하나라도 빠지면 풍미가 사라져버린다. O경, A경, C경, M씨 중 하나를 빼버리면 떨어진 각자는 아무것도 아니다. 다 함께 휘저어야 서로 합쳐져서 가장 흥분되는 맛과 가장 유혹적인 향을 내는 것이다. 하지만 이 흥분, 이 유혹은 우리의 분석을 완전히 피해 간다. 그래서 사교계는 모든 것인 동시에 아무것도 아니다. 사교계는 세상에서 가장 강력한 조합물이자 아무 존재도 아니다. 그런 괴물은 오직 시인과 소설가만 다룰 수 있다. 그들의 작품은 그런 대단하면서도 아무것도 아닌 것들로 채워져 어마어마하게 커지니 말이다. 그러니 이 일은 세상에서 최고의 의지를 가진 시인과 소설가에게 기꺼이 맡기도록 하겠다.

그리하여 우리는 선배 작가들의 본을 따라 앤 여왕 시대의 사교계는 비할 데 없이 화려했다라고만 말하겠다. 사교계에 들어가는 것이 잘 자란 모든 사람들의 목표였다. 그 매력은 엄청났다. 아버지들은 아들들을 교육 시켰고, 어머니들은 딸들을 가르쳤다. 남자든 여자든 품행의 기술, 머리를 숙이고 무릎을 굽히는 인사법, 칼과 부채 다루는 법, 치아 관리, 다리 처신법, 무릎의 유연성, 방을 출입하는 적절한 방법, 그 외 사교계에 있어본 사람들이라면 즉각 알아볼 수 있는 온갖 무수한 것들이 포함되지 않은 교육은 절대 완전하다고 할 수 없었다. 올랜도는 소년 시절 엘리자베스 여왕에게 장미수 한 그릇을 훌륭하게 건네어 여왕의 찬사를 받았으니 당연히 검열을 통과하기에 충분할 정도로 노련하다고 생각할 것이다. 하지만 그녀에게는 어딘가 멍한 구석이 있었고 그로 인해 종종 세련되지 않은 행동을 했다. 그녀는 마땅히 호박단 생각을 해야 할 때에 시를 생각하곤 했다. 여자치고는 보폭이 아마도 약간 지나치게 컸고, 갑자기 휙 움직이는 통에 종종 찻잔을 엎을 것처럼 보일 때도 있었다.

이 사소한 문제가 그녀의 멋진 태도를 갉아먹을 정도로 커서인지, 아니면 가문의 내력인 블랙유머를 살짝

과하게 물려받아서인지는 모르지만, 그녀가 사교계에 스무 번 넘게 나갔을 무렵 어느 날, 스패니얼 애완견 피핀 말고 그녀의 말을 들을 수 있는 사람이 있었다면 아마도 그녀가 이렇게 자문하는 소리를 들었을 것이다. 때는 1712년 6월 16일 화요일이었다. 그녀는 알링턴 하우스에서 열린 큰 무도회에서 막 돌아온 참이었다. 새벽빛이 하늘을 물들이고 있었고, 그녀는 스타킹을 벗고 있었다. "죽는 날까지 다른 어떤 사람도 만나지 못한다 해도 상관없어." 올랜도가 왈칵 울음을 터뜨리며 외쳤다. 연인은 충분히 많았지만, 결국 그 나름의 중요성을 지닌 삶은 거머쥐지 못했다. "이것이," 그녀는 질문했다. 하지만 아무도 대답할 사람이 없었다. "이것이," 그래도 그녀는 문장을 끝까지 마무리했다. "사람들이 삶이라 부르는 건가?" 스패니얼이 동정의 표시로 앞발을 들어 올렸다. 혀로 올랜도를 핥아줬다. 올랜도는 손으로 개를 쓰다듬어줬다. 입을 맞춰주었다. 간단히 말해서, 그 둘 사이에는 개와 주인 사이에 있을 수 있는 최고의 교감이 오갔지만, 그래도 동물이 말을 못 한다는 사실이 이 친교를 다듬어나가는 데 커다란 장애가 된다는 것은 부정할 수 없다. 동물들은 꼬리를 흔든다. 상체를 구부리고 엉덩이를 치켜올린다. 구르고 뛰고 앞발로 긁고 낑낑대고 짖고 침을 흘린다. 그들 나름의 온갖 의식과 계책이 있지만, 말을 못 하니 그 모든 것들이 다 무익할 뿐이다. 알링턴 하우스에서 지체 높은 사람들과 했던 논쟁이 딱 그런 식이라고, 그녀는 개를 바닥에 살며시 내려놓으며 생각했다. 그 사람들도 꼬리를 흔들고 고개를 숙이고 구르고 뛰고 앞발로 긁고 침을 흘리지만, 말은 하지 못한다. "사교계에 나가 있던 지난 몇 달 내내," 올랜도는 스타킹 한 짝을 방 저쪽으로 내던지며 말했다. "내가 들은 건 피핀이 했을 법한 소리밖에 없어. 추워요. 행복해요. 배고파요. 쥐 잡았어요. 뼈 묻었어요. 코에다 뽀뽀해줘요." 하지만 그것으로는 충분하지 않았다.

그렇게 단시간 사이에 올랜도가 어쩌다 도취에서 혐오까지 갔는지는 그저 이렇게만 설명하도록 하겠다. 사교계라 부르는 이 수수께끼 같은 조합은 그 자체로는 절대선도 절대악도 아니지만, 그 안에는 경박하지만 강력한 어떤 기운이 있어서 사교계를 생각하면 도취되든지 머리가 아파진다. 사교계를 생각하면서 올랜도가 즐거워하거나 불쾌해했던 것처럼 말이다. 외람되지만 둘 중 어느 쪽이건 언어 능력이 사교계와 밀접하게 관련 있을 것 같지는 않다. 종종 침묵의 시간이 가장 황홀하고, 번득이는 재치는 말할 수 없이 지겨울 수 있으니 말이다. 하지만 이 일은 시인들에게 맡겨두고 우리 이야기를 계속하도록 하겠다.

올랜도는 스타킹 한 짝에 이어 나머지 한 짝을 내던지고 이제 사교계에는 절대 가지 않겠노라고 다짐하며 침울한 기분으로 잠자리에 들었다. 하지만 또다시 너무 성급하게 결론을 내렸다는 것이 드러났다. 바로 다음 날 아침 일어나 보니, 탁자 위의 흔한 초대장들 사이에 R백작부인이라는 대단한 귀부인이 보낸 초대장이 놓여 있었던 것이다. 지난밤 다시는 사교계에 가지 않겠다고 결심했던 올랜도의 행동을—그녀는 레이디 R의 저택으로 황급히 전령을 보내 기꺼이 초대를 받아들이겠다고 전했다—설명할 수 있는 방법은 템스강을 따라 항해하던

'사랑에 빠진 숙녀'호의 갑판 위에서 니콜라스 베네딕트 바톨러스 선장이 그녀의 귀에 흘려 넣은 달콤한 세 마디 말에 그녀가 여전히 시달리고 있다는 사실밖에 없다. 그는 '코코아트리'를 가리키며 애디슨, 드라이든, 포프라고 말했고, 그 이후 내내 애디슨과 드라이든, 포프는 그녀의 머릿속에서 주문처럼 울려 퍼졌다. 그런 어리석은 소리를 누가 믿겠는가? 하지만 사실이 그랬다. 닉 그린 때문에 그런 꼴을 겪고도 올랜도는 아무것도 배우지 못했다. 그런 이름들은 그녀에게 여전히 가장 강력한 매혹을 발산했다. 어쩌면 우리는 무엇인가는 믿어야만 하는지도 모른다. 앞서 말했듯이, 올랜도는 보통의 신들에 대한 믿음이 없었기 때문에 모든 믿음을 위인에게 바쳤다. 하지만 다른 점이 있었다. 그녀는 제독, 군인, 정치가에는 전혀 감동하지 않았다. 하지만 위대한 작가만 생각하면 마음속에서 신심이 치솟아 그를 거의 보이지 않는 존재라고 믿을 정도였다. 그것은 건전한 본능이었다. 사람들은 어쩌면 보이지 않는 것만 온전히 믿을 수 있는 것인지도 모른다. 갑판 위에서 한순간 봤던 이 위대한 사람들의 모습은 환영 같은 것이었다. 그 컵이 도기였다거나, 신문이 있었다는 것을 그녀는 믿지 않았다. 어느 날 O경이 전날 저녁 드라이든과 같이 식사를 했다고 말했을 때 그녀는 그 말을 전혀 믿지 않았다. 자, 레이디 R의 응접실은 천재들이 있는 방으로 이어지는 대기실로 명성이 높았다. 그곳은 남녀가 모여 벽감에 놓인 천재들의 흉상을 찬양하며 향로를 흔들고 찬가를 부르는 곳이었다. 때로는 신 본인이 잠시 직접 왕림하기도 했다. 탄원자들 중 지성을 갖춘 사람만이 들어갈 수 있었고, (소문에 의하면) 그 안에서는 재치 없는 소리는 한마디도 들을 수 없다고 했다.

그래서 올랜도는 불안에 떨며 그 방으로 들어갔다. 벽난로를 둘러싸고 사람들이 반원형으로 이미 모여 있었다. 나이가 많고 얼굴이 가무잡잡한 레이디 R이 검정 레이스 베일을 머리에 쓴 채 가운데 놓인 커다란 안락의자에 앉아 있었다. 그녀는 약간 귀가 먹었기 때문에 그렇게 해서 양쪽의 대화를 이끌어갔다. 그 양쪽에는 가장 저명한 남녀들이 앉아 있었다. 모든 남자들은 왕년에 총리였다고들 하고, 수군거리는 소리에 의하면 모든 여자들은 왕의 애인이었다. 다들 재기가 넘치고 유명한 것만은 분명했다. 올랜도는 깊은 존경심을 품은 채 아무 말 없이 자리에 앉았다…… 세 시간 후 그녀는 무릎을 깊이 굽혀 인사하고 그곳을 떠났다.

하지만 그사이에 무슨 일이 일어났단 말인가? 독자들은 격분해서 물을 것이다. 그런 사람들이 모였다면 세 시간 동안 분명 세상에서 가장 재치 있고, 가장 심오하고, 가장 재미있는 이야기들을 했을 것이다. 실로 그렇게 보일 것이다. 하지만 사실은 아무도 말을 하지 않았던 것 같다. 그것이 그들이 세상에서 최고로 화려한 사교계들과 공통으로 가지고 있는 기이한 특징이었다. 늙은 드 팡 부인[41]과 그 친구들은 50년 동안 쉼 없이 대화를 나누었다. 그 모든 대화 중에서 무엇이 남았을까? 아마 재치 있는 말 셋 정도일 것이다. 그러니 우리 마음대로 이렇게 생각하겠다. 아무도 말을 하지 않았던지, 아무도

---

[41]   18세기 프랑스 살롱계의 유명 인물.

재치 있는 말을 하지 않았던지, 그 재치 있는 말 세 개의 부스러기들이 18,250일 밤 동안 계속되어 그 누구에게도 재치 있는 소리를 할 여지를 주지 않았다고 말이다.

이 모든 사람들이 마법에 홀려 있다는 게—감히 이 단어를 이렇게 연결해서 써본다면—진실 같았다. 여주인은 현대의 시빌[42]이다. 손님들에게 마법을 걸어놓는 마녀이다. 그들은 이 집에서는 자기가 행복하다고, 저 집에서는 재치 있다고, 세 번째 집에서는 심오하다고 생각한다. 모두 환상이다. (거기에 반대하는 것은 아니다. 환상이란 온갖 것들 중 가장 귀중하고 필요한 것이기 때문이다. 그러니 환상을 만들어낼 수 있는 그녀는 세상 최고의 자선가이다.) 하지만 널리 알려져 있듯이 환상은 현실과 부딪치면 산산조각 나기 마련이라, 환상이 지배하는 곳에서는 어떤 진짜 행복도, 진짜 재치도, 진짜 심오함도 용납되지 않는다. 드팡 부인이 지난 50년 동안 재치 있는 소리를 왜 고작 세 개밖에 하지 않았는지 이로

---

42   그리스 신화 속의 무녀.

써 설명이 될 것이다. 말을 더 많이 했다면 그 모임은 와해되고 말았을 것이다. 재치 있는 말은 그녀의 입술을 떠나는 순간 바이올렛과 데이지꽃들을 깔아뭉개는 포탄처럼 사람들의 대화를 망쳐놓았다. 그녀가 그 유명한 "샌드니의 명언"을 만들었을 때는 잔디밭이 다 타버렸다. 환멸과 황폐가 뒤따랐다. 아무도 한마디도 하지 않았다. "제발 그런 말은 다시는 하지 말아요, 부인!" 친구들은 일심동체로 외쳤다. 그리고 그녀는 그 말에 따랐다. 거의 17년 동안 기억에 남을 만한 말은 전혀 하지 않았고, 모든 일이 잘 굴러갔다. 환상이라는 아름다운 덮개 이불은 망가지지 않고 그녀의 모임 위에 덮여 있었고, 레이디 R의 모임에도 마찬가지였다. 손님들은 자기들이 행복하다고 생각했고, 재치 있다고 생각했고, 심오하다고 생각했다. 그들이 이렇게 생각하고 있을 때 다른 사람들은 더 굳건하게 그렇게 생각했다. 그래서 레이디 R의 모임보다 더 즐거운 곳은 없다는 소문이 돌았고, 모두들 그곳에 들어간 사람들을 부러워했고, 들어간 사람들은 다른 사람들이 부러워하니까 뿌듯해했다. 그렇게 끝도 없이 이어지는 듯했다. 지금 우리가 이야기해야 하는 일만 제외하고 말이다.

올랜도가 그곳에 세 번 정도 방문했을 무렵 어떤 일이 벌어졌다. 그녀는 여전히 세상에서 가장 재치가 번득이는 경구들을 듣고 있다는 환상에 빠져 있었지만, 사실 늙은 C장군은 그저 통풍이 어떻게 왼쪽 다리에서 오른쪽 다리로 옮겨 갔는지 주절주절 이야기하고 있었을 뿐이었고, 그러는 사이 L씨는 사람 이름이 언급될 때마다 "R이요? 아! 빌리 R이라면 내가 아주 잘 알고 있지요. S라고요? 제 절친한 친구입니다. T요? 요크셔에서 그 친구랑 두 주 동안 함께 지냈죠" 하고 끼어들고 있었다. 하지만 환상의 힘은 어쩌나 막강한지 이런 이야기가 세상에서 제일 재치 있는 대화, 인간 생활에 대한 가장 엄중한 논평처럼 들려서 다들 연거푸 왁자하게 웃음을 터뜨려댔다. 그때 문이 열리면서 키 작은 신사 하나가 들어왔는데, 올랜도는 그 이름은 듣지 못했다. 곧 기묘하게 불쾌한 느낌이 그녀를 덮쳤다. 표정으로 보아 다른 사람들도 같은 기분을 느끼기 시작하는 것 같았다. 한 신사는

279

외풍이 있다고 했다. C후작부인은 소파 밑에 고양이가 있는 게 분명하다고 했다. 마치 즐거운 꿈을 꾸다 서서히 눈을 떠보니 보이는 것이라고는 싸구려 세면대와 지저분한 덮개 이불밖에 없는, 그런 기분이었다. 맛있는 와인의 향이 서서히 사라져가는 듯한 느낌이었다. 그래도 장군은 이야기를 계속했고 L씨도 계속해서 회상했다. 하지만 장군의 목이 얼마나 불그스레한지, L씨의 머리가 얼마나 벗어졌는지가 점점 더 명백하게 보였다. 그들이 하고 있던 이야기로 말하자면, 세상에서 그보다 지루하고 하찮은 이야기는 상상조차 할 수 없었다. 다들 안절부절못했고, 부채를 든 사람들은 그 뒤에서 하품을 했다. 마침내 레이디 R이 자기 부채로 안락의자의 팔걸이를 두드렸다. 두 신사가 이야기를 중단했다.

그때 키 작은 신사가 말했다,

그가 다음으로 말했다,

그가 마지막으로 말했다,[43]

여기에 진정한 재치, 진정한 지혜, 진정한 심오함이 있다는 것은 누구도 부정할 수 없었다. 사람들은 완전한 절망에 빠져들었다. 그런 말은 하나만 들어도 충분히 유해한데, 하룻밤에 연달아 세 개라니! 어떤 사교계도 그것을 이겨낼 수는 없을 것이다.

"포프 씨." 레이디 R이 냉소적 분노로 떨리는 목소리로 말했다. "자신의 재치를 즐기고 계시는군요." 포프 씨의 얼굴이 벌겋게 달아올랐다. 아무도 말 한마디 하지 않았다. 그들은 약 20분 동안 죽음 같은 침묵 속에서 앉아 있었다. 그러더니 하나하나 자리에서 일어나 슬그머니 방에서 빠져나갔다. 그런 일을 겪고도 그들이 다시 돌아올지는 알 수 없는 일이다. 횃불 든 소년들이 손님들의 마차를 부르는 소리가 사우스오들리 거리 전체에 울려 퍼졌다. 문들이 탁탁 닫히고 마차들이 떠났다. 올랜도는 어느덧 계단 위에서 포프 씨 옆에 서 있었다. 마르고 볼품없는 그의 몸이 여러 가지 감정으로 떨리고 있었다. 적의, 분노, 의기양양함, 재치, 공포(그는 잎사귀

---

43   [원주] 이 말들은 너무 잘 알려져 있어서 반복할 필요가 없다. 게다가
      출판된 그의 저작들에서 모두 찾아볼 수 있는 말들이다.

처럼 벌벌 떨고 있었다)가 뒤섞인 눈빛이 그의 눈에서 뿜어져 나왔다. 이마에 불타는 듯한 토파즈를 박은 웅크린 파충류 보석처럼 보였다. 동시에 기이한 감정의 폭풍이 이제 불운한 올랜도를 덮쳤다. 채 한 시간도 되기 전 겪은 완전한 환멸감으로 인해 마음이 사정없이 흔들리고 있었다. 모든 것이 전보다 열 배는 더 황량하고 삭막해 보였다. 그것은 인간 정신에 가장 위험한 것들이 가득한 순간이었다. 그런 순간에 여자들은 수녀가 되고, 남자들은 사제가 된다. 그런 순간에 부자들은 서명해서 재산을 넘겨버리고, 행복한 사람들은 조각칼로 자기 목을 긋는다. 올랜도도 무엇이든 기꺼이 했을 테지만, 그녀에게는 더 경솔한 일이 남아 있었고 그녀는 그 일을 했다. 포프 씨를 자기 집에 초대한 것이다.

사자굴에 맨손으로 들어가는 것이 경솔한 짓이라면, 노 젓는 배로 대서양을 건너는 것이 경솔한 짓이라면, 세인트폴 성당 꼭대기에 한 발로 서는 것이 경솔한 짓이라면, 시인과 단둘이 집에 가는 것은 훨씬 더 경솔한 짓이다. 시인은 대서양과 사자를 합쳐놓은 존재다. 전자가 사람을 물에 빠뜨린다면, 후자는 갉아먹는다. 이빨을 피한다 해도 파도에 집어삼켜지고 만다. 환상을 깨뜨릴 수 있는 사람은 맹수이자 홍수이다. 인간 영혼에 환상의 존재는 대지에 대기가 있는 것과 같다. 그 상냥한 공기를 걷어내어버리면 식물은 죽고 색채는 사라진다. 우리가 걷는 대지는 바싹 마른 재가 된다. 우리는 이회토 위를 걷고 뜨거운 자갈들이 우리 발을 태운다. 정말이지 우리는 끝장이다. 인생은 그저 꿈이다. 꿈에서 깨어나면 죽게 된다. 꿈을 빼앗아 가는 사람은 목숨을 앗아 가는 것과 같다…… (괜찮다면 이런 식으로 여섯 페이지를 더 할 수도 있겠지만, 문체가 지겨우니 그만두는 게 좋겠다.)

하지만 이런 주장대로라면 마차가 블랙프라이어스의 집에 도달했을 즈음 올랜도는 한 무더기의 재가 되어 있어야 했다. 분명 많이 지치기는 했지만 그녀가 여전히 피와 살이 있는 인간이었던 것은 전적으로 우리가 앞서 강조했던 사실 덕분이다. 잘 보이지 않을수록 더 많이 믿는다는 사실 말이다. 당시 메이페어와 블랙프라이어스 사이의 길들은 조명이 제대로 되어 있지 않았다. 물론 엘리자베스 시대에 비하면 크게 개선되긴 했다. 그때는 밤길을 여행하는 여행자들이 파크레인의 자갈 구덩이들이나 돼지들이 파헤쳐대는 토트넘코트 로드의 떡갈나무 숲에서 화를 당하지 않으려면 별빛이나 몇몇 야경꾼들의 붉은 횃불에 의지해야 했다. 하지만 그렇다고 해도 우리 현대의 효과에 비하면 많이 뒤떨어졌다. 오일 램프에 불을 밝힌 가로등이 200야드 남짓 간격으로 있었지만, 그 사이사이는 칠흑같이 깜깜한 길이 길게 펼쳐져 있었다. 그래서 올랜도와 포프 씨는 10분 동안 어둠 속에 있다가 약 30초 동안 다시 불빛 속에 있곤 했다. 그래서 올랜도의 마음은 아주 이상한 상태가 되었다. 불빛이 희미해지면 말할 수 없이 감미로운 향기가 슬그머니 자신을 휘감는 게 느껴지기 시작했다. '젊은 여성이 포프 씨와 마차를 타고 간다는 것은 정말이지 굉장한 영예야.' 그녀는 그의 콧날을 바라보면서 생각하기 시작했다. '나는 여성들 중 가장 축복받은 사람이야. 반 인치도 떨어지지 않은 곳에—정말이지 넓적다리에 저분 무릎 리본의 매듭이 닿는 게 느껴질 정도야—여왕 폐하의 영토에서 가장 위대한 재사才士가 앉아 있으니 말이야. 후세 사람들은 우리를 궁금해하고 나를 미칠 듯이 부러워하겠지.' 이때 다시 가로등이 나타났다. '무슨 바보 같은 생각을 하는 거야! 명성과 영광 같은 건 없어. 후세의 그 누구도 나에 대해서건 포프 씨에 대해서건 아무 생각도 하지 않을 거야. '시대'란 게 과연 뭘까? '우리'란 또 뭘까?' 버클리 광장을 달려가는 그들의 모습은 공통의 관심사나 홍미라고는 전혀 없는 개미 두 마리가 순간적으로 캄캄해진 사막에 함께 내동댕이쳐져 더듬더듬 기어가는 모습 같았다. 그녀는 몸을 떨었다. 하지만 이때 다시 어둠이 찾아왔다. 환상이 되살아났다. '얼마나 고귀한 이마인가.' 그녀는 (쿠션의 볼록 튀어나온 부분을 어둠 속에서 포프 씨의 이마로 착각하고) 생각했다. '저 안에 얼마나 묵직한 천재성이 들어 있을까! 엄청난 재치, 지혜, 진실. 사람들이 생명과도 기꺼이 바꾸려 하는 그런 보석들이 얼마나 많이 들어 있을까! 당신의 빛이야말로 영원히 타오르는 유일한 빛이야. 당신이 없다면 인간의 순례 행렬은 완전한 어둠 속에서 헤매게 되겠지.' (이

때 마차가 파크레인의 바큇자국에 빠지는 바람에 기우
뚱하고 요동쳤다.) '천재가 없다면 우리는 엉망진창이 되
어 끝장나버릴 거야. 가장 존엄하고, 가장 명료한 빛이
여.' 그녀가 쿠션의 튀어나온 부분에 대고 이렇게 이야
기하고 있을 때 마차가 버클리 광장의 한 가로등 아래를
지나갔고, 그녀는 자신의 실수를 깨달았다. 포프 씨의
이마는 다른 사람의 이마보다 조금도 더 크지 않았다.
'비열한 사람 같으니.' 그녀는 생각했다. '이런 식으로 나
를 속이다니! 튀어나온 저것을 당신 이마로 착각했잖아.
있는 그대로의 당신 모습은 너무나 천하고 비열해! 불구
에다 약해빠졌어. 당신에게는 존경할 것이라고는 전혀
없어. 동정하고 경멸할 것들뿐이구나.'

이때 그들은 다시 어둠 속으로 들어갔고, 시인의 무
릎밖에 보이지 않게 된 순간 그녀의 분노는 즉시 가라앉
았다.

'하지만 비열한 사람은 바로 나야.' 다시 완전한 어둠
속으로 들어가자 그녀는 생각했다. '당신이 야비한 사람
일지는 몰라도 내가 훨씬 더 야비하지 않나? 내게 마음

의 양식을 주고 나를 지켜주는 사람, 맹수에게 겁을 주고 야만인을 떨게 하고 내게 비단옷과 양털 카펫을 주는 사람이 바로 당신인데. 내가 숭배하고 싶어 하면, 당신은 자신의 형상을 주고 하늘에 놓아두지 않았나? 당신의 보살핌의 증거가 사방에 있지 않나? 그러니 나는 몹시 감사드리고 겸손하고 온순하게 행동해야 하지 않나? 당신을 섬기고 존경하고 따르는 것이 내 모든 기쁨이 되기를.'

그 순간 마차가 지금 피커딜리서커스가 자리한 모퉁이에 있는 커다란 가로등에 다다랐다. 눈부신 불빛 속에서 드러난 황량하게 버려진 땅에 몇몇 타락한 여인들 말고도 불쌍한 난쟁이 두 명이 있는 것이 보였다. 둘 다 벌거벗고 외롭고 무방비한 모습이었다. 양쪽 다 서로를 도울 힘이 전혀 없었다. 자신을 건사하기도 벅찬 사람들이었다. 그녀는 포프 씨를 똑바로 바라보며 생각했다. '당신이 나를 지켜줄 수 있다는 것이나 내가 당신을 숭배할 수 있다는 것이나 다 똑같이 헛된 생각이야. 진실의 빛은 그림자도 만들지 않고 우리 위로 쏟아지고, 진실의

빛은 우리 둘 다에게 지독하게 어울리지 않아.'

물론 그러는 내내 그들은 좋은 집안에서 제대로 교육받고 자란 사람들답게 여왕의 기질과 총리의 통풍에 대해 유쾌하게 대화를 이어갔고, 그사이 마차는 빛에서 다시 어둠 속으로 들어가 홀마켓을 지나고 스트랜드를 따라 플리트 가로 올라가서 마침내 블랙프라이어스의 자택에 도착했다. 그러는 동안 가로등 사이의 어두운 길은 점점 더 밝아지고 가로등 자체의 불빛은 점점 희미해져가고 있었다. 다시 말해서, 해가 떠오르고 있었다. 그들은 모든 것이 보이되 그 어떤 것도 뚜렷하게 보이지 않는 온화하지만 혼란스러운 여름 아침 햇살 속에서 마차에서 내렸다. 포프 씨는 올랜도의 손을 잡아 마차에서 내리는 것을 도와줬고, 올랜도는 우아한 예법을 철두철미하게 지켜 포프 씨에게 인사를 하면서 그에게 먼저 집 안으로 들어가시라고 했다.

하지만 앞서 한 말 때문에 천재(하지만 이 병은 현재 영국 섬에서 박멸되었으며 그 마지막 환자는 고 테니슨 경이었다고 한다)는 항상 불타오르고 있다고 생각해서

는 안 된다. 그렇다면 우리는 모든 것을 명명백백하게 볼
뿐만 아니라 어쩌면 그 과정에서 불에 타 죽고 말 것이
다. 오히려 그것은 한 번 광선을 쏜 다음 잠시 동안 아무
런 빛도 발하지 않는 등대의 작동 방식과 비슷하다. 다
만 천재성이 표현되는 방식은 훨씬 더 종잡을 수가 없어
서 (포프 씨가 그날 밤에 그랬듯이) 광선을 순식간에 예
닐곱 번 연속해서 쏘아대고는 1년 동안, 아니 영원히 어
둠 속으로 빠져버릴 수도 있다. 그러므로 그 빛을 피하기
란 불가능하며, 암흑기가 찾아오면 천재도 다른 사람들
과 비슷하다고 한다.

사정이 이러하다는 것이 올랜도에게는 처음에는 실
망스러웠지만 다행한 일이었다. 이제 올랜도는 천재들과
어울려 살기 시작했기 때문이다. 또한 그들도 생각했던
것처럼 다른 사람들과 크게 다르지는 않았다. 알고 보
니 애디슨, 포프, 스위프트도 차를 좋아했다. 그들도 정
자를 좋아했다. 그들도 색색의 유리 조각들을 수집했다.
그들도 동굴을 사랑했다. 사회적 지위를 혐오하지도 않
았다. 칭찬을 좋아했다. 하루는 짙은 자색 옷을 입었다

가 다음 날은 회색 옷을 입었다. 스위프트 씨는 근사한 등나무 지팡이를 가지고 있었다. 애디슨 씨는 손수건에 향수를 뿌렸다. 포프 씨에게는 두통이 있었다. 뒷공론도 질색하지 않았다. 질투심도 없지 않았다. (우리는 올랜도가 뒤죽박죽으로 떠올린 몇 가지를 적고 있다.) 처음에는 그런 사소한 것들에 주목하는 자신에게 화가 나서 그들의 명언을 기록하려고 공책을 가지고 다녔지만, 그 공책에는 계속해서 아무것도 적히지 않았다. 그래도 그녀는 기운이 되살아났다. 굉장한 파티 초대장들을 찢어버리고 저녁 시간을 비워두었고, 포프 씨, 애디슨 씨, 스위프트 씨 등의 방문을 기다리기 시작했다. 여기서 독자들이 《머리타래의 겁탈》이나 《스펙테이터》지[44], 《걸리버 여행기》를 참고해본다면, 이 수수께끼 같은 말들이 의미하는 바가 무엇인지 정확하게 이해할 수 있을 것이다. 독자들이 이 충고만 받아들인다면 전기작가들과 비평가들이 수고할 필요가 없어질 것이다. 왜냐하면 다음 시를

---

44   애디슨이 발행한 일간신문.

읽으면,

> 님프가 다이애나의 법을 어기는지,
>
> 섬세한 도자기에 흠이 생기는지,
>
> 정조를 더럽히는지, 새 문직드레스를 더럽히는지,
>
> 기도를 잊는지, 가장무도회를 놓치는지,
>
> 무도회에서 실연을 당하는지, 목걸이를 잃어버리는
>
> 지.[45]

포프 씨의 혀가 어떻게 도마뱀처럼 날름거리는지, 눈이 어떻게 빛을 발하는지, 손이 어떻게 떨리는지, 그가 어떻게 사랑했고, 거짓말했고, 고통 받았는지를 그에게서 직접 듣는 것처럼 알 수 있기 때문이다. 간단히 말해, 작가의 저작에는 그의 영혼의 모든 비밀, 인생의 모든 경험, 정신의 모든 자질이 커다랗게 쓰여 있지만, 우리는 비평가에게는 이것을, 전기작가에게는 저것을 해설해달

---

45   포프의 의사영웅시《머리타래의 겁탈》의 한 구절.

라고 한다. 그 기형적 성장을 설명할 수 있는 유일한 해석은 사람들이 할 일이 없어서 무료하다는 것뿐이다.

자, 이제 《머리타래의 겁탈》을 한두 장 읽어봤으니 우리는 그날 오후 올랜도가 왜 그렇게 즐거워하고 전율하고 뺨이 달아오르고 눈을 반짝였는지 정확하게 알 수 있다.

그때 넬리 부인이 문을 두드리더니 애디슨 씨가 오셨다고 전했다. 그러자 포프 씨는 쓴웃음을 지으며 자리에서 일어나 작별 인사를 하고 절뚝거리며 떠났다. 애디슨 씨가 들어왔다. 애디슨 씨가 자리에 앉는 동안 《스펙테이터》에 실린 다음 구절을 읽어보자.

　

나는 여성을 모피와 깃털, 진주와 다이아몬드, 금과 실크로 장식할 수 있는 아름답고 낭만적인 동물이라고 생각한다. 스라소니에게는 모피 망토용으로 자기 가죽을 여성의 발아래 던지게 하고, 공작과 앵무새, 백조는 토시를 만드는 데 일조하게 하고, 바다를 온통 뒤져 조개를 건지고, 바위들을 파헤쳐 보석을 찾게 할 것이다. 자연의 모든 부분이 자신의 가장 완전한 창조물을 장식하기 위해 자기 몫을 내놓을 것이다. 이 모든 것을 마음껏 누리게 하겠지만, 지금까지 이야기해온 페리코트는 허락할 수도 없고, 허락하지도 않을 것이다.

우리는 챙 젖힌 모자니 뭐니 남김없이 그 신사를 통째로 우묵한 손바닥 안에 쥔다. 수정구슬 안을 다시 한 번 들여다보라. 스타킹의 주름까지 선명하게 보이지 않는가? 그의 재치의 파문과 곡선 하나하나가 우리 앞에 고스란히 드러나 있지 않은가? 그의 온화함과 수줍음과 도회적 세련미, 그가 백작부인과 결혼해서 나중에 매우 훌륭한 죽음을 맞는다는 사실까지도? 모든 것이 분명하게 보인다. 애디슨 씨가 할 말을 다 했을 때, 문을 쾅쾅 두드리는 소리가 들리더니 제멋대로 행동하는 스위프트 씨가 고지도 없이 걸어 들어왔다. 잠깐만, 《걸리버 여행기》가 어디 있더라? 여기 있다! 휘넘국 항해기 중 한 구절을 읽어보자.

나는 완벽한 신체적 건강과 마음의 평화를 즐겼다. 친구가 배신하거나 변덕을 부리는 일도, 비밀을 캐거나 대놓고 적의를 보이는 인물도 없었다. 높은 사람이나 그의 총아의 호의를 얻자고 뇌물을 주거나 아첨하거나 뚜쟁이질할 이유가 없었다. 사기나 핍박을 막기 위한 방벽도 필요 없었다. 이곳에는 내 몸을 망쳐놓는 의사도, 내 재산을 말아먹는 변호사도 없었다. 내 말과 행동을 감시하거나 고소장을 위조하는 고용된 밀고자도 없었다. 이곳에는 조소하는 자도, 비난하는 자도, 중상모략하는 자도, 소매치기도, 노상강도도, 가택침입자도, 변호사도, 법적대리인도, 매춘부도, 포주도, 광대도, 도박꾼도, 정치꾼도, 재사도, 성질부리고 지루한 만담가 같은 것들도 없었다.

하지만 산 채로 우리 모두를, 그리고 당신 자신의 가죽까지도 벗기는 일이 없도록 그런 혹독한 말로 난타하는 짓은 그만, 그만하라! 그 난폭한 인간의 말보다 더 분명한 말은 없다. 그는 너무나 거칠지만 너무나 분명하다. 너무도 잔인하지만 너무도 친절하다. 온 세상을 경멸하지만 여자아이에게는 아기 같은 말투로 이야기하고, 임종은—그걸 의심할 수야 있나—정신병원에서 맞을 것이다.

그래서 올랜도는 모두에게 차를 따라주었고, 때로 날씨가 좋을 때면 그들을 데리고 시골로 내려가 원형 응접실에서 성대한 만찬을 베풀어줬다. 응접실에는 그들의 초상화를 빙 둘러 걸어놓아서 포프 씨는 애디슨 씨가 자기보다 앞에 있다느니 뒤에 있다느니 하는 소리를 할 수가 없었다. 그들은 재치도 엄청나게 뛰어났고(하지만 그 재치는 모두 그들의 책 속에 있다) 그녀에게 문체에서 가장 중요한 요소는 말할 때 목소리의 자연스러운 흐름이라는 것을 가르쳐줬다. 그 특징은 그것을 들어본 적 없는 사람은 누구도 흉내 낼 수 없는 것이어서, 심지어 비상한 재주를 가진 그린조차 할 수 없었다. 그것은 공기 중에서 생겨나 가구에 부딪쳐 파도처럼 부서지며 사라지기 때문에 다시는 포착할 수 없기 때문이다. 하물며 반세기 후에 귀를 쫑긋 세우고 애쓰는 사람들에게는 절대 불가능한 일이다. 그들은 그저 말할 때 목소리의 억양만으로 그녀에게 이것을 가르쳤다. 그녀의 문체는 약간 변했고, 매우 유쾌하고 재치 있는 시들을 쓰고 산문으로 인물들을 그렸다. 그래서 그녀는 그들에게 와인을 아낌없이 줬고, 저녁 식사 접시 밑에는 수표를 놓아뒀고(그들은 매우 흔쾌히 받았다), 그들의 헌사를 받았고, 이런 교환을 큰 영광으로 생각했다.

그렇게 시간은 흘러갔다. 올랜도는 종종 힘주어 혼잣말을 했는데, 듣는 사람이 약간 의혹을 품을 수도 있는 독백이었다. "정말이지 굉장한 삶이네!"(그녀는 여전히 그 상품을 찾아다니고 있었기 때문이다.) 하지만 곧 그 문제를 더 정밀하게 생각해야만 할 상황에 놓이게 되었다.

어느 날 그녀는 포프 씨에게 차를 따라주고 있었고, 그는 위에서 인용한 시에서 알 수 있듯이 그녀 옆자리에 쭈그리고 앉아 반짝반짝 빛나는 눈으로 이를 지켜보고 있었다.

'세상에,' 그녀는 설탕집게를 들어 올리며 생각했다. '후세의 여자들이 나를 얼마나 부러워할까! 하지만……' 그녀는 생각을 멈추었다. 포프 씨의 말을 들어줘야 했기 때문이다. 하지만—그녀 대신 우리가 그 생각을 마무리해보겠다—누군가가 "후세 사람들이 나를 얼마나 부러워할까"라고 말할 때는 그 사람이 현재 극도로 불안한 상태라고 보아도 무방하다. 이런 삶이 회고록 작가가 집필을 마쳤을 때 보이는 것처럼 그렇게 흥미진진하고 좋고 화려한 것일까? 우선, 올랜도는 차를 몹시 싫어했다. 다음으로, 지성은 신성하고 숭상할 만하지만 가장 지저분한 시체에 둥지를 트는 습성이 있으며, 안타깝게도 종종 다른 능력들 사이에서 식인종처럼 행동하기 때문에 머리가 가장 큰 곳에서는 종종 마음과 감각, 도량, 자비, 관용, 온정 같은 것들이 숨 쉴 틈을 찾지 못한다. 게다가 시인들이 스스로에게 내리는 높은 평가와 다른 사람들에게 주는 낮은 평가, 또 그들이 끊임없이 떠들어대는 적의와 모욕과 시기와 재담, 게다가 그것들을 전달하는 유창한 말솜씨, 거기다가 공감을 요구하는 탐욕스러움, 이 모든 것들이(재사들이 엿듣지 못하도록 속삭이는 게 좋겠다) 차 따르는 일을 보통 생각하는 것보다 더 위태로우며, 실로 고된 일로 만든다. 이뿐만 아니라(여자들이 엿듣지 못하도록 다시 속삭여 말하겠다) 남자들 끼리만 공유하는 작은 비밀이 있다. 체스터필드 경은 비밀을 엄수하라는 엄한 명령과 함께 아들에게 이렇게 속삭였다. "여자들이란 덩치만 커진 아이들에 불과해…… 분별 있는 남자라면 여자들을 그저 가볍게 생각하고 즐기고 달래고 치켜세워주기만 하면 되는 거지." 아이들은 늘 자기들이 들어서는 안 되는 소리를 듣는 데다가 때로는 성장하기까지 하기 때문에 어쩌다 보니 이 말이 새어나왔을 테고, 그래서 차 따르는 의식이 기묘한 것이다. 여자는 아주 잘 알고 있다. 재사가 그녀에게 시를 보내고 그녀의 판단을 찬미하고 비평을 간청하고 그녀의 차를 마신다 해도, 그것이 그가 그녀의 의견을 존중한다거나, 지력에 감탄한다거나, 비록 칼은 허용되지 않지만 펜으로 그녀를 찌르기를 거부하리라는 것을 의미하지 않는다는 것을 말이다. 우리가 아무리 소리 죽여 속삭인다 해도 이 모든 것은 지금쯤은 다 누설되었을 것이다. 그래서 숙녀들은 크림통을 들고 설탕집게를 벌리고 있는 와중에도 안절부절못하면서 창밖을 힐끔 내다보고

하품을 찔끔 하다 설탕을 풍덩 하고—지금 올랜도가 그
랬듯이—포프 씨의 찻잔 안에 떨어뜨리는 것이다. 포프
씨만큼 모욕의 낌새를 잘 알아채거나 재빨리 복수하는
사람은 없었다. 그는 올랜도 쪽으로 돌아앉아 즉시《여
성의 특성에 관하여》중 어느 유명한 구절의 초고를 써
서[46] 그녀에게 바쳤다. 나중에 많이 다듬기는 했지만, 원
안에서도 충분히 놀라운 시였다. 올랜도는 예의를 갖춰
그 시를 받았다. 포프 씨는 인사를 하고 떠났다. 올랜도
는 달아오른 뺨을 식히기 위해 정원 아래쪽에 있는 개암
나무 숲을 거닐었다. 그 조그만 남자에게 진짜로 한 대
맞기라도 한 듯한 기분이었다. 이내 시원한 산들바람이
제 역할을 했다. 혼자가 되자 놀랍게도 너무나 안도감이
들었다. 그녀는 배에 가득 탄 사람들이 흥겹게 강을 거
슬러 노 저어 가는 모습을 보았다. 그 광경에 과거에 있
었던 일 한두 가지가 생각난 게 분명하다. 그녀는 멋진

---

46   포프의 시《숙녀에게 드리는 서한: 여성의 특성에 관하여》(1735)의 유
      명한 구절은 도입부인 "대부분의 여성에게는 특성이 없다"를 말한다.

버드나무 아래 앉아 깊은 명상에 빠져들었다. 하늘에 별이 뜰 때까지 그 자리에 앉아 있었다. 얼마 후 일어나 집으로 돌아온 뒤 침실로 들어가 문을 잠갔다. 그러고는 멋쟁이 청년 시절 입었던 옷들이 여전히 수두룩하게 걸려 있는 벽장문을 열더니 그중 베네치아 레이스가 화려하게 장식된 검은 벨벳 옷을 골랐다. 사실 약간 유행이 지나기는 했지만 그녀에게 딱 맞았다. 그 옷을 입은 올랜도의 모습은 고귀한 영주 그 자체였다. 그녀는 페티코트 때문에 다리를 마음대로 움직이지 못하게 된 것은 아닌지 거울 앞에서 한두 바퀴 돌면서 확인해본 다음 몰래 문밖으로 빠져나왔다.

4월 초의 청명한 밤이었다. 초승달빛과 뒤섞인 수많은 별들이 가로등 불빛에 더 반짝이면서 인간의 표정과 렌의 건축물에 무한히 어울리는 빛을 발했다. 모든 것이 한껏 부드러운 모습을 하고 있다가 막 녹아 없어지기라도 할 것 같은 순간 한 방울 은색 빛을 받아 다시 활기를 띠었다. 대화는 저래야 하는 거야, 올랜도는 (어리석은 망상에 빠져) 생각했다. 사회는, 우정은, 사랑은 저래야 하는 거야. 이유는 하늘만이 알겠지만, 우리가 인간의 상호작용에 믿음을 잃어버리는 바로 그 순간, 헛간과 나무라거나 건초 더미와 짐마차 같은 것들이 아무렇게나 놓여 있는 모습이 우리가 도달할 수 없는 것의 완벽한 상징을 보여줘서 다시 탐색을 시작하게 된다.

그녀는 이런 생각을 하며 레스터 광장으로 들어갔다. 건물들이 낮에는 보여주지 않던 환상적이면서도 질서 정연한 균형을 갖추고 있었다. 창공이 밀물처럼 밀려와 너무나 교묘하게 지붕과 굴뚝의 윤곽을 채우고 있는 것처럼 보였다. 광장 한가운데 플라타너스 나무 밑에서 한쪽 팔은 옆에 축 늘어뜨리고 다른 한 팔은 무릎에 올려놓은 채 맥없이 앉아 있는 젊은 여자는 우아함과 소박함, 외로움의 화신 같았다. 올랜도는 공공장소에서 상류층 여인에게 구애하는 한량처럼 모자를 휙 벗어 보였다. 여자가 고개를 들었다. 아주 절묘하게 균형 잡힌 머리였다. 여자가 눈을 들었다. 그 눈에는 찻주전자에서는 간혹 봤지만 인간의 얼굴에서는 거의 본 적 없는 광채가 흘렀다. 여자가 은빛 유약의 광채를 닮은 눈빛으로 간청하고 바라고 떨고 두려워하며 그를 올려다보았다. 여자가 일어나서 그가 내민 팔을 잡았다. 그녀는—굳이 강조할 필요가 있을까—밤마다 자기 상품들을 윤기 나게 닦아 공동판매대 위에 가지런히 정렬해두고 최고가 입찰자를 기다리는 그런 부류의 여자였기 때문이다. 그녀가 올랜도를 자기의 숙소인 제라르 거리의 방으로 이끌었다. 가볍게, 하지만 애원하듯 팔에 매달리는 여자의 몸짓에 올랜도 안에서 남자에게 어울리는 온갖 감정이 되살아났다. 그녀는 남자처럼 보였고, 남자처럼 느꼈고, 남자처럼 말했다. 하지만 최근 여자로 살아왔던 터라, 팔에 매달린 여자가 수줍어하고 대답을 주저하고 걸쇠에 열쇠를 제대로 넣지도 못하고 더듬거리는 모습, 망토의 주름, 축 늘어뜨린 손목, 그런 모든 것들이 그녀의 남성미를 만족시켜주려는 연극이라는 의심이 들었다. 그들은 위층으로 올라갔다. 방을 잘 장식해서 다른 방이 없다는 사실을 감추려고 애쓴 여자의 노력에 올랜도는 한순간도 속지 않았다. 속임수에는 경멸감이 치솟았지만, 진실에는 동정심이 들었다. 하나를 통해 다른 것이 들여다

보이니 이상하기 그지없는 온갖 감정이 생겨나는 통에, 올랜도는 웃어야 할지 울어야 할지 알 수가 없었다. 그러는 동안 넬은—그게 자기의 이름이라고 했다—장갑을 벗어 수선이 필요한 왼손 엄지손가락 부분을 조심스럽게 감춰놓은 다음 칸막이 뒤로 물러났다. 아마도 뺨에 연지를 바르고 옷매무새를 가다듬고 목에 새 스카프를 매는 것 같았는데, 그러는 사이에도 여자들이 그러듯이 애인을 즐겁게 해주기 위해 내내 실없는 소리를 재잘재잘 해댔다. 하지만 올랜도는 여자의 어조에서 그녀가 속으로는 온통 딴생각을 하고 있다는 것을 장담이라도 할 수 있을 것 같았다. 준비가 다 되자, 여자가 칸막이 뒤에서 나왔다. 하지만 그 순간 올랜도는 더 이상 견딜 수가 없었다. 분노와 즐거움, 동정이 뒤엉킨 기묘한 고통 속에서 올랜도는 위장을 모두 벗어던지고 자기가 여자라고 자백했다.

그러자 넬이 길 건너편에서도 들릴 정도로 큰 소리로 웃어젖혔다.

"이런." 약간 진정이 되자 그녀가 말했다. "그 말을 들

303

어도 전혀 섭섭하지가 않네요. 사실은," (두 사람이 같은 여자라는 것을 알게 되자마자 그녀의 태도는 놀랄 만큼 순식간에 바뀌었다. 애처롭게 호소하는 태도가 사라졌다.) "오늘 밤은 남자와 같이 있고 싶은 기분이 아니었거든요. 게다가 지금 아주 곤란한 처지라." 그러더니 난로를 끌어당겨놓고 큰 잔에 펀치를 만들어 와서는 올랜도에게 자기 인생 이야기를 들려주었다. 지금 우리의 관심은 올랜도의 삶이니 다른 여자의 인생 역정에 대해 이야기할 필요는 없지만, 올랜도가 시간이 어떻게 가는지 모를 정도로 즐거워했다는 것은 분명하다. 넬은 재치라고는 조금도 없었고, 대화 중 포프 씨의 이름이 나오자 저민 거리에 있는 동명의 가발 제작자와 관계있는 사람이냐고 해맑게 물었다. 하지만 편안한 매력과 아름다운 매혹이 가진 힘은 굉장해서, 길거리에서 들을 수 있는 흔해빠진 표현들로 윤색되었음에도 불구하고 이 가엾은 여자의 이야기는 세련된 표현들만 줄곧 들어왔던 올랜도에게 와인처럼 느껴졌다. 그래서 그녀는 포프 씨의 냉소와 애디슨 씨의 생색, 체스터필드 경의 비밀 속에 재사들과 교유하는 즐거움을 완전히 앗아 가버린 무엇인가가 있다는 결론을 내리지 않을 수가 없었다. 물론 그들의 작품은 계속해서 깊이 존경하겠지만 말이다.

알고 보니 이 가엾은 여자들—넬이 프루와 프루 키티, 키티 로즈를 데려왔다—에게도 자기들만의 사교계가 있었고, 이제 그들은 올랜도를 그곳의 일원으로 선임했다. 각자 어쩌다 이런 삶을 살게 되었는지 그간의 인생 역정을 들려줬다. 몇 명은 백작의 사생아였고, 하나는 필요 이상으로 왕과 가까운 사람이었다. 족보 대신 자신을 대표할 반지나 손수건 같은 것이 주머니 속에 하나도 없을 정도로 비참하거나 가난한 사람도 없었다. 그래서 그들은 올랜도가 책임지고 넉넉하게 공급해주는 펀치 잔 주위로 모이곤 했고, 수많은 재미있는 이야기들을 하고 수많은 흥미진진한 관찰들을 했다. 왜냐하면 여자들이 모일 때면—하지만 쉬잇—언제나 문단속을 하고 나눈 이야기 중 한마디도 기록으로 남지 않도록 조심한다는 것을 부인할 수 없기 때문이다. 그들이 바라는 것이라고는—하지만 다시 쉬잇—저 소리 계단 올라오는 남자 발소리 아닌가? 그들이 바라는 것이라고는, 이렇게 말하려는데 한 신사가 우리 입에서 그 말을 낚아 챈다. 여자들은 바라는 게 없습니다, 신사가 넬의 응접실로 들어서며 말한다. 다만 겉치레뿐이죠. 바라는 것이 없으니―넬의 봉사를 받고 그는 떠났다―그들의 대화에는 아무도 관심을 가지지 않는다. S. W. 씨는 말한다. "남성이라는 자극제가 없으면 여자들은 서로 할 이야기가 없다는 것은 잘 알려진 사실이다. 자기들끼리만 있으면, 여자들은 이야기를 하지 않는다. 할퀼 뿐이다." 여자들은 함께 이야기를 할 수 없고 그렇다고 쉬지 않고 계속 할퀼 수도 없고 잘 알려져 있다시피(이는 T. R. 씨가 증명했다) "여자들은 동성에게는 아무런 애정도 가질 수 없고 서로를 극도로 혐오하니," 여자들이 서로 교제하려 할 때는 도대체 무엇을 한다고 생각해야 할까?

이 문제는 분별 있는 남자의 주목을 끌 만한 일이 아니니, 성별에서 면제받은 전기작가와 역사가의 특권을 누리는 우리는 이 문제는 그냥 넘어가고 그저 같은 성별의 사람들과의 모임이 매우 즐거웠다고 올랜도가 말했다는 것 정도만 말하겠다. 그리고 그에 대한 증명은 이런 일이 불가능하다는 것은 증명하기를 매우 즐기는 신사들에게 맡기도록 하겠다.

하지만 이 시기 올랜도의 삶을 정확하고 자세하게 기술하는 것은 점점 더 불가능해진다. 당시 제라르 거리와 드루어리레인 주변의 어둡고 포장도 엉망진창이고 바람도 잘 안 통하는 안마당들을 자세히 들여다보며 더듬더듬 나아가고 있으면, 한순간 올랜도의 모습이 흘낏 보이는가 싶다가도 곧 사라져버린다. 이 작업이 훨씬 더 어려워진 이유는 이 시기 올랜도가 두 종류의 의복을 빈번히 바꿔 입는 것이 편리하다는 것을 알게 되었기 때문이다. 그래서 당시 회고록들에 그녀는 사실은 그녀의 사촌인 모모 "경"으로 종종 등장한다. 그녀의 관대함은 그의 공적이 되고, 사실은 그녀가 쓴 시들이 그가 썼다고 전해진다. 그녀는 아무런 어려움 없이 이런 상이한 역할들을 해냈던 것 같다. 그녀의 성은 한 종류의 옷들만 입어온 사람들은 상상조차 할 수 없을 정도로 자주 바뀌었기 때문이다. 또한 그녀가 이 방법으로 이중의 수확을 얻은 것도 분명하다. 인생의 즐거움이 늘어났고 경험도 배가되었다. 그녀는 정직한 반바지와 매혹적인 페티코트를 바꿔 입었고 양성의 사랑을 똑같이 즐겼다.

그러니 이렇게 묘사해볼 수 있겠다. 그녀는 남자 옷인지 여자 옷인지 모를 중국 가운을 걸치고 책에 파묻혀 오전을 보낸다. 그러고는 같은 옷차림으로 의뢰인 한둘(그녀에게는 수십 명의 탄원자가 있었다)을 만난 다음, 정원으로 가서 개암나무를 손질하곤 했다. 이 일을 하는 데는 무릎 길이의 반바지가 편리하다. 그러고는 리치먼드로 드라이브를 가서 어느 지체 높은 귀족에게 청혼을 받기에 가장 적절한 꽃무늬 호박단 옷으로 갈아입었고, 다시 시내로 돌아와서는 변호사 가운 같은 고동색 가운을 입고 법원에 가서 소송이 어떻게 진행되어가고 있는지 듣곤 했다. 그녀의 재산은 시시각각 소모되고 있는데, 소송들은 100년 전과 별다를 바 없이 결말이 날 기미가 보이지 않았기 때문이다. 그러다 마침내 밤이 오면, 머리부터 발끝까지 완전한 귀족 신사가 되어 모험을 찾아 거리를 활보하곤 했다.

이런 유람 여행들—당시 여기에 대해서는 그녀가 결투를 했다느니, 왕의 배에서 선장으로 일했다느니, 발코니에서 벌거벗고 춤추는 모습을 누가 봤다느니, 어떤 귀부인과 북해 연안으로 도망을 갔는데 남편이 거기까지 쫓아갔다느니 하는 갖가지 소문들이 있었지만, 이 이야기들의 진위에 대해서 우리는 어떤 의견도 표명하지 않겠다—에서 돌아올 때면, 어떤 업무이건 간에 그 일을 마치고 돌아올 때면, 그녀는 꼭 카페 창문 밑을 지나서 갔다. 거기서는 재사들의 눈에는 띄지 않으면서 그들을 볼 수 있었고, 그래서 말은 한마디도 들리지 않아도 몸짓을 보고 그들이 얼마나 지혜롭고 재치 있고 악의적인 말들을 하고 있는지 상상할 수 있었다. 말이 안 들리는 것도 어쩌면 장점일 수 있다. 한번은 볼트코트의 한 카페 블라인드에 비친, 함께 차를 마시고 있는 세 개의 그림자를 지켜보면서 30분을 서 있었던 적도 있다.

어떤 희곡도 그보다 재미있지는 않았다. 브라보! 브라보! 하며 소리를 지르고 싶을 정도였다. 정말이지 얼마나 멋진 드라마인가. 인생을 다룬 가장 두꺼운 책에서 한 장을 찢어낸 것 같지 않은가! 입술을 부루퉁하게 내민 채 의자에 앉아 안절부절못하며 이리저리 몸을 흔들고 있는 불안정하고 성마르고 주제넘은 조그만 그림자가 있었다. 눈이 멀었기 때문에 차가 어느 정도 있는지 알아보려고 컵에 손가락을 집어넣고 있는, 등이 구부정한 여자의 그림자도 있었다. 커다란 안락의자에 앉아 몸을 흔들거리는 로마인 같은 그림자도 있었다. 그는 손가락을 몹시 기묘하게 비틀고 고개를 이쪽저쪽으로 홱 꺾다가 차를 단숨에 꿀꺽꿀꺽 들이켰다. 존슨 박사, 보스웰 씨, 윌리엄스 부인, 이것이 그 그림자들의 이름이었다.[47] 그녀는 그 광경을 구경하느라 정신이 팔린 나머지 다른 시대 사람들이 자기를 부러워했을 거라는 생각조차 하지 못했다. 이 경우에는 그랬을 것 같기도 한데 말이다. 그녀는 만족스럽게 보고 또 보았다. 마침내 보스웰 씨가 자리에서 일어났다. 그가 노부인에게 퉁명스럽게

---

47   18세기 영국의 시인 겸 평론가 새뮤얼 존슨과 그의 전기작가 제임스 보스웰, 존슨의 집안사람 윌리엄스 부인.

인사했다. 하지만 그가 뭐라고 비굴한 자세를 취하기도 전에 커다란 로마인 그림자가 벌떡 일어나더니 선 채로 몸을 흔들흔들하면서 인간의 입에서는 나온 적 없는 굉장한 구절들을 쏟아냈다. 그 세 개의 그림자가 거기 앉아 차를 마시면서 하는 이야기는 한마디도 듣지 못했지만, 올랜도는 그렇게 생각했다.

어느 날 밤, 그녀는 그런 산책에서 마침내 집에 돌아와 침실로 올라갔다. 그리고 레이스 장식 코트를 벗은 다음 셔츠와 반바지 차림으로 창밖을 내다보며 서 있었다. 공기 중의 무엇인가가 마음을 휘저어놓는 통에 잠자리에 들 수가 없었다. 하얀 안개가 마을을 뒤덮고 있었다. 서리가 내린 한겨울 밤이었고, 주위에는 온통 굉장한 광경이 펼쳐져 있었다. 세인트폴 대성당, 런던탑, 웨스트민스터 사원, 시내 교회들의 온갖 첨탑과 원형 지붕들, 매끈하고 거대한 은행 건물들, 넉넉하게 곡선을 그리는 공회당과 집회소들이 다 보였다. 북쪽에는 풀을 매끈하게 베어낸 햄스테드 언덕이 솟아 있고, 서쪽에서는 메이페어의 거리와 광장들이 하나가 되어 선명한 빛을 내

뽑고 있었다. 이 고요하고 질서 정연한 풍경을 구름 한 점 없는 하늘에서 확고하고 견고하게 반짝이는 별들이 내려다보고 있었다. 한없이 깨끗한 대기 속에서 지붕의 선과 굴뚝의 덮개들이 다 보였다. 심지어 길바닥의 자갈 하나하나까지 또렷하게 보였다. 올랜도는 이 질서 정연한 풍경과 엘리자베스 여왕 시대의 런던이었던 무질서하게 한 덩어리로 뒤엉킨 변두리 풍경을 비교해보지 않을 수가 없었다. 그 당시의—그것을 도시라고 부를 수 있다면—런던 시는 그녀의 블랙프라이어스 저택 창 아래 떼지어 복잡하게 뒤엉켜 있는 한 덩어리의 집들에 불과했다. 별빛은 길 한가운데 고여 있는 깊은 물웅덩이에 반사되었다. 와인 가게가 있던 길모퉁이의 검은 그림자는 십중팔구 살해당한 남자의 시신이었다. 어린 시절 유모의 품에 안긴 채 다이아몬드 모양 창유리에 달라붙어 들었던, 그런 야밤의 싸움에서 부상당한 사람들이 지르던 비명 소리가 기억났다. 번쩍이는 귀걸이를 달고 번득이는 칼을 불끈 쥔 남녀 불한당 무리들이 입에 담기도 싫을 정도로 뒤얽힌 채 거친 노래를 부르며 비틀비틀 거리를 내려갔다. 그런 밤이면 빽빽하게 뒤얽힌 하이게이트와 햄스테드의 숲들이 하늘을 배경으로 복잡하게 뒤틀려 몸부림치는 윤곽을 드러내곤 했다. 런던 위로 솟아 있는 언덕들 중 하나에는 썩어 문드러지거나 말라 쪼그라들도록 십자가에 못 박힌 채 방치된 시체가 걸려 있는 단단한 교수대가 여기저기 서 있었다. 위험과 불안, 욕망과 폭력, 시와 오물이 엘리자베스 시대의 구불구불한 도로 위로 떼 지어 몰려들었고, 도시의 조그만 방들과 좁은 골목길에서 와글거리며 악취─무더운 밤 풍기던 그 냄새를 올랜도는 지금도 기억했다─를 풍겼다. 지금은─그녀는 창밖으로 몸을 내밀었다─모든 것이 환하고 질서 정연하고 고요했다. 자갈 포장길 위를 덜거덕거리며 달리는 마차 소리가 희미하게 들려왔다. 아득히 멀리서 야경꾼의 고함 소리가 들렸다. "서리 내린 아침 정각 12시." 야경꾼의 입에서 이 말이 떨어지기 무섭게 자정을 알리는 첫 번째 종소리가 울려 퍼졌다. 그 순간 처음으로 세인트폴 대성당 원형 지붕 뒤에 조그만 구름이 모여 있는 것이 올랜도의 눈에 보였다. 종이 울리는 동안 구름은 점점 더 커지더니 무서운 속도로 검게 변하며 퍼져나갔다. 동시에 산들바람이 불어왔고, 자정을 알리는 여섯 번째 종이 울렸을 때에는 동쪽 하늘 전체가 제멋대로 움직이는 검은 구름에 뒤덮였다. 그래도 서쪽과 북쪽 하늘은 여전히 맑았다. 그러더니 구름이 북쪽으로 퍼져나갔다. 구름은 도시 위를 집어삼키며 높이, 더 높이 올라갔다. 찬란하게 빛나는 메이페어만 이와 대조를 이루며 전보다 더 환하게 불타올랐다. 여덟 번째 종소리와 함께 너덜너덜한 구름 조각들이 피커딜리 위로 황급히 뻗어나갔다. 구름들은 한 덩어리가 되어 서쪽 끝을 향해 엄청난 속력으로 전진하는 것 같았다. 아홉 번째, 열 번째, 열한 번 째 종이 울렸을 때는 거대한 검은 구름이 런던 전체를 덮으며 펼쳐져 있었다. 자정을 알리는 열두 번째 종소리와 함께 완전한 어둠이 찾아왔다. 격렬하게 넘실대는 구름 덩어리가 온 도시를 뒤덮었다. 모든 것이 캄캄했다. 모든 것이 불확실했다. 모든 것이 혼란스러웠다. 18세기가 끝나고 19세기가 시작된 것이다.

5

19세기의 첫날 런던뿐만 아니라 영국 제도 전체를 드리운 거대한 구름은 그 그림자 아래 사는 이들에게 기이한 영향을 미칠 만큼 오랫동안 머물렀다. 아니, 거센 돌풍에 끊임없이 흔들렸으니 머물렀다는 표현은 정확지 않다. 영국의 기후에 변화가 일어난 것 같았다. 비는 자주 내렸지만 발작적인 돌풍을 동반해서만 왔고, 그런 비는 그치자마자 다시 내렸다. 물론 해는 비추었지만, 구름이 어찌나 잔뜩 드리우고 대기 중에는 습기가 어찌나 가득했는지 햇빛의 색이 바뀌어버렸고 18세기의 더 선명한 풍경 대신 흐리멍덩한 자주색, 주황색, 빨간색조의 풍경이 되었다. 이처럼 멍들고 뚱한 하늘 아래 양배추의 녹색은 예전처럼 선명하지 않았고 하얀 눈도 지저분한 진흙탕색이 되었다. 하지만 그보다 더한 일은 이제 습기가 집집마다 뚫고 들어오기 시작했다는 것이다. 습기는 가장 교활한 적이다. 햇빛은 블라인드로 막을 수 있고 서리는 뜨거운 불로 녹여 없앨 수 있지만, 습기는 우리가 잠든 사이에 몰래 스며든다. 습기는 소리가 없고, 알아차리기 어려우며, 어디에나 존재한다. 습기는 나무를 부풀리고, 주전자에 곰팡이를 피우고, 쇠를 녹슬게 하고, 돌을 부식시킨다. 그 과정이 어찌나 서서히 일어나는지, 서랍장이나 석탄통을 집어 들었다가 그것들이 손 안에서 통째로 바스러지고 나서야 문제가 생기고 있다는 생각이 어렴풋이 들게 된다.

그래서 정확히 몇 날 몇 시에 변화가 일어났는지 아무도 알아차리지 못한 채로 은밀히, 미세하게 영국의 체질이 바뀌었으나 누구도 그것을 알지 못했다. 사방에서 그 영향이 느껴졌다. 아마도 건축가 애덤 형제들[48]이 고전적으로 품위 있게 설계한 식당에 앉아 에일과 쇠고기로 만족스럽게 식사하던 강건한 시골 신사가 이제 한기를 느꼈다. 러그가 등장했다. 턱수염을 기르기 시작했다. 발등을 감싸도록 바짓자락을 신발 안까지 꼭꼭 밀어 넣었다. 시골 신사는 다리에 느낀 한기를 곧 집으로 옮겨 갔다. 가구를 꼭꼭 쌌다. 벽과 테이블에는 덮개를 덮었다. 휑뎅그렁하게 발가벗고 있는 것은 아무것도 없었다. 다음으로 식생활의 변화가 필수적으로 일어났다. 머핀과 크럼핏이 발명되었다. 저녁 식사 후에 마시던 포트와인을 커피가 대신했고, 커피가 그것을 마시는 응접실로, 응접실이 유리 진열장으로, 유리 진열장이 조화造花로, 조화가 벽로 선반으로, 벽로 선반이 피아노로, 피아노가 응접실 발라드 공연으로, 응접실 발라드가 (한두 단계 생략하고) 숱한 작은 강아지들과 매트들, 도자기 장식품으로 이어지면서, 이미 굉장히 중요해진 가정의 모습은 완전히 변모했다.

집 밖에는—이 또한 습기의 영향이었는데—담쟁이

48   18세기 스코틀랜드 건축가 윌리엄 애덤의 세 아들.

덩굴이 전례 없이 무성하게 자랐다. 석재를 그대로 드러내고 있던 집들이 초록 잎으로 뒤덮였다. 원래 아무리 질서 정연하게 설계한 정원이라 해도 관목림이나 어수선한 풀밭, 미로가 생겨나지 않은 정원은 없었다. 아이들이 태어나는 침실까지 뚫고 들어오는 빛은 당연히 진초록이었고, 성인 남녀가 사는 응접실까지 뚫고 들어오는 빛은 갈색과 자주색 커튼을 통해 비쳤다. 하지만 변화는 외적인 것에서 끝나지 않았다. 습기는 내면까지 공격했다. 사람들은 마음속에서 한기를, 정신에서 습기를 느꼈다. 감정을 보듬어 어떻게든 따스함을 느껴보려는 필사적인 노력으로 사람들은 여러 가지 속임수를 차례로 시도했다. 사랑, 탄생, 죽음이 모두 다양한 미사여구로 포장되었다. 남녀는 점점 더 멀어졌다. 그 어떤 진솔한 대화도 용인되지 않았다. 양측 모두 열심히 회피하고 은폐했다. 그래서 바깥 축축한 땅에서 담쟁이덩굴과 상록수가 멋대로 무성히 자라난 것처럼 안에서도 똑같은 풍성함이 나타났다. 보통 여성의 삶은 출산의 연속이었다. 여성은 열아홉에 결혼해 서른이 될 무렵에는 열다섯에서 열여덟의 아이를 낳았다. 쌍둥이가 많았기 때문이다. 그리하여 대영 제국이 존재하게 되었고, 그리하여—습기를 멈출 수 없고, 습기는 목공에 스며들듯이 잉크병에도 스미는 고로—문장은 부풀어 오르고, 형용사는 곱절이 되고, 서정시는 서사시가 되고, 칼럼 길이의 에세이가 되었을 시시한 일들이 이제는 열 권, 스무 권짜리 백과사전이 되었다. 유세비우스 처브는 예민한 사람이 이 상황을 멈출 어떤 일도 할 수 없을 때 이 모든 것이 그의 정신에 어떤 영향을 미치는지 보여준다. 그의 회고록 끄트머리 쪽에 보면 어느 날 아침 "아무것도 아닌 일들"에 대해 2절판으로 서른다섯 페이지를 쓰고 난 뒤 잉크병 뚜껑을 닫고 정원을 한 바퀴 돌기 위해 나갔다고 적은 부분이 있다. 곧 그는 관목림에 들어가게 되었다. 머리 위에서 숱한 나뭇잎들이 바스락거리고 반짝였다. 자신이 "발밑에 쌓인 백만 장의 나뭇잎들을 밟아 부수는 것" 같았다. 정원 끝 축축한 모닥불에서 자욱한 연기가 피어올랐다. 세상의 어떤 불도 그렇게 광활하게 펼쳐진 골칫덩이 풀밭을 집어삼킬 수는 없을 것 같다는 생각이 들었다. 시선이 향하는 곳마다 초목이 걷잡을 수 없이 무성하게 자라 있었다. 오이들은 "풀밭을 가로질러 그의 발치까지 줄지어 늘어서 있었다." 거대한 콜리플라워들은 그의 혼란스러운 상상 속에서 느릅나무와 경쟁할 때까지 켜켜이 쌓여 올라갔다. 암탉들은 특별한 색깔 없는 달걀을 끊임없이 낳았다. 순간 자기 자신의 생산력과 안에서 열다섯 번째 산통을 겪고 있는 가엾은 아내 제인을 떠올리며 한숨을 지은 그는 어찌 새들을 탓할 수 있겠느냐고 자문했다. 그는 하늘을 올려다보았다. 천국이, 혹은 천국의 거대한 권두 삽화에 해당하는 하늘이 천국의 위계를 따르라고 승인, 아니 선동하고 있지 않은가? 겨울이나 여름이나, 해가 오고 또 가도, 저기서 구름들이 고래인 양, 아니, 그보다는 코끼리인 양 뒤척거리고 뒹굴었기 때문이라고 그는 생각했다. 그렇다. 1천 에이커의 하늘로부터 내려오는 비유를 떨쳐버릴 수는 없는 노릇이었다. 영국 제도 위에 넓게 펼쳐진 하늘 전체가 바로 광활한 깃털 침대였다. 그리고 정원과 침실, 닭장을 구분하지 않고 벌어지는 번성이 거기에 그대로 복제되어 있었다. 그는 안으로 들어가 위에 인용된 글귀를 적고 가스 오븐에 머리를 집어넣었고, 나중에 사람들이 발견했을 때는 되살릴 수 없는 상태가 되어 있었다.

영국 곳곳에서 이런 상황이 계속되는 가운데, 올랜도는 블랙프라이어스의 자기 집에 틀어박혀 기후에 아무런 변화도 없는 척하며 잘 지냈다. 여전히 하고 싶은 말을 하고 마음 가는 대로 무릎 기장의 바지나 스커트를 입을 수도 있었다. 그러나 마침내 그녀조차 시대가 변했음을 인정할 수밖에 없었다. 19세기 초 어느 날 오후 올랜도가 오래된 패널 장식 마차를 타고 세인트제임스 공원을 가로질러 달려가고 있는데, 자주는 아니지만 이따금 땅까지 닿곤 하는 햇살 한 줄기가 구름에 기묘하고 선명한 색색의 대리석 문양을 만들면서 힘겹게 구름 사이를 뚫고 나왔다. 18세기의 맑고 균일한 하늘이 사라진 이후로 그런 광경은 몹시 기이한 일이어서 올랜도는 창문을 열고 바라보았다. 암갈색과 플라밍고색의 구름을 보고 그녀는 이오니아의 바다에서 죽어간 돌고래들을 떠올리며 기분 좋은 고통을 느꼈는데, 이는 그녀가 자기도 모르게 이미 습기의 영향을 받았음을 입증한다. 하지만 햇빛이 땅에 닿으며 피라미드나 헤카톰베, (어딘가 연회 식탁 같은 느낌이 있었으므로) 전승 기념비— 현재 빅토리아 여왕의 상이 서 있는 거대한 언덕에 어느 모로 보나 지독하게 안 어울리는 물체들을 뒤죽박죽으로 쌓아 올려 만든 혼합물—같은 느낌을 자아냈을 때, 아니 거기에 빛을 밝히는 것처럼 보였을 때 그녀가 얼마나 놀랐겠는가! 무늬를 새기고 꽃무늬 장식을 한 거대한 황금 십자가에 미망인의 상복과 신부의 면사포가 걸쳐져 있었다. 다른 돌출부에는 수정 궁전, 요람, 군모, 추모 화환, 바지, 수염, 결혼식 케이크, 대포, 크리스마스트리, 망원경, 멸종 괴물, 지구본, 지도, 코끼리, 수학 도구가 걸려 있었고, 그 전체를 마치 거대한 문장紋章처럼 오른쪽에서는 하늘하늘한 흰옷을 입은 여성이, 왼쪽에서는 프록코트와 정장 바지를 입은 통통한 신사가 받치고 있었다. 조화라곤 찾아볼 수 없는 물건들, 옷을 전부 갖추어 입은 사람과 일부만 걸친 사람을 연상시키는 모습, 화려하게 번쩍이는 갖가지 색들, 그리고 그 색들이 격자

무늬처럼 나란히 병치된 모양에 올랜도는 너무나 심한 당혹감을 느꼈다. 그렇게 상스럽고 그렇게 흉물스러우면서 동시에 그렇게 기념비적인 것은 평생 본 적이 없었다. 그것은 물을 잔뜩 머금은 공기에 태양이 일으킨 효과일 수도 있고, 사실 그게 분명했다. 바람이 불어오면 곧바로 사라질 것이다. 하지만 그럼에도 불구하고 그것은 올랜도가 마차를 타고 지나가는 동안 마치 영영 사라지지 않을 것처럼 보였다. 그 무엇도, 바람도, 비도, 태양도, 천둥도 저 우뚝 선 휘황찬란한 물건을 무너뜨리지 못할 거라고, 올랜도는 마차 구석에 깊숙이 기대앉으며 생각했다. 그저 코에 검버섯이 생기고 트럼펫에 녹이 슬 뿐, 그래도 저것들은 동서남북을 가리키며 영원히 남아 있을 것이다. 마차가 컨스티튜션 힐을 달려 올라가는 동안 올랜도는 뒤를 돌아보았다. 그렇다. 그것은 여전히 빛 속에서 잔잔히 빛을 발하고 있었다. 물론—그녀는 바지 시계 주머니에서 시계를 꺼냈다—대낮 12시의 햇살 속에서 말이다. 다른 그 어떤 것도 해가 뜨고 지는 것에 그렇게 무심하고 사무적이고 둔감할 수 없었고, 그렇게 영원히 지속되도록 계산된 것처럼 보일 수는 없었다. 그녀는 다시 보지 않기로 마음먹었다. 이미 혈액의 흐름이 굼떠진 것이 느껴졌다. 하지만 더욱 기묘하게도, 버킹엄 궁전을 지나가는데 뺨에 선명하고 야릇한 홍조가 퍼지고 압도적인 힘에 의해 눈길이 무릎을 향해 내려가는 느낌이 들었다. 문득 그녀는 자신이 검정 바지를 입은 것을 보고 화들짝 놀랐다. 홍조는 시골 저택에 닿을 때까지 가시지 않았는데, 말 네 마리가 30마일을 가는 데 걸리는 시간을 감안할 때 그것이 그녀의 순결을 나타내는 증거로 여겨지기를 바라는 바다.

저택에 도착하자, 올랜도는 본성의 가장 긴급한 요구에 따라 침대에서 낚아챈 능직 이불로 몸을 최대한 감쌌다. 그녀는 (늙은 그림스디치 부인의 뒤를 이어 집안 살림을 돌보는) 과부 바설러뮤에게 추워서 그런다고 설명했다.

"저희 모두 그렇답니다, 아씨." 과부는 한숨을 푹 내쉬며 이렇게 말했다. "벽에서 물이 뚝뚝 떨어져요." 바설러뮤는 침울하면서도 만족스러운 희한한 표정으로 말했고, 과연 떡갈나무 패널에 손을 대기만 해도 그 자리에 지문이 찍혔다. 담쟁이덩굴이 어찌나 무성하게 자랐는지 완전히 가로막힌 창문이 여럿이었다. 부엌은 너무 어두워서 주전자와 바구니를 제대로 분간할 수 없을 정도였다. 가엾은 검은 고양이를 석탄으로 착각하고 삽으로 퍼서 화덕 불에 넣기도 했다. 8월인데도 하녀들은 대부분 붉은 플란넬 속치마를 서너 개씩 껴입고 있었다.

"그런데 그게 사실인가요, 아씨." 바설러뮤가 팔로 몸을 감싼 채 질문하자, 가슴 위에서 십자가 금목걸이가 오르내렸다. "여왕께서, 그분을 축복하시기를, 입고 계신 것이 그러니까……" 선량한 그녀는 머뭇거리며 얼굴을 붉혔다.

"크리놀린[49] 말이지." 올랜도는 바설러뮤가 그 말을 내뱉도록 도와주었다. (블랙프라이어스에도 이미 소문이 전해졌다.) 바설러뮤 부인은 고개를 끄덕였다. 뺨에 이미 눈물이 흐르고 있었지만, 그녀는 울면서 동시에 미

---

49   19세기 중엽 치마를 부풀리기 위해 입었던 딱딱한 틀 모양의 페티코트.

소 지었다. 우는 것은 기분 좋은 일이다. 그들 모두 사실을, 위대한 사실을, 유일한 사실을, 하지만 그럼에도 개탄스러운 사실을 더욱 꼭꼭 감추기 위해 크리놀린을 입는 나약한 여인이 아니던가? 정숙한 여인이라면 누구나 부인하는 것이 불가능할 때까지 최선을 다해 부인하는 사실, 곧 아기를 낳을 것이라는 사실 말이다. 사실 아기를 열다섯이나 스무 명 정도 낳다 보니, 따지고 보면 정숙한 여인 대부분은 적어도 해마다 어느 하루는 명백해지는 일을 부인하는 데 평생을 보냈다.

"서재에 머핀을 따뜻하게 두었어요." 바설러뮤 부인이 눈물을 닦으며 말했다.

그래서 올랜도는 능직 이불로 몸을 감싸고 머핀 접시 앞에 앉았다.

"서재에 머핀을 따뜻하게 두었어요." 올랜도는 차를 마시며(하지만 그녀는 그 밍밍한 액체를 혐오했다), 바설러뮤 부인이 세련된 런던내기 억양으로 말한 진저리나는 런던식 표현을 딱딱 끊어 따라 해보았다. 바로 이 방에서 엘리자베스 여왕이 맥주병을 손에 들고 난로 앞에

다리를 쩍 벌리고 서 있다가 버글리 경이 요령 없이 가정법 대신 명령형을 쓰자 갑자기 그 병을 탁자 위에 내동댕이쳤었다. "이봐, 이봐"—여왕의 목소리가 귀에 들리는 것만 같다—"'해야 한다'가 군주에게 써도 될 말인가?" 그리고 탁자 위에 맥주병이 떨어졌다. 그 자국이 아직도 남아 있었다.

그 위대한 여왕을 떠올리는 것만으로도 명령이라도 내려진 것처럼 자리에서 벌떡 일어나던 올랜도는 이불에 발이 걸려 다시 안락의자에 자빠지면서 욕설을 내뱉었다. 내일 검정 봄버진 천을 20야드 정도 사서 스커트를 만들어야 할 것 같았다. 그리고(여기서 그녀는 얼굴을 붉혔다) 크리놀린을 사야 할 테고, 그러고는(여기서 그녀는 얼굴을 붉혔다) 요람을, 그러고는 또 크리놀린을, 그러고는 또…… 수줍음과 수치심이 상상할 수 있는 가장 절묘한 방식으로 반복되면서 홍조가 떠올랐다 사라졌다. 시대정신이 그녀의 뺨에다 한 번은 뜨겁게, 한 번은 차갑게 입김을 부는 것 같기도 했다. 그리고 만약 시대정신이 조금 공평치 않게 입김을 불어 남편보다 크리놀린 때문에 먼저 얼굴을 붉혔다면, 그녀의 모호한 입지 (성별조차 아직도 논란이 되고 있었다)와 이전에 살았던 불규칙한 삶이 변명이 되어주어야만 한다.

마침내 뺨의 색조가 다시 안정을 찾았고, 시대정신은—과연 그것이 시대정신이라면—한동안 잠든 것처럼 보였다. 순간 셔츠 가슴께에서 무슨 목걸이에 달린 장신구나 잃어버린 애정의 유물 같은 것이 만져져 꺼내보니, 그건 바닷물과 피, 여행의 흔적으로 얼룩진 두루마리, 바로 그녀의 시《떡갈나무》원고였다. 이 원고는 너무나 오랜 세월 너무나 위험천만한 상황을 겪는 동안 가지고 다녀서 여러 장에 얼룩이 생기고 몇 장은 찢어진 데다 집시들과 살던 시절에는 종이가 부족해 여백에다 글을 쓰고 시행을 지울 수밖에 없었던 터라 마치 몹시 공들여 기운 천처럼 보였다. 올랜도는 첫 장으로 가서 자신의 어린애 같은 필체로 1586년이라고 적힌 날짜를 읽었다. 이제 300년 가까이 그 시를 써왔다. 끝을 낼 때였다. 한편 그녀는 종이를 넘기기 시작해서 아래로 내려가며 읽고 건너뛰고 읽으면서 그 모든 세월 동안 자신이 얼마나 변하지 않았는지 생각했다. 소년들이 다 그렇듯, 그녀는 죽음과 사랑에 빠진 우울한 소년이었다. 그리고 그녀는 호색적이고 화려했다. 그리고 활기 넘치고 풍자를 즐겼다. 또 가끔은 산문을 시도했고 가끔은 극을 시도했다. 하지만 이 모든 변화를 거치는 동안 자신은 근본적으로는 변함없이 그대로라는 생각이 들었다. 변함없이 생각에 잠겨 사색하는 성격을, 변함없이 동물과 자연에 대한 사랑을, 변함없이 전원과 사계절에 대한 애정을 그대로 가지고 있었다.

'결국, 아무것도 변하지 않았어.' 올랜도는 일어나 창가로 다가가며 생각했다. '집도, 정원도 정확히 그대로야. 의자 하나 위치가 바뀌지 않았고, 싸구려 장신구 하나 팔지 않았어. 같은 산책로, 같은 잔디밭, 같은 나무들, 같은 연못이 있고, 감히 장담하지만, 거기 있는 잉어도 똑같을 거야. 물론 엘리자베스 여왕이 아니라 빅토리아 여왕이 왕위에 있기는 하지만 그게 무슨 차이……'

그런 생각이 형태를 취하자마자, 그것을 비난하기라도 하듯이 문이 활짝 열리더니 집사 배스킷과 하녀장 바설러뮤가 차를 치우러 들어왔다. 막 잉크에 펜을 담그고 만물의 영원성에 대한 몇 가지 사색을 적으려던 올랜도는 잉크 얼룩 때문에 방해를 받자 몹시 짜증이 났다. 얼룩이 펜 주위로 멋대로 퍼져나가고 있었다. 깃펜이 오래돼서 그런 거라고 올랜도는 생각했다. 갈라지거나 더러워진 것이다. 그녀는 펜을 다시 잉크에 담갔다. 얼룩이 더 커졌다. 하던 말을 계속하려고 했다. 그러나 아무 말도 나오지 않았다. 그러자 그녀는 얼룩에 날개와 수염을 그려 넣기 시작했고, 마침내 그것은 박쥐와 웜뱃 중간쯤 되는 머리 둥근 괴물이 되었다. 하지만 배스킷과 바설러뮤가 방에 있는데 시를 쓰기란 불가능했다. "불가능"이라고 말하자마자, 놀랍고 불안하게도, 펜이 가능한 한 최고로 매끄럽고 유려하게 곡선과 나선을 그리기 시작했다. 종이에는 깔끔하기 이를 데 없는 비스듬한 서체로 평생 읽어본 것 중 가장 시시한 운문이 적혔다.

나 자신 인생의 지친 사슬 중

하찮은 고리 하나에 불과하지만

나는 신성한 말들을 했고,

아, 헛되이 말하지 않는다!

젊은 아가씨의 눈물,

떠난 이들과 사랑하는 이들에 대한 눈물이,

달빛 속에 홀로 반짝일 때,

아가씨는 속삭일까……

바설러뮤와 배스킷이 난롯불을 돌보고 머핀을 치우
느라 방 안을 돌아다니며 끙끙거리고 앓는 소리를 내는
사이, 올랜도는 멈추지 않고 글을 썼다.

다시 펜을 적시자, 펜은 이렇게 써나가기 시작했다.

그녀는 너무나 변했네, 저녁이 하늘에 덮어

장밋빛으로 타오르는 구름 같은,

한때 그 뺨을 물들이던 그 부드러운 연분홍 구름은

사라져 창백해졌고, 이따금

불타오르는 홍조, 무덤의 횃불이

하지만 여기서 올랜도가 갑작스럽게 움직이다 종이 위에 잉크를 쏟는 바람에 그 시는 그녀가 바라던 사람들의 시선을 영영 받을 수 없게 되고 말았다. 그녀는 당황해서 부들부들 떨었다. 이렇게 본의 아니게 폭포수처럼 쏟아져 나오는 영감을 잉크가 술술 적어나가는 느낌보다 더 불쾌한 일은 상상조차 할 수 없었다. 그녀에게 무슨 일이 생긴 걸까? 습기 때문인가, 바설러뮤 때문인가, 배스킷 때문인가, 무엇 때문인가? 올랜도는 따져 물었다. 하지만 방은 비어 있었다. 그 질문에 아무도 대답하지 않았다. 담쟁이덩굴에 떨어지는 빗소리를 대답으로 간주할 수 없다면 말이다.

한편, 창가에 서 있는 동안 올랜도는 자신이 마치 산들바람이나 제멋대로 움직이는 손가락이 연주하는 천 개의 현으로 이루어진 것처럼 전신이 기이하게 따끔거리고 떨리는 것을 의식하게 되었다. 이제는 발가락이, 그러고는 골수가 따끔거렸다. 허벅지뼈 근처에 너무나 괴상한 감각이 느껴졌다. 머리카락이 쭈뼛 일어서는 것 같았다. 20년쯤 후 전신선이 노래하고 윙윙거리듯이 두 팔이 노래하고 윙윙거렸다. 하지만 이 모든 동요는 결국 그녀의 두 손에 집중되는 것 같았다. 그러더니 그중 한 손에, 그리고 그 손의 한 손가락에, 그러고는 결국 점점 좁혀 들어오더니 왼손 검지 주위로 고리 모양의 떨리는 감각을 이루었다. 그 떨림을 일으키는 것이 무엇인지 보려고 손가락을 들었지만 아무것도 보이지 않았다. 엘리자베스 여왕이 준 큼직한 에메랄드 하나 외에는. 그것이면 충분하지 않은가? 그녀는 물었다. 최상급 에메랄드였다. 최소 1만 파운드 가치는 되는 보석이었다. 그 떨림은 아주 이상한 방식으로(하지만 우리가 다루는 것은 인간 영혼의 가장 어두운 현현顯現에 속한다는 것을 기억하라), 아니 그걸로 충분하지 않아, 라고 말하는 것 같았다. 그리고 더 나아가 이 중지, 이 이상한 실수가 무엇을 의미하는지 묻기라도 하는 것처럼 심문의 어조를 취하는 것 같았다. 마침내 가엾은 올랜도는 이유도 전혀 알지 못한 채 왼손 검지를 명백히 부끄러워하게 되었다. 그 순간 바설러뮤가 들어와 만찬용으로 어떤 드레스를 준비할지 물었고, 감각이 아주 예민해진 올랜도가 곧바로 바설러뮤의 왼손에 시선을 던지자 이전에는 전혀 보지 못했던 것이 보였다. 자신의 텅 빈 중지와는 달리 그 중지에 끼워져 있는 누리끼리하게 노란 굵직한 반지가.

"반지 좀 보여줘, 바설러뮤." 올랜도는 손을 내밀며 말했다.

이 말에 바설러뮤는 악당에게 가슴을 얻어맞기라도 한 것처럼 반응했다. 그녀는 한두 발자국 뒷걸음치더니 주먹을 꼭 쥐었고 지극히 고결한 몸짓으로 그 주먹을 휙 뒤로 뺐다. "안 돼요." 바설러뮤는 단호하고 위엄 있는 말투로 여주인이 원한다면 볼 수야 있지만 결혼반지를 빼는 것은 대주교도, 교황도, 왕좌의 빅토리아 여왕도 강요할 수 없는 일이라고 말했다. 남편 토머스가 25년 6개월 3주 전에 그 반지를 그녀의 손에 끼워주었다. 그녀는 그 반지를 끼고 잤고, 끼고 일했고, 끼고 씻었고, 끼고 기도했으며, 끼고 묻히겠다고 했다. 사실 올랜도는 바설러뮤의 말을 이해할 수는 있었지만, 그 목소리는 감정에 복받쳐 심하게 갈라져 있었다. 바설러뮤는 결혼반지의 반짝이는 빛에 대고 맹세하는데 자신은 천사들 사이에 앉게 될 것이며 단 1초라도 그 반지를 손에서 뺀다면 그 빛이 흐려질 것이라고 단언했다.

"하늘이 보우하사." 올랜도는 창가에 서서 장난치는 비둘기들을 바라보며 말했다. "이 세상은 정말 굉장해! 정말이지 굉장한 세상이야!" 그 복잡함은 경이로웠다. 이제 온 세상이 금빛 고리에 에워싸인 것처럼 보였다. 만찬에 참석했다. 결혼반지들이 넘쳐났다. 교회에 갔다. 결혼반지들이 사방에 보였다. 마차를 타고 나갔다. 얇건 두껍건 소박하건 매끄럽건, 금이나 도금 반지들이 모든 사람의 손에서 흐리멍덩하게 반짝였다. 반지들이 보석상을 채웠다. 올랜도가 기억하는 번쩍이는 모조 보석이나 다이아몬드가 아니라 보석이 박히지 않은 소박한 반지였다. 그와 동시에 도시 사람들의 새로운 습관이 눈에 띄기 시작했다. 예전에는 산사나무 울타리 밑에서 소녀와 시시덕거리는 소년이 꽤 자주 보였다. 올랜도는 채찍 끝으로 그런 남녀들을 찰싹 건드리고는 웃으면서 지나갔다. 이제 그 모든 것이 바뀌었다. 남녀들은 떼어놓을 수 없을 정도로 딱 붙은 채 길 한복판을 느릿느릿 터벅터벅 걸어 다녔다. 여자의 오른손은 항상 남자의 왼손에 들어가 있고, 여자의 손가락은 남자의 손가락에 꼭 붙들려 있었다. 그들은 말의 콧등이 등에 닿기 전까지 꿈쩍도 하지 않는 경우가 많았고, 움직일 때조차 한 몸으로 느릿느릿 길가로 이동했다. 올랜도로서는 새로운 종족이 발견된 모양이라고 짐작할 수밖에 없었다. 웬일인지 연인들이 한 쌍 한 쌍 찰싹 들러붙게 된 모양이지만, 누가 그렇게 만들었으며 언제 그렇게 됐는지는 짐작도 할 수 없었다. 자연의 여신이 한 일로 보이지는 않았다. 비둘기와 토끼, 엘크하운드를 보면 자연의 여신이 자기 방식을 바꾸거나 그것들을 수정하지는 않았다. 적어도 엘리자베스 시대 이후로는 말이다. 눈에 보이는 동물들 사이에는 떼어놓을 수 없는 연결은 존재하지 않았다. 그렇다면 빅토리아 여왕이나 멜버른 경[50]일까? 그들에게서 결혼이라는 위대한 발견이 나온 것일까? 하지만 여왕은 개를 좋아한다고들 하고, 또 멜버른 경은 여자들

50   빅토리아 여왕 시기의 초대 수상.

을 좋아한다고들 한다는 소리를 들었다. 이상하고, 불쾌했다. 그렇다. 이 떼어놓을 수 없는 몸뚱이들에는 그녀의 예절과 위생 관념에 혐오감을 일으키는 무언가가 존재했다. 그렇지만 그녀가 깊이 생각에 잠긴 내내 문제의 손가락이 너무나 따끔거리고 윙윙거려서 생각을 제대로 정리할 수 없었다. 생각은 마치 하녀의 허튼 공상처럼 상사병에 시달리며 추파를 던져댔다. 그 때문에 얼굴이 붉어졌다. 그런 못생긴 반지를 하나 사서 다른 사람들처럼 끼고 다니는 것 말고는 달리 방법이 없었다. 올랜도는 그렇게 했다. 커튼 뒤에 숨어서 수치심에 휩싸인 채 반지를 자기 손가락에 끼웠다. 하지만 소용없었다. 따끔거림은 그 전보다 더 격렬하게, 더 극심하게 계속되었다. 그날 밤 그녀는 한숨도 잠을 이루지 못했다. 이튿날 아침 그녀가 글을 쓰려고 펜을 들자, 아무런 생각도 떠오르지 않아 펜이 커다란 눈물방울 같은 얼룩만 연달아 만들었거나, 아니면 더욱 놀랍게도 펜이 느릿느릿 움직이며 요절과 부패에 관한 감미롭고 유려한 글을 써내려갔는데, 그건 아무 생각도 없는 것보다 더 나쁜 일이었다. 그러면—그녀의 경우가 증명했듯이—우리가 손가락이 아니라 온몸으로 글을 쓰는 것 같기 때문이다. 펜을 통제하는 신경은 우리의 모든 섬유 조직을 감싸고, 심장을 꿰고, 간을 관통한다. 말썽이 일어난 곳이 왼손처럼 보였지만, 올랜도는 온몸에 독이 완전히 퍼진 것을 느낄 수 있었고 결국 가장 필사적인 처방을 고려하게 되었다. 바로 시대정신에 완전히 고분고분 굴복해서 남편을 얻는 것이었다.

이것이 그녀의 타고난 성정에 반하는 일임은 충분히 보여줬다. 대공의 마차 바퀴 소리가 사라져갔을 때 그녀의 입술에 떠오른 말은 "삶! 연인!"이었지 "삶! 남편!"이 아니었고, 앞 장에서 보여줬듯이 그녀가 도시로 가서 세상을 돌아다닌 것은 바로 이 목적을 추구하기 위해서였다. 하지만 시대정신은 어찌나 완강한 성질을 가지고 있는지 자신의 의지를 굽히는 사람들보다 거기에 맞서 항거하려는 이들을 훨씬 더 철저하게 때려 부순다. 그간 올랜도는 엘리자베스 시절의 시대정신, 왕정복고기의 시대정신, 18세기의 정신과 자연스럽게 마음이 맞았고,

그 결과 한 시대에서 다음 시대로의 변화를 거의 인식하지 못했다. 그러나 19세기의 시대정신은 올랜도와 극단적으로 맞지 않았다. 그렇기에 그것은 그녀를 붙잡아 꺾어놓았고, 이제껏 패배당해본 적 없던 그녀는 그 손에 자신이 패배했음을 인식했다. 아마도 인간의 정신은 주어진 시대 안에 자기 자리가 있을지도 모른다. 어떤 정신은 이 시대에, 어떤 정신은 저 시대에 태어난다. 이제 올랜도는 서른하나 내지 서른둘의 여인이 되었으니 그녀의 기질의 노선은 확실하게 정해졌고, 그것을 엉뚱한 방향으로 굽히는 것은 견딜 수 없는 일이었다.

그래서 올랜도는 고분고분 받아들인 크리놀린의 무게에 짓눌린 채 서글픈 마음으로 응접실(바설러뮤는 서재를 그렇게 명명했다) 창가에 서 있었다. 그것은 여태까지 입어본 그 어떤 드레스보다 무겁고 우중충했다. 움직이는 데 그렇게 방해가 되는 드레스는 없었다. 이제 그녀는 개들과 함께 정원을 성큼성큼 걸을 수도, 높은 언덕을 향해 가볍게 달려가서 떡갈나무 아래 몸을 던질 수도 없었다. 스커트에는 젖은 나뭇잎과 지푸라기가 들러

붙었다. 깃털 모자는 산들바람에 흔들렸다. 얇은 신발은 금방 젖고 진흙투성이가 되었다. 근육은 유연성을 잃었다. 웨인스코팅 나무 패널 장식 뒤에 강도들이 숨어 있을까 봐 신경이 곤두섰고, 평생 처음으로 복도의 유령들이 두려워졌다. 이 모든 것들로 인해 그녀는 모든 남녀에겐 평생 지정된 상대가 있으며, 죽음이 서로를 갈라놓을 때까지 그 상대를 부양하고, 그 상대의 부양을 받아야 한다는 새로운 발견에 조금씩 조금씩 복종하게 되었다. 그게 빅토리아 여왕이 발견한 것이건 다른 사람이 발견한 것이건 말이다. 기대면, 앉으면, 그렇다, 누우면, 그리고 결코, 절대, 영영, 다시는 일어나지 않으면 편안할 것 같았다. 과거 그녀가 지녔던 모든 자부심에도 불구하고 시대정신은 이렇게 그녀에게 영향을 미쳤고, 그녀가 감정의 산비탈을 미끄러져 내려와 이 낮고 익숙하지 않은 숙소로 들어가자, 그토록 비난하고 심문하듯 괴롭히던 윙윙거리는 소리와 따끔거림이 감미롭기 짝이 없는 선율로 변하더니 마침내는 천사들이 하얀 손가락으로 하프의 현을 뜯어 그녀의 온몸을 천사의 화음으로 가득 채우는 듯한 느낌이 들었다.

하지만 누구에게 기댈 수 있단 말인가? 올랜도는 가을의 광풍에게 그 질문을 던졌다. 이제 10월이 되었고, 언제나 그렇듯이 날씨는 축축했다. 대공은 아니었다. 그는 굉장히 지체 높은 아가씨와 결혼해 이미 오랫동안 루마니아에서 토끼 사냥을 하며 살고 있었다. M씨도 아니었다. 그는 가톨릭 신자가 되었다. C후작도 마찬가지였다. 그는 보터니 만[51]에서 자루를 만든다. O경도 마찬가지였다. 그는 오래전 물고기 밥이 되었다. 옛 친구들은 이제 모두 이렇게 저렇게 사라지고 없었고, 드루어리레인의 넬과 키트들은 좋아하기는 해도 좀처럼 의지할 수 있는 상대는 아니었다.

"누구에게 의지할 수 있을까?" 올랜도는 빙빙 도는 구름을 바라보며 창틀에 무릎을 꿇고 앉아 두 손을 맞잡고서, 그렇게 애원하는 여성상의 이미지 그 자체가 되어 이렇게 질문했다. 그녀의 펜이 저절로 글을 썼듯이,

---

51   호주 남쪽의 만으로, 영국에서 죄수들을 유형 보내던 곳.

그녀의 말도 저절로 생겨났고 손도 자기도 모르게 맞잡았다. 말하는 것은 올랜도가 아니라 시대정신이었다. 하지만 그것이 어느 쪽이건 그 누구도 대답하지 않았다. 떼까마귀들이 보랏빛 가을 구름 속에서 허둥지둥 뒹굴고 있었다. 마침내 비가 멎었고 하늘에 떠오른 무지갯빛이 그녀에게 깃털 모자를 쓰고 자그마한 끈 달린 구두를 신고 만찬 전에 산책을 나오라고 유혹했다.

'나 말고는 모두 짝을 지었구나.' 올랜도는 고독한 심정으로 안뜰을 가로질러 걸어가며 생각했다. 떼까마귀들이 있었다. 그 연합이 비록 일시적이기는 해도 크누트와 피핀조차 오늘 저녁에는 각자 짝이 있는 것 같았다. '반면 이 모두의 주인인 나는 독신으로 짝 없이 혼자 있구나.' 올랜도는 가는 길에 복도의 수없이 많은 장식 창문을 쳐다보며 생각했다.

전에는 그런 생각을 한 번도 한 적 없었다. 그러나 이제는 그 생각이 그녀를 사로잡고 놓아주지 않았다. 그녀는 문을 밀어 여는 대신 짐꾼에게 열어달라고 장갑 낀 손으로 가볍게 두드렸다. 그것이 고작 짐꾼에 불과하다

1840년경의 올랜도

해도 사람은 누군가에게 의지해야 한다고 올랜도는 생각했다. 그리고 밖에 나가는 대신 활활 타는 석탄 양동이 위에서 고기 굽는 짐꾼을 돕고 싶은 마음이 살짝 들었지만 너무 부끄러워서 말도 꺼내지 못했다. 그래서 혼자 대정원으로 정처 없이 걸어 나갔고, 밀렵꾼이나 사냥터지기, 심지어 심부름꾼 소년이 지체 높은 숙녀가 혼자 걸어 다니는 것을 보고 의아해할까 봐 처음에는 머뭇거리며 두려워했다.

한 걸음 내디딜 때마다 그녀는 웬 남자가 가시금작화 덤불 뒤에 숨어 있지나 않을까, 어느 사나운 소가 뿔을 낮게 세우고 자신을 들이받아 내동댕이치지나 않을까 불안한 눈초리로 두리번거렸다. 하지만 주위에 있는 것이라고는 하늘에 날아다니는 떼까마귀뿐이었다. 그중 한 마리에게서 강청색 깃털 하나가 히스 사이에 떨어졌다. 올랜도는 산새 깃털을 좋아했다. 예전 소년 시절에는 그것을 모으기도 했다. 그녀는 깃털을 주워 모자에 끼웠다. 바람이 그녀의 영혼을 향해 살짝 불어오자 기운이 되살아났다. 떼까마귀들이 머리 위에서 선회하며 자줏빛 공기 속으로 깃털을 연달아 떨어뜨리는 사이, 그녀는 긴 망토를 휘날리며 새들을 따라서 황야를 넘어 언덕 위로 올라갔다. 그렇게 멀리까지 걸은 것은 몇 년 만이었다. 그녀는 풀밭에서 깃털 여섯 개를 주워 손가락 사이에 끼고서 입술에 눌러 그 부드럽고 반짝이는 털의 감촉을 느끼고 있다가, 베디비어 경이 아서 왕의 검을 던져 넣은 호수처럼 신비하게 반짝이고 있는 은빛 호수가 언덕 비탈에 있는 것을 보았다. 깃털 하나가 공중에서 나부끼며 내려와 그 한가운데 떨어졌다. 그 순간 정체를 알 수 없는 황홀감이 밀려왔다. 떼까마귀들의 깍깍거리는 거친 웃음소리가 머리 위에서 들리는 동안, 세상 끝까지 새들을 따라가서 폭신한 잔디 위에 몸을 던지고 거기서 망각을 들이켜고 싶다는 정신 나간 생각이 들었다. 올랜도는 걸음을 재촉했다. 달렸다. 발을 헛디뎠다. 히스의 억센 뿌리에 걸려 땅에 쓰러졌다. 발목이 부러졌다. 일어날 수가 없었다. 하지만 그녀는 만족스러운 마음으로 거기 누워 있었다. 들버드나무와 조팝나무의 향기가 콧속에 흘러들었다. 떼까마귀의 거친 웃음소리가 귓속에 울렸다. "나는 짝을 찾았어." 올랜도가 중얼거렸다. "그건 황야야. 난 자연의 신부야." 그녀는 웅덩이 옆 움푹 들어간 땅에 망토로 몸을 감싼 채 누워 풀들의 차가운 포옹에 황홀하게 몸을 내맡기며 이렇게 속삭였다. "난 여기 누울래." (그녀의 이마 위에 깃털 하나가 떨어졌다.) "월계수보다 더 푸른 월계관을 찾았어. 내 이마는 항상 차가울 거야. 여긴 산새들의 깃털이 있어. 올빼미와 쏙독새의 깃털이. 나는 야생의 꿈을 꾸겠어. 이 손에 결혼반지를 끼는 일은 없을 거야." 그녀는 반지를 손가락에서 빼내며 계속 말했다. "내 손은 나무뿌리들이 휘감을 거야. 아!" 그녀는 그 폭신한 베개에 호사스럽게 머리를 누이며 한숨을 내쉬었다. "나는 여러 시대를 거치며 행복을 구했지만 찾지 못했어. 명성을 구했지만 놓쳤고, 사랑을 구했지만 알지 못했지. 삶을 구했지만, 봐, 죽음이 더 낫잖아. 많은 남자들과 많은 여자들을 알았지만, 아무도 이해하지 못했어. 여기 하늘만 내 위에 둔 채 평화롭게 누워 있는 것이 더 나아. 오래전 집시가 말해주었던 것처럼. 터키에서의 일이었지." 그리고 그녀는 구름들

이 휘몰아치며 빨려 들어가고 있는 경이로운 황금빛 거
품 속을 똑바로 올려다보았고, 다음 순간 그 속에서 길
하나를, 그리고 붉은 먼지 구름 사이에서 돌투성이 사
막을 한 줄로 가로질러 지나가는 낙타들을 보았다. 그
낙타들이 지나가고 나자 계곡이 많고 바위투성이 봉우
리를 가진 아주 높은 산만 남았고, 올랜도는 그 산길에
서 염소 방울 소리가 들리고 움푹 들어간 지대에는 아
이리스와 용담초가 자라는 들판이 펼쳐져 있는 상상을
했다. 그렇게 하늘이 변했고, 그녀의 눈길이 서서히 아래
로, 점점 더 아래로 내려가 비에 검게 젖은 땅에 닿자 사
우스다운스의 거대한 구릉이 해안을 따라 크게 한 번
굽이치며 펼쳐져 있는 광경이 보였다. 땅이 갈라진 곳에
는 바다가, 배들이 지나다니는 바다가 있었다. 바다 멀리
서 대포 소리가 들리는 상상을 하며 처음에는 '무적함대
구나' 생각했다가 '아니야, 넬슨이지' 하고 생각하자, 다
음 순간 그 전쟁들은 모두 끝났고 배들은 분주한 상선
들이라는 사실이 기억났다. 굽이굽이 흐르는 강 위에 보
이는 돛들은 유람선의 돛들이었다. 어두운 들판에 양들

과 소들이 점점이 흩어져 있는 것도 보였고, 여기저기 농가 창문에 켜지는 불빛과 양치기와 소치기가 가축들을 점검하느라 들고 돌아다니는 등불도 보였다. 그러더니 그 불들이 꺼지고 별이 떠올라 하늘 여기저기서 뒤얽혔다. 그렇다, 그녀는 축축한 깃털을 얼굴에 올려놓고 귀를 땅에 붙인 채 잠이 들었고, 그 속 깊숙한 곳에서 모루를 두드리는 망치 소리를 들었다. 아니, 심장 뛰는 소리였을까? 뚝-딱, 뚝-딱, 그렇게 모루를 두드렸고, 혹은 그렇게 땅속 한가운데서 심장이 뛰었다. 그렇게 듣고 있다 보니 그 소리가 말발굽 소리로 바뀌었다는 생각이 들었다. 하나, 둘, 셋, 넷, 그녀는 숫자를 세었다. 다음 순간 휘청거리는 소리가 들렸다. 그러더니 점점 더 가까이 다가오면서 나뭇가지 부러지는 소리와 말발굽에 젖은 습지가 쩍쩍 들러붙는 소리가 들렸다. 말이 거의 옆까지 다 왔다. 그녀는 일어나 똑바로 앉았다. 노란색이 길게 가로지른 새벽하늘을 배경으로 말에 탄 남자의 높다란 검은 형상이 그 주위를 오르락내리락 날아다니는 물새 떼와 함께 보였다. 그는 깜짝 놀랐다. 말이 멈췄다.

348

"부인." 남자가 뛰어내리며 외쳤다. "다치셨군요!"

"전 죽었어요!" 올랜도가 대답했다.

몇 분 뒤, 그들은 약혼했다.

다음 날 아침 식탁에서 그는 그녀에게 자기 이름을 알려주었다. 마마듀크 본스롭 셸머딘으로, 향사 신분이었다.

"그럴 줄 알았어요!" 올랜도가 말했다. 그에게서는 야생적이고 검은 깃털이 달린 것 같은 이름―그녀의 마음속에서는 떼까마귀의 빛나는 검푸른 날개와 깍깍거리는 그 새들의 쉰 웃음소리, 은빛 호수 위로 뱀처럼 꿈틀거리며 떨어지는 깃털들, 그리고 곧 설명할 천 가지 다른 것들을 가진 이름―과 어울리는 어딘가 낭만적이고 기사처럼 정중하며 정열적이고 우수에 가득 찼으면서도 결연한 분위기가 풍겼기 때문이다.

"나는 올랜도라고 해요." 그녀가 말했다. 그도 이미 짐작한 바였다. 돛을 있는 대로 올린 채 태양을 떠받치고 남태평양에서부터 지중해까지 당당히 휩쓸고 가는 배를 보면 당장 "올랜도"라고 말하게 될 거라고 그는 설명했다.

사실 서로 알게 된 시간은 그렇게 짧았지만, 연인들 사이가 늘 그렇듯이 그들은 서로에 대해 중요한 것은 모두 기껏해야 2초 만에 짐작해버렸고 이제 남은 것이라고는 뭐라고 불리는지, 어디에 사는지, 걸인인지 재력가인지 같은 전혀 중요하지 않은 자잘한 것들을 채우는 것뿐이었다. 그는 헤브리디스 제도에 성이 하나 있지만 그곳은 폐허가 되었다고 했다. 그 연회장에서는 뱁새들이 잔치를 벌이고 있다. 그는 군인과 선원으로 동양을 탐험했다. 지금은 팰머스의 범선으로 돌아가던 길이었지만, 바람이 잦아들어서 남서쪽에서 강풍이 불어와야 바다에 나갈 수 있다고 했다. 올랜도는 서둘러 아침 식당 창문 너머 풍향계 위에 앉은 금박 입힌 표범을 보았다. 다행히 표범 꼬리는 동쪽을 똑바로 가리키며 바위처럼 꿈쩍하지 않았다. "오! 셀, 내게서 떠나지 말아요!" 올랜도가 외쳤다. "난 당신과 열렬히 사랑에 빠졌어요!" 그녀가 말했다. 그 말이 입에서 나오자마자, 그들의 마음속에 끔찍한 의혹이 동시에 몰려들었다.

"당신은 여자로군요, 셸!" 그녀가 외쳤다.

"당신은 남자로군요, 올랜도!" 그가 외쳤다.

세상이 시작된 이후로 그때처럼 단언하고 증명하는 광경은 결코 없었다. 그 일이 끝나고 그들이 다시 자리에 앉자, 그녀가 물었다. 이 남서풍 이야기는 다 무엇인가? 그는 어디로 가는 것인가?

"케이프혼으로 갑니다." 그는 짧게 말하고 얼굴을 붉혔다. (남자도 여자처럼 얼굴을 붉힐 수밖에 없기 때문이다. 다만 그 이유가 다를 뿐.) 엄청나게 압박을 가하고 직관력을 열심히 활용하고 나서야 올랜도는 그가 모험 중에서도 가장 지독하고 대단한 모험을 하며 살았음을 알게 되었다. 강풍과 맞서 싸우며 케이프혼을 도는 항해 말이다. 돛대는 부러지고 돛은 가닥가닥 찢어졌다(그녀는 그에게서 인정의 말을 이끌어내야 했다). 이따금 배가 가라앉기도 했고, 그는 유일한 생존자가 되어 뗏목을 타고 비스킷으로 연명했다.

"요즘 남자가 할 수 있는 일은 그 정도가 전부입니다." 그는 멋쩍은 표정으로 말하고 숟갈로 딸기잼을 듬뿍 퍼먹었다. 그러자 돛대가 부러지고 별들이 빙빙 도는 와중에 닻줄을 잘라버리고 저건 바다로 던지라고 짧게 명령을 외쳐대며 이 소년이(그는 소년이나 다름없었으니까) 좋아하는 페퍼민트를 빨고 있는 광경이 떠오르면서 그녀의 눈에 눈물이 고였다. 과거 흘렸던 그 어떤 눈물보다 향기로운 눈물이었다. '난 여인이야.' 그녀가 생각했다. '드디어 진짜 여인이 되었어.' 그녀는 이 뜻밖의 귀한 기쁨을 선사한 본스롭에게 마음속 깊이 감사했다. 왼발을 다치지만 않았어도 그의 무릎 위에 앉았을 것이다.

"셸, 내 사랑." 그녀가 다시 입을 열었다. "말해줘요." 그렇게 그들은 두 시간이 넘도록 어쩌면 케이프혼에 대해, 어쩌면 다른 것에 대해 이야기를 나누었는데, 사실 그들이 한 이야기를 적는 것은 별 득이 되지 않을 것이다. 그들은 서로를 너무나 잘 알아서 무엇이든 말할 수 있었고, 그건 아무 말도 하지 않는 것과 마찬가지였다. 혹은 오믈렛 요리법이나 런던 최고의 부츠 가게 같은 하찮고 평범한 일들, 그들 주위에서 아무런 빛도 빼앗지 않으면서도 그 안에는 분명 놀라운 아름다움이 있는 그런 일들에 대해 이야기하는 것과 마찬가지였다. 자연의 현명한 절약정신에 의해 우리 현대의 시대정신은 거의 언어가 필요 없게 되었다. 그 어떤 표현도 충분하지 않기에 가장 흔해빠진 표현으로도 충분하다. 따라서 가장 평범한 대화가 종종 가장 시적인 대화이며, 가장 시적인 대화는 바로 글로 적을 수 없는 대화이다. 그런 까닭에 우리는 여기에다 큰 공백을 남겨둘 것이며, 이 공간은 충만하게 채워졌음을 나타내는 것으로 받아들여야만 한다.

며칠 뒤, 이런 종류의 대화가 더 이어졌다.

"올랜도, 내 가장 소중한 사람." 셸이 이렇게 말을 꺼내는데, 밖에서 실랑이 소리가 들리더니 집사 배스킷이 들어와서 아래층에 경찰관 둘이 여왕이 보낸 서류를 들고 와 있다고 알렸다.

"올라오라고 하게." 셸머딘이 마치 자신의 선미 갑판에 서 있는 것처럼 본능적으로 난롯불 앞에서 뒷짐을 지고 서서 짧게 말했다. 암녹색 제복을 입고 허리에 곤봉을 찬 경찰관 둘이 방으로 들어와 차렷자세로 섰다. 격식을 차려 인사한 후, 그들은 명령받은 대로 올랜도의 손에 법적 서류를 넘겼다. 극히 중요함을 뜻하는 밀랍 봉인과 리본, 맹세, 서명으로 보아 굉장히 인상적인 문서였다.

올랜도는 그 문서를 훑어보더니, 오른손 엄지로 짚어가면서 사안에 가장 밀접한 관련이 있는 다음 사실들을 소리 내어 읽었다.

"소송이 처리되었는데," 그녀가 읽었다. "몇 건은 내가 승소했고, 예를 들어…… 다른 건들은 패소했군요. 터키에서 한 결혼은 무효가 되었고(난 콘스탄티노플 대사였어요, 셸) 아이들은 사생아로 선고되었네요(내가 스페인 무희 페피타에게서 아들 셋을 두었다고 그쪽에서 말했거든요). 그래서 그 애들이 상속을 받지 않으니 이건 다 잘된 일이고…… 성별? 아! 성별은 어떻게 됐지? 내 성별은," 그녀는 좀 엄숙한 어조로 읽었다. "반론의 여지 없이, 조금도 의심할 여지 없이(내가 조금 전에 뭐라고 했죠, 셀?) 여성으로 선고되었네요. 이제 영구적으로 가압류 해제된 토지는 나의 남성 상속자들이 물려받고 세습에 세습을 거듭할 것이며, 결혼 불이행 시……" 하지만 여기서 그녀는 장황한 법률 용어가 지겨워져서 이렇게 말했다. "하지만 결혼 불이행은 없을 것이고 상속자도 마찬가지예요. 그러니 나머지는 읽은 셈 쳐도 되겠군요." 이렇게 말하고 그녀는 팰머스턴 경[52]의 서명 아래 자기 서명을 덧붙였고, 그 순간부터 작위와 저택, 토지에 대한 소유권을 누구의 방해도 받지 않고 갖게 되었다. 그러나 막대한 소송 비용으로 인해 그 재산은 이제 크게 줄어들어서, 그녀는 다시 무한히 고귀해졌으나 지극히 가난해지기도 했다.

52   19세기 영국의 수상을 지낸 정치인.

소송 결과가 알려지자(소문은 그것을 대체한 전보보다 훨씬 더 빠르게 퍼졌다), 온 도시가 기쁨으로 가득 찼다.

[말들은 오로지 데리고 나가려는 목적으로 마차에 연결했다. 빈 사륜마차와 랜도마차가 끊임없이 하이 스트리트를 오갔다. 불 펍에서는 연설을 낭독했다. 스택 펍에서는 답신을 작성했다. 도시에 불이 환히 켜졌다. 금궤는 유리 상자 안에 단단히 봉했다. 동전들은 돌 아래에 제대로 적절히 두었다. 랫 클럽과 스패로 클럽이 발족되었다. 장터에서는 터키 여자 인형 열두 개를 만들어 불태웠고, "나는 비열한 사칭꾼"이라는 꼬리표를 입에 축 늘어뜨린 농부 소년 인형 수십 개도 함께 태웠다. 여왕의 크림색 조랑말들이 곧 거리를 달려와 올랜도에게 바로 그날 밤 성에서 식사하고 묵고 가라는 어명을 전했다. 예전과 마찬가지로 올랜도의 테이블 위에는 R백작부인, 레이디 Q, 레이디 팰머스턴, P후작부인, W. E. 글래드스턴 부인 등이 그들 가문과 그녀 가문 사이의 오랜 유대를 환기시키며 부디 방문해달라고 청하는 초대장이 눈

처럼 쌓였다.] 위의 모든 내용은 당연히 대괄호 안에 넣었는데, 그것이 올랜도의 삶에 어떤 중요성을 가지지 않는 삽입어구라는 적절한 이유에서이다. 올랜도는 글의 진행을 위해 그 부분을 건너뛰었다. 장터에서 모닥불이 타오르고 있을 때 그녀는 셸머딘과 단둘이서 어두운 숲 속에 있었다. 날씨가 어찌나 좋았는지 나무들은 그들 머리 위로 미동조차 없이 나뭇가지를 뻗고 있었고, 혹여 나뭇잎이 한 장 떨어진다 해도 붉은색과 금색이 뒤섞인 얼룩덜룩한 나뭇잎은 너무나 천천히 떨어져서 그것이 팔락이며 마침내 올랜도의 발 위에 내려앉을 때까지 반 시간은 족히 바라볼 수 있었다.

"말해봐요, 마." 올랜도는 이렇게 말할 것이다. (여기서 설명해두어야 할 것이 있는데, 그의 이름을 첫 음절로 부를 때면 올랜도는 향신료 뿌린 장작이 타고 있는 것처럼 몽롱하고 요염하고 순종적이고 가정적이고 약간 나른한 기분에 젖어 있었고, 때는 저녁이지만 아직 옷을 차려입을 시간은 아니고, 아마도 밝은 나뭇잎들이 물기에 반짝일 정도로 살짝 젖어 있지만 그래도 진달래 사이에서는 나이팅게일이 노래하고 저 멀리 농장에서는 개 두세 마리가 짖어대고 수탉이 울고 있을 것이다. 이 모든 것을 독자는 그녀의 음성에서 상상할 수 있다.) "말해봐요, 마." 올랜도는 이렇게 말할 것이다. "케이프혼에 대해서요." 그러면 셸머딘은 나뭇가지와 낙엽, 빈 달팽이 껍데기 한두 개를 가지고 땅에 케이프혼의 조그만 모형을 만들 것이다.

"여기가 북쪽이에요." 그가 말할 것이다. "저긴 남쪽이고. 바람이 여기쯤에서 오죠. 지금 배는 정서正西로 항해하고 있어요. 우린 방금 꼭대기 활대의 뒷돛대 세로돛을 내렸어요. 자, 보이죠, 여기 풀이 조금 나 있는 곳에서 배는 해류에 접어들 겁니다. 그 표시는—내 지도와 나침반 어디 있죠, 갑판장?—아, 고마워요, 그거면 되겠군요. 그 표시는 달팽이 껍데기가 있는 자리로 하죠. 해류가 배 우현을 때리니, 이물 제2사장을 달지 않으면 좌현 쪽으로 밀려갈 겁니다. 그건 저 너도밤나무 잎이 있는 곳이고요—당신은 분명 이해할 테니까요, 내 사랑." 그렇게 그는 계속해서 이야기할 테고, 그녀는, 말하자면, 그가 말하지 않아도 이해하기 위해 제대로 해석을 하면서 한 마디도 빠뜨리지 않고 경청할 것이다. 파도 위의 푸른 인 광과 돛대 줄 위에서 짤랑이는 고드름, 강풍 속에서 그 가 돛대 꼭대기에 어떻게 올라갔고, 거기서 인간의 운명 에 대해 사색하고, 다시 내려와, 위스키소다를 마시고, 하선하고, 흑인 여인의 함정에 빠지고, 참회하고, 논리적 으로 생각하고, 파스칼을 읽고, 철학에 대해 글을 쓰기 로 결심하고, 원숭이를 사고, 인생의 진정한 목적에 대해 논쟁하고, 케이프혼에 가기로 결심한 일 등등에 대해 말 이다. 이 모든 이야기와 그 외에 들려준 천 가지 다른 이 야기를 그녀는 이해했고, 그래서 "그렇죠, 흑인 여자들 은 유혹적이에요, 그렇지 않나요?" 하고 대답하자, 비축 해둔 비스킷이 이제 떨어졌다는 이야기를 방금 했던 그 는 그녀가 자신의 의중을 너무나 잘 이해했다는 걸 알고 놀랐고 기뻐했다.

"당신 남자가 아닌 게 확실해요?" 그는 불안한 기색 으로 이렇게 물을 것이고, 그녀는 이렇게 되풀이해서 말 할 것이다.

"당신이 여자가 아닌 것이 가능한가요?" 그리고 그들은 더 이상 쓸데없이 고심할 것 없이 그 사실을 시험해보아야 했다. 두 사람 모두 상대방의 재빠른 공감에 크게 놀랐고, 여성도 남성처럼 관용과 허심탄회한 대화가 가능하다는 것과 남성도 여성처럼 이상하고 미묘할 수 있다는 것이 두 사람 모두에게 너무나 큰 발견이라 그들은 당장 그 문제를 시험해봐야만 했다.

그래서 그들은 계속해서 말할, 아니, 이해할 것이다. 이해란 언어가 사상에 비해 날마다 너무나 빈약해진 나머지 버클리 주교의 철학을 열 번째로 막 다 읽고 나서도 "비스킷이 떨어졌다"라는 말로 어둠 속에서 흑인 여자에게 키스하는 것을 의미하게 된 시대에 주된 화술이 되었으니까. (그리고 이로 인해 가장 심오한 문체의 대가들만이 진실을 말할 수 있으며, 소박한 한 음절짜리 글을 쓰는 작가를 보면 한 치의 의심도 없이 그 딱한 인간은 거짓말을 하고 있다고 결론지을 수 있게 된다.)

그래서 그들은 이야기할 것이다. 그리고 얼룩덜룩한 가을 낙엽이 발을 상당히 뒤덮을 즈음, 올랜도는 달팽이 껍데기 사이에 앉아 케이프혼의 모형을 만들고 있는 본스롭을 내버려둔 채 자리에서 일어나 홀로 숲속 한가운데로 걸어 들어갈 것이다. "본스롭," 그녀는 말한다. "난 가요." 올랜도가 그를 두 번째 이름 "본스롭"으로 부를 때는, 그녀가 고독한 기분이 되어 자신들 둘 다 사막의 모래알처럼 느껴지고, 사람들은 매일 죽으며 저녁 식탁이나 이렇게 야외 가을 숲속에서도 죽는 법이니 홀로 죽음을 맞고 싶은 갈망밖에 없다는 것을 독자에게 알리고 있다. 게다가 모닥불이 활활 타오르고 레이디 팰머스턴이나 레이디 더비가 매일 밤 만찬에 불러내고 있으니 죽음을 향한 갈망은 압도적으로 그녀를 덮칠 테고, 그러니 "본스롭"이라는 말로 사실은 "난 죽었어요"라고 말한 것이나 다름없다. 그리고 그녀는 유령처럼 창백한 너도밤나무 숲 사이를 혼령처럼 헤치고 나아가 고독 속으로 깊숙이 노를 저어 갔다. 마치 스치는 작은 소리와 움직임은 끝났고 자신은 이제 자유롭게 자기 길을 갈 수 있다는 듯이 말이다. 독자는 "본스롭"이라고 부르는 그녀의 목소리에서 이 모든 것을 분명히 들을 것이며, 그 단어의 의미를 더욱 분명히 밝히자면, 본스롭에게도 그 말은 불가사의하게도 헤어짐과 고립과 깊이를 알 수 없는 바다에서 자신의 배 갑판을 거닐던 실체 없는 발걸음을 의미했다는 것 또한 덧붙여야 할 것이다.

죽음의 몇 시간이 흐른 뒤, 문득 어치 한 마리가 "셸머딘" 하고 날카롭게 외쳤고, 그녀는 허리를 굽혀 몇몇 사람들에게는 바로 그 말을 의미하는 크로커스 한 송이를 따서 너도밤나무 숲에 파랗게 떨어져 내린 어치 깃털과 함께 품 안에 넣었다. 그리고 그녀가 "셸머딘"이라고 부르자, 그 말은 숲을 가로질러 이리저리 날아가다가 풀밭에 앉아 달팽이 껍데기로 모형을 만들고 있던 그를 강타했다. 그는 그녀를 보았고, 그녀가 크로커스와 어치 깃털을 품에 넣고 다가오는 소리를 들었고, "올랜도" 하고 외쳤다. 그것은(파랑과 노랑 같은 밝은색이 우리 눈 속에서 뒤섞이면 그중 일부가 우리 사고에도 영향을 준다는 것을 기억해야 한다) 처음에는 마치 무엇이 뚫고 지나가는 것처럼 고사리들이 구부러지고 흔들리는 것을 의미했지만, 알고 보니 돛을 다 올린 채 조금은 꿈꾸듯이, 아니, 여름날로만 이루어진 1년 내내 항해할 시간이 있다는 듯이 들썩거리고 흔들리며 나아가는 한 척의 배였다. 그래서 그 배는 이쪽저쪽으로 들썩이며 당당하게 느릿느릿 나아가며 이 파도의 물마루에 오르고 저 파도의 바닥으로 가라앉다가 불현듯 (작은 새조개 껍데기 같은 배를 타고서 그 배를 올려다보고 있는) 당신을 굽어보고 서서 돛을 모조리 흔들다가, 한순간, 보라, 그 돛들이 몽땅 갑판 위에 무더기로 떨어진다. 올랜도가 지금 그의 옆 풀밭에 쓰러진 것처럼.

여드레 혹은 아흐레가 이렇게 지나갔다. 하지만 열흘째인 10월 26일, 올랜도는 고사리 사이에 누워 있고 셀머딘은 (작품 전체를 외우고 있는) 셸리를 암송하고 있는데 나무 꼭대기에서 아주 천천히 떨어지기 시작한 나뭇잎 하나가 올랜도의 발을 탁 치며 스쳤다. 두 번째 나뭇잎이, 또 세 번째가 그 뒤를 따랐다. 올랜도는 몸을 떨었고 얼굴이 창백해졌다. 바람이었다. 셸머딘이—하지만 지금은 그를 본스롭이라고 부르는 것이 더 적절할 것이다—벌떡 일어났다.

마마듀크 본스롬 셸머딘 향사

"바람이다!" 그가 외쳤다.

그들은 바람에 날아온 나뭇잎을 온몸에 더덕더덕 붙인 채 함께 숲을 가로질러 달려 큰 안뜰에 도착했고 그곳을 지나 작은 안뜰로 내달렸다. 놀란 하인들이 빗자루와 냄비를 내려놓고 그 뒤를 따라 예배당에 당도했고, 누구는 이쪽 긴 의자를 쓰러뜨리고 또 누구는 저쪽 양초를 꺼뜨리며 최대한 신속하게 여기저기 불을 켰다. 종이 울렸다. 사람들을 불렀다. 마침내 두퍼 씨가 도착해 흰 타이 끝을 거머쥐고 기도서가 어디 있는지 물었다. 그들이 메리 여왕의 기도서를 손에 쥐여주자 그는 다급히 책장을 넘겨 찾으면서 이렇게 말했다. "마마듀크 본스롭 셸머딘, 레이디 올랜도, 무릎을 꿇으십시오." 그들은 무릎을 꿇었고, 스테인드글라스를 통해 어지러이 날아 들어오는 빛과 그림자 속에서 환해지다 어두워지기를 반복했다. 수없이 많은 문이 쾅쾅거리면서 닫히고 놋쇠 그릇 두드리는 듯한 소리가 들려오는 가운데 오르간 연주가 우르르 커지다 희미하게 잦아들기를 반복하며 울려 퍼졌고, 아주 많이 늙은 두퍼 씨는 그 소음보다 목소리를 높이려 했지만 사람들 귀에 들리지도 않았고, 그러다 한순간 사방이 조용해지면서 단 한마디―아마 "죽음의 아가리"였을 것이다―가 또렷하게 울려 퍼졌고, 그러는 동안에도 저택의 하인들 모두가 갈퀴와 채찍을 여전히 손에 든 채 주례사를 듣기 위해 꾸역꾸역 몰려들었고, 몇몇은 큰 소리로 노래했고 몇몇은 기도를 했고, 새 한 마리가 창문에 부딪치는가 하면, 천둥소리가 울려 퍼졌다. 그래서 그 누구도 '순종'이라는 말을 듣지 못했고 그 누구도 번쩍하는 황금빛 외에는 손에서 손으로 반지가 넘어가는 것을 보지 못했다. 온통 야단법석이었다. 그러고는 오르간 연주가 울려 퍼지고 번개가 치고 비가 쏟아지는 가운데 두 사람이 자리에서 일어났고, 손가락에 반지를 낀 레이디 올랜도는 얇은 드레스 차림으로 안뜰로 나가 남편이 올라탈 수 있도록 흔들리는 등자를 잡았다. 말이 재갈을 물고 고삐를 단 채 옆구리에서 아직도 비지땀을 흘리고 있었기 때문이다. 그가 한달음에 뛰어올라 말에 올라타자 말은 앞으로 달려 나갔고, 올랜도가 거기 서서 마마듀크 본스롭 셸머딘! 하고 외치자 그는 올랜도! 하고 화답했고, 두 사람이 외친 말은 함께 종탑 사이에서 야생 매처럼 미친 듯이 질주하고 빙빙 돌면서 점점 더 높이, 점점 더 멀리, 점점 더 빨리 선회하다 서로 부딪혀 산산조각 나서 땅에 후드드 떨어졌다. 그리고 그녀는 안으로 들어갔다.

6

올랜도는 안으로 들어갔다. 완전히 고요했다. 아무 소리
도 들리지 않았다. 잉크병이 있었다. 펜이 있었다. 영원에
찬사를 바치던 도중 갑자기 중단한 시 원고가 놓여 있
었다. 그 무엇도 변하지 않는다고 말하려던 순간, 배스킷
과 바설러뮤가 차를 치우느라 방해했다. 그리고 3초하고
절반이 지나는 사이에 모든 것이 변했다. 그녀는 발목이
부러졌고, 사랑에 빠졌으며, 셸머딘과 결혼했다.

이를 증명하는 결혼반지가 올랜도의 손가락에 끼워
져 있었다. 물론 그 반지는 셸머딘을 만나기 전 자기 손
으로 직접 꼈지만, 그건 쓸모라고는 조금도 없었다. 이제

그녀는 미신적인 존경심을 담아 반지가 손가락 관절을 지나 빠져나오지 않도록 주의하면서 빙글빙글 돌렸다.

"결혼반지는 왼손 중지에 껴야 해." 그녀는 배운 것을 정성 들여 되풀이하는 아이처럼 말했다. "조금이라도 소용이 있으려면 말이지."

누가 그 말을 우연히 듣고 자신을 칭찬해주기를 바라는 듯이 올랜도는 평소보다 더 젠체하며 커다랗게 말했다. 그렇다, 이제 드디어 생각을 정리할 수 있게 되자 그녀는 자신의 행동이 시대정신에 미칠 영향을 염두에 두고 있었다. 그녀는 셸머딘과 약혼하고 결혼하는 과정에서 자신의 행보가 시대정신의 인정을 받았는지 알고 싶어 몹시 초조했다. 확실히 기분은 더 좋았다. 황야에서의 그날 밤 이후 손가락은 한 번도, 아니 조금도 따끔거리지 않았다. 그렇지만 의문이 드는 것을 부인할 수는 없었다. 결혼은 했다. 그건 사실이다. 하지만 남편이 늘 케이프혼 주위를 항해한다면, 그게 결혼일까? 남편을 좋아한다면, 그건 결혼일까? 다른 사람들을 좋아한다면, 그건 결혼일까? 그리고 마지막으로, 온 세상 그 무엇보다도 시를 쓰고 싶은 마음이 여전하다면, 그건 결혼일까? 올랜도에겐 의문이 남아 있었다.

하지만 올랜도는 그것을 시험할 요량이었다. 반지를 보았다. 잉크병을 보았다. 그럴 용기가 있는가? 아니, 없었다. 하지만 해야 했다. 아니, 할 수 없었다. 그렇다면 무엇을 해야 할까? 기절이다, 가능하다면. 하지만 평생 그 어느 때보다도 몸 상태가 좋았다.

"까짓것!" 올랜도는 예전의 기백을 살짝 느끼며 외쳤다. "시작이다!"

그리고 올랜도는 펜을 잉크에 깊이 담갔다. 굉장히 놀랍게도, 아무것도 폭발하지 않았다. 그녀는 펜촉을 꺼냈다. 펜촉은 젖었지만 잉크가 떨어지진 않았다. 그녀는 글을 썼다. 글이 나오는 데 시간은 조금 걸렸지만, 나오긴 했다. 아! 하지만 말이 되나? 펜이 또 제멋대로 장난을 쳤을까 봐 공포에 사로잡히면서 그녀는 생각했다. 쓴 것을 읽어보았다.

그리고 나는 들판으로 왔네, 새로 돋는 풀잎이

상산초[53]에 매달린 잔들에 가려 빛을 잃는 곳,

뾰로통하고 이국적인 그 교활한 꽃은

흐릿한 자줏빛 스카프를 둘렀네, 이집트 소녀들처럼[54]

시를 쓰고 있으니 어떤 힘(우리는 인간 정신의 가장 모호한 현현을 다루고 있음을 기억하라)이 어깨너머로 그 시를 읽고 있는 게 느껴졌고, "이집트 소녀들처럼"이라고 쓴 순간 그 힘이 그녀에게 멈추라고 명했다. 그 힘은 가정교사들이 쓰는 것 같은 자를 들고 첫 부분으로 돌아가서는 풀은 괜찮다고 말하는 것 같았다. 상산초에 매달린 잔들이라, 훌륭해. 교활한 꽃은, 여성이 쓰기엔 살짝 강한 표현이지만 워즈워스는 분명 찬성하겠지. 하지만, 소녀들이라니? 소녀들이 필요한가? 케이프혼에 남편이 있다고? 아, 뭐, 그러면 괜찮아.

그렇게 그 정신은 사라졌다.

53   자주색 종 모양의 꽃이 피는 백합과 식물.

54   비타 색빌웨스트의 시 《대지The Land》(1926) 중 〈봄〉의 일부.

올랜도는 이제 (이 모든 것이 마음속에서 일어났으므로) 마음속으로 자기 시대의 정신에 깊은 경의를 표했다. 가령—위대한 것을 사소한 것에 비교하자면—여행가방 구석에 여송연 한 꾸러미를 넣어둔 것을 의식하면서, 흰 분필로 친절하게 뚜껑에 휘갈기고 있는 세관원에게 다가가는 여행자처럼 말이다. 시대정신이 그녀의 마음속 내용물을 주의 깊게 살폈다면 벌금을 온전히 내야 하는 엄청난 밀수품을 발견하지 않았을 리 없다는 의심이 강하게 들었기 때문이다. 그녀는 그저 간신히 벗어났을 뿐이다. 시대정신에 교묘하게 경의를 표하고, 반지를 끼고 황무지에서 남자를 발견하고, 자연을 사랑하고, 풍자가나 냉소가, 심리학자가 되지 않음으로써—그 범죄 증거들 중 무엇이든 당장 들킬 수도 있었다—그 시험을 무사히 통과해낸 것뿐이다. 그래서 그녀는 안도의 한숨을 깊이 내쉬었다. 사실 그럴 만도 한 것이, 작가와 시대정신 사이의 거래는 극도로 섬세해서 그 둘 사이에 좋은 합의가 이루어지는 데 작가의 작품의 운명이 달려 있기 때문이다. 올랜도는 조정을 잘해서 지극히 행복한 상태를 누리게 되었다. 그녀는 시대와 싸울 필요도, 시대에 굴복할 필요도 없었다. 시대의 일부이되 자기 자신으로 남았다. 그러므로 이제 그녀는 글을 쓸 수 있었고, 글을 썼다. 그녀는 글을 썼다. 쓰고, 또 썼다.

이제 11월이었다. 11월 다음에는 12월이 온다. 그리고 1월, 2월, 3월, 4월. 4월 다음에는 5월이 온다. 6월, 7월, 8월이 뒤따른다. 그다음은 9월이다. 그리고 10월이니, 보라, 이제 우리는 한 해를 마치고 다시 11월을 맞이했다.

이런 방법으로 전기를 쓰는 것은 나름의 장점이 있긴 하지만 좀 삭막한 데가 있고, 이런 식으로 계속 나가면 독자는 달력은 혼자서도 낭독할 수 있으니 호가스 출판사[55]에서 이 책값으로 얼마가 적당하다 여길지는 모르겠지만 그 돈은 아낄 수 있겠다고 불평할지도 모른다. 하지만 지금 올랜도처럼 주인공이 전기작가를 곤경

---

55   버지니아 울프와 남편인 레너드 울프가 운영한 출판사. 울프 부부의
      집인 호가스하우스에서 이름을 따왔으며, 실제로 집에서 책을 만들었
      다. 버지니아 울프의 작품들은 거의 여기서 출판되었다.

에 빠뜨린다면, 작가가 할 수 있는 일은 무엇일까? 삶이
소설가나 전기작가에게 어울리는 유일한 주제라는 사
실은 자문을 구할 가치가 있는 의견을 지닌 모든 사람
이 동의한 바다. 같은 권위자들은 삶이 의자에 가만히
앉아서 생각하는 것과는 하등의 관련이 없다고 결정했
다. 생각과 삶은 극과 극으로 서로 다른 일이다. 그러므
로—의자에 앉아 생각하는 것이 바로 올랜도가 지금 하
고 있는 일이므로—그녀가 그 일을 마칠 때까지 달력을
낭독하고 묵주기도를 올리고 코를 풀고 난롯불을 뒤적
이고 창밖을 내다보는 수밖에 도리가 없다. 올랜도가 어
찌나 꼼짝 않고 앉아 있는지 바늘 떨어지는 소리도 들
렸을 것이다. 정말이지, 바늘이라도 떨어진다면 좋을 텐
데! 그러면 그것도 나름 삶이 되었을 것이다. 혹은 나비
한 마리가 창문으로 팔랑거리며 날아 들어와 의자에 내
려앉았다면, 그 이야기라도 쓸 수 있을 텐데. 그녀가 일
어나 말벌을 죽였다면. 그러면 당장 펜을 꺼내 들고 글
을 쓸 수 있을 것이다. 비록 말벌의 피에 불과하다 해도,
그렇다면 피가 낭자할 테니 말이다. 피가 있는 곳에 삶

이 있다. 말벌을 죽이는 것이 사람을 죽이는 것에 비하면 굉장히 시시한 일이라 해도, 이렇게 멍하니 앉아 있는 것, 이렇게 생각만 하는 것, 이렇게 날이면 날마다 담배와 종이 한 장, 펜과 잉크병을 놓고 의자에 앉아 있는 것보다는 소설가와 전기작가에게 더 적절한 소잿거리다. 전기의 주인공들이 작가를 조금 더 고려해준다면 얼마나 좋을까! (인내심이 바닥을 드러내고 있으니) 우린 이렇게 불평할 수도 있다. 그토록 많은 시간과 노력을 쏟아부은 전기의 주인공이 손아귀에서 완전히 벗어나 제멋대로 구는 것을—한숨을 쉬고, 헉하고 숨을 멈추고, 얼굴을 붉히고, 창백해지고, 눈이 등잔불처럼 환해졌다가, 새벽처럼 흐릿해지는 것을 보라—지켜보는 것보다 더 짜증 나는 일이 무엇이 있겠는가? 또, 그런 모습을 보이는 이유인 사고와 상상이 조금도 중요하지 않은 것들임을 알면서도 눈앞에 펼쳐지는 이 감정과 흥분의 무언극을 지켜보는 것보다 더 굴욕적인 일이 무엇이 있겠는가?

그러나 올랜도는 여인이었다. 팰머스턴 경이 얼마 전

이를 입증했다. 그리고 여인의 일생에 대해 쓸 때는 행동을 요구하기를 포기하고 그 대신 연애로 대체할 수 있다는 것은 모두가 합의한 바이다. 사랑은 여인의 존재 이유라고 시인은 말했다. 올랜도가 테이블에 앉아 글을 쓰는 모습을 잠깐이라도 본다면, 그 소명에 그보다 더 적합한 여인은 없다는 것을 인정해야만 한다. 분명 그녀는 여인, 게다가 아름다운 여인이며, 또한 인생의 정점에 있는 여인이니, 이처럼 글 쓰고 생각하는 체하는 가식은 곧 버리고 최소한 사냥터지기 생각이라도 할 것이다(남자 생각을 하는 한은 그 누구도 여자가 생각하는 것에 반대하지 않는다). 그러고 나서 그녀는 그에게 짤막한 편지를 쓰고(짤막한 편지를 쓰는 한은 그 누구도 여자가 글 쓰는 것에 반대하지 않는다), 일요일 해질녘에 밀회 약속을 정할 테고, 일요일 해질녘이 되면 사냥터지기가 문 아래에서 휘파람을 불 것이다. 이 모든 것이 당연히 바로 삶의 재료이며 픽션의 유일한 소잿거리다. 분명 올랜도도 이 중 하나는 하지 않았을까? 오호라, 오호 통재라, 올랜도는 그런 일을 단 하나도 하지 않았다. 그렇다면 올랜도는 아무도 사랑하지 않는 죄악을 저지르는 괴물이라고 인정해야만 할까? 그녀는 개들에게 상냥했고, 친구들에게는 의리를 지켰으며, 굶주린 시인 십수 명에게는 한없이 관대했고, 시에 대한 열정을 지녔다. 하지만 사랑은(남성 소설가들이 정의하는 사랑 말이니, 결국 그들보다 더 권위 있는 목소리를 가진 사람이 누가 있겠는가) 상냥함이나 의리, 관대함, 시와는 하등의 관계도 없다. 사랑은 페티코트를 벗는 것이며, 또…… 하지만 우리는 모두 사랑이 무엇인지 알고 있다. 올랜도가 그랬을까? 진실은 우리에게 아니라고, 그녀는 그러지 않았다고 말하기를 강요한다. 만약 그렇다면, 전기의 주인공이 사랑도 하지 않고 살인도 하지 않고 오로지 생각하고 상상하기만 한다면, 우린 그 사람은 시체나 다름없다고 결론 내리고 떠나버릴지도 모른다.

　이제 남은 유일한 방편은 창밖을 내다보는 것뿐이다. 참새들이 있었다. 찌르레기들이 있었다. 비둘기 여러 마리와 떼까마귀 한두 마리가 있었다. 모두 저마다의 방식으로 바빴다. 하나는 벌레를 찾고, 또 하나는 달팽이를 찾는다. 하나는 나뭇가지로 날아가고, 또 하나는 잔디밭을 잠시 내달린다. 그때 하인 하나가 녹색 모직 앞치마를 두르고 안뜰을 지나간다. 짐작건대 식료품 창고에서 하녀 하나와 밀통을 하는 모양이지만, 안뜰에서는 아무런 가시적인 증거가 주어지지 않으니 우리로서야 낙관하며 내버려둘 수밖에 없다. 두껍고 엷은 구름이 흘러가며 그 아래 풀밭 색깔에 교란을 일으킨다. 해시계는 평소대로 수수께끼 같은 방식으로 시각을 기록한다. 마음속에 이 변함없는 인생에 대한 한두 가지 의문이 하릴없이, 헛되이 떠오르기 시작한다. 삶은 난로에 얹어둔 주전자 같다고, 마음은 노래한다. 아니, 흥얼거린다. 삶이여, 삶이여, 그대는 무엇인가? 빛인가, 어둠인가, 저 아래 하인이 걸친 녹색 모직 앞치마인가, 아니면 풀밭 찌르레기의 그림자인가?

그럼 이제 모두가 자두 꽃송이와 꿀벌을 보며 감탄하는 여름날 아침을 살피러 가자. (종달새보다 사교적인) 찌르레기에게 쓰레기통 가장자리에서 나뭇가지들 사이에 버려진 접시닭이 하녀의 빠진 머리카락을 쪼면서 무슨 생각을 하는지 콧노래를 흥얼대며 물어보자. 우리는 농장 문에 기대어 삶이 무엇이냐고 묻는다. 삶, 삶, 삶! 마치 그 질문을 들었고 이해했다는 듯이 새가 외친다. 작가들이 다음 할 말이 생각나지 않을 때 통상 그러듯이, 안에서나 밖에서나 질문을 하고 데이지꽃을 훔쳐보고 들쑤셔대며 성가시게 꼬치꼬치 캐묻는 이런 습관이 무슨 의미인지 정확히 안다는 듯이 말이다. 그러면 그 사람들은 여기 와서 삶이 무엇이냐고 우리한테 묻지요, 새들이 말한다. 삶! 삶! 삶!

그런 다음 우리는 황무지 오솔길을 따라 푸르스름한 와인색과 진자주색으로 물든 언덕의 높은 등성이까지 터벅터벅 걸어가 거기에 몸을 던지고 거기서 꿈을 꾸고 거기서 구멍 속 집으로 지푸라기를 지고 돌아가는 메뚜기를 본다. (톱질 같은 그 동작에 말이라는 신성하고 다정한 이름을 붙여도 된다면) 메뚜기는 말한다, 삶은 노동이에요. 혹은 흙먼지로 막힌 목구멍에서 나오는 소리를 우리는 그렇게 해석한다. 개미도 동의하고 꿀벌들도 동의하지만, 만약 여기 더 오래 누워 있다가 밤이 되어 더 파리해지는 히스꽃 사이로 몰래 찾아오는 나방에게 묻는다면 나방들은 눈보라가 칠 때 전신주에서 들리는 것 같은 뜻 모를 소리를 우리 귓전에 속삭일 것이다. 티이 히이, 호오 호오. 웃긴다! 웃긴다! 나방들은 말한다.

물고기가 말하는 것을 들을 만큼 초록 동굴에서 홀로 오래 산 사람들이 물고기는 절대, 절대 말을 하지 않으니 어쩌면 삶이 무엇인지 알지도 모른다고 하기에, 인간과 새와 벌레에게 물어보고 그들 모두에게 질문을 했건만, 우리는 더 현명해지지는 못하고 그저 더 늙고 더 냉정해진 채(너무나 단단하고 너무나 희귀해서 삶의 의미라고 단언할 수 있는 뭔가로 책을 마무리 짓게 해달라고 우리가 예전에 기도하지 않았던가?) 돌아가 인생이 무엇인지 들으려고 까치발로 기다리는 독자를 향해 곧바로 이렇게 말할 수밖에 없다. 아아, 우린 모릅니다.

바로 이 순간, 간발의 차로 이 책을 절멸로부터 구할 수 있던 시점에 올랜도가 의자를 밀고 일어나 팔을 뻗어 기지개를 펴고 펜을 내려놓더니 창가로 가서 외쳤다.

"끝!"

그때 눈앞에 보인 놀라운 광경에 그녀는 그만 쓰러질 뻔했다. 정원과 새 몇 마리가 있었다. 세상은 평소처럼 돌아가고 있었다. 그녀가 글을 쓰는 내내 세상은 그대로 지속되고 있었던 것이다.

"내가 죽는다 해도 세상은 변함없겠지!" 그녀는 외쳤다.

그 감정이 어찌나 격렬했던지 그녀는 자신이 소멸했다는 상상까지 했고, 어쩌면 실제로 실신 상태에 빠졌다. 그녀는 잠시 동안 그 아름답고도 무심한 광경을 빤히 쳐다보며 서 있었다. 그리고 결국 특이한 방식으로 정신을 차렸다. 심장 위에 놓인 원고가 살아 있는 생물처럼 부스럭거리며 쿵쾅대기 시작했고, 더욱 기이하게도 둘 사이에 아주 훌륭한 공감이 형성되어 있다는 것을 보여주어서, 고개를 기울이자 원고가 무슨 말을 하는지 알아들을 수 있었다. 원고는 읽히기를 원했다. 읽혀야만 했다. 읽히지 않는다면 그 원고는 그녀의 품에서 죽을

판이었다. 올랜도는 평생 처음으로 격렬하게 자연에 등을 돌렸다. 엘크하운드와 장미 덤불이 주위에 수두룩했다. 하지만 엘크하운드와 장미 덤불은 아무것도 읽지 못한다. 그것은 그녀가 전에는 한 번도 깨닫지 못한, 신의 안타까운 실수다. 그런 재능은 인간만이 가지고 있다. 인간이 필요해졌다. 올랜도는 종을 울렸다. 당장 런던에 갈 마차를 준비하라고 시켰다.

"11시 45분 기차를 타실 수 있겠습니다, 마님." 배스킷이 말했다. 올랜도는 아직 증기기관의 발명에 대해 알지 못했지만, 비록 자신은 아니어도 자신에게 전적으로 의존하는 존재의 고통에 워낙 몰두하고 있었던지라, 기차를 처음 보고 객차에 자리를 잡고 무릎에 담요를 덮으면서도 "(역사가들의 말을 빌리자면) 지난 20년 동안 유럽의 모습을 완전히 바꾸어놓은 저 엄청난 발명품"(사실 역사가들이 생각하는 것보다 이런 일은 훨씬 더 자주 벌어진다)에 대해 단 한 번도 생각하지 않았다. 올랜도가 알아챈 것은 그저 기차가 몹시 지저분하고 끔찍하게 흔들리며 창문이 열리지 않는다는 것뿐이었다. 그녀는 생각에 잠긴 채 한 시간도 안 걸려 런던으로 질주했고, 어디로 가야 할지 알지 못한 채 채링크로스 플랫폼에 섰다.

18세기에 수많은 유쾌한 나날을 보냈던 블랙프라이어스의 옛 집은 이제 일부는 구세군에, 일부는 우산 공장에 팔렸다. 그녀는 위생적이고 편리하며 상류 세계의 중심지인 메이페어에도 집을 한 채 더 샀지만, 메이페어에서 그녀의 시가 소망을 이룰 수 있을까? 저런, 거기 사람들은 독서를 좋아하지 않는데. 올랜도는 귀부인들의 반짝이는 눈과 귀족들의 균형 잡힌 다리를 떠올리며 생각했다. 그건 정말 유감스러운 일일 테니 말이다. 하지만 레이디 R이 있었다. 거기서는 아직도 그런 유의 대화가 진행되고 있을 거라고 올랜도는 확신했다. 어쩌면 통풍이 장군의 왼쪽 다리에서 오른쪽으로 옮겨 갔을지도 모른다. L씨는 T 대신 R과 열흘을 지냈을지도 모른다. 그리고 포프 씨가 들어올 것이다. 참! 포프 씨는 죽었지. 지금은 누가 재사인지 궁금했다. 하지만 그건 짐꾼에게 할 질문이 아니라서 그냥 넘어갔다. 그때 수많은 말의 머리에서 숱한 종이 딸랑거리는 소리가 들려와 그녀의 주의를 끌었다. 밑에 바퀴를 단 아주 기이한 모양의 작은 상자들이 보도에 줄지어 서 있었다. 올랜도는 스트랜드 가로 걸어갔다. 그곳은 소란이 훨씬 더 심했다. 순종 말과 짐마차 말이 끄는 온갖 크기의 탈것들이 노부인을 태우거나 실크 모자를 쓰고 구레나룻을 기른 남자들을 가득 채운 채 마구 엉켜 뒤섞여 있었다. 마차, 수레, 승합마차는 오랫동안 하얀 인쇄용지만 보고 있던 그녀의 눈에는 놀라울 만큼 혼란스러워 보였다. 펜이 사각거리는 소리에 익숙한 그녀의 귀에 거리의 소란은 거칠고 끔찍한 불협화음이었다. 보도는 구석구석 붐볐다. 서로의 몸뚱이들과 휘청거리며 느릿느릿 움직이는 탈것들 사이를 믿을 수 없을 만큼 민첩하게 요리조리 헤집고 다니는 사람들의 행렬이 동서에서 끊임없이 쏟아져 나왔다. 보도가 장자리를 따라 남자들이 장난감을 담은 쟁반을 내밀고 서서 고함쳤다. 모퉁이에는 여자들이 봄꽃을 담은 커다란 바구니 옆에 앉아서 고함쳤다. 소년들은 인쇄된 종이를 끌어안고 말들의 코 밑을 드나들며 또한 고함쳤다. 재난이다! 재난! 처음에 올랜도는 자기가 무슨 국가적 위기의 순간에라도 도착한 줄 알았다. 하지만 좋은 일인지, 비극적인 일인지 알 수가 없었다. 올랜도는 불안한 마음으로 사람들의 얼굴을 살폈다. 그러자 더욱 혼란스러웠다. 한 남자는 절망에 사로잡혀 끔찍한 슬픔을 안다는 듯 혼자 중얼거리면서 걸어왔다. 살집 좋고 명랑한 얼굴의 남자는 온 세상이 축제라는 듯 그를 지나쳐 어깨로 사람들을 밀치고 지나갔다. 그렇다. 올랜도는 그 무엇에도 각운도, 까닭도 없다는 결론을 내렸다. 남녀 모두 자기 일에 집중하고 있었다. 그렇다면 그녀는 어디로 가야 한단 말인가?

올랜도는 아무 생각 없이 어느 거리를 걸어가다가 다른 거리로 접어들어 핸드백과 거울, 가운과 꽃, 낚싯줄과 오찬 바구니가 쌓여 있는 진열창을 지나갔다. 갖가지 색상과 무늬, 다양한 두께의 물건들이 고리와 줄, 풍선으로 연결되어 줄지어 장식되어 있었다. 가끔은 1, 2, 3에서 200이나 300까지 차근차근 번호가 매겨져 있고, 복사라도 한 것처럼 기둥 두 개, 계단 여섯 개, 양쪽으로 단정히 걷힌 커튼, 가족의 오찬이 차려진 식탁이 있으며,

한쪽 창문으로는 앵무새가, 다른 창문으로는 남자 하인이 내다보는 조용한 저택들이 늘어선 거리를 지나가다가 단조로움에 머리가 어지러워지기도 했다. 그러다가 크고 탁 트인 광장이 나왔는데, 광장 한가운데에는 단추를 꼭 채운 뚱뚱한 남자들과 날뛰는 전투마를 형상화한 윤기 흐르는 검은 조각상들이 있었고 높이 솟은 기둥과 떨어지는 분수와 퍼덕이는 비둘기들이 있었다. 그녀는 주택 사이 보도를 따라 걷고 또 걸었고, 마침내 몹시 허기가 지면서 심장 위에서 뭔가 푸드덕거리는 것이 자기를 완전히 잊어버렸다고 그녀를 원망해댔다. 바로 《떡갈나무》 원고였다.

올랜도는 자신의 무심함에 깜짝 놀라 그 자리에 우뚝 멈췄다. 마차는 보이지 않았다. 널찍하고 멋진 거리가 희한하게도 텅 비어 있었다. 나이 지긋한 신사 한 사람이 다가오고 있을 뿐이었다. 그 걸음걸이에는 어딘지 낯익은 구석이 있었다. 그가 가까이 오자, 언젠가 만난 적 있는 게 틀림없다는 생각이 들었다. 하지만 어디였을까? 분홍빛의 투실투실한 얼굴에 흰 수염을 단정하게 빗어

내리고 한 손에는 지팡이를 들고 단춧구멍에는 꽃을 꽂은, 이렇게 깔끔하고, 이렇게 풍채 좋고, 이렇게 유복해 보이는 이가 설마, 그렇다. 세상에, 그렇다! 그녀의 오래전, 아주 오래전 친구 닉 그린이었다!

동시에 그도 그녀를 보았다. 그녀를 기억했다. 그녀를 알아보았다. "레이디 올랜도!" 그는 이렇게 외치며 실크 모자가 거의 땅에 닿도록 인사했다.

"니콜라스 경!" 올랜도가 외쳤다. 그의 몸가짐 어딘가에서 엘리자베스 여왕 시절 그녀와 다른 많은 이들을 풍자했던 그 천박한 삼류 작가가 이제 출세해서 필시 기사 작위를 받았으며 그 밖에도 많은 좋은 것이 되었다는 것을 직관적으로 알 수 있었기 때문이다.

그는 또 한 차례 고개 숙여 인사하면서 그녀의 판단이 옳았음을 인정했다. 그는 기사였다. 문학박사였다. 교수였다. 책을 스무 권이나 낸 작가였다. 한마디로, 빅토리아 시대 가장 영향력 있는 비평가였다.

오래전 그토록 큰 고통을 주었던 사람을 만나자 그녀는 격렬한 감정의 혼란에 휩싸였다. 이 사람이 그녀의 카펫에 불을 붙여 구멍을 내고, 이탈리아식 난로에 치즈를 굽고, 말로와 다른 작가들에 대해 너무나 즐거운 일화들을 들려주어서 열흘 동안 아홉 번 일출을 함께 보았던 그 성가시고 정신없는 친구란 말인가? 그는 이제 회색 정장을 말쑥하게 차려입고 단춧구멍에는 분홍색 꽃을 꽂고 잘 어울리는 회색 스웨드 장갑을 끼고 있었다. 하지만 그녀가 감탄하는 사이에도 그는 또 한 차례 인사를 하더니 점심 식사를 함께하는 영광을 허락해주겠냐고 물었다. 인사는 약간 과장된 것 같기도 했지만 교양 있는 척하는 흉내는 그럴싸했다. 그녀는 놀라운 마음으로 그를 따라, 전부 안락한 붉은색으로 장식하고 하얀 테이블보를 깔고 은제 양념통을 쓰는 최고급 레스토랑으로 들어갔다. 모래 깔린 바닥과 나무 의자, 펀치와 초콜릿 그릇, 신문, 침 뱉는 그릇이 있던 옛 선술집이나 커피하우스와는 딴판인 곳이었다. 그는 테이블 한쪽에 장갑을 단정하게 올려놓았다. 올랜도는 그가 같은 사람이라는 사실을 여전히 믿기가 힘들었다. 1인치는 자라 있던 손톱은 깔끔하게 다듬어졌고, 검은 수염이 자라던 턱은 면도가 되어 있었다. 수프에 빠지던 누더기 소 맷자락에는 금 커프스 링크가 달려 있었다. 실제로 그가 공들여 와인을 주문하는 것을 보고 오래전 맘지 와인을 좋아하던 취향을 떠올리고 나서야 그가 같은 사람임을 확신할 수 있었다. "아!" 그는 작은 한숨을 내쉬었지만, 그래도 충분히 편안한 한숨이었다. "아! 부인, 위대한 문학의 시절은 끝났습니다. 말로, 셰익스피어, 벤 존슨, 그들은 거성이었죠. 드라이든, 포프, 애디슨, 그들은 영웅이었고요. 이젠 모두, 모두 죽어버렸죠. 그런데 그들이 우리에게 누굴 남겼습니까? 테니슨, 브라우닝, 칼라일이라니요!" 그의 목소리에는 엄청난 경멸이 담겨 있었다. "진실은," 그는 자기 잔에 와인을 따르며 말했다. "우리 젊은 작가들이 전부 서적상에 고용되어 있다는 겁니다. 그 인간들은 양복장이에게 돈만 낼 수 있으면 무슨 쓰레기라도 내놓지요. 지금은," 그는 오르되브르를 먹으면서 말했다. "지독히 기발한 착상과 정신 나간 실험이 특징인 시대입니다. 엘리자베스 시대 사람들은 한순간도 참을 수 없는 것들이죠."

"그렇습니다, 부인." 그는 웨이터가 승낙을 받기 위해 보여준 가자미 그라탱에 찬성의 뜻을 표하고는 계속해서 말했다. "위대한 시절은 끝났습니다. 우리는 타락한 시대에 살고 있어요. 우리는 과거를 소중히 해야 합니다. 고대의 작품을 모범으로 삼아 글을 쓰는 작가들을—아직도 그런 작가들이 몇 명은 남아 있지요—존경해야 합니다. 그들은 돈벌이가 아니라," 이때 올랜도는 "글라우!"라고 외칠 뻔했다. 진실로 그녀는 300년 전 그에게서 똑같은 소리를 들었다고 맹세라도 할 수 있었다. 물론 거론하는 이름은 달랐지만, 그 정신은 똑같았다. 기사 작위를 받았건만 닉 그린은 변하지 않았다. 하지만 몇 가지 변화가 있긴 했다. 애디슨을 귀감으로 삼고(예전에는 키케로였다고 올랜도는 생각했다) 현시대의 천박함과 우리 모국어(그녀는 그가 미국에서 오래 살았다고 믿었다)의 개탄스러운 상태를 정화하기 위해 아침이면 침대에 누워(자신이 사분기마다 지급한 연금 덕분에 그럴 수 있었다고 생각하며 올랜도는 자부심을 느꼈다) 적어도 한 시간 동안 최고의 작가들의 최고의 작품을 계속해서 읊조리다가 글을 쓴다는 이야기를 늘어놓는 동안, 300년 전 늘어놓던 이야기와 거의 똑같은 이야기를 늘어놓는 동안, 그녀는 그렇다면 그가 어떻게 변했는지 자문해볼 시간이 있었다. 그는 살이 쪘다. 하지만 70대가 다 되어가는 사람이었다. 맵시도 좋아졌다. 필시 문학이 돈이 되는 일거리였던 모양이다. 하지만 무슨 영문인지 가만있지 못하고 떠들썩하게 굴던 예전의 활기는 사라지고 없었다. 그의 이야기는 탁월하긴 하지만 더 이상 예전처럼 자유롭고 편하지 않았다. 그렇다. 그는 말끝마다 "내 소중한 친구 포프"나 "내 저명한 친구 애디슨"을 들먹였지만, 그에게서 풍기는 점잖은 분위기는 우울했고, 예전처럼 시인들에 관한 추문을 이야기해주기보다는 그녀 자신의 친척들이 한 일과 말을 알려주려는 것처럼 보였다.

올랜도는 이유를 알 수 없는 실망을 느꼈다. 그녀는 그동안 내내(그녀의 칩거 생활, 지위, 성별이 이유일 것이다) 문학은 바람처럼 거칠고 불처럼 뜨거우며 번개처럼 날쌘 것이라고 생각했다. 뭔가 정도를 벗어나고 계산

할 수 없으며 갑작스러운 것이라고 말이다. 그런데 보라. 문학은 회색 정장을 입고 공작부인들에 대해서 이야기하는 노신사가 되었다. 그 환멸이 어찌나 격심했던지 드레스 윗부분을 고정시키는 후크 혹은 단추가 벌어지면서 테이블 위에 《떡갈나무》 시가 툭 떨어졌다.

"원고로군요!" 니콜라스 경은 코안경을 쓰며 말했다. "참 흥미롭습니다, 참 대단히 흥미로워요! 제게 보여주십시오." 그리고 300년의 세월이 흐른 뒤 다시 한번 니콜라스 그린이 올랜도의 시를 들어 커피잔과 술잔 사이에 내려놓고 읽기 시작했다. 하지만 이번에 그의 평가는 그때와는 아주 달랐다. 그는 페이지를 넘기며 애디슨의 《카토》가 떠오른다고 말했다. 그 시는 톰슨의 《사계절》과 호의적으로 비교되었다. 거기에는 근대정신이 흔적조차 없다고, 그는 다행스러워하면서 말했다. 진실과 자연과 인간 마음이 요구하는 바를 신경 써서 지은 작품으로, 요즘처럼 파렴치하고 기발한 착상이 넘치는 시대에는 참으로 귀한 글이라고 했다. 당연히 이 작품은 당장 발표해야 한다.

사실 올랜도는 그가 무슨 말을 하는지 알 수 없었다. 그녀는 늘 드레스 품에 원고를 가지고 다녔다. 이를 니콜라스 경은 상당히 흥미로워했다.

"그런데 로열티는 어떻게 하죠?" 그가 물었다.

올랜도의 머릿속에는 즉시 버킹엄 궁전과 거기서 지내게 된 알 수 없는 권력자들이 떠올랐다.

니콜라스 경은 굉장히 즐거워했다. 그는 편지를 한 줄 써 보내 그 시를 출간 목록에 넣는다면(이 부분에서 그는 유명한 출판사를 거론했다) ××씨가 기뻐하리라는 말이었다고 설명했다. 2천 부까지는 권당 10퍼센트의 로열티를 받을 수 있도록 자기가 주선할 수 있을 테고, 그다음에는 15퍼센트가 될 것이라고 했다. 평론가들로 말하자면, 가장 영향력 있는 ××씨에게 자신이 직접 서신을 보낼 거라고 했다. 그리고 ××의 편집자 부인 앞으로 그녀의 시에 대한 짤막한 찬사를 보내는 것도 전혀 해로울 것 없다고 했다. 그는 그렇게 주절주절 떠들어댔다. 올랜도는 이런 이야기를 전혀 이해하지 못했고 예전의 경험으로 볼 때 그가 좋은 성품을 지녔다고 완전히 믿지도 않았지만, 그의 기대와 시 자체의 간절한 소망에 따르는 수밖에 달리 도리가 없었다. 그래서 니콜라스 경은 핏자국이 얼룩진 원고를 깔끔한 꾸러미로 만들었고, 외투 모양을 망가뜨리지 않도록 판판하게 펴서 가슴 주머니에 넣었다. 그다음 그들은 서로를 한참 동안 칭찬하고 헤어졌다.

올랜도는 거리를 걸어갔다. 시가 없어지고 나니, 그 시를 가지고 다니던 품 안이 허전하게 느껴졌고, 그러니 아무 생각이나(그것이 인간의 운명에 굉장한 기회가 될지도 모른다) 하는 수밖에 없었다. 그녀는 여기, 세인트 제임스 거리에, 손가락에 반지를 낀 기혼 여성으로 서 있었다. 예전에 커피하우스였던 곳에 지금은 레스토랑이 있었다. 오후 3시 반쯤이었다. 태양이 빛나고 있었다. 비둘기가 세 마리 있었다. 잡종 테리어가 한 마리가 있었다. 이륜마차 두 대와 랜도마차 한 대가 있었다. 그렇다면 삶이란 무엇인가? 그런 생각이 (옛 친구 그린이 원인이 아니라면) 격렬하고도 엉뚱하게 머릿속에 떠올랐다. 머릿속에 어떤 생각이 격렬하게 떠오를 때마다 그녀가 가장 가까운 전보 사무소로 곧장 가서 (케이프혼에 있는) 남편에게 전보를 보낸다는 사실은 독자에 따라 부정적으로건 긍정적으로건 그녀와 남편의 관계에 대한 논평이라고 간주할 수 있을 것이다. 마침 근처에 전보 사무소가 있었다. "세상에 셸." 그녀는 전보를 보냈다. "인생 문학 그린 아첨꾼……" 여기서 그녀는 극히 복잡한 정신적 상태를 전보 사무원이 눈치채지 못하게 하면서 한두 마디로 전달하기 위해 두 사람이 고안해낸 암호 문자를 쓰기 시작해 그 모든 것을 정확하게 요약하는 "라티건 글럼포부"라는 말을 덧붙였다. 오전에 있었던 사건은 올랜도에게 깊은 인상을 남겼을 뿐 아니라, 그녀가 성장하고 있다는 것을—그렇다고 반드시 더 나아지는 건 아니지만—독자가 알아차리지 않을 수 없게 만드는 일이었고, "라티건 블럼포부"는 아주 복잡한 정신적 상태를 설명했기 때문이다. 독자가 가진 지력을 전부 쏟는다면 그 의미를 직접 알아낼 수도 있을 것이다.

전보의 답장은 몇 시간이 지나야 올 수 있었다. 사실 케이프혼에 강풍이 불어서 남편은 돛대 위에 올라가 있거나, 망가진 돛대를 잘라내거나, 심지어 비스킷만 가지고 혼자 보트에 타고 있을지도 모른다고, 그녀는 저 위쪽 구름이 빠르게 흘러가고 있는 하늘을 올려다보며 생각했다. 그래서 우체국에서 나온 뒤 그 생각을 떨쳐버리려고 바로 옆 가게에 들어갔는데, 그 가게는 지금 시대에는 너무 흔해서 따로 설명할 필요가 없지만 그녀에겐 몹시 낯선 곳이었다. 바로 책을 파는 가게였다. 올랜도는 평생 필사본만 보았다. 스펜서가 자잘하고 읽기 힘든 글씨체로 쓴 거친 갈색 종이를 손에 쥐어보았고, 셰익스피어와 밀턴의 원고도 보았다. 사실 4절판과 2절판 필사본도 꽤 많이 가지고 있었는데, 그녀를 찬양하는 소네트가 실려 있는 경우도 많았고 머리카락 한 줌이 들어 있는 경우도 있었다. 하지만 밝은색에 똑같은 모양을 한, 연약해 보이는 이 수많은 조그만 책들을 보고는 한없이 놀랐다. 그 책들은 판지로 제본하고 박엽지에다 인쇄한 것처럼 보였기 때문이다. 셰익스피어의 작품 전권을 반 크라운이면 살 수 있었고 호주머니에 넣을 수도 있었다. 그렇다, 너무 작게 인쇄되어 있어서 거의 읽을 수도 없었지만,

그럼에도 불구하고 경이로웠다. '작품들', 그녀가 알거나 들어본 모든 작가, 그리고 그 밖의 많은 작가들의 작품이 기다란 선반을 끝에서 끝까지 채우고 있었다. 테이블과 의자 위에도 더 많은 '작품들'이 쌓여 있고 굴러다녔다. 몇 페이지를 훑어보니 니콜라스 경이 다른 작품들에 대해 쓴 책들도 꽤 있었는데, 스무 권 정도는 인쇄, 제본되어 있는 모양으로 봐서 역시 매우 위대한 작가의 작품일 거라고, 모르지만 멋대로 짐작했다. 그래서 그녀는 서적상에게 조금이라도 중요한 책은 전부 보내달라는 엄청난 주문을 하고 그곳을 나왔다.

올랜도는 하이드파크로 접어들었다. 오래전부터 익숙한 곳이었고(저 갈라진 나무 밑에서 해밀턴 공작이 모헌 경의 칼을 맞고 쓰러진 것이 기억났다), 이런 일에 종종 제멋대로 나서는 그녀의 입술이 전보 내용을 무의미한 노래로 짓기 시작했다. 인생 문학 그린 아첨꾼 라티건 글럼포부. 그러자 몇몇 공원지기들이 의심스러운 눈초리로 그녀를 쳐다보다가 목에 걸린 진주 목걸이를 보고서야 온전한 정신일 거라고 생각을 돌렸다. 그녀는 서

점에서 신문과 비평 저널 한 뭉치를 가져왔고, 마침내 나무 밑에서 팔꿈치를 괴고 모로 누워 그것들을 펼쳐놓고서 이 대가들이 쓴 산문 저작이라는 고귀한 예술을 이해해보려고 최선을 다해 노력했다. 그녀는 여전히 예전처럼 남을 잘 믿었기 때문이다. 잉크가 번져 흐릿해진 주간신문의 글자들조차 그녀의 눈에는 신성하게 보였다. 모로 누운 채 그녀는 예전에 알던 사람—존 던—의 선집에 대해 니콜라스 경이 쓴 글을 읽었다. 하지만 그녀가 상황을 알지 못하고 누운 곳은 서펀타인 호수에서 멀지 않은 자리였다. 천 마리의 개가 짖는 소리가 귓전에 울렸다. 마차 바퀴가 끊임없이 원을 그리며 달렸다. 머리 위에서는 나뭇잎이 바스락거렸다. 가끔은 겨우 몇 발자국 떨어진 곳에서 수술로 장식한 스커트와 꼭 끼는 진홍색 바지가 풀밭을 지나갔다. 한번은 커다란 고무공이 신문 위에 떨어졌다가 튀어갔다. 나뭇잎 사이를 뚫고 들어온 보라, 주황, 빨강, 파랑 빛들이 손가락에 낀 에메랄드 반지에 비쳐 반짝였다. 그녀는 한 문장을 읽고 하늘을 올려다보았다. 하늘을 올려다보곤 신문을 내려다보았다.

삶? 문학? 전자를 가지고 후자를 만든다고? 하지만 얼마나 무시무시하게 어려울까! 왜냐하면—여기서 꼭 끼는 진홍색 바지가 지나갔다—애디슨이라면 그걸 어떻게 표현했을까? 여기서 개 두 마리가 뒷발로 서서 춤을 추며 다가왔다. 램이라면 어떻게 묘사했을까? 니콜라스 경과 그의 친구들의 글을 (주위를 둘러보는 사이에) 읽어보니, 그들은 사람이 자기 생각을 결코, 절대로 말해서는 안 된다는 느낌(그것은 굉장히 불편한 느낌이었다)이 들게 만든다는 인상을 받았기 때문이다—여기서 그녀는 일어나서 걸었다. (올랜도는 서펀타인 호숫가에 섰다. 호수는 황동색이었다. 거미처럼 가녀린 배들이 호수를 가로지르고 있었다.) 그 글들을 읽으니 항상, 언제나 타인처럼 글을 써야 한다는 느낌이 든다고 그녀는 계속해서 생각했다. (눈에 눈물이 저절로 차올랐다.) 정말이지 난 그럴 수 없을 것 같은데(기사를 읽고 나서 10분 후면 그렇듯이, 이 시점에서 니콜라스 경의 글 전체가 그의 방과 그의 머리, 그의 고양이, 그의 책상, 그리고 그날의 시각까지 모두 함께 그녀의 눈앞에 펼쳐졌다), 올랜도는 발끝으로 작은 보트를 밀면서 생각했다. 이런 관점에서 그 글을 고찰하며 계속해서 생각했다. 나는 서재, 아니, 그건 서재가 아니지, 곰팡내 나는 응접실 비슷한 곳에 하루 종일 앉아서 예쁘장한 청년들에게 터퍼가 스마일스에 대해 떠든 일화들, 그 청년들이 다시 말해서는 안 되는 시시한 일화들을 전할 수는 없을 것 같아. 그건 전부 너무 남자 같은 행동이잖아. 그녀는 엉엉 울며 생각했다. 게다가 나는 공작부인들이 정말 혐오스러워. 케이크가 싫어. 나도 심술궂기는 하지만 절대로 저 모든 것만큼 심술궂은 사람은 될 수 없을 텐데, 어떻게 비평가가 되어서 이 시대 최고의 영국 산문을 쓸 수 있겠어? 젠장! 그녀가 이렇게 외치며 싸구려 배를 너무 세게 민 바람에 그 가련한 작은 보트는 황동색 물결 속으로 가라앉을 뻔했다.

자, 사실 사람이 (간호사들의 말마따나) 이런 심경일 때는—올랜도의 눈에는 아직도 눈물이 맺혀 있었다—바라보는 대상이 그 자체가 아니라 더 크고 훨씬 더 중요하지만 여전히 동일한 다른 것이 되어버린다. 이런 심경으로 서펀타인 호수를 보면, 그 물결이 곧 대서양의 파도만큼 커진다. 장난감 보트와 원양 정기선이 구분되지 않는다. 그래서 올랜도는 그 장난감 보트를 남편의 배로 착각했다. 자기 발끝으로 만든 물결을 케이프혼 근처의 산더미 같은 파도로 착각했다. 그래서 장난감 배가 물결 위로 떠오르는 것을 보면서 본스롭의 배가 투명한 파도의 벽을 계속해서 오르는 광경을 보았다고 생각했다. 배가 계속, 계속 위로 올라가자 천 명의 목숨을 앗아 간 하얀 물마루가 그 위를 덮쳤고, 그 배는 천 명의 죽음 속으로 들어가 사라져버렸다. "침몰했어!" 올랜도가 고통스럽게 외쳤다. 그 순간, 보라, 배는 대서양 반대편 오리 사이에서 무사히, 멀쩡한 모습으로 다시 항해하고 있었다.

"황홀해!" 올랜도가 외쳤다. 황홀해! 우체국이 어디지? 그녀는 생각했다. 당장 셸에게 전보를 보내서 말해야 해. 그리고 파크레인을 향해 부랴부랴 달려가면서 '서펀타인 호수의 장난감 배'와 '황홀해'를 번갈아가며 반복해서 떠올렸다. 그 생각은 서로 교환 가능하며 정확히 똑같은 의미였기 때문이다.

"장난감 배, 장난감 배, 장난감 배." 그녀는 이렇게 되풀이하면서, 중요한 건 닉 그린이 존 던에 대해 쓴 글도, 8시간 노동법도, 계약도, 공장법도 아니라는 사실을 스스로에게 주지시켰다. 중요한 건 쓸모없고 갑작스러우며 격렬한 것이다. 생명을 앗아 가는 것. 빨강과 파랑, 자주. 분출. 텀벙거림. 저 히아신스처럼(그녀는 근사한 히아신스 화단을 지나고 있었다), 오점, 의존, 인간성의 결함이나 자기 부류에 대한 근심에서 자유로운 것. 내 히아신스, 그러니까 내 남편 본스롭처럼 성급하고 터무니없는 것. 바로 그거야, 서펀타인의 장난감 배. 중요한 건 황홀이야. 그녀는 스탠호프 게이트에서 지나가는 마차를 기다리면서 그렇게 소리 내어 말했다. 바람이 잦아들 때 말고는 남편과 함께 살지 않으면 파크레인에서 헛소리를 지껄이게 되는 법이다. 빅토리아 여왕이 장려하듯이 그녀도 남편과 1년 내내 함께 산다면 분명 달랐을 것이다. 사실 남편 생각은 순간적으로 떠오르곤 했다. 그러면 반드시 그와 당장 이야기를 해야 했다. 얼마나 터무니없는 대화가 될 것인지, 그것이 서사에 어떤 혼란을 가할 것인

지는 조금도 상관없었다. 닉 그린의 글은 그녀를 절망의
수렁으로 빠뜨렸다. 장난감 배는 그녀를 기쁨의 절정으
로 끌어올렸다. 그래서 길을 건너려고 기다리는 동안 되
풀이했다. "황홀해, 황홀해."

　　그러나 그 봄날 오후 길은 복잡했고, 영국의 부와 권
력이 조각으로 깎은 듯한 모습으로 모자에 망토를 걸치
고 사두마차와 빅토리아 랜도마차, 사륜 랜도마차에 앉
아 있는 동안 그녀는 계속 "황홀해, 황홀해" 혹은 "서펀
타인의 장난감 배"라고 중얼거리면서 거기 서 있어야 했
다. 마치 금빛 강이 응결되어 파크레인을 가로지르는 금
빛 벽돌이 된 것 같았다. 숙녀들은 손가락 사이에 명함
케이스를 들고 있었다. 신사들은 무릎 사이에 금으로 장
식한 지팡이를 끼우고 있었다. 올랜도는 경외심에 사로
잡혀 감탄하면서 거기 서 있었다. 오직 한 가지 생각, 거
대한 코끼리나 믿을 수 없는 크기의 고래를 바라보는 모
든 사람들에게 익숙한 생각 때문에 머리가 어지러웠다.
바로 분명히 긴장과 변화, 활동을 혐오스러워하는 이 괴
물들이 어떻게 자기 족속을 번식시킬까 하는 생각이었

다. 그들의 위엄 있고 차분한 얼굴을 보면서 올랜도는 그들의 번식 시기는 아마 끝난 것 같다고 생각했다. 이것이 결실이다. 이것이 절정이다. 그녀가 지금 바라보는 것은 한 시대의 승리였다. 그들이 거기 당당하고 화려하게 앉아 있었다. 하지만 그때 경찰관이 손을 내렸다. 강이 흐르기 시작했다. 화려한 물체들이 이룬 거대한 복합체가 움직이고 흩어지더니 피커딜리 쪽으로 사라졌다.

그래서 그녀는 파크레인을 건너 커즌 거리의 집으로, 조팝나무가 바람에 흩날릴 때면 마도요새의 지저귐과 총을 든 아주 늙은 남자를 떠올릴 수 있었던 집으로 갔다.

집 문턱을 넘으며 올랜도는 체스터필드 경이 어떤 식으로 말했는지 기억할 수 있다고 생각했다. 하지만 그녀의 기억은 저지당했다. 체스터필드 경이 보기 좋은 우아한 태도로 여기 모자를 내려놓고 저기 코트를 벗어놓는 모습이 눈에 선한 고상한 18세기의 복도에는 온통 짐 꾸러미들이 가득했다. 그녀가 하이드파크에 앉아 있는 사이에 서적상이 주문을 배달했고, 회색 종이에 싸서 끈으로 솜씨 좋게 묶은 빅토리아 문학 전권이 온 집을—계단에서 미끄러져 내리고 있는 꾸러미들도 있었다—가득 채우고 있었다. 그녀는 이 꾸러미를 최대한 많이 방으로 가져가면서 하인에게 다른 것들도 가져오라고 시킨 뒤 재빨리 수많은 끈을 잘랐고 이내 셀 수 없이 많은 책에 에워싸였다.

16세기, 17세기, 18세기의 얼마 안 되는 문학에 익숙했던 올랜도는 자신의 주문 결과에 경악했다. 물론 빅토리아 시대 사람들에게 빅토리아 문학은 그저 뚜렷이 구분되는 네 명의 위대한 이름[56]일 뿐 아니라 알렉산더 스미스들, 딕슨들, 블랙들, 밀리먼들, 버클들, 테인들, 페인들, 터퍼들, 제임슨들—모두 목소리 크고 떠들썩하고 눈에 띄고 다른 사람들만큼 관심을 요구하는 이들—이 만든 거대한 더미에 파묻히고 끼워진 네 명의 위대한 이름

---

56   앨프리드 테니슨, 로버트 브라우닝, 찰스 디킨스, 조지 엘리엇을 가리킨다.

을 의미했다. 올랜도의 활자 숭배는 난관에 맞닥뜨렸지만, 그녀는 메이페어의 높다란 주택 사이로 겨우 들어오는 빛의 도움을 받아보려고 의자를 창가로 가져가면서 결론을 내려보려고 했다.

이제 빅토리아 문학에 대해 결론을 내리는 데는 단 두 가지 방법밖에 없다는 게 분명하다. 하나는 8절판 60권으로 그 문학을 써내는 것이고, 또 하나는 이 책에다가 6행으로 눌러 담는 것이다. 두 가지 방법 중 시간이 부족한 관계로 우리는 경제 원칙에 따라 두 번째를 고르고 이야기를 계속한다. 올랜도는 (책 여섯 권을 펼쳐보면서) 그중에 귀족에 대한 헌사가 하나도 없는 것이 매우 이상하다는 결론을 내렸다. 다음에는 (커다란 회고록 무더기를 뒤지며) 이 작가들 중 몇 명의 족보는 그녀 집안의 족보에 비하면 절반에도 미치지 못한다는 결론을, 그다음에는 크리스티나 로세티[57] 양이 차를 마시러 왔을 때 각설탕 집게를 10파운드 지폐로 감싸놓는 것은 몹

---

57   19세기 영국의 시인.

시 무분별한 행동이 되리라는 결론을, 그다음에는(여기 100주년 기념 식사를 하자는 초대장 여섯 장이 있었다) 문학이 이 모든 만찬을 먹어치웠으니 아주 비대해질 것 이라는 결론을, 그다음에는(그녀는 이런저런 것들의 영향, 고전주의의 부활, 낭만주의의 생존, 그 외에도 똑같이 흥미로운 제목들을 가진 20여 건의 강연에 초대되었다) 이런 강연을 다 들었으니 문학은 매우 무미건조해질 것이라는 결론을, 그다음에는(여기서 그녀는 어느 귀족 여성이 주최한 연회에 참석했다) 문학이 모피 목도리들을 다 둘렀으니 매우 존경스러워지고 있으리라는 결론을, 그다음에는(여기서 그녀는 첼시에 있는 칼라일의 방음실을 방문했다) 이렇게 모두 애지중지해주어야 하니 천재는 아주 섬세해지겠다는 결론을 내렸다. 그리하여 마침내 최종 결론에 도달했는데, 그 결론은 극히 중요하지만 이미 우리의 6행 한도를 한참 넘었으니 생략해야만 하겠다.

이와 같은 결론에 도달한 올랜도는 꽤 오랫동안 창 밖을 내다보며 서 있었다. 누구든지 어떤 결론에 도달하면, 마치 공을 네트 위로 던진 뒤 보이지 않는 경쟁자가 그 공을 도로 던지기를 기다려야 하는 기분이 들기 때문이다. 체스터필드 하우스 상공의 창백한 하늘에서 다음에는 무엇이 내려올까 궁금했다. 그녀는 양손을 모아 쥐고 궁금해하면서 꽤 오랫동안 서 있었다. 그러다 갑자기 화들짝 놀랐다. 여기서 우리는 그저 예전처럼 순수, 정숙, 수줍음의 정령들이 문을 살짝 열어서, 적어도 숨 쉴 공간을 터주길 바라는 수밖에 없다. 그 틈을 타서 지금 우리가―전기작가라면 응당 그래야하듯이―신중을 기해 전해야 할 이야기를 어떻게 정리할지 생각할 수 있도록. 하지만 아니다! 벌거벗은 올랜도에게 자신들의 흰 옷을 던졌다가 그 옷이 몇 인치 못 미쳐 떨어지는 것을 본 이후 이 정령들은 지금까지 오랜 세월 동안 그녀와의 모든 교유를 포기했고, 지금은 다른 일로 바쁘다. 그렇다면 이 흐릿한 3월의 아침, 그것이 무엇이건 간에 이 부인할 수 없는 사건을 완화시키고 가려주고 덮어주고 감춰주고 감싸줄 그 어떤 일도 일어나지 않을 것인가? 왜냐하면 그렇게 갑자기 화들짝 놀란 뒤 올랜도는…… 하지만 하늘을 찬양하라, 바로 이 순간, 뒷골목 이탈리아인 풍금 수리공이 여전히 가끔 연주하는 구식 손풍금의 가냘프고 날카롭고 맑고 불안한 소리가 바깥에서 들려왔다. 비록 소박하기는 해도 그 중재를 천상의 음악이라도 되는 것처럼 받아들이고, 그 순간이 다가오는 것을 더 이상 부정할 수 없을 때까지 그 헉헉거리고 신음하는 소리로 이 페이지를 채우라고 하자. 하인과 하녀는 그 순간이 오는 것을 보았다. 그리고 독자도 보게 될 것이다. 올랜도 자신도 분명 그것을 더 이상 무시할 수 없으니까. 손풍금 소리가 우리를 생각에 실어 데려가게 내버려두라. 음악이 흐를 때면 물결에 흔들리는 작은 배에 불과한 생각, 온갖 이동 수단 중에서 가장 서투르고 가장 실수가 많은 생각에 실려 지붕 꼭대기를 넘고 빨래가 널려 있는 뒷마당을 넘어 마침내…… 여기가 어딜까? 그린과 가운데 첨탑, 양쪽에 사자가 웅크리고 있는 대문을 알아보겠는가? 아, 그렇다, 여긴 큐 왕립식물원이다! 뭐, 큐 왕립식물원이라면 괜찮다. 그럼 우린 큐 왕립식물원에 있고, 나는 오늘(3월 2일) 자두나무 아래서 포도 히아신스와 크로커스를, 그리고 아몬드나무의 꽃망울도 당신에게 보여줄 참이다. 그래서 거기서 산책을 하면서 10월에 땅속으로 밀고 들어갔다가 지금 꽃을 피우고 있는 털투성이 붉은 구근에 대해 생각하고, 제대로 말할 수 있는 것 이상을 꿈꾸고, 그 케이스에서 담배 혹은 심지어 시가를 꺼내고, (각운이 요구하는 대로) 떡갈나무oak 아래 망토cloak를 깔고 그 자리에 앉아 저녁때 둑에서 둑으로 가로지르는 모습이 보인 적 있다는 물총새를 기다리도록.

잠깐! 잠깐! 물총새가 온다. 물총새가 오지 않는다.

그동안 공장 굴뚝과 거기서 나오는 연기를 보라. 도시 사무원들이 카누보트를 타고 쏜살같이 지나가는 것을 보라. 개를 산책시키는 노파와 새 모자를 처음으로 비뚜름하게 쓰고 나온 하녀를 보라. 그 모두를 보라. 비록 천국이 자비롭게도 모든 마음속 비밀이 감추어지도록 명해서 우리는 어쩌면 존재하지도 않을 무엇인가를 영영 의심하도록 유혹받겠지만, 그래도 우리는 담배 연기 사이로 불꽃이 타오르는 것을 보고 모자, 배, 하수

구 쥐에 대한 자연스러운 욕망이 멋지게 충족되는 것에 경의를 표한다. 예전에 사람들이 콘스탄티노플 근처 뾰족탑들을 배경으로 들판에서 활활 타오르는 화염을— 마음이 이렇게 컵받침 위로 온통 엎질러지고 손풍금이 울릴 때면 마음은 이렇게 어리석게 팔딱이고 깡충거린다—보았을 때처럼.

만세! 자연스러운 욕망이여! 만세! 행복이여! 신성한 행복이여! 꽃은 시들고 와인은 취한다 해도, 온갖 쾌락과 꽃, 와인이여! 일요일 런던 교외행 반 크라운짜리 차표, 어두운 예배당에서 부르는 죽음에 대한 찬송, 타자 치는 소리와 편지 철하기와 제국을 하나로 묶는 고리와 사슬을 만드는 일을 방해하고 거스르는 모든 것들이여. (마치 큐피드가 아주 서툴게 엄지를 붉은 잉크에 담갔다가 지나가는 길에 징표를 휘갈긴 것처럼) 상점 여자들의 입술에 그려진 조악하고 붉은 곡선조차도 만세. 만세, 행복이여! 둑에서 둑으로 휙 날아가는 물총새여, 그리고 남성 소설가들의 주장이라 할지라도 자연스러운 욕망의 충족이여. 혹은 기도여, 혹은 부정이여, 만세! 어떤 형태로 찾아오든지 간에 더 많은, 더 새로운 형태가 있기를. 그 흐름stream은 어둡지만—각운이 '꿈결dream처럼'이라고 암시하니, 그게 사실이기를—평소 몫보다는 굼뜨고 뒤떨어지니까. 둑에서 둑으로 갑자기 날아 사라지는 새의 푸른색 날개를 압도하는 황록색 그늘을 드리운 나무 밑에서, 꿈은 꾸지 않지만 생생하게 살아서 의기양양하고 거침없고 끊임없이.

그렇다면, 만세, 행복이여. 하지만 행복 다음으로 시골 여인숙 응접실의 얼룩진 거울처럼 잘생긴 얼굴을 부풀어 보이게 하는 꿈, 온전한 것을 쪼개어 우리를 가르고 상처 입히고, 잠들려는 밤이면 우리를 나누어놓는 꿈을 향해서는 만세를 부르지 말라. 그러지 말고 잠들어라, 아주 깊이 잠들어 모든 형상이 무한히 부드러운 티끌로, 불가해하게 흐릿한 물로 변하고 거기서 나방처럼 접힌 채, 미라처럼 수의를 입은 채 엎드려 있는 잠의 밑바닥 모래 위에 눕자.

하지만 잠깐! 하지만 잠깐! 우리는 이번에는 눈먼 땅을 찾아가고 있는 게 아니다. 눈알 가장 안쪽에서 켠 성

냥불 같은 파란색, 그 물총새가 난다, 불타오른다, 잠의 봉인을 터뜨린다. 그리하여 이제 붉고 진한 생명의 강물이 다시 조수처럼 역류하여 거품을 일으키고 물방울을 뚝뚝 흘리며 밀려온다. 우리는 일어난다rise, 우리의 눈eyes이(죽음에서 삶으로의 어색한 이동을 안전하게 넘기는 데는 각운이 얼마나 편리한가) 향하는 곳은…… (이때 갑자기 손풍금 연주 소리가 멈춘다.)

"아주 건강한 아들입니다, 마님." 산파 밴팅 부인이 올랜도의 첫아이를 품에 안겨주며 말했다. 다시 말해, 올랜도는 3월 20일 목요일 오전 3시에 아들을 무사히 분만했다.

또다시 올랜도는 창가에 서 있었다. 하지만 독자들은 용기를 내어도 좋다. 오늘은 그와 같은 일은 일어나지 않을 테니까. 오늘은 결코 같은 날이 아니다. 절대. 이 순간 올랜도가 하듯이 우리가 창밖을 내다본다면 파크 레인 자체가 상당히 변했음을 알 수 있을 테니 말이다. 사실 지금 올랜도처럼 거기서 10분 넘게 서 있어도 사인승 랜도마차를 한 대도 보지 못할 수도 있다. "저것 좀 봐!" 며칠 뒤 우스꽝스럽게 짤막한 마차가 말도 없이 저절로 굴러가기 시작했을 때 올랜도가 외쳤다. 세상에, 말이 없는 마차라니! 그 말을 하는 순간 누군가가 부르는 바람에 자리를 떴던 그녀는 잠시 후 되돌아와서 다시 창밖을 내다보았다. 요즘은 날씨가 이상했다. 하늘 자체가 변했다고 생각하지 않을 수 없었다. 에드워드 왕이—보라, 저기 왕이 건너편의 어떤 숙녀를 방문하기 위해 깔끔한 마차에서 내리고 있다—빅토리아 여왕의 뒤를 잇고 나니, 하늘은 더 이상 그렇게 구름이 자욱하지도, 그렇게 축축하지도, 그렇게 무지개색으로 다채롭지도 않았다. 구름은 얇은 거즈처럼 줄어들었다. 하늘은 마치 안개 속에서 녹스는 금속으로 이루어진 것처럼 날이 더우면 녹청색, 구릿빛, 주황색으로 변했다. 이런 축소는 조금 놀라웠다. 모든 것이 줄어든 것 같았다. 간밤에 버킹엄 궁전을 지나가며 보니, 올랜도가 영원할 거라고 여겼던 그 거대한 구조물은 흔적도 없었다. 실크 모자, 미망인의 상복, 트럼펫, 망원경, 화환, 모든 것이 사라졌고, 보도에 자국 하나, 심지어 물웅덩이 하나 남기지 않았

다. 하지만 이제—그녀는 한 번 더 잠시 자리를 비웠다가
가장 좋아하는 창가 자리로 돌아왔다—저녁때가 되니
변화는 가장 놀라웠다. 집집마다 켜진 불빛을 보라! 손
만 대면 방 안 전체가 밝아졌다. 수백 개의 방에 불이 켜
졌고, 그 불빛은 모두 정확히 똑같았다. 작은 네모 상자
들 안의 모든 것이 보였다. 사생활이란 없었다. 예전에 있
던, 미적거리며 남아 있는 그림자나 어두운 구석 같은
것은 하나도 없었다. 흔들거리는 등불을 들고 가서 여기
저기 탁자에 조심스레 내려놓던 앞치마 두른 여인들도
없어졌다. 손만 대면 방 전체가 밝아졌다. 하늘도 밤새도
록 밝았다. 보도도 밝았다. 모든 것이 밝았다. 그녀는 한
낮에 다시 돌아왔다. 근래에는 여자들이 어찌나 말랐는
지! 그들은 옥수숫대처럼 곧고 반짝였고 똑같았다. 남
자들의 얼굴은 손바닥처럼 휑뎅그렁했다. 대기가 건조
해지자 모든 것이 색깔을 드러내고 뺨 근육은 딱딱하게
굳는 것 같았다. 이제는 예전보다 울기가 힘들었다. 물
은 2초 만에 뜨거워졌다. 담쟁이덩굴은 죽거나 집에서
걷어내졌다. 식물은 전처럼 무성하지 않았다. 가족은 훨

씬 작아졌다. 커튼과 덮개는 걷었고, 길거리나 우산, 사과 같은 실제 사물을 화려한 색채로 그린 새 그림들을 액자에 넣어 걸거나 판자에 그리도록 벽을 비웠다. 이 시대에는 뭔가 명확하고 뚜렷한 데가 있어서 올랜도로 하여금 18세기를 떠올리게 했지만, 다만 여기에는 산만한 혼란이, 필사적인 절망이 있었다. 이런 생각을 하고 있을 때, 그녀가 수백 년 동안 통과해오고 있었던 것 같던 엄청나게 긴 터널이 넓어졌다. 빛이 쏟아져 들어왔다. 생각이 신비하게 조여졌고 긴장되었다. 마치 피아노 조율사가 그녀의 등에 열쇠를 꽂고 신경을 아주 팽팽하게 당긴 것 같았다. 그와 동시에 청력이 예민해졌다. 방 안의 모든 속삭임과 숨죽인 웃음소리가 들렸고, 벽로 선반에서 째깍거리는 시계 소리가 망치 소리처럼 들렸다. 그리고 몇 초 동안 빛이 계속해서 점점 더 밝아지고 모든 것이 점점 더 또렷하게 보이고 시계 소리가 점점 더 커지더니, 바로 귓전에서 끔찍한 폭발음이 들렸다. 올랜도는 머리를 세게 맞은 것처럼 벌떡 일어났다. 열 번이나 맞았다. 사실은 시간이 오전 10시였다. 10월 11일이었다. 1928

년이었다. 현재의 순간이었다.

올랜도가 놀라서 손으로 가슴을 누르고 얼굴이 창백해진 것을 이상하게 여길 필요는 없다. 지금이 현재라는 것보다 더 무시무시한 새로운 사실은 있을 수 없으니까. 그 충격을 견딜 수 있는 것은 오로지 한쪽에서는 과거가, 다른 쪽에서는 미래가 우리를 보호해주기 때문이다. 하지만 지금은 사색할 시간이 없다. 올랜도는 이미 몹시 늦었다. 그녀는 아래층으로 달려 내려가 자동차에 올라타 시동장치를 누르고 출발했다. 거대한 푸른색 건물들이 하늘로 솟아 있었다. 하늘을 가로지르며 여기저기 붉은 굴뚝들이 드물게 보였다. 도로는 은색 못처럼 빛났다. 깎아놓은 듯한 하얀 얼굴의 기사가 모는 승합차들이 그녀를 향해 돌진했다. 스펀지와 새장, 미국산 녹색 옷감 상자들이 보였다. 하지만 그녀는 현재라는 좁다란 널빤지를 건너가고 있기 때문에 그 아래 성난 급류 속에 떨어지는 일이 없도록 이런 광경들을 손톱만큼도 마음속에 담지 않았다. "어째서 앞을 보지 않는 거야? ……손을 내밀라고, 좀." 마치 말이 저절로 툭 튀어나오기라도 한 것처럼 이렇게 날카롭게 내뱉었을 뿐이다. 거리가 엄청나게 붐볐기 때문이다. 사람들은 앞을 보지도 않고 길을 건넜다. 안에서 붉은 불빛과 노란 불빛이 보이는 판유리 창문 주위를 사람들이 응응거리고 윙윙대고 있었다. 마치 꿀벌 같다고 올랜도는 생각했다. 하지만 그들이 꿀벌이라는 생각을 싹둑 잘라내고 눈을 한 번 깜빡여 원근감을 회복하고 나니 그게 사람들이라는 게 보였다. "왜 앞을 안 보는 거야?" 그녀는 쏘아붙였다.

하지만 마침내 올랜도는 마셜앤드스넬그로브 백화점에 차를 세우고 안으로 들어갔다. 그늘과 향기가 그녀를 에워쌌다. 현재는 펄펄 끓는 물방울처럼 떨어져 나갔다. 빛이 여름 산들바람에 나부끼는 얇은 직물처럼 위아래로 흔들렸다. 그녀는 가방에서 목록을 꺼냈고, 처음에는 색색의 물이 흘러나오는 수도꼭지 밑에서 그 목록─소년용 부츠, 목욕 소금, 정어리─을 들고 있기라도 한 것처럼 묘하게 경직된 목소리로 읽기 시작했다. 빛이 그 위로 떨어지면서 단어들이 변하는 것이 보였다. 목욕과 부츠는 뭉툭하고 둔해졌다. 정어리에는 톱처럼 톱니가 생겼다. 그렇게 그녀는 백화점의 1층에 서 있었다. 여기저기 두리번거리며 이것저것 냄새를 맡았고, 그러느라 몇 초를 허비했다. 그러다가 문이 열려 있다는 이유로 승강기에 올라탔다. 그리고 매끄럽게 위로 올라갔다. 올라가면서 이제는 삶의 기본 바탕이 바로 마법이라는 생각이 들었다. 18세기에 우리는 모든 일이 어떻게 이루어지는지 알고 있었지. 하지만 지금 나는 공중으로 솟아오르고 있어. 미국에 있는 사람들의 목소리를 듣고. 사람들이 날아다니는 것을 봐. 하지만 이런 일이 어떻게 이루어지는지 궁금해할 수조차 없어. 그래서 마법에 대한 믿음이 다시 살아나는 거야. 승강기가 조금 흔들리며 2층에 멈추자, 미풍 속에 자랑스레 늘어선 형형색색의 수많은 물건들이 보이고 거기서 뚜렷하고 낯선 냄새가 실려 온다. 승강기가 멈추고 문이 열릴 때마다 세상의 또 한 조각이 그 세상의 냄새를 풍기며 진열되어 있었다. 보물선과 상선들이 정박하던, 엘리자베스 시대 와핑 근처의 강이 떠올랐다. 그 냄새가 얼마나 그윽하고 진귀했던가! 보물 자루에 손을 집어넣었을 때 손가락 사이를 스치던 거친 루비의 느낌을 너무나 또렷하게 기억하고 있었다! 또 수키―이름이 뭐였건 간에―와 함께 누워 있다가 컴벌랜드의 등불이 그들을 비췄던 순간도! 컴벌랜드 가문의 저택은 지금 포틀랜드 플레이스에 있는데, 일전에 그들과 점심 식사를 함께 하며 그 노인에게 신 로드의 빈민구호소에 대해 슬쩍 농담을 꺼내보았다. 그는 눈을 찡긋했다. 하지만 여기서 승강기가 더 올라가지 않아서 그녀는―소위 무슨 '매장'인지도 모르는 곳에서―내려야만 했다. 멈춰 서서 쇼핑 목록을 살펴보았지만, 목록에 적힌 목욕 소금이나 소년용 부츠는 근처 어디에서도 보이지 않았다. 그래서 아무것도 사지 못하고 다시 내려가려다가 목록 마지막 물건을 자기도 모르게 커다랗게 말하며 분노를 억눌렀다. 그 물건은 마침 '더블베드용 시트'였다.

그녀는 "더블베드용 시트"라고 카운터에 서 있던 남자에게 말했고, 신이 도왔는지 바로 그 카운터의 남자가 파는 물건이 시트였다. 그림스디치에게 줄, 아니, 그림스디치는 죽었다. 바설러뮤, 아니, 바설러뮤도 죽었다. 그럼

루이즈, 루이즈가 왕이 쓰는 침대 시트 안쪽에 구멍이 났다고 크게 걱정하며 일전에 그녀를 찾아왔었다. 많은 왕들과 여왕들—엘리자베스, 제임스, 찰스, 조지, 빅토리아, 에드워드—이 거기서 잤으니, 그 시트에 구멍 난 것도 놀랍지 않았다. 하지만 루이즈는 누가 그런 짓을 했는지 확실히 안다고 했다. 여왕의 부군[58]이라는 것이다.

"더러운 독일놈!" 그녀가 말했다(또 전쟁이 있었고, 이번에는 독일과의 전쟁이었기 때문이다).

"더블베드용 시트요." 올랜도는 멍하니 되풀이했다. 방에 은색 덮개 이불을 깐 더블베드를 두는 건 지금으로서는 조금 천박하다 싶은 취향—모든 것이 은색—이었다. 하지만 그 방은 올랜도가 은색을 좋아하던 시절에 꾸민 방이었다. 점원이 더블베드 시트를 가지러 간 사이 그녀는 조그만 거울과 분첩을 꺼냈다. 여자들은 그녀가 처음 여자가 되어 '사랑에 빠진 숙녀'호의 갑판에 누워 있던 시절처럼 우회적인 태도를 취하지 않는다고, 올

---

58   빅토리아 여왕의 부군인 앨버트 공은 독일 귀족이다.

랜도는 전혀 신경 쓰지 않고 파우더를 바르며 생각했다. 신중하게 코에 꼭 맞는 색조를 발랐고, 뺨은 절대 건드리지 않았다. 이제 서른여섯이 되었건만, 솔직히 그녀는 하루도 더 나이 들어 보이지 않았다. 템스강이 얼어 스케이트를 타러 갔던 그날 얼음 위에서의 모습 그대로(촛불 백만 개를 켠 크리스마스트리 같다고 사샤는 말했다) 부루퉁하고 시무룩하고 잘생기고 장밋빛이었고……

"최고급 아일랜드산 리넨입니다, 부인." 점원이 카운터에 시트를 펼쳐놓으며 말했다…… 그리고 그들은 나뭇가지 줍는 노파를 만났었다. 그때, 그녀가 멍하게 리넨을 쓰다듬고 있을 때, 매장들 사이의 회전문 하나가 열리면서 아마도 잡화 매장으로부터 분홍색 양초에서 나는 듯한 색채를 띤 밀랍 향기가 훅 들어오더니 어떤 사람─남자일까, 여자일까─의 주위를 조가비처럼 휘감았다. 젊고 날씬하고 유혹적인…… 세상에, 모피와 진주로 치장하고 러시아식 바지를 입은 여자! 하지만 부정不貞한 여자, 부정한 여자!

"부정해!" 올랜도가 외치자(점원은 가고 없었다) 가

게 전체가 누런 물결에 곤두박질치고 흔들리는 것 같더니, 저 멀리 바다로 나가고 있는 러시아 배의 돛대들이 보였고, 그리고 놀랍게도(아마 문이 다시 열린 것 같았다) 그 향기가 만들어낸 소라고둥이 단상, 연단으로 변하면서 거기서 모피를 두른 뚱뚱한 여인이 내려왔다. 경이로울 정도로 늙은 티가 안 나고 유혹적이며 왕관을 쓴, 대공작의 정부였다. 볼가강 강둑에 기대서 샌드위치를 먹으며 사람들이 익사하는 광경을 구경했던 그녀가 가게를 가로질러 올랜도를 향해 걸어오기 시작했다.

"오 사샤!" 올랜도가 외쳤다. 정말이지, 그녀가 이런 지경이 되다니 충격적이었다. 그녀는 너무나 뚱뚱하고 둔한 모습으로 변해 있었다. 그래서 올랜도는 이 모든 양초와 흰 꽃, 옛 선박의 냄새를 함께 가져온 모피 두른 회색 여인의 유령과 러시아 바지를 입은 소녀가 보이지 않게 등 뒤로 지나가도록 리넨 위로 고개를 숙였다.

"오늘은 냅킨이나 수건, 행주는 필요 없으신가요, 부인?" 점원이 끈덕지게 물었다. 그 순간 들여다본 쇼핑 목록 덕분에 올랜도는 어느 모로 보나 태연한 얼굴로 자신이 원하는 것은 세상에서 딱 하나밖에 없으며 그건 목욕 소금이라고 대답할 수 있었다. 그건 다른 매장에 있는 물건이었다.

하지만 다시 승강기를 타고 내려오다가—어떤 장면이건 간에 반복이란 너무나 방심할 수 없는 교활한 성질을 가지고 있어서—그녀는 다시 현재보다 훨씬 아래로 가라앉았다. 승강기가 땅에 쿵 닿는 순간, 냄비가 강둑에 부딪쳐 부서지는 소리가 들린 것 같았다. 어느 매장이 됐건 가야 할 매장을 찾는 일로 말하자면, 올랜도는 검정 옷에 머리를 단정히 빗질한 예의 바르고 활기 넘치는 매장 직원들이 하는 제안은 듣지도 못하고 핸드백들 사이에서 딴생각에 잠긴 채 서 있었다. 그 직원들도 그녀가 그랬던 것처럼 똑같이, 일부는 어쩌면 자부심을 가지고 머나먼 과거로부터 내려왔지만, 오늘은 현재라는 불투명한 막을 내리고 그저 마셜앤드스넬그로브 백화점의 매장 직원처럼 보이기로 선택한 이들이었다. 올랜도는 거기서 망설이며 서 있었다. 커다란 유리문을 통해 옥스퍼드 스트리트를 지나가는 차들이 보였다. 승합차가 다른 승합차 위에 쌓여 올라갔다가 갑자기 휙 떨어져 달리는 것 같았다. 그날 템스강의 얼음 덩어리들도 그렇게 곤두박질치며 흔들렸다. 모피 슬리퍼를 신은 노귀족이 얼음 덩어리 위에 걸터앉아 있었다. 저기 그가—이제 그가 보였다—아일랜드 저항 세력에게 악담을 퍼부으며 지나갔다. 그는 올랜도의 차가 서 있는 곳에서 물속으로 가라앉았다.

"시간이 내 위로 흘러갔구나." 올랜도는 정신을 다잡으려 노력하며 생각했다. "중년이 온 거야. 참 이상하기도 하지! 이제 그 어떤 것도 한 가지가 아니야. 핸드백을 들면 오래전 얼음 속에 얼어붙은 행상선의 여자가 생각나. 누가 분홍색 양초에 불을 켜면 러시아 바지를 입은 소녀가 보이고. 지금처럼…… 밖으로 나서면." 여기서 그녀는 옥스퍼드 스트리트의 보도로 나섰다. "지금 맛보는 이건 뭐지? 허브 약간. 염소 종소리가 들려. 산들이 보이고. 터키? 인도? 페르시아?" 그녀의 눈에 눈물이 글썽였다.

지금 눈물이 그렁한 눈으로 페르시아의 산들을 보

며 자동차에 탈 채비를 하는 올랜도의 모습을 보는 독자는 어쩌면 그녀가 현재에서 조금 지나치게 멀리 갔다는 생각을 할 것이다. 사실 종종 알려지지는 않아도 삶의 기술을 가장 성공적으로 이행하는 사람들은 모든 정상적인 인간의 신체에서 동시에 고동치고 있는 60개 혹은 70개의 시간을 용케 일치시켜 11시 종이 울리면 나머지 시간도 모두 함께 울리도록 한다. 그래서 현재가 격렬한 혼란도 아니고, 과거에 빠져 완전히 망각되지도 않는 것이다. 이들로 말하자면, 묘비에 주어진 대로 정확히 68년 혹은 72년을 사는 사람들이라고 정당하게 말할 수 있다. 그 밖의 사람들로 말하자면, 우리 사이에서 돌아다녀도 죽은 것이나 다름없는 이들도 있고, 아직 태어나지도 않았지만 삶의 형태들을 경험하는 이들도 있다. 수백 살이 되었지만 자신이 서른여섯이라고 하는 사람들도 있다.《영국 인명 사전》[59]이 뭐라고 하건 간에, 한 사람의 인생의 진정한 길이는 늘 논란이 되는 문제다. 이런 시간

---

59   버지니아 울프의 아버지 레슬리 스티븐이 편찬한 사전.

측정은 어려운 문제이기 때문이다. 어떤 예술이건 간에 예술과의 접촉보다 삶을 더 빨리 혼란스럽게 만드는 것은 없다. 올랜도가 쇼핑 목록을 잃어버리고 정어리나 목욕 소금, 부츠도 사지 않고 집에 돌아가려 하는 것도 다시에 대한 애정 탓일지 모른다. 이제 자동차 문을 잡고 서 있는 올랜도의 머리를 현재가 다시 강타했다. 그녀는 열한 번 난폭하게 공격받았다.

"젠장!" 시계 종소리가 신경계에 커다란 충격을 주는 바람에 그녀는 이렇게 외쳤다. 그 충격이 너무 커서 당분간은 그녀가 살짝 이맛살을 찌푸리고 멋들어지게 기어를 바꾸고 전처럼 "앞을 잘 보라고!" "자기 마음도 모르나?" "그럼 왜 그때 말하지 않았어?"라고 외쳤다는 것 외에는 할 이야기가 없다. 그러는 사이 능숙한 운전자인 그녀가 모는 자동차는 내달리고 돌고 비집고 들어가고 미끄러지며 리젠트 스트리트를, 헤이마켓을, 노섬벌랜드 애비뉴를 달려 내려가 웨스트민스터 다리를 건넌 다음 좌회전하고 직진하고 우회전하고 다시 직진했다……

1928년 10월 11일 목요일, 올드켄트 로드는 굉장히 복잡했다. 사람들이 보도에서 쏟아져 나왔다. 쇼핑백을 든 여자들이 있었다. 아이들이 달려 나왔다. 포목상에서 할인 판매를 했다. 거리는 넓어졌다 좁아졌다 했다. 저 멀리 보이는 전경도 함께 꾸준히 줄어들었다. 여긴 시장이 있었다. 여긴 장례식이 있었다. '실…… 집회'[60]라고 적힌 깃발들을 든 행렬이 지나갔다. 하지만 그 외에는? 고기는 새빨갰다. 정육점 주인들이 문간에 서 있었다. 여자들은 발뒤꿈치가 거의 잘려 나갈 지경이었다. '아모르 빈……'[61]은 어느 현관 위에 걸린 간판이다. 한 여자가 깊은 사색에 잠긴 채 꼼짝도 않고 침실 창밖을 내다보고 있었다. '장……[62] 애플존과 애플베드'. 전체가 다 보이거나 처음부터 끝까지 읽을 수 있는 것은 하나도 없었다. (가령 상대와 만나려고 길을 건너오기 시작하는 두 친구처럼) 시작은 봐도 끝은 볼 수 없었다. 20분이 지나면

---

60   1928년 봄에 있었던 '실업반대집회Rally against Unemployment'로 추정.

61   '사랑이 모든 것을 정복한다amor vincit omnia'라는 라틴어 문구로, 유곽의 간판으로 추정.

62   '장의사'로 추정.

육체와 정신이 자루에서 쏟아져 나온 종잇조각처럼 변했다. 사실 런던에서 빠른 속도로 차를 몰고 나오는 과정은 무의식, 그리고 어쩌면 죽음 자체보다 우선하는 정체성을 잘게 난도질하는 과정과 너무나 비슷하기 때문에 올랜도가 어떤 의미에서 현재에 존재했었다고 말할 수 있을지는 지금으로서는 대답할 수 없는 문제다. 사실, 마침내 가림막이 펼쳐지지 않았다면 우리는 그녀를 완전히 해체되어버린 사람으로 생각하고 포기했어야 했을 것이다. 여기 오른쪽에 녹색 가림막이 펼쳐지면서 그것을 배경으로 작은 종잇조각들이 더 천천히 떨어졌고, 다음으로 왼쪽에 또 하나의 가림막이 펼쳐지면서 종잇조각들이 공중에서 제각각 휘도는 것이 보였다. 그 후 녹색 가림막을 계속 양쪽에 펼친 채 지나가자 그녀는 마음속에 사물을 간직할 수 있다는 환상을 되찾았고, 시골집과 농장, 암소 네 마리를 정확히 실물 크기로 보았다.

그렇게 되자, 올랜도는 안도의 한숨을 내쉬고 담배에 불을 붙이더니 잠시 말없이 담배를 피웠다. 그러고는 원하는 사람이 거기 없을 수도 있다는 듯이 머뭇머뭇 이렇게 불렀다. "올랜도?" 마음속에서 (대충 골라) 76개의 서로 다른 시간이 동시에 똑딱거린다면, 인간 영혼 속에 한 번쯤 자리를 차지하는 서로 다른 사람들이—하늘이여 우리를 도우소서—전부 몇이나 될까? 누군가는 2,052 명이라고 한다. 그러므로 어떤 이가 홀로 있게 되자마자 (그것이 자기 이름이라면) "올랜도?"라고 부르는 것은 세상에서 가장 흔한 일이다. 그 말은 이런 뜻이다. 어서, 어서! 나는 이 자아가 지겨워 죽을 것 같아. 다른 자아를 원해. 바로 그런 연유로 우리는 친구들에게서 놀라운 변화를 보게 되는 것이다. 그러나 그 일이 매우 순조롭게 진행되는 것은 아니다. (전원으로 나가자마자 아마도 다른 자아가 필요해서) 올랜도가 그랬듯이 올랜도? 하고 말할 수는 있지만, 그녀가 필요로 하는 올랜도가 오지 않을 수도 있기 때문이다. 웨이터의 손 위에 접시가 쌓이듯이 차곡차곡 쌓여 우리를 구성하는 이 자아들은 당신이 뭐라고 부르건(그리고 이런 것들은 이름이 없는 경우가 많다) 다른 곳에 애착을 가지고 있고 자신만의 공감과 작은 법, 권리를 가지고 있어서, 어떤 자아는 비가 올 때만 오고 다른 자아는 초록 커튼을 친 방에서만 오고 또 다른 자아는 존스 부인이 없을 때만 오고 또 다른 자아는 당신이 와인 한 잔을 약속할 수 있을 때 등등의 상황에서만 온다. 모든 사람은 자신의 경험으로부터 자신의 다른 자아들과 맺는 다른 조건을 늘려갈 수 있지만, 어떤 것들은 너무 심하게 터무니없어 출판물에서 언급할 수조차 없다.

그래서 올랜도는 헛간 옆 모퉁이에서 심문조의 목소리로 "올랜도?"라고 부르고 기다렸다. 올랜도는 오지 않았다.

"그래 좋아." 올랜도는 사람들이 이런 경우 보여주는 쾌활한 태도로 말하고 다른 자아를 불렀다. 그녀에게는 여기 우리에게 주어진 공간에 적을 수 있는 수보다 훨씬 더 많은, 아주 다양한 자아가 있었다. 전기는 예닐곱의 자아만 설명해도 완전하다고 간주되는 반면, 한 사람은 수천의 자아도 가질 수 있기 때문이다. 그래서 우리가 적을 수 있는 자아만을 고르던 올랜도는 이번에는 무어인의 머리를 자른 소년이나 그 머리를 다시 매단 소년, 언덕에 앉아 있던 소년, 시인을 본 소년, 여왕에게 장미수 한 그릇을 건넨 소년을 불렀을지도 모른다. 혹은 사샤와 사랑에 빠진 청년, 혹은 궁정 가신, 혹은 대사, 혹은 군인, 혹은 여행자를 불렀을 수도 있다. 혹은 그 여자가 오기를 바랐을 수도 있다. 집시, 훌륭한 숙녀, 은둔자, 삶을 사랑한 소녀, 문인들의 후원자, (뜨거운 목욕과 저녁의 난롯불을 의미하는) 마, 또는 (가을 숲의 크로커스를 의미하는) 셸머딘, 또는 (우리가 날마다 겪는 죽음을 의미하는) 본스롭, 혹은 그 셋 모두를—그 큰 의미를 다 적기에는 지면이 모자란다—부른 여인. 모두 다른 사람들이니 그중 누구라도 불렀을 수 있다.

아마도. 하지만 확실해 보이는 것은(지금 우리는 '아마도'와 '보이는'의 영역에 있으므로) 그녀가 가장 원하는 자아가 멀리 초연하게 있다는 것이다. 그녀의 말을 들어보면 운전하는 동안 그녀는 빠른 속도로 자아를 바꾸고—모퉁이를 돌 때마다 새 자아가 나왔다—있었는데, 이런 일은 최상부에 있으며 욕망하는 힘을 가진 의식적 자아가 뭔가 설명할 수 없는 이유로 하나의 자아가 되기를 바랄 때 생긴다. 이것은 소위 진짜 자아라고 불리는 것으로, 모두를 연합하고 통제하는 대장 자아, 핵심 자아의 지휘를 받으며 갇혀 있는 우리 내면의 모든 자아의 압축판이라고 한다. 올랜도가 운전하면서 하는 말을 듣고 독자들도 판단할 수 있겠지만(만일 그 말이 앞뒤가 안 맞고 시시하고 지루하고 때로는 알아들을 수도 없는 횡설수설이라면, 그건 숙녀의 혼잣말을 엿들은 독자의 잘못이다. 우리는 그저 그녀가 한 말을 고스란히 옮기면서 우리가 판단하기에 어떤 자아가 말하고 있는지 괄호 안에 정보를 덧붙일 뿐이지만, 우리가 틀릴 수도 있다), 그녀는 분명 그 대장 자아를 찾고 있었다.

"그럼 뭐지? 그럼 누구야?" 올랜도가 말했다. 서른여섯 살, 자동차를 탄 여자. 그래. 하지만 그 밖에도 백만 가지 다른 것이지. 내가 속물일까? 연회장의 가터 훈장? 표범 문장? 내 조상들? 그것들이 자랑스럽냐고? 그럼! 탐욕스럽고 호화롭고 악랄한가? 내가? (여기서 새 자아가 들어왔다.) 그렇다 해도 상관없어. 진실하나? 그런 것 같아. 관대한가? 아, 하지만 그건 중요하지 않아. (여기서 새 자아가 들어왔다.) 아침이면 고급 리넨 시트 위에 누운 채 비둘기 소리를 듣고, 은제 접시에 와인에 하녀들에 하인들까지. 버릇없나? 그럴지도 모르지. 무의미한 것들이 너무 많아. 그런 의미에서 내 책들(여기서 그녀는 50권의 고전 작품을 언급했는데, 그녀가 찢어버린 낭만주의 초기 작품을 의미한다고 생각된다). 손쉽고 안이하고 낭만적이야. 하지만(여기서 또 다른 자아가 들어왔다) 뭐 하나 제대로 할 줄 모르고 서툴러. 이보다 더 어설플 순 없어. 그리고…… 그리고…… (여기서 그녀는 무슨 말을 하려고 망설였는데, '사랑'일 거라 짐작하면 틀릴 수도 있겠지만, 그녀는 분명 웃고 얼굴을 붉히고 이렇게 외쳤다.) 에메랄드로 세공한 두꺼비! 해리 대공! 천장의 금파리들! (여기서 또 다른 자아가 들어왔다.) 하지만, 넬, 키트, 사샤는? (그녀는 우울 속으로 빠져들었다. 실제로 눈물이 글썽였지만, 울지 않은 지 오래였다.) 나무들, 그녀가 말했다. (여기서 또 다른 자아가 들어왔다.) 저기서 천 년 동안 자라고 있는 나무들이 좋

아. (그녀는 숲을 지나고 있었다.) 그리고 헛간도. (길가의 쓰러진 헛간을 지났다.) 그리고 양치기 개들도. (여기서 개 한 마리가 다가와 길을 건넜다. 그녀는 조심스레 그 개를 피했다.) 그리고 밤도. 하지만 사람들은. (여기서 또 다른 자아가 들어왔다.) 사람들? (그녀는 그 말을 의문문으로 반복했다.) 모르겠어. 시끄럽고 악의적이고 언제나 거짓말을 하잖아. (여기서 그녀는 고향 소도시의 하이 스트리트로 접어들었고, 그날이 장날이라 농부들, 양치기들, 바구니에 암탉을 넣어 든 노파들로 길이 붐볐다.) 농부들은 좋아. 농작물은 잘 알지. 하지만. (여기서 또 다른 자아가 등대의 불빛처럼 그녀 정신의 최상층을 스치고 지나갔다.) 명성! (그녀는 웃었다.) 명성! 일곱 개의 판본. 상. 석간신문에 실린 사진. (여기서 그녀는 《떡갈나무》와 그녀가 탄 '버뎃 쿠츠 기념상'[63]을 넌지시 언급했다. 여기서 우리는 잠깐 지면을 뺏어서 이 전기 전체

---

63   울프가 만든 가공의 상으로, 버뎃 쿠츠는 빅토리아 시대의 부유한 상속녀이자 자선사업가이다. 실제로 비타 색빌웨스트는 《대지》로 1927년에 호손든 상을 받았다.

가 도달한 이 정점을, 이 책의 결말이 되어야 하는 이 열
번을 이렇게 별것 아닌 것처럼 웃으며 획 지나가야 한다
는 게 전기작가에게 얼마나 심란한 일인지를 말하고 넘
어가야겠다. 하지만 사실 여성에 대해 글을 쓸 때면 모
든 것이—정점이건 결말이건—제자리를 벗어난다. 남자
들과 같은 곳에 강세가 놓이는 법이 없다.) 명성! 그녀가
되풀이했다. 시인이라, 사기꾼이지. 둘 다 우편물처럼 매
일 아침 규칙적으로 찾아오지. 식사를 하고, 모임을 갖
고. 모임을 갖고, 식사를 하고. 명성, 명성! (여기서 그녀
는 장터에 모인 사람들 사이를 지나기 위해 속도를 늦춰
야 했다. 하지만 아무도 그녀에게 눈길을 주지 않았다.
상을 타고, 하겠다고 했으면 머리 위에 화관을 세 개나
겹쳐 썼을 여인보다는 생선 가게의 돌고래가 훨씬 더 많
은 관심을 끌었다.) 그녀는 차를 아주 천천히 몰면서 이
제 마치 옛 노래 한 구절을 부르듯이 흥얼거렸다. "내 돈
으로 꽃나무를 사야지, 꽃나무, 꽃나무를, 그리고 꽃나
무 사이를 거닐며 아들들에게 명성이 무엇인지 이야기
해야지." 그렇게 흥얼거리자, 그 말들 모두가 묵직한 구

슬로 만든 투박한 목걸이처럼 여기저기 축 늘어지기 시작했다. "그리고 꽃나무들 사이를 거닐며" 그녀는 단어에 세게 강세를 주며 노래했다. "천천히 떠오르는 달과 떠나는 마차들을 보고……" 여기서 그녀는 노래를 뚝 끊고 깊은 명상에 빠져 전방의 자동차 보닛을 뚫어져라 보았다.

"그 사람은 트위쳇의 테이블에 앉아 있었어." 올랜도는 곰곰이 생각하며 말했다. "꼬질꼬질한 주름칼라를 달고서…… 목재 치수를 재러 온 베이커 영감이었을까? 아니면 셰―스―어였을까?" (깊이 존경하는 이름을 혼자 읊조릴 때는 절대 이름 전체를 말하지 않는 법이다.) 그녀는 차를 거의 정지시킨 채 10분 동안 앞을 응시했다.

"떨칠 수가 없어!" 그녀가 갑자기 가속장치를 밟으며 외쳤다. "생각을 떨칠 수가 없어! 어렸을 때부터 줄곧. 저기 기러기가 날아가네. 창문을 지나 바다로 날아가. 나는 깡충 뛰어올라(그녀는 운전대를 더 꽉 잡았다) 그것을 향해 손을 뻗었지. 하지만 기러기가 너무 빨리 날아. 나는 봤어, 여기, 저기, 저기, 영국에서, 페르시아에서, 이탈리아에서. 기러기는 늘 빠르게 바다로 날아가고 나는 늘 그 뒤로 그물 같은 말을 던지는데(여기서 그녀는 손을 뻗었다) 그 그물은 해초만 담긴 그물을 갑판에 끌어올리면 쭈글쭈글해지는 것처럼 쭈글쭈글해지지. 그래도 가끔은 그물 바닥에 1인치의 은이 있기도 해. 그래도 산호초에 사는 큰 물고기는 한 번도 없었어." 여기서 그녀는 고개를 숙이고 깊은 사색에 잠겼다.

그리고 바로 이 순간, "올랜도"를 부르기를 멈추고 다른 생각에 깊이 빠진 순간, 그녀가 불렀던 올랜도가 저절로 등장했다. 그녀에게 생긴 변화가 이를 증명했다(그녀는 시골집의 문을 지나 대정원으로 들어가고 있었다).

약간의 박(箔)을 덧붙였을 때 표면의 둥글기와 견고함이 더해지는 것처럼 그녀의 모습 전체가 어두워졌고, 얕은 것은 깊어지고 가까운 것은 멀어졌다. 물이 우물의 벽에 가두어지듯이 모든 것이 가두어졌다. 그래서 그녀는 이제 어두워지고 잠잠해졌고, 이 올랜도가 더해지면서, 옳든 그르든, 소위 말하는 단일한 자아, 진짜 자아가 되었다. 그리고 그녀는 조용해졌다. 사람들이 소리 높여 말할 때면 (2천 개가 넘게 존재할 수도 있는) 자아들은 분리를 의식하고 소통하려고 애쓰지만, 소통이 확립되면 조용해진다.

그녀는 능숙하고 빠르게 차를 몰아 느릅나무와 떡갈나무 사이 구불구불한 도로를 따라 정원의 내리막 풀밭을 가로질러 갔는데, 그 내리막은 워낙 완만해서 만약 바다였다면 매끄러운 녹색 조수로 해변에 퍼져 있었을 것이다. 여기엔 너도밤나무와 떡갈나무가 장엄하게 무리를 지어 심어져 있었다. 눈처럼 흰 사슴과 철사 그물에 뿔이 걸려 머리가 옆으로 구부러진 사슴이 나무 사이를 돌아다녔다. 이 모든 것, 나무와 사슴, 풀밭을 그녀는 아주 커다란 만족감을 느끼며 살펴보았다. 마치 그녀의 마음이 액체가 되어 사물들 주위를 흐르며 완전히 에워싸는 것만 같았다. 잠시 후 그녀는 안마당에 차를 세웠다. 그곳은 그녀가 수백 년 동안 말을 타거나 앞뒤에 말 탄 남자들을 대동한 채 육두마차를 타고 왔던 곳이었다. 자두가 떨어지고, 횃불이 타오르고, 지금 낙엽을 떨어뜨리는 그 꽃나무들이 꽃송이를 떨어뜨리던 곳이었다. 이제 그녀는 혼자였다. 가을 낙엽이 떨어지고 있었다. 문지기가 큰 문을 열어주었다. "안녕, 제임스." 올랜도가 말했다. "차에 물건이 좀 있어. 안으로 옮겨주겠나?" 이는 그자체로는 어떤 아름다움도, 흥미도, 중요성도 없는 말이라는 걸 인정하겠지만, 지금은 의미가 너무나 탱탱하게 차올라 익은 견과처럼 나무에서 떨어졌고, 쪼그라든 일상의 가죽에 의미가 채워지면 감각을 놀라우리만치 만족시킨다는 것을 증명했다. 이제 이것은 평범한 모든 움직임과 행동에 해당되었다. 그래서 올랜도가 채 3분도 안 걸려 스커트를 능직 바지와 가죽 재킷으로 갈아입는 모습은 마담 로포코바가 최고의 발레 기량을 선보이는 것처럼 아름다운 동작으로 사람을 황홀하게 만드는 행동이었다. 그리고 그녀는 식당으로 들어갔다. 옛 친구 드라이든, 포프, 스위프트, 애디슨이 처음에는 그녀가 "수상자를 발표합니다!"라고 말할 사람이라 여기고 얌전하게 쳐다보았지만, 200기니가 달려 있다는 것을 떠올리고는 흡족하게 고개를 끄덕였던 곳이다. 200기니라고, 그들이 말하는 것 같았다. 200기니는 쉽게 무시할 액수가 아니다. 그녀는 빵과 햄을 잘라 겹쳐서 식당 안을 오가며 먹기 시작했고, 그렇게 아무 생각 없이 단 1초 만에 옛 식사 습관을 버렸다. 그렇게 대여섯 번을 돌고 나서 스페인산 레드와인 한 잔을 단숨에 들이켜더니 또 한 잔을 따라 손에 들고는 긴 복도를 지나 열두 개의 응접실을 지났고, 그녀를 따르기로 한 엘크하운드와 스패니얼을 거느리고 집 안을 배회하기 시작했다.

이것 역시 모두 하루의 일과였다. 그녀는 돌아와서 집을 구경하지도 않고 가는 것은 집에 와서 자기 할머니에게 키스도 하지 않고 떠나는 것보다 못하다고 생각했다. 안으로 들어서자 방이 환하게 밝아지는 것 같았다. 방들은 마치 그녀가 없는 사이 졸기라도 했던 것처럼 놀라서 눈을 떴다. 수백 번, 수천 번 봤지만 그 방들이 똑같아 보인 적은 한 번도 없었다. 그들처럼 그렇게 오랫동안 살다 보면 겨울과 여름, 환하고 어두운 날씨, 그녀 자신의 운과 그곳에 찾아오는 사람들의 성격에 따라 변화하는 수많은 분위기가 저장되는 것 같았다. 그들은 타인에게 늘 예의 바르기는 했지만 약간 경계하는 기색을 보였다. 하지만 그녀에겐 늘 솔직하고 편안했다. 사실 그러지 않을 이유가 무엇인가? 그들은 이제 근 4세기 동안 서로를 알고 지냈으니 감출 것이 없었다. 그녀는 방들의 슬픔과 기쁨을 알았다. 각 부분이 몇 살인지, 그것들의 작은 비밀—비밀 서랍, 숨겨진 벽장, 나중에 만들거나 덧붙인 부분 등의 결함 따위—이 무엇인지 알고 있었다. 그들 역시 그녀의 기분과 변화를 모두 알고 있었다. 그녀는 그들에게 아무것도 감추지 않았다. 소년으로, 여인으로 그 방들을 찾아가 울고 춤추고 고민하고 즐거워했다. 그녀는 이 창가 자리에서 첫 시를 썼다. 저 예배당에서 결혼했다. 그리고 여기 묻힐 거라고, 그녀는 긴 회랑 창틀에 무릎을 꿇고 앉아 스페인산 와인을 홀짝이며 생각했다. 그 광경을 떠올릴 수는 없지만 언젠가 자신이 조상들 사이에 안치되는 날에도 문장의 표범 몸뚱이는 바닥에 노란 웅덩이를 만들 것이다. 불멸을 믿지 않는 그녀는 자신의 영혼이 패널의 붉은색과 소파의 초록색과 함께 영원히 왔다 갔다 할 거라는 느낌을 떨칠 수가 없었다. 그 방은—그녀가 어슬렁대며 들어왔던 방은 대사

의 침실이었다—몇백 년 동안 바다 밑에서 껍데기를 만
들면서 바닷물에 의해 백만 가지 색조가 더해진 조개처
럼 빛났다. 장미와 노랑, 초록과 모래 빛깔이었다. 그것
은 조개껍데기처럼 연약하고 영롱한 진줏빛이었고 속
은 비어 있었다. 그 방에서 대사가 잠들 일은 다시는 없
을 것이다. 아, 하지만 올랜도는 그 집의 심장이 여전히
뛰고 있는 곳이 어디인지 알고 있었다. 그녀는 살며시 방
문을 열고는 (자신의 상상 속에서) 방이 자신을 보지 못
하도록 문턱에 서서, 끊임없이 불어와 태피스트리를 건
드리는 산들바람에 오르락내리락 들썩대는 태피스트리
를 보았다. 여전히 사냥꾼은 달렸다. 여전히 다프네는 달
아났다. 아무리 희미해도, 아무리 깊숙이 틀어박혀 있다
해도 심장은 여전히 뛰고 있구나, 올랜도는 생각했다. 거
대한 건물의, 연약하지만 멈출 줄 모르는 심장이.

　이제 그녀는 개들 무리를 불러 떡갈나무를 통째로
켜서 마루를 깐 회랑을 지나갔다. 빛바랜 벨벳이 덮인
의자들이 벽에 줄지어 도열한 채 엘리자베스에게, 제임
스에게, 어쩌면 셰익스피어에게, 한 번도 오지 않은 세실

에게 양팔을 내밀고 있었다. 그 광경에 올랜도는 우울해
졌다. 그녀는 그 의자들 앞에 쳐놓은 밧줄을 떼어냈다.
그리고 여왕의 의자에 앉았다. 레이디 베티의 탁자 위
에 놓인 필사본 책을 펼쳤다. 오래된 장미 잎을 손끝으
로 문질렀다. 제임스 왕의 은제 빗으로 짧은 머리를 빗어
보았다. 그의 침대(루이즈가 아무리 새 시트를 깔아놓
아도 왕이 거기서 자는 일은 다시는 없을 것이다) 위에
서 깡충깡충 뛰고 그 위에 덮어둔 낡은 은색 덮개에 뺨
을 댔다. 나방을 쫓는 작은 라벤더 주머니와 "만지지 마
시오"라고 인쇄한 안내문이 사방에 있어서, 그녀가 둔
안내문인데도 자신을 질책하는 것 같았다. 그 집이 더
이상 자신만의 것이 아니라고 생각하니 한숨이 나왔다.
그것은 이제 시대의, 역사의 것이었고 살아 있는 자들
이 만지고 통제할 수 있는 대상이 아니었다. 여기서 맥
주를 쏟거나 카펫에 불을 붙여 구멍을 낼 일은 다시는
없으리라는 생각이 들었다(그녀는 예전 닉 그린이 썼던
방에 와 있었다). 200명의 하인들이 탕파나 커다란 벽난
로들에 넣을 커다란 장작을 들고 복도를 내달리며 소동

현재의 올렌도

을 벌일 일도 다시는 없을 것이다. 집 바깥의 작업장에서 에일을 만들고 양초를 만들고 안장을 꾸미고 돌을 깎는 일도 없을 것이다. 이제 쇠망치와 나무망치가 모두 잠잠했다. 의자와 침대는 비어 있었다. 은제와 금제 술잔은 유리 장식장 안에 들어가 있었다. 거대한 침묵의 날개가 텅 빈 집에서 퍼덕이고 있었다.

그렇게 올랜도는 주위에 웅크린 개들과 함께 회랑 끝 엘리자베스 여왕의 딱딱한 팔걸이의자에 앉아 있었다. 회랑은 빛이 거의 닿지 않는 지점까지 멀리 뻗어 있었다. 그것은 과거 속으로 깊숙이 뚫려 있는 터널이었다. 회랑을 물끄러미 바라보고 있으니 웃고 이야기하는 사람들이 보였다. 그녀가 알았던 위대한 인물들, 드라이든, 스위프트, 포프, 대화 중인 정치가들, 창가에서 서로 장난치는 연인들, 긴 식탁에서 먹고 마시는 사람들, 그들 머리 위로 피어올라 재채기와 기침을 하게 만드는 장작 연기가 보였다. 그보다 더 멀리에는 카드리유를 추려고 근사하게 꾸민 사람들이 대형을 이룬 것이 보였다. 부드럽고 청아하면서도 장중한 음악이 연주되기 시작했다. 오르간이 울렸다. 관이 예배당으로 옮겨졌다. 거기서 결혼식 행렬이 나왔다. 갑옷을 입고 투구를 쓴 사람들이 전쟁터로 떠났다. 그들은 플로든과 푸아티에에서 깃발을 가져와 벽에 꽂았다. 긴 회랑은 그렇게 채워졌고, 그보다 더 먼 곳을 바라보자 엘리자베스 시대 사람들과 튜더 왕조 사람들 너머로 맨 끝에 더 나이 많고 시커멓고 고깔을 쓴 인물, 수도승처럼 엄격한 수도사가 책을 든 양손을 모아 쥐고 중얼거리는 모습이 보이는 것 같았는데……

  마구간의 시계가 천둥소리처럼 4시를 알렸다. 그 어떤 지진도 그렇게 도시 전체를 허물어뜨리지는 않았다. 회랑과 그 안에 있던 모든 사람이 가루가 되었다. 그 모든 광경을 바라보는 동안 어둡고 음울했던 그녀의 얼굴에 화약이라도 폭발한 것처럼 환한 빛이 비췄다. 그 불빛에 주변의 모든 것이 지극히 또렷하게 보였다. 파리 두 마리가 맴을 돌며 나는 것이 보이더니, 그 몸뚱이에서 나는 푸르스름한 광채가 눈에 띄었다. 발이 닿은 마룻장의 옹이와 개가 귀를 쫑긋거리는 모습이 보였다. 그와 동시에 정원에서 나뭇가지 삐걱거리는 소리와 대정원에서 양이 기침하는 소리, 창밖을 빠르게 지나가는 비명 소리가 들렸다. 갑자기 심한 서리 속에 벌거벗고 서 있는 것처럼 몸이 떨리고 따끔거렸다. 하지만 런던에서 시계가 10시를 알렸을 때와는 달리 그녀는 완벽한 평정을 유지했다(이제 그녀는 하나이고 온전했으며, 아마도 시간의 충격을 더 넓은 표면으로 받아내고 있었기 때문일 것이다). 그녀는 일어났지만, 서두르지 않고 개들을 부른 뒤 단호하지만 대단히 기민한 동작으로 계단을 내려가 정원으로 나갔다. 여기에서는 식물의 그림자가 경이로울 만큼 또렷했다. 눈에 현미경이라도 붙인 것처럼 화단의 흙 알갱이 하나하나가 다 보였다. 나무들마다 복잡하게 얽힌 잔가지들이 다 보였다. 풀잎 하나하나가, 잎맥과 꽃잎 무늬가 다 달랐다. 정원사 스텁스가 오솔길을 따라 걸어오고 있었는데, 그의 각반에 달린 단추 하나하나가 다 보였다. 수레 *끄는* 말인 베티와 프린스도 보였다. 베티 이마의 하얀 별과 프린스의 꼬리에 나머지 털보다 길게 늘어진 털 세 가닥이 그렇게 분명하게 보인 적이 없었다. 사각형 안뜰에 나가서 보니 집의 오래된 회색 벽은 긁힌 자국이 난 새 사진 같았다. 빈의 붉은 벨벳 오페라 하우스에서 연주되는 무곡을 확성기가 압축해 테라스에 쏟아놓는 소리가 들렸다. 현재의 순간에 마음을 다잡고 긴장한 그녀는 시간의 심연이 아가리를 벌리고 1초를 통과시킬 때마다 무엇인가 알 수 없는 위험이 함께 찾아올 것만 같은 이상한 두려움이 들었다. 그 긴장이 어찌나 가차 없고 혹독한지 불편해서 오래 참고 있을 수가 없었다. 마치 다리가 그녀를 위해 저절로 움직이기라도 하는 것처럼, 그녀는 원하는 속도보다 빠르게 정원을 지나 대정원으로 나갔다. 여기서 그녀는 목수 작업실에서 간신히 걸음을 멈추고는 가만히 서서 조 스텁스가 수레바퀴 만드는 것을 지켜보았다. 그의 손에 시선을 고정시킨 채 서 있는데, 시계가 15분을 알렸다. 그 소리가 너무 뜨거워서 손가락으로 잡을 수도 없는 운석처럼 그녀를 뚫고 돌진했다. 조의 오른손 엄지에 손톱이 없고, 손톱이 있어야 할 자리에 동그란 분홍색 살이 컵받침처럼 도드라져 있는 게 속이 메슥거릴 정도로 생생하게 보였다. 그 모습이 너무 혐오스러워 한순간 기절할 것 같았지만, 눈을 깜빡이는 순간의 어둠 속에서 그녀는 현재가 가하는 압박에서 벗어났다. 눈 깜빡임이 드리우는 어둠에는 뭔가 낯선 것, 현재에는 늘 존재하지 않는 어떤 것(누구든지 지금 당장 하늘을 바라보며 이를 시험해볼 수 있다)―거기서 그 공포, 뭐라 말할 수 없는 특징이 생겨난다―그 실체를 한 가지 이름으로 규정해서 아름다움이라고 부르기 두려운 무엇인가가 있다. 왜냐하면 그것은 본체가 없고 자신만의 본질이나 속성도 없는 그림자이지만, 어디에 달라붙건 그 대상을 변화시킬 능력을 갖고 있기 때문이다. 올랜도가 목수 작업실에서 어지러워 눈을 깜빡이는 동안, 이 그림자는 슬그머니 달아나 그녀가 받아들인 숱한 광경에 달라붙어 그것들을 참을 수 있는, 납득할 수 있는 것으로 다듬어냈다. 마음이 파도처럼 흔들리기 시작했다. 그래, 그녀는 목수의 작업실에서 돌아서서 언덕을 오르면서 깊은 안도의 한숨을 내쉬며 생각했다, 나는 다시 삶을 시작할 수 있어. 나는 서펀타인 호숫가에 있고, 작은 배는 천 명의 목숨을 앗

450

아 간 하얀 아치를 통과하며 올라가고 있어. 이젠 이해할……

이건 그녀가 꽤 분명하게 한 말이었지만, 우린 그녀가 눈앞에 펼쳐져 있는 진실에 아주 무관심한 목격자이며, 양을 암소로, 스미스라는 노인을 그와는 아무런 상관도 없는 존스라는 사람으로 쉽게 착각할 수 있다는 사실을 감출 수가 없다. 이는 손톱 없는 엄지가 일으킨 현기증의 그림자가 그녀의 (시각에서 가장 먼 부분인) 머리 뒤쪽에서 깊어져 웅덩이로 변했기 때문인데, 그곳에서는 모든 것이 심연 같은 어둠 속에 존재해서 그것이 무엇인지 우리로서는 좀처럼 알 수가 없다. 이제 그녀는 모든 것이 반사되는 이 웅덩이, 또는 바다를 내려다보았다. 사실, 어떤 이들은 우리의 가장 격렬한 감정과 예술, 종교는 눈에 보이는 세상이 잠시 가려졌을 때 우리가 머리 뒤쪽의 어두운 웅덩이에서 보는 반사상이라고 말한다. 그녀는 지금 거기서 오래도록, 깊이, 심오하게 바라보았고, 그녀가 언덕을 오르며 걷고 있던 고사리 무성한 길은 즉시 완전히 길이 아니라 일부 서펀타인 호수로 변했다. 산사나무 덤불 일부는 명함 지갑과 금장식 지팡이를 든 숙녀와 신사가 되었다. 양들 일부는 높다란 메이페어 주택들이 되었다. 마치 그녀의 마음이 여기저기로 갈라져 뻗은 빈터들이 있는 숲이 되기라도 한 것처럼, 모든 것이 부분적으로는 다른 것이 되었다. 끝없이 교차하는 빛과 그림자 속에서 사물들은 더 가까워지고 더 멀어지고 뒤섞이고 나뉘면서 기묘하기 이를 데 없는 동맹과 결합을 이루었다. 엘크하운드 크누트가 토끼를 쫓아가서 4시 30분 정도―사실은 6시 23분 전이었다―가 되었다는 것을 상기시켜줬을 때를 제외하면, 그녀는 시간을 잊어버렸다.

고사리가 무성한 길은 여러 차례 굽이굽이 돌아가며 꼭대기에 서 있는 떡갈나무를 향해 점점 더 높이 올라갔다. 그 나무는 그녀가 나무를 알게 된 1588년경보다 더 커지고 더 튼튼해지고 더 옹이가 많아졌지만, 그래도 여전히 한창때였다. 조그맣고 뾰족뾰족한 주름이 진 잎들이 여전히 가지에서 무성하게 펄럭이고 있었다. 땅바닥에 털썩 몸을 던지자 척추에서 나온 갈빗대처럼 이쪽저쪽으로 뻗어 나온 나무의 뼈대가 몸 아래 느껴졌다. 그녀는 자기가 세상의 등에 올라타 있다고 생각하고 싶었다. 뭔가 단단한 것에 몸을 붙이고 싶었다. 털썩 눕는 순간, 가죽 재킷 품에서 붉은 천으로 제본한 조그맣고 네모난 책 한 권이 떨어졌다. 그녀의 시《떡갈나무》였다. '모종삽을 가져올걸.' 그녀는 생각했다. 뿌리를 덮은 흙이 너무 얕아서 뜻대로 그 책을 여기 묻을 수 있을지 확신이 없었다. 게다가 개들이 책을 파헤칠 것이다. 이런 상징적인 축하 의식에는 운이 따르는 법이 없지, 그녀는 생각했다. 그렇다면 아마도 의식을 치르지 않는 편이 나을 것이다. 책을 묻으면서 하려던 짧은 연설이 혀끝에서 맴돌았다. (그 책은 저자와 화가가 서명한 초판본이었다.) "이 땅이 내게 준 것에 대한 보답, 감사의 선물로 이 책을 여기 묻습니다." 이렇게 말할 생각이었다. 하지만 주여! 소리 내어 말하기 시작하자 그 말이 어찌나 바보처럼 들리는지! 일전에 그린이 연단에 서서 자신과 밀턴을 (눈이 안 보인다는 점만 제외하고) 비교하며 200기니 수표를 건네던 일이 생각났다. 그때 그녀는 여기 언덕 위에 있는 떡갈나무를 생각했고, 그것과 이것이 무슨 관계가 있는 것인지 의아해했다. 칭찬과 명성이 시와 무슨 관계가 있나? 7판(시집은 벌써 그만큼이나 나왔다)이 시의 가치와 무슨 관계가 있나? 시를 쓰는 것은 목소리가 목소리에 화답하는 비밀스러운 거래 아닌가? 그러니 이 모든 잡담과 칭찬과 비난과 감탄하는 사람들과의 만남과 감탄하지 않는 사람들과의 만남은 시 자체—목소리가 목소리에 화답하는 일—와는 극도로 어울리지 않는 일이었다. 이 오랜 세월 동안 그녀가 숲과 농장, 목을 서로 나란히 한 채 문 앞에 선 갈색 말들, 대장간, 부엌, 힘든 산고를 치르며 밀과 순무, 풀을 낳는 들판, 아이리스와 상산초를 날리는 정원들이 부르는 나지막한 옛 노래에 더듬거리며 한 대답보다 더 비밀스럽고 느리며 연인들이 나누는 사랑과도 같은 것이 어디에 있을 수 있단 말인가?

그래서 그녀는 책을 묻지 않고 땅바닥에 아무렇게나 내버려둔 채, 이 저녁 햇빛에 빛나고 그림자에 가려지며 대양 표면처럼 다채롭게 변화하는 광대한 풍경을 바라보았다. 느릅나무 사이로 교회 종탑과 함께 마을이 보였다. 어느 대정원에는 둥근 회색 지붕을 한 대저택이 있었고, 몇몇 온실에서는 불타는 빛이 번쩍이고 있었고, 어느 농장 뜰에는 누런 옥수수 더미가 쌓여 있었다. 들판 여기저기에는 검은 수풀이 자리하고 있었고, 그 너머에는 삼림지대가 길게 뻗어 있고 강이 어렴풋이 보였다가 다시 산들이 나타났다. 저 멀리 스노든의 험한 바위들이 구름 사이로 하얗게 모습을 드러냈다. 멀리 스코틀랜드의 산들과 헤브리디스 제도 주위에서 격렬하게 소용돌이치고 있는 조류들도 보였다. 그녀는 바다에서 쏘는 대포 소리에 귀를 기울였다. 아니었다. 그저 바람이 불뿐이었다. 요즘에는 전쟁이 없다. 드레이크는 죽었고, 넬슨도 죽었다. "저긴," 그녀는 저 먼 곳을 바라보고 있던 시선을 다시 한번 발아래 땅으로 내리며 생각했다. "한때 내 땅이었어. 저 구릉들 사이 저 성도 내 것, 거의 바다까지 펼쳐져 있는 저 황무지도 다 내 것이었지." 이때 풍경이 흔들리고(사라져가는 빛으로 인한 착시였던 게 분명하다) 치솟아 오르면서 그 천막 모양의 측면에서 집과 성, 숲 등 걸리적거리는 것들이 모두 미끄러져 떨어졌다. 터키의 황량한 산들이 그녀 앞에 있었다. 때는 불타오르는 정오였다. 그녀는 햇빛에 바싹 마른 산의 사면을 똑바로 바라봤다. 염소들이 그녀의 발치에 있는 모래투성이 덤불을 뜯어먹고 있었다. 독수리 한 마리가 머리 위로 높이 날아올랐다. 집시 노인 루스텀의 꺽꺽대는 쉰 목소리가 귓가에 들렸다. "너의 역사와 종족과 재산은 이에 비하면 무엇이냐? 400개의 침실과 모든 접시에 덮인 은뚜껑과 청소하는 하녀들이 왜 필요하단 말이냐?"

그 순간 어느 교회 종소리가 계곡에 울려 퍼졌다. 텐트 모양 풍경이 붕괴되어 내려앉았다. 현재가 다시 한번 소나기처럼 머리 위로 쏟아져 내렸지만, 이제 빛이 사라지면서 전보다 더 부드러워져서 작고 세세한 것들은 전혀 보이지 않았고 그저 안개 낀 들판과 등불이 켜진 오두막들, 꾸벅꾸벅 졸고 있는 숲, 길을 따라오며 앞쪽의 어둠을 밀어내고 있는 부채꼴 불빛만 보였다. 종소리가 아홉 번 울렸는지, 열 번이나 열한 번 울렸는지 그녀는 몰랐다. 밤이 왔다. 그녀가 가장 좋아하는 시간인 밤, 마음속 어두운 웅덩이에 비친 반사상들이 낮보다 더 선명하게 빛나는 시간인 밤이. 이제는 사물들이 형체를 갖추는 어둠 속을 깊숙이 들여다보기 위해서, 그래서 마음속 웅덩이 속에서 어떤 때는 셰익스피어를, 어떤 때는 러시아 바지를 입은 소녀를, 어떤 때는 서펀타인에 뜬 장난감 보트를, 그러고는 케이프혼을 지나 거대한 파도가 폭풍처럼 몰아닥치고 있는 대서양을 보기 위해서 기절할 필요가 없었다. 그녀는 어둠 속을 들여다보았다. 거기 남편의 범선이 파도 꼭대기로 올라가고 있었다! 배는 위로, 위로, 더 위로 올라갔다. 천 명의 목숨을 앗아 간 하얀 아치가 그 앞에 치솟아 있었다. 아무런 쓸모도 없이 강풍에 맞서 케이프혼을 돌며 끝없이 항해하는 무모하고 어리석은 사람! 하지만 범선은 아치를 통과해 반대쪽으로 나왔다. 드디어 안전했다!

"황홀해!" 그녀는 외쳤다. "황홀해!" 다음 순간 바람이 약해지고 바다가 잔잔해졌다. 달빛 아래 평화롭게 잔물결을 일으키고 있는 바다가 보였다.

"마마듀크 본스롭 셸머딘!" 그녀는 떡갈나무 옆에

서서 외쳤다.

그 아름답고 반짝이는 이름이 하늘에서 강청색 깃털처럼 떨어져 내렸다. 그녀는 그 이름이 깊은 공기를 아름답게 가르며 천천히 떨어지는 화살처럼 뒤집히고 뒤틀리며 떨어지는 모습을 지켜보았다. 그가 오고 있었다. 바람이 없을 때면, 파도가 잔잔하게 일렁이고, 가을 숲에서 얼룩덜룩한 나뭇잎들이 그녀의 발 위로 느릿느릿 떨어지고, 표범도 꼼짝하지 않고, 달이 바다를 비추고, 하늘과 바다 사이에서 아무것도 움직이지 않을 때면 언제나 그랬듯이. 그리고 그가 왔다.

이제 모든 것이 고요했다. 거의 자정이 다 됐다. 달이 삼림지대 위로 천천히 떠올랐다. 달빛이 땅 위에 환영 같은 성을 세웠다. 모든 창에 은빛 장막이 드리워진 거대한 저택이 우뚝 섰다. 거기에는 벽도, 내용물도 없었다. 모든 것이 환영이었다. 모든 게 고요했다. 죽은 여왕을 맞이하기라도 하는 것처럼 모두 불이 환하게 켜져 있었다. 아래쪽을 지켜보고 있는 올랜도의 눈에 안마당에서 획 움직이는 검은 깃털들과 깜박거리며 흔들리는 횃불들,

458

무릎을 꿇은 그림자들이 보였다. 여왕이 다시 한번 마차에서 내렸다.

"편히 모시겠습니다, 폐하." 그녀는 공손하게 절하며 외쳤다. "아무것도 변하지 않았습니다. 돌아가신 영주인 제 아버님께서 폐하를 안으로 모실 것입니다."

이렇게 말하는 순간, 자정을 알리는 첫 번째 종소리가 울려 퍼졌다. 현재의 차가운 미풍이 조그만 두려움의 숨결과 함께 얼굴을 스치고 지나갔다. 그녀는 걱정스럽게 하늘을 쳐다보았다. 이제 하늘은 구름에 덮여 어두웠다. 바람이 귓전에서 으르렁댔다. 하지만 으르렁대는 바람 소리 속에서 으르렁대며 점점 더 가까이 다가오는 비행기 소리가 들렸다.

"여기예요! 셸, 여기!" 그녀가 (이제 환한 빛을 비추는) 달을 향해 가슴을 드러내며 외치자 진주 목걸이가 거대한 달거미의 알처럼 빛났다. 비행기가 구름 속에서 뛰쳐나와 그녀의 머리 위에 멈춰 섰다. 비행기가 머리 위에서 맴돌았다. 올랜도의 진주가 어둠 속에서 인광처럼 불타올랐다.

이제 근사한 선장이 된, 원기 왕성하고 혈색 좋고 민첩한 셸머딘이 땅 위로 뛰어내리는 순간, 그의 머리 위로 야생조 한 마리가 뛰어올랐다.

"거위야!" 올랜도가 외쳤다. "야생거위……"

그리고 자정의 열두 번째 종소리가 울려 퍼졌다. 1928년 10월 11일 목요일 자정을 알리는 열두 번째 종소리였다.

찾아보기

시대적 금기에 도전한
울프의 실험적 전기

권진아(서울대학교 강의교수)

버지니아 울프를 신경쇠약과 우울증에 시달리며 인간 내면의 진실을 의식의 흐름 기법으로 포착하는 데 전념한 섬세하고 진지한 모더니스트로만 생각하고 있는 독자들이라면 《올랜도: 전기》(1928)에서 예상과는 다른 느낌을 받게 될 것이다. 《올랜도》는 울프의 대표작 《댈러웨이 부인》(1925)이나 《등대로》(1927)와는 사뭇 결이 달라 보이는 작품이니 말이다. 전작들을 흐릿하게 감싸고 있는 우울과 죽음의 그림자 대신, 르네상스 말기에서 20세기 초까지 300년이 넘도록 살아가는 신비한 인물 올랜도의 서사를 그린 이 판타지 소설에는 능청스러운 유머와 풍자가 가득

하다. 보통 울프의 이름을 듣고 가장 먼저 떠올리기는 힘든 특징들이다.

울프의 일기에 의하면, 《올랜도》는 《등대로》를 마친 1927년 봄, 형식에 면밀하게 공을 들인 진지한 실험적 작품들을 쓰고 나서 든 "탈선"의 욕구로 "작가의 휴가" 삼아 구상한 작품이다. 처음에 울프는 "제서미 신부들"이라는 제목으로 두 여자를 주인공으로 하여 "동성애를 암시"하는 풍자 소설을 생각했지만, 그 초기 구상은 당시 연인이었고 이후에도 가까운 친구로 지낸 작가 비타 색빌웨스트를 모델로 삼아, 남성에서 여성으로 변하며 장구한 세월을 살아가는 귀족 올랜도의 "진실하면서도 환상적인" 전기로 방향을 튼다. 그 결과가 울프 스스로 "농담이라기에는 너무 길고, 진지한 책이라기에는 너무 경박"하다고 평가한, 그리고 흥미롭게도 예상을 뛰어넘는 인기로 일주일 만에 호가스 출판사 역사상 경험한 바 없는 판매 기록을 세우며 울프 최초의 베스트셀러가 된 《올랜도: 전기》이다.

하지만 울프 자신의 말과는 달리, 그리고 이야기의 주조를 이루는 농담조에도 불구하고, 《올랜도》 또한 기존 소설들 못지않게 실험적이고 도전적인 작품이다. 소설의 부제로 붙은 '전기'부터가 실험성을 내포하는 선언이다. 울프의 시대에 문학 분야에서 일어난 거대한 변화는 전기의 경우도 예외가 아니어서, 이 장르에서도 (울프의 표현을 빌리자면) "우아하고 점잖은" 빅토리아 시대 전기에서 벗어나 인물과 시대의 진실을 담으려는 새로운 시도들이 벌어지고 있었다. 블룸즈버리 그룹의 일원인 리턴 스트레이치가 넘치는 사료들을 담느라 두꺼워지고 두 권으로 나뉘진 기존 전기를 비웃듯이 네 명의 인물을 한 권에 담아 쓴 불경스럽고 위트 넘치는 전기《뛰어난 빅토리아인들 Eminent Victorians》(1918), 비타의 남편 해럴드 니콜슨이 가상의 인물과 실제 인물을 포함하는 9인의 인물 스케치를 통해 에드워드 시대의 풍경을 그린《어떤 사람들Some People》(1927) 등이 그 대표적 예이다.

울프를 비롯한 새로운 전기작가들이 비판한 빅토리아 시대 전기의 상징적 대표는 울프가 태어나던 해인 1882년 울프의 아버지 레슬리 스티븐이 편찬 작업을 맡은《영국 인명 사전The Dictionary of English Biography》이다. 1885년 1권의 출간을 시작으로 1900년 63권으로 1차 작업이 마감된 방대한 프로젝트였던 《영국 인명 사전》의 초대 편집자 스티븐은 "철저하게 사무적인 형식으로 최대한의 정보"를 제시하는 것을 전기의 원칙으로 삼았고, 이러한 기본 원칙은 1891년 스티븐의 작업을 이어받은 2대 편집자 시드니 리에게로 고스란히 이어졌다. 리는 "전기작가의 목표는……인물의 개성을 진실하게 전달"하는 것이라고 하면서도 "위업으로 곧장 환원될 수 없는 인물은 전기작가에게 있어서는 유령이나 다름없다"라는 말로 전기작가의 작업을 '위인'의 공적 삶의 발자취를 성실하게 따라가는 것으로 정의한다. 어떤 인물들을 대상으로 삼아 어떻게 써야 하는지 규정하는 이 원칙들은 사실 현재까지도 전기라는 장르에 대한 가장 일반적 이해와 맞닿아 있는 개념들이기도 하다.

사적 과실이나 흠을 지우고 공적 위인의 면모와 활동에 초점을 맞춘 전통적인 전기에서 울프는 인간의 복잡한 다면성을 잃어버린 채 미화되고 과장되고 뻣뻣하게 양식화된 인물들을 보았고, 이를 산더미처럼 퍼부어진 사실에 묻힌, "한때는 살아 있는 인간"이었던 "화석"에 비유했다. 바로 《올랜도》를 출간하기 1년 전, 니콜슨의 《어떤 사람들》의 서평으로 쓴 에세이 〈새로운 전기〉에서 내놓은 비판이다. 기존의 전기를 비판하며 "화강암과 무지개", 다시 말해 견고한 사실과 파악하기 힘든 개성을 잘 조합하여 인물의 진실을 드러내는 새로운 전기의 필요성과 가능성에 대해 논했던 울프가 '전기'라는 부제를 붙여 내놓은 《올랜도》가 새로운 실험일 수밖에 없는 것은 자명한 일이다.

실존 인물을 모델로 한 허구의 전기 《올랜도》는 우선 빅토리아 시대 전기작가들이 중시한 '사실'을 허구와 장난스럽게 뒤섞어 일반적인 전기 형식을 희화화한다. '정확한 정보'를 제공하여 도움을 준 사람들의 긴 명단을 담은 서문, 통상적인 전기에서라면 당연히 사실을 뒷받침하는 자료였을 사진들에는 독자들의 허를 찌르는 능청스럽고 유쾌한 농담이 숨겨져 있다. 자신의 문화적 네트워크를 과시라도 하듯이—실제로 당대 어느 작가는 이 명단을 진지하게 받아들여 '속물적'이라고 비판하기도 했다—가족과 블룸즈버리 그룹 친구들, 귀족 후원자들, 호가스 출판사의 직원까지 망라한 명단에는 작품에 등장하지도 않는 '중국어'에 대한 도움을 받았다는 감사의 말이 등장하는 가 하면, 비타의 유서 깊은 저택에서 고른 조상들의 초상 과 사진들 사이에는 사진술이 등장하기도 전인 '17세기' 러시아 왕녀의 어린 시절 사진이 들어가는 식이다(울프 는 사샤의 모델이 되어준 어린 조카 앤젤리카 벨에게 "누 구도 줄 수 없는 도움"을 줬다는 말로 서문에 감사의 뜻을 표한다). 올랜도이면서 올랜도가 아닌 비타가 먼 과거의 올랜도로 분한 사진들 또한 진실과 허구가 뒤섞인 농담이 기는 마찬가지다.

또 다른 흥미로운 장치는 작중 화자로 등장하는 전기 작가의 존재다. 혹시라도 독자들이 잊을세라 틈만 나면 등장해 지금 읽고 있는 판타지가 '전기'임을 일깨워주고 전기의 장르 관습을 논하며 《올랜도》를 '전기 쓰기에 대 한 전기'인 메타전기의 차원으로 확장시키는 화자는 얼핏 보기에는 빅토리아 시대의 전기작가를 대변하는 인물 같 다. 정복자 조상들의 위업을 이어갈 것을 다짐하며 쪼글 쪼글해진 무어인의 머리를 칼로 내리치고 있던 귀족 소년 올랜도를 "보기만 해도…… 성공 가도를 달리게 되어 있는 사람"이라고 과장스럽게 칭송하며 등장하는 이 전기작가는 전기의 마땅한 소재로 "공훈에서 공훈으로, 영광에서 영광으로, 관직에서 관직으로 착착 나아"가는 공적인 삶을 꼽는다. 그리고 "훌륭한 전기작가"의 소명을 "격정과 감정의 소용돌이"에 휘말리지 않는 객관적인 서술로 "천 개의 거슬리는 점"을 "무시"하고 미덕에 집중하며 "개인적, 역사적 사료"의 도움을 받아 "진실의 발자국"만을 따라 인물의 일생을 재구성하는 것으로 정의한다.《영국 인명 사전》의 집필 원칙을 고스란히 반복하는 발언이다. 하지만 울프는 이 빅토리아 시대 전기작가를 계속해서 풍자의 대상으로 삼고 비판하는 대신 시대의 변화와 함께 변화하는 인물로 그림으로써 전기 장르의 변화를 역사의 자연스러운 흐름이자 필연으로 제시한다. 사료적 진실에 기반하여 위인의 활동과 공적을 기록하는 것을 전기로 규정하고 올랜도를 지켜보던 작품 초반부의 전기작가와, 올랜도의 내면으로 들어가 그 속에 존재하는 수많은 자아들과 파편적인 생각들을 정신분석학자처럼 분석하며 올랜도의 의식의 흐름을 유려하게 따라가는 20세기 초 현재 시점의 전기작가의 차이는 울프의 대표작을 읽어본 독자들이라면 누구라도 알아볼 수 있을 정도로 명백하다. 무질서하고 파편적이고 포착하기 힘든 인간 내면을 언어로 표현하는 것을 글쓰기의 목표로 삼았던 소설가 울프와 거의 완벽하게 겹쳐지는 전기작가의 최종 모습을 통해 울프는 새로운 전기의 본질과 형태를 어떠한 설명이나 정의도 덧붙이지 않고 소설적으로 제시하는 듯하다. 자신이 그 새로운 전기의 대표자라는 암시와 함께 말이다.

하지만 《올랜도》의 핵심은 무엇보다도 판타지 요소인 올랜도의 성별 변화와 그 의미에 있다. 비타의 아들 나이절 니콜슨이 "문학사상 가장 길고 매혹적인 연서"라고 부른 《올랜도》에서 울프는 소설적 자유를 한껏 발휘해 매혹적인 카리스마를 가진 양성애자 비타를 남성에서 여성으로 변하면서 양성의 삶을 다 경험하는 올랜도로 재현한다. 울프는 귀족 청년에서 느닷없이 여성으로 변한 올랜도가 여성으로 살며 얻는—멍청한 선원이 돛대에서 떨어지는 것을 막기 위해서는 발목을 감추고 살아야 한다는 것에서부터, 남자 생각을 하는 한은 누구도 여성이 생각하는 것을 반대하지 않는다는 냉소에 이르기까지—각종 깨달음을 통해 여성을 육체적, 정신적으로 억압하는 현실을 우스꽝스럽게 풍자하고, 실제로는 여성이라는 이유만으로 조상의 영지를 상속받지 못하고 잃어야 했던 비타에게 여성이면서도 영지를 지키는 올랜도의 모습으로 현실에서는 불가능한 대리만족을 선물한다. 무엇보다 판타지와 풍자의 결합은 현실에서 논란거리가 될 비타의 양성성과 양성애 성향, 즉 진실한 전기를 쓰기 위해서는 빠뜨릴 수 없는 비타의 핵심적 본질을 담을 수 있는 공간을 만들어내는 장르 선택이었다.

《올랜도》는 의미심장한 첫 문장—그 시절 스타일이 성별을 좀 감추는 데가 있기는 하지만 그의 성별은 의심할 여지가 없으므로—에서부터 전기의 주인공 소개에 들어가야 할 수많은 정보를 제쳐놓고 특이하게도 성별性別을 굳이 확인시켜준다. 마치 외양과 정체성이 다를 수 있다는 것을 암시하듯이 말이다. 성적 정체성에 의문을 제기하게 만드는 인물은 올랜도만이 아니다. 남자인지 여자

인지 파악하기 힘든 중성적인 모습으로 등장해 올랜도에
게 좌절과 혼란을 안겨주고 올랜도가 여자가 된 후에도
강렬한 첫사랑의 기억으로 남는 사샤, 남자 시절의 올랜
도에게는 여자로 위장해서, 여자가 된 올랜도에게는 원래
의 남자 모습으로 구애하는 해리엇 그리젤다 대공비/해리
대공, 올랜도와 마찬가지로 양성성을 가진 남편 마마듀크
본스롭 셀머딘 모두 고정된 성 역할과 성적 정체성의 경
계를 흐릿하게 만들며 동성애를 암시하는 흥미로운 인물
들이다. 이성애와 동성애가 겹쳐 보이는 올랜도와 해리엇/
해리의 우스꽝스러운 관계, 자유자재로 성 역할을 넘나드
는 18세기의 올랜도의 모험 등을 통해 울프는 당대 사회
에서 금기시되던 동성애를 교묘하고 경쾌하게 그려 비타
의 초상을 완성시킨다.

그녀의 성은 한 종류의 옷들만 입어온 사람들은 상상조
차 할 수 없을 정도로 자주 바뀌었기 때문이다. 또한 그녀가
이 방법으로 이중의 수확을 얻은 것도 분명하다. 인생의 즐
거움이 늘어났고 경험도 배가되었다. 그녀는 정직한 반바지

와 매혹적인 페티코트를 바꿔 입었고 양성의 사랑을 똑같이 즐겼다.

울프의 시대는 프로이트 심리학과 성과학sexology의 등장과 함께 동성애 등 성적 정체성이 처음으로 학문적 연구와 토론의 대상이 되던 시기였다. 울프는 동성애, 혼외관계 등에 개방적이고 관용적인 블룸즈버리 그룹의 일원이었고, 비타는 자신과 마찬가지로 양성애자인 남편과 상호 합의하에 혼외(동성)관계를 허락하는 자유로운 결혼생활을 했지만, 이들 지식인 그룹을 넘어서서 이 시기 영국 사회 전반이 근엄하고 억압적인 빅토리아 시대의 도덕률에서 벗어난 것은 아니었다. 정상의 범주는 엄격하게 규정되었고, 거기에 속하지 못하는 사람들은 처벌받거나 침묵당했다. 남성의 동성애는 1885년 제정된 '라브셰르 개정'에 의해 처벌받는 범죄 행위였고, 여성의 동성애는 법적으로는 존재하지조차 않는 문제였다. (여성 동성애를 범죄 행위로 규정하려던 1921년의 시도는 동성애라는 것을 전혀 알지도 못하던 '99퍼센트'의 여성들이 법제화를 계기로 오히려 호기심을 가질 수도 있다는 우려에서 취소되었다.)

울프가 구상 단계에서부터 "동성애를 암시"하는 작품으로 계획했던《올랜도》보다 겨우 몇 개월 앞서 출간된 최초의 여성 동성애 소설 래드클리프 홀의《고독의 우물The Well of Loneliness》(1928)을 둘러싼 논란을 살펴보면, 울프의 선택이 얼마나 전략적이었는지 실감할 수 있다. 상업적 성공작을 포함해 다섯 권의 소설을 출간한 홀이 여성 동성애자로서 자신의 이야기를 진지하게 쓴《고독의 우물》은 출간되자마자 시끄러운 외설 논쟁에 말려들었고 결국 재판까지 간 끝에 출판 금지 판결을 받았기 때문이다. 두 소설의 주인공, 올랜도와 (《고독의 우물》의) 스티븐 고든은 근본적으로는 별반 다르지 않았지만 표면적으로는 극과 극으로 달랐다. 동성애를 사실로 받아들이고 인정해달라는 홀의 진지함과 동성애자라는 것만 제외하면 흠잡을 데 없는 주인공 고든의 고결함은 아이러니컬하게도 비윤리적이고 불쾌하다는 반감을 불러일으켰다. 울프와 비타는 필요하다면 증인석에서 홀을 옹호해줄 작정으로 재판을 참

관했지만, 그들이 증언을 준비한 이유조차 검열에 반대하는 작가로서의 신조 때문이었지 홀이 소재를 다루는 방식과 예술성에 공감해서는 아니었다. 결과적으로《고독의 우물》은 1921년 여성 동성애 금지법을 제정하려 했던 사람들이 우려했던 효과, 즉 여성 동성애를 수면으로 끌어올려 가시화시키고 토론의 주제로 만드는 사회학적 현상이 되었지만, 문학적으로 대중과 소통하지는 못했다.

《고독의 우물》에 반대하는 도덕 캠페인이 일어나고 재판이 벌어지는 사이에 출간된《올랜도》의 성공을 퀜틴 벨은 "성적인 주제"가 갑자기 "관심사"로 떠오른 덕분이라고 사무적으로 분석한다. 하지만 그것은 무엇보다도 "시대정신이 마음속 내용물을 주의 깊게 살폈다면 벌금을 온전히 내야 하는 엄청난 밀수품"을 숨기고 있으면서도 "작가와 시대 사이의 극도로 섬세한 거래"를 성공적으로 해낸 울프의 예술적 선택 덕분일 것이다.

1882   1월 25일, 런던 사우스켄싱턴에서 출생.
        역사가이자 문예비평가인 아버지 레슬
        리 스티븐과, 라파엘 전기 화가들의 모델
        이던 어머니 줄리아 프린셉 잭슨 사이에
        서 네 남매 중 셋째로 태어남. 레슬리와
        줄리아 모두 첫 배우자를 사별한 뒤의 재
        혼으로, 이전 결혼에서 레슬리는 딸 로라
        를, 줄리아는 조지, 스텔라, 제럴드 덕워
        스를 둠.

1891   2월, 버지니아의 언니 버네사를 중심으로
        가족 신문인 〈하이드파크 게이트 뉴스〉
        를 간행. 처음에는 버네사와 오빠인 토비
        가 주로 글을 썼지만 곧 버지니아가 주요
        필자가 됨. 어머니에게서 라틴어, 프랑스
        어, 역사를 배우고, 아버지에게서 수학을

배움. 발달장애가 있던 이복언니 로라가
가족을 떠나 시설에서 지내게 됨.

1895   어머니 줄리아가 유행성 감기에 걸려 사
        망. 13세의 버지니아는 '일생 최대의 불행'
        을 느낄 정도로 심한 충격을 받음. 그해 여
        름 처음으로 정신이상 증세가 나타남.

1897   7월, 어머니 대신 가정을 돌보던 이복언니
        스텔라 덕워스가 사망하고 또다시 정신적
        인 충격을 받음. 런던 킹스 칼리지의 '여성
        들을 위한 교육기관'에서 고대 그리스어,
        라틴어, 독일어, 역사를 수강함(1901년까
        지). 이 시기에 여성고등교육운동의 개척
        자이자 학자인 클라라 페이터와 역시 학
        자이자 여성권리운동가인 재닛 케이스,
        릴리안 페이스풀 등과 알게 됨.

1899   오빠 토비가 케임브리지의 트리니티 칼
        리지에 입학, 그곳에서 클라이브 벨, 리턴
        스트레이치, 색슨 시드니터너, 레너드 울
        프를 만나고, 버지니아와 버네사도 이들
        과 교유함. 매주 토요일 밤, 벨의 방에 모
        여서 문학과 정치를 논하는 '한밤중의 모
        임'이 시작됨.

1904   3월 22일, 아버지 레슬리 스티븐 사망. 이
        로 인해 두 번째 정신이상 증세를 보이고
        5월 10일 최초 자살을 기도함. 네 남매가

켄싱턴에서 블룸즈버리의 고든 스퀘어로 이사, '한밤중의 모임'도 이곳으로 옮겨 오며 두 자매가 손님을 맞음. 〈가디언〉에 서평을 무명으로 실으면서 처음으로 글을 발표함.

1905   몰리 칼리지에서 노동자들을 위한 야간 수업 시작(1907년까지). 정기적으로 〈가디언〉과 〈타임스 리터러리 서플먼트〉에 논평을 기고함. 동생 에이드리언과 함께 스페인과 포르투갈 여행. 언니 버네사가 훗날 '블룸즈버리 그룹'의 전신이 되는 '금요일 모임' 시작.

1906   네 남매가 그리스 여행. 토비가 그리스 여행 중 걸린 장티푸스로 11월 사망.

1907   버네사와 클라이브 벨 결혼. 고든 스퀘어를 버네사 부부에게 남기고, 버지니아는 동생 에이드리언과 피츠로이 스퀘어로 이사. 화가 덩컨 그랜트, 경제학자 존 메이너드 케인스와 이웃으로 지내며 '금요일 모임'을 이은 '목요일 밤 모임' 시작, 이른바 '블룸즈버리 그룹'이 본격화됨. 《출항》의 초고인 〈멜림브로지아〉 집필 시작.

1908   버네사 부부와 함께 이탈리아 여행.

1909   2월 17일 리턴 스트레이치가 청혼했으나,

두 사람 다 그 결혼의 비현실성을 깨닫고
취소하기로 결정. 4월, 숙모인 캐럴라인 에
밀리아 스티븐이 사망하면서 2,500파운드
의 유산을 받음.

1910   화가이자 비평가인 로저 프라이가 블룸
        즈버리 그룹에 합류. 버지니아를 비롯한
        블룸즈버리 그룹 멤버들이 에티오피아 황
        제 일행으로 변장하고 군함 드레드노트
        에 올랐던 사건이 기사화됨. 여성참정권
        운동에 참여.

1911   터키 여행. 레너드 울프가 스리랑카에서
        돌아옴. 11월, 동생과 함께 브런즈윅 스퀘
        어의 4층짜리 건물로 이사하고, 메이너드
        케인스, 덩컨 그랜트, 레너드 울프와 함께
        거주. 이 실험적인 거주 방식으로 논란이
        되기도 함.

1912   레너드 울프가 버지니아에게 청혼하고,
        처음엔 거절했으나 레너드의 계속된 구
        애에 8월 10일 결혼함.

1913   소비조합운동을 연구하는 레너드와 함께
        리버풀, 맨체스터, 리즈, 요크 등 영국 북
        부 여행. 7월, 계속 건강이 악화되어 요양
        소에 입원. 9월, 수면제를 먹고 자살 시도.

1914   8월, 제1차 세계대전이 발발. 리치먼드의

호가스 하우스로 거처를 옮김.

1915   1월 1일, 다시 일기를 쓰기 시작해 죽기   **《출항》**
나흘 전까지 계속함. 1월 25일, 서른세 번
째 생일을 맞아 인쇄기를 구입. 첫 장편
《출항》이 이복오빠인 제럴드가 운영하는
덕워스 출판사에서 출간.

1916   여성소비조합의 리치먼드 지부에서 연설.

1917   남편 레너드와 함께 호가스 출판사를 설   **《두 편의 이야기》**
립, 여기서 남편과 함께 쓴《두 편의 이야
기》출간.

1919   호가스 출판사에서 캐서린 맨스필드의   **《밤과 낮》**
《서곡》출간에 이어 T. S. 엘리엇의 시들을
출간. 10월, 두 번째 장편《밤과 낮》이 덕
워스 출판사에서 출간.

1920   옛 블룸즈버리 멤버들이 주축이 된 '회고
록 모임' 시작. 세 번째 장편《제이콥의 방》
집필.

1921   호가스 출판사에서 단편집《월요일이나   **《월요일이나 화요일》**
화요일》출간, 이후 버지니아의 작품은 모
두 호가스 출판사에서 출간됨.《제이콥의
방》집필 완료.

1922   《올랜도》의 모델이 된 여성 작가 비타 색   **《제이콥의 방》**

빌웨스트와 만남. 두 사람의 특별한 관계
는 이후 평생 이어짐. 《제이콥의 방》출간.

1923	후일 《댈러웨이 부인》이 되는 〈시간들〉 집필. 호가스 출판사에서 T. S. 엘리엇의 《황무지》출간.	
1924	태비스톡 스퀘어로 이사. 5월, 케임브리지 대학에서 현대 소설을 주제로 강연, 그 강연 원고를 정리해 《베넷 씨와 브라운 부인》으로 출간. 10월, 《댈러웨이 부인》 집필 완료.	《베넷 씨와 브라운 부인》
1925	평론집 《보통의 독자》와 네 번째 장편 《댈러웨이 부인》출간.	《보통의 독자》 《댈러웨이 부인》
1926	《등대로》집필 시작. 7월, 토머스 하디를 방문.	
1927	가족의 봄 여행지인 남프랑스 카시스 여행. 《올랜도》를 쓰기 시작함. 다섯 번째 장편 《등대로》출간.	《등대로》
1928	4월, 《등대로》로 영국 작가를 대상으로 한 영어권 페미나상 수상. 10월, 케임브리지의 여성대학인 거턴과 뉴넘 칼리지에서 강연. 이때의 강연 원고를 고쳐 출간한 것이 《자기만의 방》이 됨. 여섯 번째 장편 《올랜도》출간.	《올랜도》

1929	《자기만의 방》 출간. 원래 제목은 〈여성과	《자기만의 방》
	픽션〉이었음.	
1930	여성 오르가니스트 에설 스미스와 만나	
	우정을 나눔. 5월, 《파도》의 초고 완성.	
1931	1월, 여성협회에서 〈여성의 전문직〉이란	《파도》
	제목으로 강연. 일곱 번째 장편 《파도》	
	출간.	
1932	산문집 《젊은 시인에게 보내는 편지》와	《젊은 시인에게 보
	《보통의 독자 2》 출간. 11월 신작 〈파지터	내는 편지》
	가家〉 구상.	《보통의 독자 2》
1933	여성 시인 엘리자베스 브라우닝의 전기	《플러시》
	《플러시》 출간.	
1934	조지 덕워스 사망. 로저 프라이 사망. 〈파	
	지터 가〉 집필 난조로 우울증을 앓음.	
1935	〈파지터 가〉를 《세월》로 제목을 바꾸어	
	다시 씀.	
1936	2월 9일 반파시스트 집회에 참석.	
1937	여덟 번째 장편 《세월》 출간. 《로저 프라	《세월》
	이 전기》와 《3기니》 구상 시작. 10월, 《3기	
	니》 탈고.	

1938	《3기니》 출간. 스코틀랜드 여행. 〈포인츠	**《3기니》**
	홀〉 집필 시작.	

1939   1월, 런던으로 망명한 지그문트 프로이트
를 방문, 그의 작품들을 읽기 시작함. 9월
제2차 세계대전 발발로 런던 첫 공습.

1940	《로저 프라이 전기》 원고를 마저리 프라	**《로저 프라이 전기》**
	이와 버네사에게 보냄. 5월 브라이튼의	
	노동자교육연맹에서 강연. 런던 공습이	
	계속되고, 10월 런던의 자택이 불탐.	

1941	2월 〈포인츠 홀〉을 《막간》으로 개명하여	**《막간》**
	완성. 우울증이 심해짐. 3월 28일 우즈 강	
	가로 산책 나간 후 돌아오지 않음. 강가에	
	지팡이와 신발 자국이 남아 있어 자살로	
	추정. 이틀 후 시신으로 발견됨. 7월 유작	
	《막간》 출간.	

옮긴이 권진아

서울대학교에서 영어영문학을 전공하고 동 대학원에서 〈근대 유토피아 픽션 연구〉로 박사학위를 받았다. 현재 서울대학교 기초교육원 강의교수로 재직 중이다. 옮긴 책으로는 조지 오웰의 《1984년》《동물농장》, 어니스트 헤밍웨이의 《태양은 다시 떠오른다》《무기여 잘 있어라》, 로버트 루이스 스티븐슨의 《지킬 박사와 하이드 씨》, 에드거 앨런 포의 《모르그 가의 살인》《타르 박사와 페더 교수 요법》《한스 팔의 전대미문의 모험》 등이 있다.

올랜도 버지니아 울프 미니 선집 2

2020년 8월 31일 초판 1쇄 인쇄
2020년 9월 18일 초판 1쇄 발행

지은이 | 버지니아 울프
옮긴이 | 권진아
발행인 | 윤호권 박헌용
책임편집 | 황경하

발행처 | (주)시공사
출판등록 | 1989년 5월 10일(제3-248호)

주소 | 서울시 서초구 사임당로82(우편번호 06641)
전화 | 편집 (02)2046-2817·마케팅 (02)2046-2800
팩스 | 편집·마케팅 (02)585-1755
홈페이지 | www.sigongsa.com

ISBN 979-11-6579-192-6 04840
     979-11-6579-190-2 (set)

본서의 내용을 무단 복제하는 것은 저작권법에 의해 금지되어 있습니다.
파본이나 잘못된 책은 구입한 곳에서 교환해 드립니다.

이 도서의 국립중앙도서관 출판예정도서목록(CIP)은 서지정보유통지원시스템 홈페이지(http://seoji.nl.go.kr)와 국가자료종합목록 구축시스템(http://kolis-net.nl.go.kr)에서 이용하실 수 있습니다. (CIP제어번호 : CIP2020035284)